講談社文庫

誰彼（たそがれ）

新装版

法月綸太郎

講談社

目次

プレコグニション（予兆） 7
第一の書　狙われた教祖の問題 13
第二の書　首のない革命家の問題 64
第三の書　ヤヌスの顔の死者の問題 151
第四の書　顔のない脅迫者の問題 293
最後の書　よみがえる死者の問題 370
カタストロフィー（破局） 473

文庫版あとがき 499
新装版への付記 503
混乱こそ、俺の墓碑銘　大山誠一郎 506

主な登場人物

甲斐辰朗（かいたつろう）
安倍誓生（あべちかお）
安倍兼等（かねひと）
——三人兄弟

甲斐留美子（るみこ）——甲斐辰朗の妻

斎門亨（さいもんとおる）——留美子の兄、教団理事

坂東憲司（ばんどうけんじ）——教団理事

江木和秀（えぎかずひで）——弁護士

大島佐知子（おおしまさちこ）——教団職員

大島源一郎（げんいちろう）——その息子

山岸裕実（やまぎしひろみ）——甲斐辰朗の秘書

李清邦（りせいほう）——裕実の元情人

セレニータ・ドゥアノ——フィリピン人女性

田村英里也（たむらえりや）——東都医科大耳鼻咽喉科教授

メンター——《祈りの村》の指導者

リエ——《祈りの村》の女

法月警視（のりづき）——警視庁捜査一課

久能警部（くのう）——警視庁捜査一課

法月綸太郎（りんたろう）——詭弁家

どんな形式的体系も、それが無矛盾である限り、不完全である。

クルト・ゲーデル「不完全性定理」（一九三一年）

プレコグニション（予兆）

甲斐兄弟は、長兄の辰朗、双子の弟の誓生と兼等の三人だった。もともと体が弱かった彼らの母親は、双子の出産が負担となって産褥熱を起こし、肺炎を併発してまもなく死んだ。

父親の甲斐祐作は、最愛の妻の急死に激しいショックを受け、その責任は生まれたばかりの双子にあると考えた。彼は双子を憎んだが、何もわからない赤ん坊に制裁を加えることはできなかった。

それでも祐作は双子の顔を見る度に、こいつらを妻の墓前で殺してやりたいという欲望に駆られた。そんなことをしても、妻が喜ぶわけがないとわかっていたけれど、その考えは一種の強迫観念となって彼に取り憑き、日を追うごとに激しく彼を揺さぶるようになっていった。

祐作は、苦悶の夜を数えきれないほど繰り返した末に、双子を養子に出してしまう決断に踏み切った。双子の顔を見なければ、燃えさかる憎悪を鎮めることができると思ったからである。男手一つで三人の幼な子を育てることはできない、という世間的な口実で、人づてに双子の引き取り先を探してもらった。

　ある筋からの紹介で、安倍（あべ）誠（まこと）という大学教授が子供を欲しがっていることがわかった。教授夫人が子供のできない体ということだった。双子と知って、よけい乗り気になったのは、その教授夫人の方だった。今まで満たされなかった母性本能を、一挙に二倍にして取り返せる、そう期待したのだろう。

　祐作にとっては、願ってもない話だった。

　養親探しの面倒が半分になることは別として、双子が引き裂かれて別々の家庭で育てられるよりは、同じ養親のもとでいっしょに暮すに越したことはない。たとえ子が憎くても、彼とて人の親である。それぐらいの思慮はあった。

　こうして、双子の養子縁組はさしたる支障もなく、順調に進んだ。祐作がつけたたった一つの条件――彼の存命中は、双子に実の親の正体を明かさぬこと――も、安倍夫妻の認めるところとなり、甲斐誓生と兼等は、晴れて安倍家の人間となった。

　昭和二十四年の春のできごとである。

　当時一歳だった辰朗は、弟たちの存在を全く知ることなく成長した。母親は肺炎で死んだとしか聞かされず、双子にまつわる話はいっさい出なかったので、後にあるできごとが起こるまで、辰朗は自分は一人っ子であると信じて疑わなかった。そして祐作は、再婚話を断わり続けた。

母親の記憶がなくても、父一人、子一人の生活は、辰朗にとって決してつらいものではなかった。いや、むしろ、だてに両親がそろっている家庭よりもよほど実りの多い毎日だったかもしれない。だから幼い頃は、父親がその広い肩の上に、世界を背負っていると思ったものだ。長じてからも、自分を一人で育て上げた父親に対する敬意は、常に変わらなかった。

辰朗が三十二歳の年の冬、父親の祐作は大腸ガンで死んだ。五十五歳だった。通夜の席で、父親の同僚から、祐作が自分のために仕事を犠牲にしていたことを聞かされた。

双子の弟たちは、祐作の葬儀に呼ばれなかった。安倍誠は約束を守っていた。しかも実父との連絡を一切絶っていたため、その死すら知らなかった。

したがって、甲斐祐作はその希望通り、双子と再会することも、親子の名乗りを上げることもなかった。彼は血を分けた双子を、自分自身の後半生から抹殺することに成功したのだった。二人の弟の存在を辰朗が知ったのは、ずっと後のことである。

一方、双子たちは、同じ屋根の下で育ちながら、全く対照的な道を歩むことになる。

新しい安倍家の最初の数年は、つつがなく過ぎた。つまずきのきっかけは、甲斐祐作を襲ったものと同じだった。双子を平等に愛した安倍夫人が、交通事故に遭(あ)って、あっけなくこの世を去ってしまったのだ。その時、誓生と兼等は五歳だった。

安倍教授は、甲斐祐作のように、双子に妻の死の責任をなすりつけたり、他人に養育義務を押しつけたりはしなかった。双子を一人前に育て上げる責任があることを痛感していた。彼は彼なりに誠実であった。

男やもめとなった教授は、家政婦を雇い、双子の世話をさせた。彼女は有能ではあったが、愛情に欠けていた。しかしそれだけなら、致命的な結果は生じないはずだった。問題は、安倍誠の中に、子供に対する愛情のストックが、一人分しかなかったということだ。

養母が生きている間は、双子の間に著しい気質の相違はなかったと言ってよい。強いて言えば、兄の誓生の方が少しばかり甘えん坊で、弟の兼等はいささか人見知りをする癖があった。

安倍誠は決して悪い人間ではなかったが、長年にわたって培(つちか)った教育者としての自負心の底には、自己中心的な性格が潜んでいた。そして、子供の微妙な気質のニュアンスを感じ取る思いやりの欠如が、妻をなくした後の数週間で、彼の双子に対する態度を決定づけてしまった。彼は、無邪気に自分に近づいてくる誓生を取り、距離を置いてこちらを窺っている兼等を切り捨てたのである。

この態度は、双子の性格形成にそのまま反映された。誓生は養父の望むような、素直で知的な少年に成長し、兼等は自分の本音を表に出さない、反抗的なニヒリストの卵となった。

一卵性双生児なので、外見上、彼らは瓜二つだったが、その行動やものの考え方は、まるで鏡に映したように正反対だった。つき合う友達から、服装の好みにいたるまで、全く重なり合うところがなかった。兄の誓生を陽とすれば、弟の兼等は陰であり、影であった。

十五の時、偶然のきっかけから、自分が養子であることを知り、兼等の絶望はいっそう深いものとなった。実の両親からも、養父からも切り捨てられた自分こそ、まぎれもない本当の意味での孤児である、彼はそう考えた。

その時すでに、兼等は家出を決意していたが、将来に対する打算が、彼に性急な行動を控えさせた。今すぐ家を飛び出しても、生活の当てなどなく、実の親に頼る気にもなれなかった。その一方で、あとしばらくの間、養父の庇護を受けることは何ら恥じるに当たらない、と彼は思った。利用できるものは、利用すればいいのだ。

養父から拒絶された兼等が、唯一彼から受け継いだのは、そういう功利的な身の処し方のみであった。仮面の下に暗い秘密を隠して、彼は今まで通りの生活を続けた。

三年後、大学入学と同時に、兼等は家を出て、養父との連絡を絶った。

安倍誠は、少しも兼等の安否を気づかうそぶりを見せなかった。もしかしたら、そういう息子がいたことさえ、忘れていたのかもしれなかった。なぜなら、彼には申し分のない息子が、すでに一人いたのだから。

だが残された誓生は、ずっと弟のことを気にかけていた。双子の弟のことを疎(うと)ましいと思ったことは、それまで一度もなかった。ただ弟の方が一方的に、彼を疎外したにすぎなかった。

誓生は、その後も弟の消息を求め続けた。しかし月日が過ぎるうちに、兼等に関する情報はとだえてしまった。

こうして生みの親を同じくする三人の兄弟が、それぞれ別々の人生に向かって歩き始めた。その道筋は、三本の平行線のように、決して交わることなどないように思われたが、やがて思いがけない形で交差し、もつれあっていく運命にあった。

第一の書　狙われた教祖の問題

1

講堂には、厳粛な雰囲気がみなぎっていた。およそ三百人の信者たちが整然と立ち並び、息を詰め、身じろぎすらせずに前方の祭壇を見つめている。

祭壇は、乗馬用の鞍（くら）を横向きにしたような形をしていた。色は青みがかった黒で、その上を銀色の線が網の目状に走っている。どうやらアインシュタイン博士の一般相対性理論の影響を受けたデザインらしかった。

白いローブを身にまとった男が、ゆったりとした足取りで演壇に上がった。僧侶のように、頭をきれいに剃（そ）り上げている。どちらかといえば痩（や）せ肉（じし）だが、胸板は厚く、手足の筋肉も引き締まっていた。全体に、古代ローマの神官めいた姿であった。

「メンター」

聴衆の中から、声が上がった。

メンターとは、導きの石、すなわち彼らの教主をたたえる尊称である。

「メンター、メンター、メンター」

最初の声が呼び水となって、次々と人々の間に唱和が広まっていった。

白いローブの男は祭壇にたどり着くと、まず右手を高く掲げて、聴衆を静まらせた。

その手がゆっくりと下ろされ、黒い祭壇の陰に隠れた。同時に、講堂の照明がすうっと暗くなった。

天井には九個のイルミネーション装置が、目立たぬように据えつけられている。その装置が音も立てずに始動して、幻惑的な光の飛沫を聴衆の上に投げかけた。その光景は、音楽と嬌声のないディスコを思わせる。踊り手たちは蠟人形だ。

耳を澄ませると、信者たちの呼吸のリズムがひとつに合わさって、だんだんと大きなうねりを生んでいくのがわかる。彼らの顔には、忘我の表情が浮かびつつある。

七色の光の粒の流れはやがて混じり合って、渦状星雲のように、一つの点に向かって収束していく。

一つの点。そこには、ローブの男のむき出しの頭がある。

信者たちの視線は、いやおうなしに彼の頭に吸い寄せられていく。

彼のローブは、光を反射しにくい布で織られているらしく、首から下の部分はぼんやりとして、ただ頭だけが浮かび上がっているように見える。まだ彼は、目を閉じている。

渦状の光の流れは、いつの間にか反転している。光は明るくなったり、暗くなったりを緩慢に繰り返す。そのために、彼の額から霊的なエネルギーの波動が発せられているかのように見えるのだった。ひとつになった信者たちの呼吸が、そのリズムに一体化するのに、ものの三十秒もかからなかった。

「鮮やかなものだね」

腕を組んで、講堂のいちばん後ろの壁にもたれながら、法月綸太郎（のりづきりんたろう）は隣りに立っている女にささやいた。

「——こんなによくできたライト・ショーは、ピンク・フロイドのコンサート以来だ。これだけ見事な催眠暗示の導入技法を見せたら、ヒトラー総統その人だって、腰を抜かしただろう」

「これぐらいで驚いてちゃだめよ」と女が言った。「本当の見せ場はこれからなんだから」

壇上の男が、ようやく目を開けた。

光線のせいかもしれないが、その瞳はこの世ならぬ場所から届けられるメッセージを映しているかのように、きらきらと輝いた。綸太郎は、微かなめまいを覚えた。「気分が悪くなったらそう言って」隣りの女が綸太郎に耳打ちした。「特殊な香を焚いているの。慣れないと、少しくらくらするかもしれないわ」

「——大丈夫だ」

壇上の男は両腕を広げた。二つの弧を描いて、顔の前で交差させた。指を組み合わせ、ピラミッドのような形を作る。それに合わせて、三百人の信者たちが同じように手を重ねた。一糸乱れぬその動作は、昆虫の複眼に映る無数の像の反復を思わせた。

男の視線は、指で組み上げたピラミッドの中心に当たる点に注がれた。顔面の筋肉が異様にこわばっているのが、綸太郎のいる位置からでも、はっきり見て取れた。

「——我は、導く者なり」

突然、声が聞こえてきた。

壇上の男の声ではないはずだった。なぜなら、彼は唇をきつく縛っていたからだ。

「——我は、この導きの石を通じて、汝らに語りかける者なり」

その声の発信源を定めることはむずかしかった。まるで自分の体内から響いてくるように聞こえるのだ。だが、恐らくそれは錯覚で、一種のサラウンド方式による音響効果にすぎないのだろう。あらかじめ吹き込んだ声をテープで再生しているにちがいない。

「──我が言葉は、宇宙の真意なり。宇宙の言葉は、我が真意なり」

綸太郎は、自分がいつの間にか、壁から身を離して、前に乗り出していることに気づいた。それだけではない。今や呼吸のリズムまで、壇上の男に支配されている。

「──我は宇宙なり。我は言葉なり。我は導きの石なり」

壇上の男は、ひとことも声を発してはいない。だが綸太郎の耳の中に流れ込んでくる言葉は、彼の口から出たものとしか思えないのだ。テレパシーというものが実在するなら、ちょうどこんなふうに感じるのかもしれない。

「──我は、三位一体なり。我が名は、トライステロ。繰り返す、我が名は、トライステロ」

「おお、そうとも」綸太郎は、神秘の渦に巻き込まれまいとして、自分に言い聞かせた。「この世は、合理的な世界だ、起こることは、なにごとであれ、合理的な説明がなくてはならぬ」

その呪文さえ打ち砕くかのように、どこか遠いところから、全身に鳥肌の立つようなアルペジオが聞こえてきた。

「──聞くがよい、我が妙（たえ）なる響きを」

花咲台は、習志野（ならしの）市東南部に伸びるなだらかな丘陵地である。

周囲は、住宅地が大半を占めるが、ところどころに小規模なハウス農家が残っている。南北をＪＲ総武線と京成成田線が走り、隣りの千葉市、幕張本郷の駅が目と鼻の先にあった。

《汎エーテル教団》が、この地にその本拠を構えてから、既に二年あまりが過ぎていた。


「脱帽だ」

五月十七日、水曜日。午後一時。教団本部ビル一階の、ロビーに面した職員専用のサロンで、綸太郎は頭を下げた。相手の女は、取り澄ました笑みを浮かべながら、ジャスミン・ティーの入ったカップを傾けた。

「やっぱりさっきのは、強がりだったのね」

綸太郎は肩をすくめた。

「君がそうやって超然としてなかったら、すぐにでも入信の手続きを始めるところだよ。全くすごい体験だった」

「それを聞いたら、うちのエンジニアが喜ぶわ」

「――えらく醒めてるんだな、君は」

「それはそうよ。あれは大脳生理学と、集団心理学の応用にすぎないわ。感動するように全てのプログラムが組んであるから、当然のことなの。スピルバーグの映画と同じ。内幕を知ってたら、何でもないことだわ」

チャコール・グレイの背広を着た男が、サロンのドアを開いた。男の目が室内を素速く見回す。

綸太郎は、耳を引っぱりながら言った。

「メンターの個人秘書とは思えない発言だね」

「前にも言った通り、私は権威と支配のシステムそのものに興味があるの」と山岸裕実(やまぎしひろみ)が答えた。「私にとって《汎エーテル教団》は、その手頃な研究材料なのよ」

「――彼女の言葉を真に受けちゃいけませんな」

その時、二人の会話に、チャコール・グレイの背広の男が加わった。

「山岸君は、彼の熱烈なる崇拝者です。ただ人前では偽悪的な態度を装っているにすぎない。それも一種の強がりですよ」

裕実は横目づかいに、男をにらみつけた。男は苦笑しながら、綸太郎に言った。

「法月先生ですね。申し遅れました。私は教団理事の斎門亨(さいもんとおる)と言います。ごいっしょしても、構いませんか？」

「どうぞ」

「斎門さんは、彼の義兄にあたる方なの」と裕実が説明した。必ずしも、気を許したいるんです」

口振りではないようだった。「教団の実務的な面は、全て斎門さんの手腕にかかって

名は体を表すとは、よくぞ言ったものだ。斎門亨は、五十すぎて頭の薄くなったポール・サイモンという表現が、ぴったりの男だった。きっと人当たりのよい笑顔の陰で、そろばんをはじくのが特技なのだろう。

綸太郎は彼と握手した。

斎門は、裕実の席の隣りに腰を下ろした。さりげなく周りの席に目を配ると、小声で言った。

「また、あれが来ているんだ」

彼はポケットから、一通の封書を取り出した。封は切られている。裕実は受け取った封筒から中身を抜き出し、そっと広げて目を通した。すぐに裕実の表情が曇った。

綸太郎は思わず、身を乗り出した。

「それが、最新の脅迫状——？」

裕実は答えないで、便箋を封筒の中に戻した。そして何を思ったか、急にティー・スプーンを取り上げると、わざと床に落とした。

綸太郎がテーブルの下に首を突っ込んで、スプーンを拾おうとすると、裕実の方が先回りしていた。

「人目があるから、ここでは話さないで」裕実が早口にささやいた。「ごく内輪の者以外には、この件は秘密にしてあるの。彼が来たら席を移して、改めて説明するから、それまでは打ち合わせ通り、小説の取材に来た作家の役を続けて」

綸太郎は窮屈な姿勢で、肩をすくめた。

「ありがとう」

体を起こし、拾ったスプーンを返してやると、何もなかったような顔で、裕実が答えた。

それからしばらく、三人が当たり障(さわ)りのない話を続けていると、入口の方でざわめきが聞こえた。

「彼だわ」と裕実が言った。

綸太郎が振り返ると、あの白いローブの男が気軽なカッターシャツとスラックス姿に着替えて、こちらにやって来るところだった。

間近で見ると、講堂で見た時の印象ほど、背が高くないことに気がついた。にもかかわらず、強烈な威圧感を感じる。両手の薬指に、象牙の印形(いんぎょう)がついた指輪をはめている。片方の耳の後ろに、古い傷痕らしきものがあった。まっすぐ綸太郎たちの席に歩み寄った。

綸太郎は、見えない糸でたぐりよせられたように立ち上がり、われ知らず深々とお辞儀をしていた。裕実が綸太郎を紹介すると、男の瞳がまるでオーラを発するように輝いた。

「私が《汎エーテル教団》教主、甲斐辰朗だ」

奇妙な抑揚をつけた口調で、彼が名乗った。

「――神霊界での名は、導きの石という」

2

山岸裕実から電話があったのは、三日前の午後だった。

最初、声と名前を聞いても、綸太郎は相手の素姓に思い当たるものがなかった。気まずい沈黙の末、綸太郎はしぶしぶ打ちあけた。

「すみません。どういう方でしょうか」

受話器の向こうで、女が邪気のない笑い声を立てた。

「謝ることはないわ」妙に気安い口調だった。「あなたが私のことを覚えてないのも、無理のないことなんだから。でも、私はあなたのことが忘れられないの」

「それはどうも」

また女が笑った。何となくからかわれているような気がして、綸太郎は受話器を持ち替えた。

「――これって、プラクティカル・ジョークの種本の電話セールスか何かじゃないの？」

「苦しくなると、そうやって冗談でごまかそうとする。昔と変わらないのね」

綸太郎は、狐につままれたような気分になってきた。何者なんだ、この女？

「何かヒントをください」

「いいわ、探偵さん」女はゲームを楽しんでいるようだ。「――二十四時間営業のドーナッツ・ショップを想像して」

「オーケイ」

「時刻は深夜二時。背景に、高校生らしいグループと、不精髭（ぶしょうひげ）を生やした労務者風の男。

一番奥のボックス席に、若い男女の二人連れがいるわ。恋人同士じゃなくて、男の方は、女の彼氏の親友。友達に頼まれて、知らない女に別れ話を告げに来たお人好し。

女は周りの目も気にせずに泣いている。男は黙って、コーヒーを何杯もおかわりするばかり」

綸太郎は思わず、指をはじいた。

「――朝の五時まで、それが続いたんだ。あんなにまずいコーヒーはなかった」

「ああいう場合は、その気がなくても相手を口説くのが礼儀ってものよ。泣きながら、この男、馬鹿じゃないかって思ってたわ」

「あの時はそんな余裕があるようには見えなかったけどね」

二人は、声を合わせてくっくっと笑った。

まだ彼らが、学生だった頃のできごとである。

当時、綸太郎の友人に『枢機卿（すうきけい）』と呼ばれる変人がいた。すばしこい野ウサギのように頭が切れたが、女にだらしのないことでも有名な男だった。

山岸裕実は、一時期『枢機卿』がつき合っていた女で、どういういきさつがあったかは忘れたが、『枢機卿』の代わりに、綸太郎が彼女に別れ話を伝えに行ったことがあった。

それまで裕実とは、街で『枢機卿』と一緒にいるところを何度か見かけただけで、ほとんど面識もなかったのに、どうしてそんな役回りを押しつけられたのか、自分でもよくわからなかった。もしかしたら、裕実の言う「礼儀」なるものを期待されていたのかもしれない。

いずれにせよ、彼女と話したのは、あのドーナッツ・ショップでの一夜だけの思い出であった。名前だけ聞いて思い出せなかったのも、当然と言えば当然、仕方のないことだった。

「そういえば、あいつとは、あれからまたよりが戻ったって噂を聞いたけど」

「昔の話よ」と裕実が言った。「もうどこで何をしているかも知らないもの」

「こないだ、航空便が届いた。今はチベットにいるそうだ」

「チベット。チベットは、一夫多妻の国？」

「知らない」

「あの時はごめんなさいね」裕実は飾り気のない口調で言った。「馬鹿な奴って思ったのは事実だけど、でも知らない女の子が三時間も泣いてるのにつき合ってくれるなんて、なかなかできないことよ。あれから会うことはなかったけど、あなたのことは何となく忘れられなかったの」

「ありがとうと言うべきなんだろうな」

そう答えた後、綸太郎は突然、我に返った。

「――この電話は、ただ昔の思い出を話すためじゃないだろう？」

「ええ」

裕実の口ぶりが、不意に堅苦しくなった。

「実は、あなたに会いたがっている人がいるの。あなたの探偵としての助言を必要としているのよ」

「探偵としての？」

「そう。でも、これ以上は電話では言えないわ。これから予定あります？」

「急ぎの仕事はないけど――」

「よかった。じゃあ、三十分後に、そちらに迎えに行くわ。詳しいことはその時に」

そう言って、裕実は電話を切った。


その日は日曜日で、珍しく法月警視も家にいた。あわただしく髪をなでつけ、シャツにアイロンを当てている息子を見て、警視が尋ねた。

「出かけるのか？」

「ええ」

「今の電話だな。仕事の話じゃなさそうだったが、何が始まるんだ」

「別に、お父さん」

「その上着とでは、組み合わせが派手すぎないか」

「これでいいんですよ」

「まるで昔の恋人にでも、会いに行くような意気込みだな」

まあ、そんなものかもしれないな、と綸太郎は思った。

玄関に横付けされた車を見て、綸太郎は驚いた。黒塗りのセドリック・リムジン。

まるで陸に上がった鯨だ。運転席から、受話器を通して耳に残っているのと同じ声が、早く乗るようにとせかした。

論太郎が助手席に滑り込むと、裕実はアクセルを吹かした。ギアさばきも手慣れたものである。

「とんでもない車に乗ってるんだな」

「私のものじゃないわ」

「誰の車だ？」

「メンター」

「なに？」

「派手なシャツね」裕実は話題をそらした。「上着とのコンビネーションを考えるべきよ」

裕実自身は、上品な仕立てのセクレタリー・スーツに身を包んでいた。してみると、彼女にはボスがいるのだ。メンターというのは、その役職を指すのだろう。外資系の会社か何かかな、とそのとき論太郎は思った。

リムジンは環状線に乗った。日曜なので、道は比較的すいていた。裕実は運転に集中しているようなふりをしている。論太郎は彼女の横顔を観察した。

昔の面影は残っていない。というよりも、昔の印象をよく覚えていないと言った方が正しい。だが、そんなことなどどうでもよかった。

軽くウェーブを当てた髪を、襟足をそろえたショートにまとめている。そのせいか、頭が小ぶりに見えた。コケティッシュな顔だちは『アデルの恋の物語』のイザベル・アジャーニを思わせた。

確か昔は、眼鏡をかけていたはずだ。

裕実は時々、気まぐれにハンドルを切った。さしあたって目的地を定めずに、流している感じだった。綸太郎は、相手が話す気になるのを待った。

高井戸にさしかかったところで、ようやく裕実が口を開いた。

「《汎エーテル教団》について聞いたことは?」

「何だって」

「あなたにどれぐらい予備知識があるか、確かめておきたいの。教団の噂を聞いたことはない?」

「いや、聞いたことはある。ここ数年で、豊田商事みたいに、勢力を伸ばした新興宗教の一派だ。今では、新・新宗教って言うらしいけどね」

綸太郎は、学のあるところを見せた。一九七三年のオイル・ショック以降に生まれた新しい宗教を、戦後の「新興宗教」に対して、「新・新宗教」と呼ぶのが、最近の定説なのだ。

「教義とか、教主のことは？」

「教祖は、甲斐なにがしって男だ。テレビで見ただけで、詳しくは知らない。一種のSF宗教じゃないのかな。エーテルなんて、古い概念を持ってくるところがうさん臭い。でもそれと君と、どういう関係があるんだ？」

「私は、甲斐なにがしの秘書なの。正しくは、甲斐辰朗。私たちは彼を、メンターと呼ぶわ」

　綸太郎はあわてて咳払いをした。

「ちょっと待ってくれ。これは新手の布教活動のつもりかい」

「おあいにくさま。あなたを入信させるつもりはないわ。メンターがあなたを必要としているの。彼は正体不明の人物から、命を狙われているのよ」

「――宗教がらみのトラブルはごめんだね。だいいち個人でどうにかできる問題じゃないだろう。警察に保護を頼む方がいい。何なら、僕から親父に口添えしてあげよう」

「警察は、だめなのよ」

「どうして。《汎エーテル教団》は非合法活動でもやってるのかい？」

「まさか」裕実は次の言葉をためらった。「――脅迫状が来たの。差出人は、教団の内部事情に通じているわ。恐らく、メンターに近い人間の仕業だと思うの」

「身内の恥を、公にはできない？」

裕実がしぶしぶうなずいた。

綸太郎は腕組みをした。

そろそろ新しい長編に取りかからねばならない時期だったが、彼の頭の中には、何の構想も立っていなかった。出版社は、刺激的な舞台と、ロマンティックな味つけを要求していた。考えてみれば、裕実の申し出は、その両方を満たす可能性を秘めているではないか。

裕実がハンドルを切る度に、こちらの顔色をうかがっているのに気がついた。綸太郎はさりげなく言った。

「ロシア料理は好きかい？」

「何ですって？」

「この次の交差点を左に曲がったところに、うまいピロシキを食わせる店がある。そこで詳しい話を聞かせてもらおう」

「じゃあ、引き受けてくれるの」

「──教団のおごりだぜ」と綸太郎は言った。

「そういうところも、昔と全然変わらないのね」

裕実はあきれ顔で、車線を変えた。

そういえば、ドーナッツ代も倍にして『枢機卿』から巻き上げたことを、綸太郎はとつぜん思い出した。

3

「一ヵ月前に、最初の脅迫状が来たのよ」

アプリコット・ジャムが、たっぷりと入った紅茶のカップを受皿に落とすと、裕実は話し始めた。

「メンターのような地位にある人は、常に世間からの中傷やいやがらせを避けることはできないわ。とりわけ教団の規模が大きくなって、一般にも名が知られるようになってからは、他の宗教団体や、投書マニアたちの格好の攻撃の的にされているの。教団の事務局では、なるべくそういう中傷の類（たぐい）がメンターの目に触れないように気を配っているのだけど、こういう場合はまた別だわ」

裕実は、膝の上から革製のファイル・フォルダーを取り上げ、四枚の折りたたんだ紙を取り出した。

「まあ、これを見てちょうだい」

綸太郎は無造作に、一番上から手に取った。

「それは最初に来た分よ」

〈おごれる予言者に、裁きの刃を。異来邪〉

《汎エーテル教団》の透かしが入った薄青色の便箋に、雑誌の活字を切り抜いて貼りつけた文字が、無表情に並んでいた。活字はどれも同じ大きさで、書体も統一されている。

倫太郎はすぐ次の一枚を取った。

〈おまえの血は、錆(さ)びついている。
し　によってのみ、浄(きよ)められる。異来邪〉

同じ便箋に、同じ活字の切り貼りである。倫太郎は音を立てずに、素速く息を吸った。やはり同じ体裁の三枚目の文面はこうだった。

〈まやかしの言葉が、世界を滅ぼす前に、
げれつ　な魂に、死刑を宣告した。　は
ん　エーテル教団は、壊滅する。異来邪〉

綸太郎は、裕実の顔にちらと目を走らせた。

「その活字は、教団が定期的に発行している『エーテルの導き』という機関誌に使われているものと同じなの」と裕実が言った。

「ほう」

「それから、便箋の方は、教団の支部があるところへ行けば、誰でも手に入れることができるわ」

綸太郎はうなずいた。

四枚目の手紙は、彼の予想通り、同じ形式で四つの行からなっていた。

〈いまや、裁きの時は近い。
ち　の洗礼が、詐欺師を待っている。
ろう者の首は宙を飛び、
うちゅう　の扉は沈黙するだろう。異来邪〉

綸太郎は溶け残ったジャムをかき混ぜ、甘い紅茶を飲み干した。カップを脇にどけてから、もう一度手紙を読んだ順に並べると、裕実に尋ねた。

「順番はこれでいいんだね」

「そう」

「インターバルは？」

「最初の脅迫状から一週間後に二通目が来て、その後も、一週間おきだったわ」

「最後の奴が届いたのはいつだった」

「四日前よ」

　綸太郎は目を上げた。

「封筒はどうしたんだ」

「最初の二通の分は残ってないわ。係の者がことの重要さに気づく前に、処分してしまったらしいの。でも残りの二通のは、今ここに持ってきているわ」

「それも見せてくれないか」

　封筒の表書きは、習志野市郊外の《汎エーテル教団》本部、『甲斐辰朗様　親展』となっている。二つとも、黒のボールペンで強く書かれていた。定規を当てて書いたような角ばった字は、筆跡をごまかすための手口だろう。もちろん、差出人の名はない。

　消印は習志野市内で、五月二日と九日の日付になっていた。封筒自体は何の特徴もない、ありふれた品である。差出人を突き止める手がかりになりそうなものはなかった。

裕実はメンソールの煙草を取り出すと、断わりもなく火をつけた。綸太郎は目を細めて言った。

「――確か、教団の内部事情に通じた者の仕業だと言ってたね」

「ええ」

「それじゃ、まず『おおしまげんいちろう』というのが何者なのか、教えてもらおうか」

「さすがね」裕実は煙草の灰を落とした。「源一郎君は、教団の出版局にいる人の息子さんなの。でも一目見ただけで、よく見抜いたわね」

「そうでもないさ。行頭に『ん』の字を入れたのは、見破ってくれと宣伝してるようなものだ。こんなに露骨な頭辞法を見抜けないようじゃ、どうかしてる。実際は、どんな漢字を当ててるんだい」

「大きい島に、ミナモトの源一郎よ」

「けど、その子の名前が上がっていることが、どうして教団の内部事情に詳しいことの証拠になるのだろう」

「実は、源一郎君を、メンターの養子にするという話が進められているの。このことは、教団の将来にもかかわる問題なので、今のところ、ごく一部の人間しか知らないのよ」

「じゃあ、この脅迫は、教団の後継問題にからんだお家騒動が背後にあるということかい」

裕実は、ちょっと渋い顔を作った。

「その疑いはないとは言えないわ。でも、そうと即断もできないと思うの。気にかかるのは、この差出人の署名なのよ」

「異界より来たる邪(よこしま)なるもの。イライジャ、とでも読むのかな」

「でしょうね。旧約聖書で、アハブとイザベルの死を予言したエリヤの英語読みよ。メルヴィルの『白鯨』にも出てくるわね。新しいところでは、アシモフの『鋼鉄都市』に出てくるイライジャ・ベイリ刑事。アメリカの黒人回教徒組織『ブラック・モスリム』の教祖は、イライジャ・モハメッドという人物だったわ」

「ずいぶんと博識だね」

裕実は眉を上げた。

「いろいろと調べたの」

「なるほど。確かに、単なるいやがらせにしては、凝りすぎている分、気持ち悪いな。それに、この文面ははっきりと、殺人を予告している。そのメンター師の取り巻きの中に、彼を殺したいと思っているような人物がいるのか」

「心当たりはないわ」裕実は真顔で答えた。「でも私が気がついていないだけかもしれないし。それにたとえ、これがいやがらせにすぎないとしても、犯人を突き止める必要があることに変わりはないわ」

「僕に、何ができるのかな」

「さっきも言ったけど、犯人の可能性は、少数の人間に限られているわ。ことを荒立てずに、あなたにその正体を突き止めてほしいの」

「だが、どうやって」

裕実の瞳の縁が、きらりと弧を描いて光った。

「作家という肩書きが役に立つと思うわ。あなたには、本の取材という名目で、教団の人たちに会ってもらいたいの。それで、容疑者を絞り込んで、犯人を突き止める」

「それから？」

「そこまでよ。後は私たちが、処理をするつもり。もちろん、それ相応のお礼はするわ」

綸太郎は、しばらく物思いにふけっていた。

「ひとつ質問がある」

「何なりとどうぞ」

「四番目の脅迫の中で、『ろう者』という言葉があるね。これは何のことだろう」

「文字通りの意味よ」

「じゃあ、君たちの教主は、耳が不自由なのか」

「さあ、どうかしら」

裕実はミスティックに唇の端を上げると、また膝の上のフォルダーをごそごそやり始めた。カラー刷りのパンフレットと、サイケデリックな装丁のハードカバーを一冊、綸太郎の前に押し出した。

「《汎エーテル教団》と、メンターのことについてはこれを読めば、大方の知識は頭に入るはずよ。今の質問の答も、この中に書いてあるわ。二日ほど猶予をあげるから、しっかり予習してきてちょうだい」

げっそりした表情が、思わず綸太郎の顔に出てしまった。裕実はしっかりそれを見とがめて、

「そんな顔しないで。この本一冊で、四千円もするのを、無料で進呈しようというのよ。もう少し、うれしそうにしたらどうなの？」

綸太郎は肩をすくめた。これでは、どっちが便宜を図ってやろうというのか、わからないではないか。

約束通り、食事代は、裕実が持った。帰りのリムジンの中では、二人ともあまり口を利かなかった。裕実の方が、わざと知らん顔をしようとしていたふしがある、と綸

太郎は思った。

車から降りる時、綸太郎が尋ねた。

「ずっと、それ相応のお礼というものについて、考えていたんだが――」

裕実の視線が、綸太郎を頭のてっぺんから足の爪先まで、ゆっくりと二往復した。

「知り合いのスタイリストを、紹介するわ」

リムジンは、綸太郎を残して走り去った。

4

その日のうちに綸太郎は、裕実から渡された本とパンフレット類に目を通すことにした。

『エーテルの奇蹟（トライステロ宇宙神が示す世界救済への道）』と題された本は、メンターと称する甲斐辰朗の教えを一般向けに解説した入門書で、宗教法人《汎エーテル教団》出版部が発行人となっていた。

表紙をめくると、まず冒頭に、「我は宇宙なり。我は言葉なり。我は導きの石なり」という詩句が、金箔（きんぱく）の混じったインクでくっきりと記されている。

目次を見ると、本は大きく三部に分かれていた。

第一部では、教祖である甲斐辰朗の半生が語られ、続く第二部でその壮大なスケールの宇宙論と、トライステロと名づけられた宇宙神の予言的なメッセージが、かみくだいた言葉で説明されている。そして、トライステロイド・エーテル波の力によって、甲斐辰朗が行なった数々の奇蹟を列挙したのが第三部である。

第一部の記述によると、甲斐辰朗は、昭和二十三年、甲斐祐作・みずえ夫妻の長男として、東京で生まれた。父親は、都庁の職員。

彼が一歳の時、母親が病没。その後、父親との二人だけの暮らしが続いた。四十六年、M大学卒業後、都内のセラミックス会社斎門窯業(ようぎょう)に就職。五十四年、同社社長の娘の留美子(るみこ)と結婚。翌年、父親の祐作が病没。この頃まで、彼はごく平凡な人間であり、とりたてて神秘的な傾向はなかったという。

ところが、五十八年に、初産の長男が先天性の心疾患で生後二週間で死亡。続いて義父の急死と、身辺に不幸が重なった頃から、耳鳴り・幻聴に悩ませられるようになった。この頃から、軽度の難聴が進行していたのだが、本人はストレスによる心因性のものと思っていた。

翌年の九月、起床して突然、両耳が聞こえなくなり、「突発性両側性難聴」の診断を受ける。これは原因不明の内耳障害性難聴で、現在でも決定的な治療法のない難病であった。

三ヵ月後、彼は、医師の勧めに従って、当時、注目されていた「人工内耳埋め込みう。

手術」を受ける。本の説明によると、患者の内耳に、外科手術によって電極を挿入し、人工的に増幅した電気信号を、聴神経に送るという画期的な治療法であるとい

甲斐辰朗の人生を百八十度変える「奇蹟」が起こったのは、この手術を受けた直後だった。

現在の技術でも、人工内耳によって回復する音の聞こえ方は非常に不完全なものでしかない。ところが、彼のケースでは、手術後ごく短期間で人声の聞き分けができるほど、結果が良好だった。いや、それどころか、彼の耳は、聞こえるはずのない音までキャッチできるようになっていたのである。

甲斐辰朗自身はこの奇蹟について、次のように説明している。

「私の頭の中に埋め込まれた三個の電極が、偶然、トライステロ宇宙神の発するエーテル波の受信装置となったのである。この三個の電極は、三位一体のシンボル、トライリスと呼ばれる」

(テクノロジーと人類の幸福な共生。まるでウィリアム・ギブスンだ、と綸太郎は思った)。

トライステロ宇宙神は、この電極を通じて、彼に宇宙の真実を語りかけた。甲斐辰朗は、この内なる声に導かれるまま、周囲の制止を振り切って、一年間にわたって日

本全国を放浪し、宇宙神との対話を深め、彼自身一種の超能力を身に付けたという。

昭和六十一年、東京に帰り、《汎エーテル教団》を起こす。折りからの第三次宗教ブームとあいまって、徐々に信者を増やしていった。

翌年、教団は宗教法人となる。二月には、習志野市郊外に、教団本部を建設。この時点では、数あるミニ宗教の一つでしかなかったが、この年の秋の株式市場の大暴落（ブラック・マンデー）を予言していたことが、後に週刊誌上で取り上げられるや、一気に知名度を上げ、信者数は破竹の勢いで急上昇した。

現在では、信者数公称十二万七千人。全国七ヵ所に支部を持ち、政財界、芸能・スポーツ界などにも信者が多い。その中には、綸太郎も知っている有名人の名前が、何人も挙げられていた。


第二部は、エーテルの概念に対する疑似科学的な説明から始まっていた。

そもそもエーテルとは、光の波動性を説明するために、十九世紀の物理学者が考え出した仮定上の媒質である。ちょうど空気が音波を伝達するように、宇宙空間に均質に広がったエーテルという物質が、光の波を伝える、と科学者たちが信じていた時期があった。しかしアインシュタインの相対性理論の登場により、エーテルの存在は否定され、その言葉自体も旧時代の遺物と化してしまった。

ところが三個の電極を通じて、トライステロ宇宙神はこう語るのだ。

「エーテルは実在する。宇宙空間だけでなく、あらゆる惑星上に、あらゆる生物の体内に、エーテルは満ちている」

ここで言うエーテルは、光ではなく、精神エネルギーを媒介する。したがって物理的な媒質というよりは、むしろ、いわゆる《気》に近く、その密度も場によって高かったり低かったりする。もちろんある場におけるエーテルの密度が高いほど、その場の持つエネルギーのポテンシャルも高い。

《汎エーテル教団》の名の由来は、ここから来ているのだ。そして、このエーテルを通じて届けられるトライステロ宇宙神の超越的なメッセージが、そのまま教団の教義となっている。

《汎エーテル教団》の教義の根本は、その秘教的な宇宙観にある。トライステロ宇宙神は、地球から十七万光年離れた不可視の星雲に存在している。宇宙には厳然たる三つの階層（神霊界、霊界、現象界）があって、その間には、物理的な手段では乗り越えることのできない壁がある。この壁を通り抜けることができるのは、強靭な精神エネルギーの波動のみである。

神霊界は、真に超越的な完全調和の世界であり、全ての真理が自明の姿で共存している。その真理の統合体が、トライステロ宇宙神である。彼は、全体であって、個別であり、たった一人であって、あらゆる場所、あらゆる時にある。
霊界は、言霊の住む世界である。霊界の役割は、神霊界と、現象界をつなぐことにある。言霊はそれのみでは真実となることのできない、矛盾した存在である。一般に観念と呼ばれるものが、それだ。言霊は正邪の区別を持たず、往々にして、人間を食いつぶしてしまうことがある。数多の宗教や科学が、道を外れ、思わぬ災厄を呼ぶのは、超越的な神霊界へのヴィジョンを持たないからだ、とエーテルの教えは説く。

そして言うまでもなく、我々の住んでいる物的世界こそ、宇宙の最下層たる現象界に他ならない。現象界で、肉体の檻に閉じ込められた人間が、宇宙の真理と一体化するためには、言霊の道案内を受けて、神霊界の門をくぐるしかない。

それには、神霊界への強いヴィジョンを持たなければならない。このヴィジョンは、人間の力だけでは、到底作り出せない。言霊にもその力はない。それは、神霊界から送信されるエーテル波の反射した影なのである。

このエーテル波を受信し、正しいヴィジョンを生み出すために、トライステロ宇宙神が現象界に置いたものが、神霊界において《導きの石》と名づけられたものである。

中世ヨーロッパの錬金術師たちが探し求めた賢者の石も、元来はこの《導きの石》から来た言葉である。ただここで言う石とは比喩的な術語であって、実際は、トライステロ宇宙神に代わって真理を説く選ばれた人間こそが、《導きの石》なのだ。

甲斐辰朗は、人類史上最初の《導きの石》ではない。彼は、シャカ、イエス、マホメットを初めとして、予言者、幻視者として歴史に残った人々のほとんどがトライステロ宇宙神のエーテル波を受信していたことを、証明してみせる。

また彼は、超能力の存在をも肯定する。

「いわゆる超能力とは、エーテルの密度が非常に高い状態を示す。エーテル波自体は、物理的な作用力を持たないが、因果律に対してプラスの影響を与え得る。つまりエーテルの密度が高い状態では、そうでない状態よりも、ものごとはこうあるべきだという信念が実現されやすい。したがって、適切な方法でなされた祈りには、否定しがたい力があるのだ。（中略）トライステロイド・エーテル波の反照作用によって、生体の自己治癒能力を活性化し、難病を克服した例も多い」

結構なことではないか。

綸太郎は大きなあくびをすると、そのページにしおりを挟んで、本を閉じてしまった。そこまでで全体の半分程度だったが、もう先を読む気はしなかった。巷に氾濫するオカルト文献の大多数に比べれば、かなり出来のよい本であったが、宗教書特有の押しつけがましい論調に、いい加減うんざりしたからだった。

続きは明日にすることにして、綸太郎は早々に机の上を片付けた。父親におやすみを言いに行くと、法月警視はとっくにベッドで寝息を立てていた。もう午前二時を回っていたのだ。

台所の流しには、警視が食べた夕食の食器が、これ見よがしに汚れたまま残っていた。きっと、息子だけ外でうまいものを食ってきたのが、気に入らないのだ。綸太郎はぶつくさ言いながら食器を洗うと、自分もベッドに潜り込んだ。

5

五月十五日の深夜、一人の人物が白い絹の手袋をはめた手で、『エーテルの導き』四月号のページから切り取った『邪』の活字を青い便箋に貼りつけようとしていた。その便箋には、《汎エーテル教団》の透かしが入っていた。

準備した封筒に、ボールペンで《汎エーテル教団》本部の住所と、『甲斐辰朗様親展』の文字を書いた。筆跡をごまかすために、定規を当てて字画を引いたことは言うまでもない。

青い便箋に並んだ五行の文字列を、もう一度読み直すと、自己満足の笑みを浮かべながら、それを折りたたみ、封筒に納めた。切手を貼る時にも、裏をなめたりせずにゴム糊(のり)を使う。唾液から血液型がわかることもあるのだ。予想しうる危険は、可能な限り排除しなければならない。

それは、この異来邪と自称する人物の手になる五番目の、そして最後の脅迫状だった。

異来邪は感傷的な人間ではなかったが、この時ばかりは、深い感慨にふけらずにはいられなかった。思えば、ここに至るまで、ずいぶん長い準備期間を費やしたものだ。初めてこの殺人計画の着想を得た時から、既に数ヵ月が過ぎていた。ついにその計画が最終段階に到達したのである。

十二万七千人の信者たちから、導きの石とあがめられる男。異来邪の目的は、文字通り彼の存在をこの世から抹殺することに向けられていた。

それは、異来邪の頭の中の実験室で、徹底的に練り上げられた複雑な物語であった。時として異来邪自身でさえも、そのあまりの煩雑さのために、自分の立地点を見失ってしまいかねないほど、それは錯綜した物語であった。この計画は、いつの間にか、合目的性の領域を遥かに越えた地点へ異来邪を招き寄せていたが、異来邪自身は必ずしもその点を自覚していなかった。

異来邪はふと思いついて、封筒に記した甲斐辰朗の名を、一字一字、指先でゆっくりと押えつけ始めた。小さな子供が、庭先の蟻の群れを一匹ずつ指で押しつぶして、殺していくように。

明朝、異来邪は脅迫状を習志野市内のポストに投函する。その翌日には、教団の本部にこの封書が配達されるだろう。それを受け取る男は、やがて死ぬ運命にあるのだ。

6

まもなく死ぬ男は、苦りきった表情でその手紙を読んだ。読み終えると、まるで音を立てることをはばかるように、細く、ゆっくりと息を吐き出し、それから小声で洩らした。

「――こんなものは、たわごとだ」

「でも、メンター」裕実が、ぎこちない口ぶりで言った。「あなた自身が、そうでないことを一番よくごぞんじのはずです」

彼は答えずに、また手紙に目を落としたが、それは何かを見つめているようで、実は何も見ていないしぐさだった。斎門が空咳をして、口を開きかけながら、結局何も言わずに腕を組み直した。部屋の中には、まどろみのような沈黙が訪れた。

サロンで落ち合った四人は人目を避けて、教団本部ビルの七階にあるVIPルームのテーブルを囲んでいた。防音装置で仕切られた、シックな談話室という趣の部屋である。

ちょうど一番日の高い時刻で、屋外は初夏を思わせる好天だったが、広々と切られた窓には全て、ベネシャン・ブラインドが下ろされている。微かに聞こえる虫の羽音に似た響きは、エア・コンディショナーのモーター音だろう。

テーブルは、瑪瑙(めのう)状の縞(しま)文様が入った硬質プラスティック製で、勾玉(まがたま)を水平に切ったような形をしていた。そのくびれに当たる位置が、メンターのための指定席である。

綸太郎は、その向かいの席にかしこまって坐っていた。講堂での強烈な体験の余韻が残っているせいか、目の前のカリスマ的な人物から、どうしても目が離せなかった。

「法月君」不意に彼の目がこちらを向いた。「君はこれをどう思う？」

綸太郎は、差し出された手紙の端をつまんで受け取った。この場にいる人間の中で、脅迫状の指紋について考えているのは、残念だが自分だけだろうと思いながら、口には出さなかった。

教団の青い便箋に、切り貼りの活字。おなじみの異来邪のパターンは健在だった。

〈これが、最後の通達だ。
裁きの時は、目前に迫った。
おまえの命は、あと五日以内に消える。

恐怖と悔恨を抱いて、血の海に沈め。

おまえの育児論は、役に立たない。異来邪〉

綸太郎は、脅迫状から目を上げた。

「甲斐さん、一つ訊きたいことがあるのですが」

「言いなさい」

「この最後にある育児論というのは、一体何のことでしょうか」

「それなのだが」彼はむき出しの頭を振った。「実は、私にも何のことか、心当たりがない。子供の成長について、親たちに示唆を与える助言をしたことは少なくないが、ことさら育児論という言い方をしたことはない。ましてや、この脅迫と関係のありそうなことなど思いもつかない」

綸太郎が訊いた。

「これまでの四通の脅迫状では、あなたが養子を取ろうとしていることが、間接的に指摘されていたそうですね。それと、育児論という言葉を関連づけることはできませんか」

「無理だな」と彼が言った。

「なぜです」

「その件については、義兄に一任している」腕を組んで、斎門にあごをしゃくった。「義兄の説明を聞いてくれ」

斎門はなぜか裕実から、目をそらしながら言った。

「私たちが進めている話の相手というのは、今年十三歳になる中学生の男の子です。ですから、育児論をうんぬんするには、年が行きすぎています」

「なるほど。しかしどうも引っかかりますね」

「暗号のようなものじゃないかしら」裕実が、半ばつぶやくように洩らした。

「暗号？」

「あるいは、字謎（アナグラム）か何か。今までの四通には、大島源一郎という名前が読み込まれていたでしょう。同じようなことを、この手紙でもやっているとは考えられない？」

「それは――」言いかけた綸太郎の唇が、急に止まり、目が宙をさまよった。

「どうかしたのか、法月君？」

「それだ！」綸太郎はテーブルを叩いた。「裕実さん。僕がこの件の調査を引き受けたことを、誰か他の人間に話しましたか？」

「いいえ。あなたの役割を知っているのは、今ここにいる私たちだけよ」

彼女に応じるように、斎門も真顔でうなずいた。

「じゃあ、情報が漏れたんだ」綸太郎はテーブルの三人を、順番に見回した。「――

異来邪は、既に僕の正体をつかんでいますよ」

「何ですって」

「なぜそんなことがわかるのだ」

「字謎です」と綸太郎は言った。「育児論のローマ字綴り(Ikuziron)を、ひっくり返して読んでごらんなさい」

裕実が、口に手を当てた。

「――法月(Norizuki)になるわ」

「では、これは文字通り、君のことを指しているというのだな」

「そうです。異来邪の奴が言いたかったことはこうです、甲斐さん。おまえの呼んだ法月綸太郎という探偵は、役に立たない。異来邪は、この僕に挑戦しているんです」

「でも、なぜそのことが漏れたのかしら――」

だしぬけに裕実は、あっと息を飲んで、綸太郎を見つめた。

「法月君」彼が口をはさんだ。「君がもし、ここにいる二人を疑っているのなら、見当ちがいだぞ」

「いや、そうは言いません。

異来邪はきっと頭のいい奴です。あなたが脅迫状の出所を探るために、探偵を雇うことぐらい、十分予想していたはずです。恐らく異来邪は、日曜日に裕実さんを尾行して、僕と会ったことを嗅ぎ出したのでしょう。あるいは、本のカバー写真で、僕の顔を知っていたのかもしれない。

　異来邪が僕の噂を聞いていれば、あなたが法月綸太郎に出馬を要請したと推測するのは、決して難しいことではありません。脅迫状にそのことを書き加える時間も、十分あったはずです」

「だがそれにしても、なぜこんな子供だましのことをする必要があるのだ？」

「自分がこのゲームの主導権を握っていることを誇示するためでしょう」

「ゲームの主導権？」

　綸太郎はうなずいて続けた。

「もし異来邪と名乗る人物が、単に功利的な理由のみからあなたを抹殺しようと企てたのなら、このような予告状を送りつけて、ことさらにこちらの警戒を引き起こすような真似をするはずがありません。

そこには何らかの、強い支配欲が潜んでいると思われます。異来邪は、我々より優位に立っていることをひけらかすことによって、あなたに心理的圧迫を加えるつもりなのかもしれません」

　斎門が椅子の中で身をよじった。

「では法月さん、この言葉は本気なのでしょうか。五日以内に、命を奪うというのは？」

「恐らく本気でしょう」綸太郎は狙われている当人から目を離さないまま、斎門の問いに答えた。「脅迫状の文句は、初めから何一つ要求していません。ただあなたの死を予告しているだけです。単なるいたずらの類にしても、手が込みすぎています。全体として、異来邪は狂っているかもしれませんが、殺意は具体的なものと考えられます」

「相手がどう出るかを、我々がここで議論しても、意味はないだろう。問題は、いかにしてこちらが先手を打つかではないのかね」

「その通りです」と綸太郎が言った。

「ではすぐにでも、容疑者のリストをつぶす作業に取りかかってくれ。私自身、身近な人間を疑いの目で見続けることには飽き飽きしている」

彼がそう言った時、壁に埋め込まれたスピーカーから、サンプリング・マシーンを通したようなチャイムの音が響いた。彼は体をひねって、壁のデジタル時計に目をやった。

「――もうこんな時間か。そろそろ《塔》へ上がる支度をしなければならない」

「《塔》？」

「トライステロ宇宙神との交信を行なうのだ。これから七十二時間、エーテル波と同調するために、たったひとりで瞑想に入らなければならない。その場所が《塔》だ」

「七十二時間といえば、三日ですね。三日間、あなたひとりで《塔》に閉じこもるのですか」

「そうだ」

「それは、危険ではありませんか？　異来邪は、五日以内にあなたの命を奪うと予告していますが、実行日がいつになるかはわかりません。あなたがひとりで《塔》に閉じこもるのは、異来邪にとって、絶好の標的になるのでは」

「それは心配しなくていい。《塔》は、最初から余人を入れないように作られている。私の身がもっとも安全なのが、他ならぬ《塔》の《祈りの間》なのだよ。むしろ私は、《塔》を降りた後のことを心配しているぐらいだ」

裕実が素速く、彼の言葉を補った。

「私も、《塔》にいる限りは、異来邪も手は出せないと思います。そこで今日を起算日とすれば、メンターが瞑想を終えて《塔》から降りてくるのは、四日目の午後ということになります。この脅迫状の言葉が正しければ、恐らく異来邪は、四日目の夜に何らかの攻撃を仕掛けてくるのではないでしょうか」

「山岸君の意見に賛成です」と斎門が言った。「四日目の夜が、もっとも危険だと思う。逆に考えれば、今から最低七十二時間は余裕があるということになりますな」

　綸太郎は体を堅くした。

「つまり七十二時間以内に、異来邪の正体を見極めろということですか」

　三人が、示し合わせていたようにうなずいた。綸太郎は、少し考えてから言った。

「《塔》に案内してください」

7

　教団本部の中庭にそびえ立つその建造物は《塔》と呼ばれていた。

　高さ八十二メートル。本体部は鉄筋コンクリート造りで、表面をアルミ・ダイキャストの金板が覆いつくしている。淫(みだ)らなしなやかさを感じさせるその形は、ヘンリー・ムーアの彫刻の露骨な剽窃(ひょうせつ)だった。

《塔》の下部、いわば台座に当たる部分は、らっぱ状に地上に広がっている。この内部は、円錐形にくりぬかれて、礼拝堂として使用されていた。

　この礼拝堂の中心部を、円筒形の柱が垂直に貫いている。柱は中空で、《塔》の最高部まで通じるエレヴェーターが設けられていた。

《塔》は一年三ヵ月前に四十億円の巨費を投じて完成されたもので、現在の《汎エーテル教団》の象徴的な存在となっている。礼拝堂の入口に埋め込まれた白金製の銘板

には、

「トライステロ宇宙神の命により、この地に神霊界との共鳴柱を建立する。導きの石、甲斐辰朗」

という文字が彫られていた。

山岸裕実の説明によると、《塔》の最高部にはドーム状の小部屋があって、エレヴェーターはノン・ストップでそこまでたどり着く。小部屋は、《祈りの間》と呼ばれ、唯一メンターのみがそこに入ることができる。

「――そこでメンターは、三日間トライステロ宇宙神との交信を行なうのよ。その間は、誰も彼の瞑想のじゃまをすることはできないわ。この三日の行は、六日間のインターバルを置いて、繰り返されるの。つまりメンターの生活は、九日間周期で動いていることになるわけ」

「食事なんかはどうしているんだ？」

「ＮＡＳＡが開発した宇宙食を食べているの。瞑想は文字通り、サイコ・レベルにおける宇宙旅行に対応しているわけだから」

綸太郎は、柱の周りをぐるり一周し、異状のないことを確かめた。

講堂の祭壇を一回り小さくしたようなステージに上がり、正面の会衆席に背を向けると、そこが《祈りの間》に通じるエレヴェーターの入口である。綸太郎が一つしかない昇りのボタンを押すと、すぐにドアが開いた。

綸太郎は、アルミニウム合金の箱の中に足を踏み入れる。裕実が後に続いた。

綸太郎は箱の中をゆっくり点検した。四方の壁と床はしっかりとしている。天井の通風孔は十五センチ四方の大きさで、目の詰まった金網が堅くねじ止めにされている。文字通りの密室である。

「上に行ってもいいかしら?」

裕実がせきたてるように言った。綸太郎がうなずくと、操作盤の昇りのボタンを押した。

ドアがすっと閉じて、箱が上昇し始めた。スピードが速い分、乗り心地はよくない。あっという間に箱は《塔》の最高部に到達した。

ドアが自動的に開いた。裕実が目で綸太郎をうながした。綸太郎は恐る恐る箱から出た。

裕実が続いた。エレヴェーターのドアが閉じる。同時に、ぱっと灯りがついた。裕実がスイッチを入れたようだ。

二人の前に、短いらせん階段がある。立っていられるスペースは、狭い踊り場ほどの広さしかない。上を指差しながら、裕実が言った。

「この上が《祈りの間》よ。私も中に入ったことはないわ。くれぐれも今回は特別だということを忘れないで」

「わかった」

　綸太郎は階段を上った。高いところにいるという感覚と、狭い空間の圧迫感のせいだろう、綸太郎は灯台の中にいるような気がした。

　頭の上にハッチがあって、それを押し開けると、《祈りの間》に出た。

　半径二メートルほどの半球状の部屋で、黒く塗ったドームに穿たれた無数の小さな穴から、弱い光が洩れている。照明はそれだけだった。しばらくその光点を見つめているうちに、その配列の一つに見覚えがあるような気がしてきた。

　それは、北斗七星の形をしていた。

　綸太郎は、この《祈りの間》自体が小規模なプラネタリウムとして設計されていることに気づいた。

「あまりのんびりしないでちょうだい」

　下から裕実の声が聞こえてきた。綸太郎は肩をすくめると、持ってきたハンディ・ライトを点して、《祈りの間》の中に、メンターの命を危険にさらすようなものがないかを調べ始めた。

　ドーム状の壁―天井は、思ったより頑丈にできていて、《塔》の外壁と合わせれば、装甲車並みの安全性を誇るといってもまちがいはなさそうだ。換気装置もしっかりしたものである。

　言うまでもなく、このドームから出るには、床のハッチを通るしかない。そのハッチは、ドーム内からロックできるようになっていた。遮蔽物は何もないので、誰かがあらかじめ忍び込んでも、潜む場所すらなかった。

　甲斐辰朗の言うことにも一理ある、と綸太郎は思った。ここに閉じこもっている人間は、外部からは完全に途絶されることになる。

　綸太郎はハッチをくぐって、らせん階段を降りた。下で待っていた裕実が尋ねた。

「どうだった？」

「《祈りの間》は、百パーセントＯＫだ」

「メンターの身の安全を保証できる？」

「彼が本気で自分の身を守るつもりならね」

「じゃあ、大丈夫だわ」

　裕実はエレヴェーターの下りのボタンを押した。扉の上の表示盤に、箱の位置を示すランプが点灯している。箱は地上から上昇しているところだった。

「誰か、エレヴェーターを降ろしたのか？」と綸太郎は裕実に訊いた。

「いいえ。箱はここまで昇った後、自動的に地上に降りるように設計されているの」

「ふうん」

表示盤のランプが右端のRにたどり着き、ドアが開いた。二人が乗り込むと、裕実が言ったように、ドアが自動的に閉じ、箱は急速度で降下し始めた。

「変なことを訊くけど、《祈りの間》でメンターがトイレに行きたくなったらどうするのかな？」

「馬鹿ね」裕実は少し気を悪くしたように言った。「そのために、彼は前日から固形物を摂らないようにしているのよ」

「彼が《祈りの間》に持っていく宇宙食は、ちゃんと検査してあるだろうね。もし中に毒でも混ぜられていたら、異来邪はやすやすと予告を実現してしまうだろう」

「その点は抜かりはないわ」

箱が下まで降りると、またドアが自動的に開いた。エレヴェーターから降りて、時計を見ると三時半だった。

「三十分後に、メンターは瞑想に入るわ」

ちょうど正面入口から、彼が礼拝堂に入ってくるところだった。既に白いローブに着替えている。その後ろを斎門と、綸太郎が初めて見る男が並んでついてきた。

くせの強いごましお頭に、しわでたるみがちな赤い頬。年格好は五十代の後半ぐらいで、骨太の体のあちこちにみっともない肉がつき始めた、気むずかしそうな感じの男だった。

綸太郎は裕実に訊いた。

「斎門氏の隣りの人は誰だ？」

「坂東理事よ」と裕実が小声で答えた。「彼と話す時は気をつけてね」

「どうして」

「彼は、異来邪の容疑者リストに入っているわ」

瞑想の行が始まる前に、礼拝堂で短い儀式が行なわれた。それが終ると、斎門、坂東両理事を含めた九人の信者が、トライステロ宇宙神と、メンターを称える詩を斉唱する中、白いローブを引きずるように、彼は祭壇横の階段を上っていった。

彼は、信者たちに背を向けると、エレヴェーターの扉の前に立ち、昇りのボタンに指を当てた。

ドアはすぐには開かなかった。彼は十秒ぐらい、ボタンを押し続けていた。やがて、咳き込むような唐突さで、ドアが開いた。

彼はローブの裾を気にしながら、箱の中に乗り込んだ。中で回れ右をして、下にいる信者たちに小さく手を上げた。

ドアが閉まった。九人の信者の声がいっそう高くなった。表示盤のランプが明滅して、箱の上昇を告げている。最高部を示すRの文字が点灯するのは、すぐだった。

Rの光はしばらく躊躇するように、そこでとどまっていたが、やがて消えた。箱は下降し始めた。それに合わせるように、信者たちの朗詠の声も低くなっていった。百六十メートルあまりの距離を往復した箱は、地上に着くと、律儀にドアを開いて、無人の内部を一同の目にさらした。

祭壇を重心とする正三角形を形作る頂点に当たる位置に、三つの丸い台座が設けられている。九人の信者らのうち、まだ若く屈強の三人がその台座に散り、祭壇を囲んだ。

「あの三人は？」

「《オブザーバー》よ。メンターの無事を見届ける役目なの」と裕実が説明した。「《祈りの間》を侵そうとする者は、誰であろうと、彼らが阻止してくれるわ」

「七十二時間か。何も起こらなければいいが」

綸太郎は腕を組んだ。本当にこれでよかったのだろうか？　何か見逃していることがあるような気がした。

裕実が、彼の腕を肘でつついた。斎門と坂東の二人が、こちらへやって来るところだった。綸太郎は、会衆席の一番後ろから立ち上がると、二人を迎えた。

第二の書　首のない革命家の問題

1

セレニータ・ドゥアノはセブ島で生まれ、十七歳の時、日本にやってきた。ナカジマと自称する日本人ブローカーの甘言にのせられて、年老いた両親と四人の弟と妹のために、出稼ぎに来たのだった。

セレニータは観光ヴィザで入国し、そのまま不法滞在を続けるという、いわゆるジャパゆきさんの常套手段で、日本にとどまった。ナカジマの紹介で、新大久保のフィリピン・パブへ売られ、日給二千円でホステスとして働いた。

客の要求にしたがって、体を売ることも日常茶飯だったが、その代金は全て、店の主人に流れていく仕組みだった。ヤクザという日本語を知ったのは、この店で働くようになってからだ。

2DKのマンションで、五人の自分と同じ境遇の娘たちと同居する生活が、半年間続いた。すさんだ毎日が、生まれつき明るかったセレニータを、陰気で無口な女に変えていった。日本語がほとんど覚えられなかったことが、それに拍車をかけ、セレニータは啞者同然の人間になってしまった。

そんなある日、セレニータはカネヒトと名乗る日本人と知り合った。カネヒトは、他の客とはちがった目で彼女を見てくれた。何度か、彼ともホテルへ行ったが、カネヒトは他の男たちのように、セレニータを物のように扱いはしなかった。二人の間には、言葉を介しないコミュニケーションが育っていった。ぼろぼろにすり切れたセレニータの心に、小さな希望の灯りがともったのは、この頃である。

やがてセレニータの境遇に大きな異変が起こる。

去年の七月の、ある火曜日だった。

その日、セレニータは三日前からひいていた風邪をこじらせて、寝床から起き上がることもできず、仕方なく店を休んでいた。夜の十一時頃だったろうか、突然、部屋のドア・ブザーが鳴った。恐る恐るのぞき穴に目を当てると、灰色の制服を着た警官が三人、怖い顔つきで立っている。

(セレニータは知らなかったが、その夜、彼女が働いていた店に警察の手が入り、不法就労していた外人女性のタコ部屋にも、その手が伸びたのだった)

セレニータは本能的な恐怖を感じ、四十度近い熱の体に鞭打って、着のみ着のまま、ベランダの窓から外に逃げだした。その後は、どこをどう歩いたのかよくわからない。熱で、もうろうとした足取りで、いつの間にか、働いていた店のすぐ近くまで来ていた。

まだ店を閉める時刻には早いのに、看板の灯りが消えていた。おかしいとは思ったが、セレニータはふらふらと店の方に足を向けた。

その時、後ろから、誰かの腕が彼女の体をつかまえた。セレニータが振り向くと、そこには、カネヒトの顔があった。

カネヒトは、店に手入れがあったことをセレニータに伝えた。セレニータにはよくわからないことの方が多かったが、それでも自分に帰る場所がなくなったことだけは明らかだった。

セレニータは、急にめまいを覚えた。熱と、突然の事件のショックのダブル・パンチが、か弱い十八の娘をいっきに襲ったのだ。

「ひどい熱だ」

セレニータは、カネヒトが自分の体を支えながらそうつぶやく声を聞いた。その時、むき出しの腕に冷たいものが当たるのを感じた。

雨だった。

「——カム・トゥ・マイ・ホーム?」

うちに来ないか、とカネヒトが言った。願ってもない誘いだった。セレニータは一も二もなくうなずいた。

カネヒトは苦労してタクシーを拾うと、セレニータを座席に押し込み、運転手に西落合（にしおちあい）の住所を告げた。途中で、まだ開けているドラッグ・ストアを見つけて、風邪薬をどっさり買い込んできた。

カネヒトの部屋は、こぢんまりしたマンションの三階にあった。八畳一間と、ダイニング・キッチンだけの殺風景な住居だったが、今まで閉じ込められていた薄汚い雑居房とくらべると、天地ほどの差があった。

カネヒトはベッドにセレニータを寝かせると、薬を飲ませた。

「ドン・ウォリイ。スリープ」

とても流暢（りゅうちょう）とはいえない英語で、カネヒトが言った。セレニータはこの異邦の地に来て、初めて味わうような安らかな気持ちに包まれて、眠りに落ちていった――。

そんなふうに、セレニータとカネヒトの半同棲（どうせい）生活は始まったのだった。

半同棲生活というのは、一月のうち三分の一しかカネヒトがその部屋にいないからである。正確には、九日間を周期として、そのうちの三日だけが、二人がいっしょにいられる時間にすぎなかった。

一日目の午後遅く、カネヒトはやってくる。その日を含めて、三晩泊まっていくが、四日目の昼にはもうふらっとどこかへ消えてしまう。その後の六日間を、セレニータは男の部屋に閉じこもって、ただひたすらカネヒトを待ち続けるのだった。

どうやら、この部屋もカネヒトの本当の住み処ではないようだった。最初に来たとき感じた殺風景さも、それで説明がつく。もしかしたら、九日間周期の行ったり来たりの生活も、以前からずっと続けられてきたものかもしれない。

奇妙なことに、セレニータはカネヒトが一体どういう素姓の人物であるか、全く知らなかった。不在の六日間を、カネヒトがどこでどう過ごしているかも知らないのだった。

いつも使いきれないぐらいの手当を置いていったが、どうやって稼いだ金なのか、訊いたこともない。恐らくちゃんとした奥さんがいる人で、自分は〈二号サン〉みたいなものだろう、とセレニータは思っていた。

それでもセレニータは、十分満足していた。

以前の生活とくらべると、自分でも信じられないぐらい幸福な毎日だった。カネヒトはいつでも優しいとは限らなかったが、しかし、六日おきの訪問だけは決して欠かさなかった。そして、その六日間が淋しく、孤独であるだけいっそう、カネヒトの顔を見る時の歓びが倍加するのだった。

セレニータは、世の中がそんなに甘くはないと身にしみてわかっていたから、今の幸せがいつまでも続くものではないことを承知していた。カネヒトが自分を拾い上げてくれたのが、一種の気まぐれからにすぎないこともよくわかっていた。

にもかかわらず、いや、だからこそかもしれないが、セレニータは今の自分の境遇に心から満足しているのだった。

だがそんなセレニータの幸せも、十ヵ月あまりしか続かず、ついに終わりを告げる日がやって来た。

五月十七日、水曜日。

その日は、六日ぶりにカネヒトが、セレニータを訪ねてやってくる日だった。早い時間から買い物に出かけ、夕食の支度に取りかかろうとしているところに、カネヒトからの電話がかかってきた。時刻は五時を少し回った頃だった。

「外で、ご飯、しよう」

「エエ？」

「中野駅で、八時。エイト・オクロックね」

それだけ言って、電話は切れた。

セレニータはせっかくのごちそうの支度がむだになるのを残念に思った。でも同じ献立を、明日に回せばすむことなのだ。それより、表でカネヒトと食事できることの方がうれしかった。

髪に丁寧にブラシを当て、精一杯めかし込んだ格好で、セレニータは部屋を出た。

中野駅北口に着いたのは、約束の時刻より十五分ほど早かった。人目につくように、改札のそばの柱に寄り添って立った。勤め帰りの人たちが、セレニータの前をどんどん通り過ぎていく。セレニータは目をきょろきょろさせて、カネヒトの姿を求めた。

ところが、八時になっても、八時十五分になっても、カネヒトは現われなかった。さらに十五分、二十分が過ぎても、カネヒトは来ない。セレニータは、不安を覚え始めた。

じっと一人で立ちつくしているセレニータの姿を不審がって、駅員が冷たい視線を向けてきた。セレニータはもう我慢できなくなった。頭の中で、ゆっくり十まで数えると、踵(きびす)を返して路線バスの停留所に向かった。

真っ先に浮かんだのは、事故の可能性だった。しかしセレニータには、どうすることもできない。連絡が入ることを期待して、部屋で待つことにしたのである。

部屋にたどり着いた時は、既に九時を三十分近く回っていた。鍵穴に鍵を差し込もうとして、それが開いていることに、セレニータは気づいた。出てくる時、まちがいなく閉めたはずだった。

カネヒトは、もう来てる。セレニータは、すぐにそう思ってほっとした。たぶん、駅ですれちがいになったのだ。もっと早くそのことに気づけばよかった。

セレニータはドアを開けて、部屋に入った。灯りはついていなくて、中は真っ暗だった。その時ふいに、室内に変な臭いが充満していることに気がついた。いやな予感がした。

「カネヒト?」

呼んでみたが、返事はなかった。臭いはバスルームから漂ってきているようだった。セレニータはバスルームに通じる扉を開けた。

暗がりの中に差し出した足の先が、何かぐんなりとしたものに触れた。セレニータはおそるおそる灯りをつけた。

悲鳴が、セレニータの口から洩れた。

灯りの中に浮かび上がったのは、バスマットの上にうつ伏せにされた男の体と、夥しい量の血液。

そして——。

男には、首がなかった。

2

《汎エーテル教団》本部ビル四階の目立たないブロックに、『山岸裕実』のプレートが貼られたドアがある。綸太郎はそのドアの内側で、分厚い資料ファイルと取り組んでいた。

時計の針は、午後九時を回っている。部屋にいるのは、綸太郎ひとりだった。今夜は、ここで泊まることになりそうだ。

三時間ばかり前に、彼をここに連れてきた当の部屋の主は、四冊のファイルを机の上に置くなり、自分は他の仕事があるからと言って、どこかへ出て行った。最初は無責任な女だと思ったが、ひょっとしたら、仕事がしやすいように気を使ってくれたのかもしれない。

もっとも綸太郎は、裕実がいた方が仕事がはかどるのではないかと、密(ひそ)かに思っていたが。

机の上には、四冊のファイルと、食べ散らかしたサンドイッチの残骸、コーヒーの入った魔法瓶、それにペーパーカップが乗っている。四冊のファイルはそれぞれ、赤、青、黄、緑の四色に色分けされていて、各表紙にはワープロで打ち出したと思(おぼ)しき文字で、四つの人名が記されていた。

裕実の説明によれば、その四人の中に脅迫状を送りつけてきた犯人がいるはずだという。

「――メンター夫妻が養子を取ることを決めたのを知っている人間は、全部で七人。そのうち、メンター自身と斎門理事、それにこの私を除いた残りは四人しかいないのよ。この四人以外には、脅迫状に大島源一郎という名を織り込むいわれがないわ」

「それ以外の誰かに、情報が流れている恐れはないのかい」

「私は、ないと思うわ。一度言ったと思うけど、この件については、メンター直々の箝口令（かんこうれい）が敷かれているから――」

四つの人物ファイルの中には、教団の資料室が提供しうる情報が全て盛り込まれているようだった。最初、綸太郎はあらゆるデータを一字一句読み落とすまい、という決意でページを繰り始めたが、すぐにそのやり方を放棄せざるをえなくなった。というのは、脅迫状とはあまり関係のない書類（健康診断書や給与明細の写し、レシートの類、教団のPR誌のコピーなど）が膨大に蓄積されているため、それら全てにつき合っていたら、七十二時間なんて、あっという間に過ぎてしまうような気がしたからである。

綸太郎は、もっと効率のよい方法――ページをぱらぱらと繰って、目についた面白そうな部分だけ抜き読みする――を採ることにした。その方が細部に拘泥せず、人物に対していっそう本質を突いた印象を作り上げることができるはずだった。
　この想定にしたがって、綸太郎は五倍のスピードで四冊のファイルを片付けた。ところが綸太郎の中には、一人の例外を除いて、彼らに対する本質を突いた印象なるものは形成されていなかった。
　綸太郎は少し不安に駆られたが、もう一度、初めからファイルに取りかかるだけの元気はなかった。しばらく考えた末に、各ファイルごとに、短い要約文をまとめてみることにした。

　赤のファイル　〈甲斐留美子〉
　甲斐辰朗の妻。三十七歳。
　長男の死亡後、子供に恵まれなかったことから養子を取ることを考え始める。
　大島源一郎少年を養子に迎えることを決めたのは、夫人自身である。
　夫を憎む動機はない。

　青のファイル　〈江木(えぎ)和秀(かずひで)〉
　弁護士。六十二歳。
　非信者だが、斎門窯業の顧問弁護士をしていた頃から、甲斐夫妻との関係が続いている。斎門との交友も長い。

養子問題について、甲斐夫人から相談を受け、その調整に当たっている。

甲斐辰朗を憎む理由はない。

黄のファイル〈坂東憲司（けんじ）〉

教団理事。五十七歳。

放浪時代からの熱心な甲斐辰朗の信者であり、当初はその有能なブレーンであった。

現在は、教団内部での発言力が衰えつつあり、最近メンターと衝突することも少なくない。

養子問題については、あまり賛成していないといわれる。

緑のファイル〈大島佐知子（さちこ）〉
教団事務局、出版部職員。三十八歳。
大島源一郎の母。夫（斎門窯業に勤務）を二年前に亡くしている。
熱心な信者であり、養子の話にも非常に乗り気である。

やれやれ。綸太郎はペンを置いて、ため息をついた。これではあまり役に立ちそうにない。

ペーパーカップにコーヒーを注いで、綸太郎は椅子から離れた。窓に近づいて、ブラインドを巻き上げると、地上に据えられた照明装置の光を浴びて屹立(きつりつ)する《塔》の流線型が、夜の闇の中にくっきりと浮かび上がっていた。綸太郎は、《祈りの間》がある辺りを見つめながら、考えを整理しようとした。

ファイルの内容だけを見るなら、異来邪の候補としてもっとも有望なのは、黄色のファイルの坂東憲司ということになるだろう。

だが、と綸太郎は考えていた。彼は、異来邪ではないはずだ。

そう考える根拠は、何も大したものではない。綸太郎はファイルを読む前に、坂東憲司と会って話をしていた。その時に感じた印象が、彼が脅迫者であるという可能性を、漠然と否定しているのだった。

綸太郎は、坂東憲司と交わした会話をあらためて反芻(はんすう)することにした。

《塔》を後にした四人は、裕実の提案にしたがって、ラウンジのテーブルを囲むことになった。

綸太郎は、取材中の作家という触れ込みを最大限に利用して坂東憲司にさっそく探りを入れ始めた。

「――では、坂東さんは、放浪時代の甲斐氏を知っている数少ない証人ということになるわけですか」

「まあ、そう言ってもまちがいはない」

坂東は赤ら顔を光らせながら、ざらざらしたしゃがれ声で答えた。四人のうち、ビールを頼んだのは彼ひとりである。そうして自分が立ち会った数々の奇蹟の現場について、誇らしげに語った。

話が進むうちに、綸太郎は自分の質問が、斎門と裕実によって誘導されているような気がしてきた。二人がはさむ相槌や、話を補う説明の言葉が、徐々に問いの行方を限定しつつあるのだ。

「――出発当時の教団は、ごく細々としたものだったそうですね。それが今では、十三万の信者を抱える大所帯になってしまった。そういう点で、坂東さん自身の中に違和感のようなものは感じられませんか」

坂東は、斎門と裕実の顔色をことさらにうかがうようなそぶりをしてみせた。すると、あらかじめ打ち合わせでもしてあったかのように、斎門が腕時計に目を落とした。

「おや、もうこんな時間だ」と彼が言った。「八時に都内で、三友グループの幹部の方と会う約束があるのです。その支度をしなければ。法月さん、明日またお話ししましょう」

坂東と裕実に軽く頭を下げて、斎門はそそくさと席を立った。出ていく時、裕実の方になにがしかの意味をこめた目くばせをしたようだった。

裕実はそしらぬ顔を装って、坂東が答えようとした話題に注意を戻した。坂東は、斎門がいなくなったのをもっけの幸いとばかりに、話し始めた。

「わしはもう年寄りだし、理事といっても名誉職みたいなものだから、何を言っても聞き流してほしいのだが、今の教団のあり方に、不満がないと言ったら嘘になるかもしれんな」

「と、いいますと?」

「法月さんと言ったな、あんたの言うように、わしらの教団は大きくなった。それ自体はよいことなのだ、メンターの教えを信じる人が増えることはな。

だが、今の教団は、あまりにも多くのことをビジネスとして処理しすぎている。例えば、あんたも見ただろう、レーザー光線とシンセサイザーを使った祈りは、わしはあまり好きではない。エーテルの波は、外からではなく、自分の心のうちに見出すものと思わんかね。

《塔》にしたって、そうだ。あの代物を建てることについては、わしは賛成しなかった。何にしても、金がかかりすぎることはよくない。それに、同じ建てるなら、もっと素朴な形にすべきだった。あれは、《塔》というよりは、できそこないのロケットだよ。形ばかりで、心がない。あんなものを作ったのは、メンターの失策だと思う――」

綸太郎にとって重要に思われた点は、坂東理事が法月綸太郎という名前に、全く反応を見せなかったことだった。最後の脅迫状で明らかにされている通り、異来邪は、綸太郎が何者であるか、そして何のために教団に潜り込んでいるかを知っているはずなのだ。そしてあれだけ手の込んだ形で、綸太郎に一種の挑戦を仕掛けてきた以上、何の反応も示さないということはあり得ない。

もちろん、坂東が無関心を装っていたと考えることはできる。しかし、綸太郎の印象では、彼はそのような芝居のできるようなタイプの人間ではないようだった。厳密な論理の裏付けはないが、坂東が異来邪である可能性は、除外してもいいと思った。

もうひとつ綸太郎の注意を引いたのは、裕実と斎門がまるで示し合わせたような態度で、坂東に接していたことだった。少なくとも、斎門と坂東の間には何らかの緊張関係があるような感じがした。後でそのへんのことを裕実に問いただしておく必要がありそうだ――。

そのとき突然、降って湧いたように新しい考えがひらめいて、綸太郎は席に戻った。緑のファイルを取り上げて、急いでページを繰る。

その手が止まった。最初に目にした時は、気にも留めずに通り過ぎた箇所だった。だが、彼の潜在意識に埋め込まれたセンサーは、一瞬のうちに、その重要性を探知していたのだ。

そのページには、大島佐知子が大学時代に書いた卒業論文(「『万葉集』における音韻論」という標題がついていた)の梗概(こうがい)が載せられていた。そして綸太郎の注意を引いたのは、そこに記された大島佐知子の旧姓だった。

結婚する前、大島佐知子は、綾後佐知子という名前だったのだ。

『綾後』という姓が実際にどう読まれるのか、ファイルの中には書かれていなかったが、『あやじり』と読むのではないか、と綸太郎は思った。

3

法月警視が、新宿署から殺人事件発生の報を受けたのは、午後十時半に近かった。その夜、一課で残っているのは、久能(くのう)警部だけだった。警視は彼を伴って、西落合の犯行現場に急行した。

新青梅街道沿いを、中野通りの手前で南に折れる。中級クラスのマンションが建ち並ぶ区域の一角に、殺人の起こった『フジハイツ』はあった。夜目にも、築後十年以上はたっていると思われる、鉄筋コンクリート七階建の壁には、汚れとひび割れが目立ち始めていた。

久能警部は、駐車場の空きスペースを見つけて、車を入れた。寝巻姿で集まってきたやじ馬連中を押し退けながら、二人は正面玄関に回った。三日続きの晴天で、狭い路地の向こうにのぞく街並の輪郭が、夜の灯りを浴びてくっきりと映えている。

「散歩するには、いい晩ですね」

久能が、そんなことをつぶやいた。

『フジハイツ』は、土の字の形をした二棟の建物で、突端の位置が玄関になっている。制服の巡査に身分を告げて、中に入った。入口は自動ドアで、外来者のチェックはない。普段は、誰でも自由に出入りできるようだった。

巡査に教えられた通り、ロビーの脇のエレヴェーターに乗って三階まで上がった。事件が起こった部屋は、三一二号室と聞かされていたが、わざわざ探すまでもなかった。路地に面した棟の向かって左、西側の端から三番目のドアが開かれたまま、新宿署の刑事が出入りしている。

ドア・チャイムの横に、住人名を示すカードが貼りつけられている。黒のマジックの楷書体で、『安倍兼等』の名前があった。被害者と推定されている男である。

警視が先に立って、ちょうど出てきた刑事の一人に話しかけた。

「本庁の法月だ。ここの責任者は誰だ」

「紫田警部です」

新宿署の紫田警部なら、よく知っていた。今までにも、何度か合同捜査をしたことがある。こわもての顔に似合わず、頭の回転が早く、裏表のない男だった。

警視は気がねなく、三一二号室に足を踏み入れた。奥の八畳間で、鑑識課員の中に紫田の姿を見つけ、声をかけた。

「ああ、警視。あなたでしたか」紫田の目が輝いた。「難しい事件になりそうなので、誰が来るか心配していたんです」

警視は目で応えると、

「うちの久能君は知ってるな?」

警視の後ろに目をやって、紫田がうなずいた。

「被害者は?」

「浴室です」紫田は顔をしかめながらつけ加えた。「——ひどいですよ」

「聞いている」

警視は久能警部に手招きして、バスルームの方へ足を戻した。

バスルームは、ダイニング・キッチンの向かいにある。ユニットタイプのものではなく、それだけで独立した空間を占めていた。警視と久能警部が中に入ろうとすると、写真班の男の尻が後退ってくるのとぶつかりそうになった。

「これは失敬」振り向きもせずに言うと、男は続けざまに三回、フラッシュをたいた。

バスルームの中は、惨憺たるありさまだった。

ジャージ地のポロシャツと毛織のスラックスを着けた男が、ポリエチレンのバスマットの上にうつ伏せに倒れている。年齢は四十ぐらい。痩せ肉だが、肩はがっしりしていて、筋肉質の体である。しかし、その肩から上の部分が存在しなかった。

本来なら、首があるべき部分に、赤黒い色に染まった塊があった。その周りに、生乾きの血だまりがある。警視は歯を食いしばりながら、腰を屈めて、その塊に目を近づけた。鼻と目につんとくる臭いがした。それは、血を吸ったバスタオルだった。

その陰に、首の切断面が隠れていた。警視は思わず顔をそむけた。

やっと腰を伸ばして立ち上がると、久能警部が浴槽の中を指差した。

十センチほど張られた水が、赤色に濁っていた。その中に中型の鉈が、刃を下にして沈んでいる。警視はもう一度、首の切断面に目を向けた。

切り口はそれほど滑らかではないが、一撃で切り落とした断面である。首を切るのに、この鉈が使われたことは明らかだった。

背後から、紫田の声がした。

「死体を運び出す用意が整ったのですが」

「わかった。早く片付けてやってくれ」

防水シートを抱えた二人組と入れちがいに、警視はバスルームを出た。久能警部が言った。

「殺してから、首を切ったようですね」

「そうだ。心臓が動いていたら、出血があの程度で済んだはずがない」

「あのバスタオルは？」

「真ん中のところに、ざっくりと裂け目ができていた。恐らく、犯人は被害者の首に濡れたタオルをかぶせて、鉈を振り下ろしたんだ」

「返り血を浴びないためですか」

警視はうなずくと、紫田に顔を向けた。

「およその死亡時刻は？」

「八時以降だと言ってます。通報があったのは、九時三十五分過ぎです。同じ階の住人から、八時以降怪しい人物を見かけなかったか、訊き込みを始めました」

「首の方の捜索は？」

「今、取りかかったところです」

「よし。では、通報者を呼んでくれ」

呼ばれたのは『フジハイツ』の管理人で、にんにく臭い息を吐く、五十代後半の太った男だった。

長崎（と男は名乗った）の話によると、彼が一階の管理人室でテレビを見ていると、九時半ちょうどに、セレニータ・ドゥアノという三一二号室に住んでいるフィリピン人の女が、真っ青な顔で駆け込んできて、「カネヒトがどうかした」というようなことを口走った。

「カネヒト」というのが、三一二号室の契約者、安倍兼等のことであるのはわかったが、それ以上、セレニータが何を伝えようとしているのか、長崎には全くちんぷんかんぷんだった。

それより彼女の手に、血のような赤い染みがついているのが気になった長崎は、念のため三一二号室に足を運んでみることにした。そして浴室の首なし死体を発見し、驚いて、その部屋の電話で警察に通報した。

それから、管理人室へ降りてみると、今度はセレニータ自身が気を失って倒れている。その様子が尋常ではないので、もう一度、今回は一一九番に連絡して救急車を呼んだ（そしてその結果、セレニータは、大久保の慈愛会病院に収容されることになった）、ということであった。

八時前後に、不審な人物が玄関を出入りしなかったか、という質問に対しては、

「いえ、それがちょうど、奥の部屋で、野球中継を見ていた時で、ロビーの窓口を留守にしていたものですから、誰かが出入りしていたとしても、私は全然、気がつきませんでした」

と、汗を拭き拭き、答えるのが精一杯だった。

周辺の訊き込みと、行方のわからない被害者の首の捜索は紫田警部に任せて、警視は久能とともに、奥の八畳の洋室の方を改めて検分することにした。

法月警視は常々、自分は古いタイプの警官だと考えていた。オフィスの机の前に坐って、まるでガン細胞のように増殖していく書類の山と格闘したり、彼には全然理解できないコンピューターの排泄物の検討に時間を費やすよりは、こうして現場に赴いて、生身の人間が遺していったさまざまな痕跡を探り出し、あるいは、口の堅い証人たちと虚々実々の押し問答を繰り広げる方が性に合っている。

警視は、現場の雰囲気や証人に対する第一印象を重要視するタイプだった。そして、長年の経験によって培われた捜査のカンというものを信じていた。もっとも、今

時そんな言葉を本気で口にすると、若い連中から煙たがられるので、最近では、プロ意識という言い方をするように気をつけていたが。

傍若無人の鑑識課員の一団が、撤退した後であることを考えに入れれば、部屋は比較的こぎれいに片付けられていた。家財道具があまり多くないせいかもしれないが、警視はそこここに細やかな女の手が入っていることを意識した。

板の間に敷かれたカーペットは、安手のものだったが、ほこりはなく、掃除が行き届いている。八畳間に、セミダブルのベッドは少し手狭に感じられるが、他は十七インチのテレビと、ビニールのクロゼットケース、本棚というにはちょっとお粗末なカラーボックス、そして冬にはこたつに変わる木目調のテーブルで、家具は尽きていた。

テレビの後ろから延びたコードの先には、TVゲームの機械がつながれていて、ゲームのカセットが差し込まれたままになっている。警視はテレビと、ゲーム機のスイッチをオンにした。すぐにけたたましい電子音と、カラフルな画面が飛び出した。

「スーパーマリオですよ」久能警部が言った。「しばらく前に流行った奴です。うちの息子がよくやってました」

「四十男には、似合わないな」

「たぶん女の方が、熱中していたのでしょう」

警視はうなずいてスイッチを切ると、部屋の隅に干してある女物の下着に目を向けた。

「どう思う？」

「わざと外から見えない位置にかけていますね。これは、一人暮らしの女がするやり方だ」

「ああ。だから、契約は安倍の名でされてるが、普段住んでいたのは女だけなんじゃないかな。男の方は通っていたんだと思う。ゲームは、男が留守の間のひまつぶしだろう」

「なるほど。女は、愛人ですか」

警視は部屋の中を歩きながら、考えをまとめるように、吶々（とつとつ）とした口調で言った。

「――そう考えると、被害者はここと別に生活の本拠地を持っていたことになる。そこに、夫の帰りを待つ本妻がいる可能性が強いな」

4

「大島さんが、異来邪ですって？」

裕実は疑り深い目で、探偵作家の顔を見つめた。

「その可能性が強い」

あくる十八日の朝である。秘書室を訪れた裕実は、机の上に右頬をくっつけて、うたた寝している綸太郎の姿を発見したのだった。

彼は、少なからずばつの悪い思いをしたらしく、その気まずさを取りつくろうためか、やたらともったいぶった態度で、脅迫状を送りつけた犯人の正体がわかったと裕実に告げたのである。

「ちゃんとした根拠があって、言っていることなんでしょうね」

「まあね。でもそれを話す前に、顔を洗いたい」

「五階に、お湯が出るシャワー室があるわ」

十五分後、綸太郎は新しいコーヒーの入ったカップを片手に、少しはましな顔で、説明を始めた。

「そもそも異来邪が内部の人間であることが発覚したきっかけは、四通の脅迫状に、大島源一郎という名前が隠されていたことだった。

当然、異来邪がなぜそんなことをしなければならなかったか、という疑問が生じる。

一つの考え方は、異来邪が教団内部の事情に詳しいことを誇示し、脅迫状の内容に説得力を持たせることによって、メンターに対する脅迫の効果をいっそう倍加する目的があった、というものだ。

しかし、こう考えたところで、ではなぜ、メンターの養子問題がそのために利用されたか、という点の説明はつかない。しかもその事実を知る者がごく少数に限られるのだから、異来邪自身の正体が暴かれる危険性も増すばかりだ。

とすれば、異来邪にとっては、メンターの養子問題は、単なる付加事実ではなく、むしろ脅迫を行なうにあたっての不可欠要素だったと考えるべきだ」

その説明には飛躍がありすぎる、と裕実は思ったが、あえて異議は控えた。

「それで？」

「源一郎君の問題が、一連の脅迫と密接な関係を持っているとすれば、異来邪の動機もまたそこに関連すると推察される。言い換えれば、異来邪はメンターの養子問題に反対する理由があり、それを妨げるためならば、メンターを殺害することも辞さないと決意している人物だ、ということになるだろう」

「でも大島さんは、源一郎君を養子に出すことを拒んではいないはずよ」

「表面上はね」綸太郎は自信ありげに答えた。「ファイルを見た限りでは、養子の話に明らかに難色を示しているのは、坂東理事だけだった。僕自身は、君もあまり乗り気じゃない、とにらんではいるんだが、それはまた別の問題だ。

だが、もし異来邪が表向き、養子の話が進められることに対して、反対の意思表示をしているのであれば、何もこういう手の込んだ形で、そのことを脅迫状の中に織り込む必要はないはずだ。

面と向かって反対できないからこそ、異来邪はこんな屈折した脅迫状を送らざるを得なくなった、と考えるべきなんだ。つまり異来邪を名乗る人物は、表面上は養子縁組を推進するふりをしながら、本心ではそれに抵抗したいと思っている人間だ」

綸太郎はコーヒーを飲み干した。裕実がおかわりを勧めたが、彼は手を振って、先を続けた。

「さて、こういう観点から、僕は養子問題に関するいきさつを、改めて読み直すことにした。必要な情報のほとんどは、大島佐知子のファイルの中に記録されていた。問題は、この養子問題が生じたそもそものきっかけが、留美子夫人の突発的なわがままでしかなかったということにある。夫人は、ある日突然、自分に子供がないことを重大視し始め、その解決法として、よその子供をもらい受けることを考えた。

その子供選びが、民主的な手続きの下で進められたのなら、構わなかったのだが、夫人は自分だけに都合のよい方法を採用した。つまり、《汎エーテル教団》の青少年部――これは、信者の子弟が自動的に参加することになっている――のリストの中から夫人のお眼鏡にかなう優秀な子供を選び出し、上意下達方式でその親に養子縁組を承知させるというやり口だ」

裕実はごくりと唾を飲み込んだ。綸太郎がその音を聞きつけて、目ざとく眉を上げた。

「いうまでもなく、偉大なるメンター夫人の意向に、信者が異議を唱えることなど不可能だ。したがって、選ばれた子供の母親は、その本意にかかわらず、その子をいけにえとして捧げることを承知せざるを得ない——少なくとも、表面上は。

だが彼女は、息子を手放したくはなかったのだ。抑圧された母性愛は、不可逆的に、メンターに対する憎悪に姿を変える。元来、熱心な信者であればあるだけ、憎しみも深化して、殺人の予告を行なうまでになる。脅迫状にこめられた狂信的なメッセージも、その表われと見ていいだろう」

綸太郎が自分の手で、二杯目のコーヒーをカップに注ぎ始めるまで、裕実は彼の話が終わったことに気がつかなかった。

というのも、あまりにもその説明が恣意的なもので、論理的な説得力を欠いているように思われたからである。そこで裕実は思った通りに言ってみることにした。

「私はそういう俗流心理学的な言説には、心を動かされない質なの。それにあなたの意見は、出発点があやふやすぎるわ。

大島さんが、脅迫の主であることが確かなら、そういう説明も可能かもしれないわ。でもあなたの言い方では、彼女が異来邪でなければならない必然性はどこにも見当たらないんじゃない？」

するとと綸太郎の表情に、得意げな色が浮かんだ。

「君がそう言ってくれるのを待っていたんだ」

裕実は何となく、かつがれているような気分で、綸太郎の次の言葉を待った。彼はコーヒーで唇を湿すと、裕実の迷妄を解きにかかった。

「もちろん、僕が大島佐知子に目をつけた理由は別にある。

今さら繰り返すまでもないが、異来邪と名乗る人物は、文字に対して一風変わった執着心を持っている。つまり、大島源一郎という名前を四通の脅迫状の行頭に織り込んでみたり、僕の名前をひっくり返して、育児論という言葉に変えてみたりするような趣味の持ち主だ。

ところがファイルによれば、大島佐知子はT女子大の文学部の卒業生で、『万葉集』の音韻論を卒業論文のテーマにしていたとある。つまり言葉に関して人一倍興味を示す人間であることがうかがえる。さらに彼女は、教団の出版部の仕事に就いている。これもまた、文字に対する彼女のセンスが、平均以上のものであることを示す事実だ。

しかしこれらの事実は、あくまでも間接的な証拠にすぎない。決定的な手がかりは、彼女の名前そのものにあった」

「――名前が」裕実には、とっさに思い当るものがなかった。「決定的な手がかりですって?」

綸太郎は緑のファイルの中程のページを開いて、『綾後』という文字を指で示した。

「この旧姓は、『あやじり』と読むんだろう?」

「そうよ」うなずいて、不意に裕実は、その言葉の響きに何か邪なものを感じ取った。「まさか——」

「そのまさかさ」

綸太郎は次の言葉を、ゆっくりと、かんで含めるように発音した。

「異来邪(Iraizya)は、綾後(Ayaziri)の綴り替えだ」

5

同じ十八日の午後、法月警視は、彼のオフィスで『フジハイツ』の首なし殺人に関する最新の報告書に目を通していた。

報告書の内容は、あまりはかばかしいものではなかった。

事件発生から、既に十五時間以上過ぎていたが、慎重な捜索にもかかわらず、新宿署の紫田警部は、被害者の首を発見できずにいた。

状況から見て、犯人が首を持ち去り、秘密裏に処分したことが明らかだった。問題は、なぜ犯人がそのような手間をかけたか、ということだった。

その理由として、警視が真っ先に思い浮かべた可能性は、被害者の身元を誤認させるという目的に基づくものだった。すなわち三一二号室で発見された首なし死体が、安倍兼等（と名乗って部屋を借り、セレニータ・ドゥアノと暮していた人物）でない、という可能性である。

この場合、死体の首を切り落とした犯人は、何らかの理由によって自己抹殺を図らざるを得ない被害者（と目される人物）自身でなければならない。この事件に当てはめれば、安倍兼等（と名乗る人物）である。

しかし警視は、この考えをすぐに放棄しなければならなかった。

鑑識課は、超特急で指紋の照合を行ない、浴室で発見された首なし死体の両手の指紋が、『フジハイツ』三一二号室を借りていた安倍兼等と名乗る人物の遺留指紋（七十八ヵ所に及ぶ）と完全に一致することを確認していた。

しかも後者の指紋は、ごく最近の機会につけられたものではなく、また被害者以外の第三者が、被害者の意志に反して三一二号室に遺した不自然なものでないことが、保証されていた。つまり被害者が、安倍兼等の名で三一二号室を借りていた人物であるということは、今や疑いのない事実であった。

指紋が一致した以上、入れ替わりの可能性は否定される。現在の法医学では、たとえ双生児であっても、同一の指紋を持つ人間はいないとされているからである。つまり死体は、絶対に安倍兼等（と名乗る人物）のものである。

では犯人は一体、何のために被害者の首を切断したのか？　今のところ、警視には、その問いに答える妙案がなかった。

もう一つ、警視を悩ませている重大な問題は、被害者の素姓が全く不明であることだった。

安倍兼等という名前そのものが、偽名である疑いも捨てきれなかった。愛人を囲うのに、本名を使う馬鹿はいない、という久能警部の意見もある。

警視は、彼の意見を鵜呑みにしようとは思わなかったが、被害者が『フジハイツ』の三一二号室から、自分自身の痕跡を注意深く消し去ろう、と努めていたことだけはまちがいなかった。部屋には、彼の素姓を推察させるいかなる手がかりも存在しなかった。スナップ写真の一枚すら、見つけられないほどだった。

そもそも『フジハイツ』自体、住人に対して、安くはない部屋代をきちんと払うこと以外、何も期待してはいないようだった。一年三ヵ月前の日付が入った三一二号室の契約書は形ばかりのもので、賃借人の素姓については何も語ってくれない。周りの隣人たちも同様だった。

訊き込みの結果、三一二号室の男が、別に生活の本拠を持っていることが、確実になった。住人の証言を総合すると、被害者は定期的に女の許に通っていたらしい。そのスケジュールは決まっていて、まず三日間をセレニータと過ごした後、しばらく姿を見せないが、六日目の夕刻に再び現われ、三泊していく。そしてまた六日間は姿を見せず——、というのを几帳面(きちょうめん)に繰り返していた。

そのスケジュールは、セレニータ・ドゥアノと暮らす以前から、昨日まで、一度も狂うことはなかったという。

しかし、わかったのはそこまでで、警視の見込みを上回るような有益な情報は、何も手に入らなかった。一緒に住んでいたはずの、セレニータ・ドゥアノでさえ、彼女の愛人について、確たることを何も知らないに等しかった。

セレニータ・ドゥアノ。彼女もまた、法月警視の悩みの種の一つだった。

管理人の長崎の部屋で倒れたセレニータは、救急病院に運ばれ、そこでショックによる流産と診断された。妊娠四ヵ月目で、一度、中絶手術を受けていることまでわかった。

しかもセレニータは、ショックのため、一時的な失語症状態に陥っているらしかった。自分の名前とフィリピンのセブ島で生まれたこと、それにカネヒトという名前を間欠的に繰り返すだけで、正常な状態で事情聴取をすることはほとんど不可能に近かった。したがってもっとも重要な証人でありながら、彼女の証言を聞くことは、当分お預けを食わされそうだった。

セレニータの抱えている問題は、それだけではなかった。三一二号室にはセレニータのパスポートが見当たらず、彼女は不法入国者ではないかという疑いさえ持たれていた。

若いフィリピン女性であるがゆえに、セレニータがいわゆるジャパゆきさんであることは、ほぼ確実視されていた。既に入国管理局に、彼女に関する照会が行なわれていた。

警視は大きなため息をついて、報告書の新しいページをめくった。そこにも明るい見通しをもたらす情報はなかった。

浴槽の中に残されていた鉈は、犯人が持ち込んだものと断定されたが、デパートなどで簡単に手に入る品で、その購入者を特定することは不可能だった。凶器から犯人の指紋は採取できなかった。鉈ばかりでなく、現場から犯人の指紋は全く見つかっていない。また『フジハイツ』内、および付近の住人から、有用な目撃証言は得られなかった。

監察医の報告によれば、被害者の死因は、絞殺ないし扼殺（やくさつ）による窒息死で、首の切断は死亡直後に行なわれたと推断される。死亡推定時刻は、十七日午後八時前後。遺体には外傷、毒物反応はなく、手術、遺伝病等の徴候もない。なお両手薬指に、指輪をしていた痕がある。遺体は、この後、司法解剖に付される。等々、等々。

警視は報告書を手放して、長いため息をついた。

まだ初動捜査の段階だが、やっかいな事件になりそうだという予感があった。灰皿でくすぶっている煙草をくわえ、次に打つべき手を考えた。

やはり最重要課題は、死んだ男の正体を明らかにすることだ。

そう思いながら、もう一度報告書に目を通しているうちに、警視は突然、被害者の首が持ち去られた理由を説明できることに気がついた。

安倍兼等という名前が、偽名であり、被害者はXという本名を持ち、Xの名前で本来の生活を送っていたと仮定してみる。そして殺人犯の動機が、偽名の安倍ではなく、本名のXの生活にまつわる関係から生じたものだとする（決して強引な仮説ではないはずだ）。

当然、犯人は、Xという本名が明らかになることを望まないだろう。被害者が、安倍兼等なる人物として扱われている限り、犯人の身に嫌疑が及ぶことはないからだ。

しかし、そこには一つ大きな障害がある。

被害者の顔だ。

言うまでもなく、人間にとって、一番重要な身分証明はその顔である。被害者の顔は、何らかの形で世間に公表される。Xに近しい人間がその写真を目に止めれば、それがXであることがわかるだろう。そこで、犯人は先回りして、その危険を避けたのではないか？　死体の首を切り落としてしまえば、X自身の秘密主義も幸いして、その素顔は曖昧なものになる。生前の写真すらないのだから。

次の煙草に火をつける頃には、この思いつきはほとんど確信に変わっていた。

何をおいても、被害者の本名Xを明らかにしなければならない。警視はそのための手立てを検討すると、刑事部屋から久能警部を呼んだ。

久能は、警視の考えに賛成した。

「で、何から取りかかりましょう？」

「まず被害者の顔を再現しなければならない」と警視は言った。「安倍兼等の似顔絵を作らせる。本当は、セレニータ・ドゥアノの記憶を元に描くのがベストだが、今のところ無理だから、『フジハイツ』の管理人で我慢しよう。似顔絵ができたら、一般公開して情報を待つ」

「できれば、『フジハイツ』の他の住人にも、協力を頼んでみます」

「ああ。それから、都内で失踪届けが出ている者をチェックして、被害者に該当する人物がいないかを全署に確かめさせてくれ」

「それは、かなり時間がかかると思いますが」

「やむを得んだろう。この事件は、やっかいなものになりそうな気がする。我々も腰を据えてかからないとな」

久能は指示を復唱すると、部屋を出ていった。一人になった警視は突然、何の脈絡もなく、息子のことを考えた。

綸太郎なら、首のない死体を肴に、突拍子もない推理を百も編み出してみせるだろう。原命題とその逆、裏、対偶、およびエトセトラといった奴を。

同じ頃、大手町にある東西新聞社の社会部デスク朝倉義男のもとに、奇妙な電話がかけられた。

「誰からだって？」

「『極東の蒼い鯱』って言ってます」交換の女の子がおたおたした声で朝倉に告げた。「とにかく、社会部のデスクにつなげ、としか言わないんです。何だか、蛇みたいな声で気持ち悪いんです」

「わかった。つないでくれ」

朝倉は受話器を握り直した。

「はい、社会部デスクです」

「我々は、『極東の蒼い鯱』である」

いきなり抑揚のない、くぐもった男の声（朝倉の耳には、そう聞こえた）が言った。

「我々は次の事実を声明する。五月十七日午後八時、反革命分子、安倍兼等を人民の名において処刑した。以上」

「何だって?」

朝倉が問い返した時は、もう遅かった。相手は電話を切っていた。

6

《汎エーテル教団》出版部のオフィスは、教団本部ビル三階にある。法月警視が息子のことを考えている頃、綸太郎はそのオフィスで、取材中の作家という役割を器用にこなしていた。

教団にとって、この出版部が持つ意味は、決して小さくなかった。教団を運営していくために必要な財源の大きなウェイトを占める額が、出版部の活動によって、産み出されているからである。

教団では、パンフレットやステッカーを布教活動のため、信者に実費で買わせている。もっとも建前上は、強制しているわけではない。買う買わないは信者の自由意思に任されているが、事実上、信者が布教活動をするために欠かせない必需品である。実際には、一部三百円、五百円のパンフレットやステッカーを、一人の信者が百枚も二百枚もまとめ買いする。公称十三万人といわれる信者が、それだけの金を払えば、総額はとてつもないものになる。

しかも、出版部は信者向けに大部の教義書を発行している。もっとも充実した教義注釈書になると、五巻、十巻と巻を重ねているし、毎年、新しい教義を追加した改訂版が出る。熱心な信者であれば、これらの本を全て買いそろえている。これによって生じる収益は、莫大なものだ。しかも宗教法人が営む事業であることから、税制上の優遇措置を受けることができる。

宗教は、「濡れ手で粟（あわ）」のビジネス、とよく言われるが、そういう事情はこの《汎エーテル教団》においても、例外ではない。とりわけ、教主のカリスマ性と、事務局長斎門亨の経営手腕があいまって、《汎エーテル教団》は、同時期に発生した新・新宗教団体の中でも、群を抜く収益率を誇っていた。

大島佐知子は、『エーテルの導き』の編集に携（たずさ）わっている。小柄だが、目のぱっちりとした、芯の強そうな女性だった。

彼女を一目みた瞬間、綸太郎は自分の推測に疑問を覚えた。大島佐知子の第一印象が、脅迫状を送るようなタイプには見えなかったからだ。

少なくとも、表面上は。

綸太郎は、さりげなく自己紹介をして、相手の出方をうかがった。彼女が異来邪であれば、何らかの反応を見せるはずだった。

「あの、推理小説をお書きになっている？」

「ええ」（綸太郎は内心、身構えた）。

「名前をお見かけしたことがあります」

「それは、光栄です」

「仕事柄、毎月の新刊書リストには、必ず目を通すことにしています」佐知子は、控え目な笑みを浮かべた。「教団に縁のある方が、ご自分の本を出された時には、わたしどもの雑誌で、信者の皆さんに紹介させていただくのです。

今度の取材が本になったら、わたしどもにご連絡ください。雑誌のコラムで紹介しますわ」

「それは、どうも」

ガイド役の裕実が、緊張した面持ちでこちらを見ている。綸太郎は、態度を決めかねていた。

目の前の女は、以前から、法月綸太郎の存在を知っていた。ゆえに異来邪たる資格を十分、満たしていることになる。しかし彼女が本当に異来邪なら、ここでは知らないふりをするのが、筋ではないか。

相手の意図が、つかめなかった。

大島佐知子は、罪のない、仕事熱心なおしゃべり女にすぎないのか。それとも、綸太郎がここに現れた理由を知っていて、わざと挑発にかかっているのか。この年代の女性の心理を読み取ることは、綸太郎がもっとも不得意とするところだった。当たり障りのない口頭試問を重ねて、何か別の証拠を引き出すしかない。結局、詳しい仕事の内容を聞くことになった。

彼女の仕事は、主に資料の整理と、投稿欄に載せる手紙の下読みだという。全国各地の信者から送られる手紙は、一日平均五十通に及び、そのほとんどに、彼女は目を通している。

「その中から、とりわけ心に響くものを選び、その内容にふさわしいメンターのお言葉を添えて掲載します。もちろん、そのままで原稿にはなりませんから、わたしが少しだけ手を入れて、読みやすい形にしています」

綸太郎は、佐知子のデスクの上を見た。

「ワープロをお使いですね」

「ええ」

綸太郎に、ピンとひらめくものがあった。

「もしよければ、原稿にするところを見せていただけませんか？」

「そんなに速くは、打てないんですけど」

と言って、佐知子が椅子に坐る。机上の手紙をはすに見ながら、キーボードに指を置いた。

彼女は、謙遜(けんそん)の言葉に似合わず、見事なブラインドタッチを披露した。入力モードは、ローマ字入力方式である。綸太郎は彼女の指づかいを、さりげなく目で追った。

佐知子の指が、「信者」(si-nn-zya) という単語を打ち出した時、綸太郎の目が光った。その直後、「信じる」(si-nn-zi-ru) という動詞がディスプレイに現われた時には、綸太郎は自分の考えの正しさを改めて確信するようになっていた。

二人の男女が、出版部のオフィスに姿を見せたのは、ちょうどその時だった。

男の方は、骨ばった拳骨(げんこつ)のような顔をした老人で、がっちりとした黒革の鞄(かばん)を後生大事に抱えている。オーダーメイドの背広は、立派なものだが、せいいっぱい横になでつけた頭の髪に関しては、全くお寒い限りだった。

一方、おとなしめのパール・ブルーのワンピースをシックに着こなした女の方は、太すぎる眉と高い頬骨さえ気にしなければ、なかなかの美人といってよかった。ダイエットの成果だろう、体に余分の肉はついていないが、そのせいでかえって近寄りがたい印象を与えている。どことなく、ぎすぎすしたものを感じさせる立ち姿であった。

手を止めた拍子に、大島佐知子はこの二人の姿を目の端に認めた。その表情に、ただならぬ緊張の色が浮かぶ。彼女は、綸太郎に、

「ちょっと失礼させていただきます」

と断わって席を立つと、二人の方へ駆け寄っていった。そして二人に、頭を深く下げる。

三人は廊下に出ると、こちらには背を向け、周りに聞こえない小声で言葉を交わした。それから佐知子が軽く会釈をして、こちらへ戻ってきた。

「ごめんなさい」頭を下げながら、綸太郎に言う。「急な用事ができてしまって、席を外さなければなりません。すみませんが、取材は、これまでにしていただけませんか？」

綸太郎が応諾すると、佐知子はワープロの電源を切り、机の上を手早く片付けた。そして、またドアの方へ戻ろうとすると、いつの間にか女の方が、すぐこちらの席まで歩み寄ってきていた。

女は、裕実に話しかけた。

「こちらの男性は、どなた？」

綸太郎のことである。

「教団を取材なさっている、作家の法月さんです」

「そう」値踏みをするような目で、綸太郎を見た。「あなたは、信者ではなさそうね」

綸太郎はうなずいた。

「でしたら、くれぐれも、興味本位でデタラメをお書きになるのだけは、よしてください。わたくしどもの教団は、真理を希求する人々に門戸を開いているのですから」押しつけがましい口調に、綸太郎は若干の不快の念を抱いた。

「彼は、信頼できる人物です」裕実が口をはさんだ。「私が、保証します」

「そう」女は、綸太郎に対する関心を、なくしつつあるようだった。自分の名さえ、名乗らなかった。「大島さん、用意はできて？」

女は佐知子を従えて、オフィスを出ていった。拳骨頭の老人は、裕実の方に軽く手を振り、女二人の後を追った。

三人を見送りながら、綸太郎が言った。

「察するところ、今のがメンターの奥様だね」

「そうよ」

「いつも、あんなにお高く止まっているのかい？」

裕実は肩をすくめた。

「もちろん、信者の前ではあんな感じではないわ。しとやかで思いやりがあって、メンターの奥さんにふさわしい女性よ」

「庇い立てするのが、かえって怪しいな。君と彼女は、相性がよくないみたいだったが」

「鎌をかけてるつもりなの？」

「率直な感想を申し述べてるだけさ」

裕実は唇を結んだまま、ため息を洩らした。

「メンターとの間が、冷えているの。どうやら彼女は、私に原因があると思ってるらしくて」

「何だって？」

「彼女が邪推してるだけよ」裕実はあわてて言い足した。「仕事柄、一緒に過ごす時間が多いから、そんなふうに思うんだわ」

「じゃあ、そういうことにしておこう」綸太郎は、話題を変えた。「ところで、夫人に尻尾を振っていた拳骨頭の老人は誰だい？」

「拳骨頭とはうまく言ったわね。彼が、青のファイルの主よ」

綸太郎は、腑に落ちた顔になった。

「すると、あれが江木弁護士か」

「源一郎君のことで、何か打ち合わせることがあるんでしょう。それで思い出したけど、肝心の大島さんに対する疑いは晴れたの？」

「いや」

裕実の表情が曇った。

「どうして？」

「留美子夫人に対する彼女の態度を見たろう。ほとんど一方的に、言いなりになっている感じだった。彼女が、養子の話を喜んで進めたがっているとは、とても思えないね」

「その点は、認めざるを得ないわ」

「それにもう一つ、注意すべきことがある。僕が、どうして彼女にワープロを打たせたと思う？」

「さあ」裕実は首をひねった。「何か考えがあって頼んだことなの？」

綸太郎はうなずいて、

「彼女が、訓令式のローマ字表記に従っていることを確かめたかったんだ」

「訓令式ですって」

「確かに、異来邪（Iraizya）という名は、綾後（Ayaziri）の綴り替えだ。しかし、この綴り替えが成り立つためには、一つの条件がある。それが、訓令式のローマ字表記なんだ。

知っての通り、ローマ字の表記法には、訓令式とヘボン式があるけど、最近では、後者を使うのが一般的だ。その場合、『ジャ』の音に対して『ja』、『ジ』の音には『ji』を当てる。

ところがヘボン式に従うと、綾後の表記は『Ayajiri』、異来邪は『Iraija』となり、前者のyが余ってしまう。綴り替えとしては、不完全なものだ。

ということは、もし大島佐知子がヘボン式のローマ字表記を使用していれば、旧姓から、異来邪という名前を作り出すことはできなかったはずだ。

同じことが、五番目の脅迫状にあった『育児論』という単語についてもいえる。

育児論をヘボン式で表記すれば、『Ikujiron』となる。これを後ろから読むと、『ノリジュキ』となって意味をなさない。僕の名前に結びつけるためには、jの代わりにz、すなわち訓令式の表記を使わなければならない。

したがって僕には、大島佐知子が訓令式の表記に従っていることを確かめる必要があった。目の前でワープロを叩いてもらったのは、そのためだ。

彼女は、『ジャ』を入力する時に『zya』のキーを、『ジ』に対して『zi』のキーを押した。すなわち、訓令式を使っているということだ。この事実を知って、大島佐知子が脅迫状の送り主であるという確信をいっそう強めた」

裕実は、驚きと畏怖と、そして幾許（いくばく）かの不信が入り混じった視線で、綸太郎を見上げた。

「あなたはいつも、そんな方法で事件を解決しているの？」

7

公安部から来た男が、法月警視の前に立っていた。

服装は、お決まりのグレーのジャンパーに、紺のスラックス。ちょっと見ただけでは、誰の注意も引かないような、ありふれた顔立ちの男である。だが冴えない風貌の中で、細い目だけが鋭利な刃物のように、研ぎ澄まされている。

新左翼系の過激派を取り締まっている、中務（なかつかさ）というベテランの警部だった。確か警視自身と、年齢もそんなに変わらないはずだ。

中務は血の気のない唇を、ゆっくりと動かした。

「安倍兼等の事件について、情報があります」

警視は眉を上げた。

「君らが出てくるような相手がからんでるのか」

「ええ。我々も驚いているぐらいです」中務は、思わせぶりな口調で言った。「亡霊がよみがえったようなものですから」

「――亡霊？」

「十七年前の亡霊ですよ」

言葉は丁寧だが、その端々に、何となくこちらを見下しているような気配が見え隠れする。警視は昔から、公安部の連中のそういうところが、どうしても好きになれない。

中務は、ちょっと間を置いてから、あらためて切り出した。

「一時間ばかり前に、都内の新聞社三社に、『極東の蒼い鯱』を名乗る男の声で、犯行声明電話がありました。反革命分子、安倍兼等を人民の名において処刑した、とだけ言って、切ったらしいです」

短い沈黙があった。

警視は慎重な手つきで、煙草に火をつけた。

「――それで、君らの出番になるわけか」警視は抑えた口調で尋ねた。「いったい何者なんだ、殺された男は？」

「資料庫の奥に、古い記録が眠っていました。安倍兼等は、七〇年当時、極左組織『極東戦線』の理論的指導者の地位にいた男です」

「『極東戦線』？　聞いたことがないな」

「そうでしょう。あの頃、星の数ほどもあった、泡沫的なゲリラ組織の一つですよ。メンバーは、最盛時でも、二十人に満たなかった。散発的に、小規模な破壊活動を繰り返した鼠（ねずみ）にすぎませんでした。

ただ、リーダー格の安倍の手になる文書は、『極東戦線』以外のグループにも影響力があって、とりわけ紅竜巌（こうりゅういわお）のペンネームで書かれたアジビラは、その内容の激しさで、一部では有名だったそうです」

「検挙の記録があるのかね？」

「いいえ」中務は目を細めた。「ずるがしこい奴で、絶対に自分では危ない橋を渡ろうとしなかったみたいです。一度も尻尾をつかまれるようなへまはしていません」

警視は煙草の火を灰皿に押しつけた。

「そうか。せめて指紋の記録でもあれば、身元の確認ができるかとも思ったが」

中務は、念を押すように首を振ってみせた。警視は、腕を組んで部屋を見回すと、彼に尋ねた。

「さっき彼のことを亡霊と呼んだのは、どういうことなんだ？」

「七二年以降、安倍に関する消息がいっさい途切れてしまったからです――」

一九六〇年代の高度経済成長の歪みに敏感に反応した大学闘争のうねりは、六八、六九年には、全国の大学に広がり、必然的に国家権力との全面対決へと登りつめていった。

世に言う、全共闘運動である。

しかし東大、日大闘争を頂点とした広汎な学生運動の波は、六九年十一月の安保決戦を待たずに急速に退潮し、『全国全共闘連合』結成後一年を経ずして、事実上瓦解する。圧倒的な権力の弾圧にひるんだ一般学生の運動からの離反に、全共闘内部の党派争い、内ゲバの激化が、拍車をかけたのである。

それは、「層」としての学生運動の一つの終止符を意味した。

離反した大衆に失望した新左翼運動は、やがて「党派」という血まみれの鎧(よろい)をまとって、果てしないテロルの自家中毒の世界へ埋没していった。武装・軍事に活路を見出そうとする過激武闘グループの登場である。

『極東戦線』も、武闘路線を標榜(ひょうぼう)する一派であったが、「野合」を拒絶し、一匹狼的な存在であり続けた。その結果、闘争の主流から取り残され、マイナーな組織から脱皮できなかった。

「安倍のグループは、七一年後半に都市部から撤退し、南アルプスの山岳アジトに集結して、『連合赤軍』のような軍事教練を始めたと思われます。しかしグループはその後、ごく短期間で消滅したようです。その辺の経緯は、明らかになっていません。

一説には、幹部クラスが全員、国外脱出したとか、あるいは例によって、内部での総括で、メンバーの大半を失ってしまったとも言われますが、もともとそれほど強固な組織ではなかったので、闘争目標をなくして、うやむやのうちに自然消滅してしまったのでしょう。いずれにせよ、『極東戦線』の解体とともに、安倍兼等に関する一切の情報がなくなってしまったのです」

「すると生死も含めて不明だった、とそういう意味で、亡霊という言葉を使ったのだな」

中務がうなずいた。警視はわざと相手の神経を逆なでするように言った。

「安倍の記録は、眠っていたんだって？　ということは、『蒼い鯱』が犯行声明を出すまで、君らの部では彼の動向を見過ごしていたわけだ。西落合のマンションは、彼の名で借りられていたのに」

「我々の怠慢ではありませんよ、警視。現在活動している連中は、誰も安倍兼等なんて名を知らない。彼の存在価値は、今やゼロです。我々にとっても、連中にとっても。仮に彼の居場所を事前に察知していたとしても、やはり我々は無視したでしょう」

「だが、内ゲバを匂わせる犯行声明があったことは事実だろう？」

「ええ」

「しかも、首を切るという残忍な手口が使われている。彼の記録を眠らせていたのは、君らの部の手落ちじゃないのかね」

中務は鼻梁（びりょう）を中指でこすった。節くれだった指の陰で、細い目がこずるい光を浮かべた。

「フランス革命時代でもあるまいし、内ゲバ殺人で首を切ったなどという前例はありませんよ」

「見せしめのためなら、何だってやる連中だろう」

「まあ、そうですがね。でも連中の仕業なら、切り落とした首を持って行ったりはしないですよ」

警視は中務の顔を見つめた。彼の態度は、不可解だった。警視は質問を改めた。

「『極東の蒼い鯱』というグループについて、何かわかっていることはないのか？」

「そういうグループは、存在しません。恐らく、誰かが勝手にでっち上げた名前でしょう」

「だが、『極東戦線』の残党の仕業という可能性もあるぞ」

「あり得ません」中務は首を振った。「連中の動向は、百パーセントつかんでいる自信があります。もし新しい動きがあれば我々にはすぐわかります」

警視はようやく、相手が何を言おうとしているかに気がついた。

「では、犯行声明電話は、偽装だと言うのかね？」

「公式の答は、ノーです」と中務が答えた。だが彼の目は、明らかな肯定の色を浮かべている。

警視は中務が、わざわざここまで出向いてきた理由を訝らずにはいられなかった。警視は基本的に、公安部の人間を信用していなかったから、中務には何か狙いがあるはずだという結論に達した。

「——世論か」つぶやくように警視は言った。

中務の目が、素速く動いたような気がした。警視はやっと彼の狙いが読めた。公安部は犯行声明電話など、初めから信じていないのだ。安倍兼等を殺した犯人が、捜査を混乱させるために仕掛けた罠だと考えているにちがいない。恐らく、彼らの考えは正しいのだろう。しかし他方で、彼らは「極左過激派の残虐な首切り殺人」というプロパガンダを必要としている。

中務の曖昧な態度は、その点に起因しているにちがいない。そう思うと、警視は腹が立った。

「安倍兼等に検挙記録はないと言ったな。せめて身元を確かめるための、身体的特徴はファイルに残っていないか」

「当時の顔写真ぐらいしかありませんが」

「何もないよりはましだ。後で、こちらに回してくれないか」

「ええ」

中務がおもむろに、ジャンパーの前ジッパーを引き上げた。情報交換はこれまで、という意思表示である。警視は不服だったが、引き止めてどうなるという相手ではない。そこで、せいいっぱい非難がましい視線をぶつけてやった。

「そうそう、一ついいネタを提供しましょう」そのせいでもあるまいが、中務は出がけにとってつけたように言った。「安倍兼等には兄弟がいます。長く連絡は取っていないはずだが、何か有益なことを知っているかもしれない」

「兄弟だって？」

「成城で、病気の父親と住んでいます。名前は、安倍誓生(ちかお)。双子の兄ですよ。では」

公安の警部が立ち去った後、警視は椅子に背をもたれて、新しい情報について考えをめぐらせた。

中務がこの話を持ってくるまで、警視は、安倍兼等という名前が架空のものであると、ほとんど確信していた。だが中務は、資料庫の古い記録によって安倍の実在を証明してしまったのだ。

とはいえ、それと、『フジハイツ』の首なし死体が安倍兼等であると断定することは、また別問題である。中務が考えるように、『極東の蒼い鯱』の犯行声明電話が、捜査の目をくらませるための偽装工作だったとすれば、その狙いは何なのか？

考えられる可能性は、二つある。

一つは素直な考え方で、三一二号室の男が安倍兼等自身だった場合である。犯人は、ただ単に捜査の焦点を自分からそらすために、安倍の前歴を利用したにすぎない。

この説は、もう一つの可能性に比べて、より自然で難点が少ないが、犯人が死体の首を切り落としたことに対して、新しい理由づけを必要とした。

第二の可能性は、警視の最初の考え方を修正したものだ。すなわち、三一二号室の男が安倍兼等でなく、何らかの意図を持って安倍になりすましていた人物だった場合である。犯人は警察に、首なし死体が安倍であると思い込ませるために、偽装電話をかけたということになる。

この説の問題点は、言うまでもなく、被害者が安倍になりすましていた、という部分にある。なぜ被害者が、わざわざ安倍兼等という人物の役を演じていたか？　その疑問を説明しない限り、この可能性はとれない。

いずれにしても、安倍兼等の人物像を再構成することが先決だった。そのためには、確実な地点から彼の消息をたどっていくしかない。

警視は、時刻を確かめた。午後四時四十分。無線のスイッチを入れ、外に出ている久能警部の車を呼び出した。

「久能君か。今どこにいる？　悪いが、これから成城の方まで足を延ばしてくれないか」

8

仙川をはさんで、祖師谷に近い閑静な住宅街の一角に安倍誓生の家があった。モダンな洋風建築が多い中で、純和風のたたずまいが、かえって目を引いた。丁寧に刈り込まれた杉垣の横に車を駐め、久能警部は古びた石造りの門の前に立った。門柱の表札には、「安倍誠」という名の下に、「誓生」の文字があった。

インターコムを通じて来意を告げると、男の声が、お入りくださいと応じた。

久能は、植え込みの間の飛び石を踏んだ。邸は風格のある、瓦葺きの構えである。玄関に着くと同時に、舞良戸が開いた。

「安倍です」

出迎えた男が言った。

最近、散髪をしたばかりなのだろう。生え際のそろった半白の頭に、丸縁の眼鏡。紺の紬絣の前をきちんと合わせている。ずいぶん老けこんだ男だな、というのが、久能の第一印象だった。安倍兼等の双子の兄ならば、まだ四十になるかならないかのはずだが、五歳は年かさに見えた。

ここに来る途中、久能は成城署に寄って、安倍誓生に関する情報を仕入れていた。

それによると、安倍誓生は独身の郷土史研究家で、五年ほど前に自費出版した江戸の風俗研究が、一部で評判になって以来、年一冊の割合で名の知れた出版社から本が出してもらえるようになった。

それまでは、都内の私立高校で歴史の教師を務めていたが、S大学名誉教授の父親が病に倒れてから、その身の回りの世話をするため、職を辞したという。

著述の収入だけでは、大きな額にはならないが、父親に資産があるので、何とかやっていけるものらしい。それは、この家の敷地の広さと、調度・造作の品のよさを見てもうなずけた。

久能は応接間に通された。

「どういうご用件でしょうか?」

「安倍兼等さんは、あなたの弟さんですね」

「ええ」

「では、落ち着いて聞いてください。昨夜、西落合のマンションで、弟さんと思われる方が亡くなりました。何者かに殺害されたのです」

「まさか――」

久能は、安倍の反応に違和感をおぼえた。

仕事柄、こういう場面には慣れているのだが、彼の表情は、突然肉親の死を知らされた人のものではないような気がした。久能は黙って、続く言葉を待った。

「それは、何かのまちがいです」

否定の声は、打って変わって冷静だった。久能ははっとなって、安倍の顔を見つめ返した。

「どうして、まちがいとわかるのです？」

「簡単なことです、刑事さん」まるで、何かを振り切ろうとするような口ぶりだった。「弟は、十七年前に死にました」

その時、奥の方から、うめき声が聞こえてきた。「失礼」と言って、安倍が立ち上がり、久能の前から姿を消した。

ややあって、彼が戻ってきた。

「義父です。五年ほど前に、脳卒中で倒れて以来、寝たきりの体になっているもので」

「それは、お気の毒に」久能は、相手が腰を下ろすのを待って、話題を戻した。「弟さんが、十七年前に亡くなったというのは、本当ですか」

「ええ」安倍は両手の甲を、かわるがわる反対の袖の内側でこするしぐさをした。

「しかし、我々の調べではそのような事実は――」

「こみいった事情があるのです」彼は、複雑な表情で言った。

「お聞かせ願えますか？」

しばらく腕を組んで考えていたが、やがてひとりうなずいて、

「わかりました。このことは今まで、義父にも話さないでいたのですが、仕方がありません。それに、十七年前に起こったことですから、もう時効になったと言っていいでしょう」

「時効、ですか？」

「警察の方に、こんなことを言って通じるか知りませんが、これから私が話すことについて、あまり詮議立てしないでほしいのです。この話を聞かせてくれた人に、迷惑がかかるようなことを、私は望みません」

「お約束はできませんが」久能は相手の気分を害さぬように慎重に言葉を選んだ。

「できるかぎりの便宜は図りましょう」

「少しお待ちください」

また安倍が、席を立った。久能が待っていると、細長い箱を持って戻ってきた。

テーブルの上に箱を置いて、蓋(ふた)を外した。中には手垢(てあか)で黒ずんだ革の鞘(さや)に納められた、登山ナイフが入っていた。

「兼等の遺品です」

「よろしいですか」

「どうぞ」

久能は鞘を手に取り、ナイフを抜いた。刃には、油が引いてある。外国製の丹念な作りで、柄（つか）に〈カネヒト・A〉と彫られていた。

「あなたが手入れをなさっているのですか？」

「ええ。弟には、墓も位牌（いはい）もありません。私にできる唯一の供養です」

久能はうなずいて、ナイフを鞘に納めた。

「どういう経緯で、これを？」

「それには、私たちの生い立ちからお話ししなければなりません」

と前置きして、彼は語り始めた。

「私と兼等は、生まれて間もなく、この家に養子に出された一卵性双生児の兄弟なのです。ですから、二人とも義父とは血のつながりがありません。

私たちが五歳の時、義母が死にました。どうしたきっかけか、もう覚えていませんが、その頃から義父は、弟のことを疎（うと）んじるような目で見始めました。子供というのは敏感な生き物ですから、兼等の方も、義父に対して反抗的な態度をとるようになりました。

いったん悪くなり出すと、物事はどこまでも悪くなっていくものです。義父と弟の関係は、二度とよい方向には転じませんでした。

高校時代などは、口を利かないどころか、二人とも家にいるのに、顔さえ合わせない日が珍しくなかったほどです。

大学入学を機会に独立すると言って、家を出て以来、兼等は一度もこの家の敷居をまたいだことはありません。

私は、自分だけ義父にかわいがられているという後ろめたさもあって、何とか義父と弟を和解させようと努めたものです。兼等が住んでいる下宿に、何度も押しかけて、たまには家に顔を出すようにと説得しました。

でも結局、徒労に終わりました。弟は黙って下宿を引っ越してしまい、連絡が途絶えてしまったのです。ちょうど、一九六八年、学生運動が盛り上がりを見せていた年です。

後で聞いたのですが、兼等は大学に入るとすぐに運動に身を投じたようです。いえ、その前、高校生の頃から、街頭デモにはよく参加していました。

何でも、最初の下宿を変わったのも、近所と運動がらみのごたごたがあって、半分追い出されるような仕打ちを受けたんだそうです。

私は当時の典型的なノンポリ学生で、新左翼運動には全く興味がありませんでした。恥ずかしい話ですが、弟がその世界で少しは名の知れた人物になっていたことも、その時は全然知らなかったのです。

ところが、七〇年か七一年に、公安の刑事らしい男がこの家に来て、弟のことをいろいろ訊かれました。それで、さすがに弟の消息が気になりまして、弟が通っていたN大学の知り合いに、何かわかったことがあったら知らせてくれ、と頼んでおいたのです。

兼等が『極東戦線』という組織を結成して、そのリーダーに収まっているという話はすぐに聞きましたが、どこで何をしているかについては、結局わからずじまいでした。

ただ今にして思えば、革命運動に走った弟の気持ちが理解できないではありません。

弟は、高校時代に何かのきっかけで、私たち兄弟が養子であること、つまり実の親から捨てられた孤児であることを知ってしまったようです。それだけならまだしも、兼等は義父からも拒絶されてしまった。二度の裏切りによって、兼等は父権というものに対して絶対的な憎悪を抱くようになったのだと思います。

弟にとって、あの当時の大学当局、そしてその背後に控える日本という国家そのものが、巨大な父親の象徴であったはずなのです。兼等を極端な道へ走らせたものの正体は、父親を殺したいという潜在意識の叫び声だったのです——。

申しわけありません、少し脱線しました。弟の死に話を戻しましょう。

七一年当時から、私はさまざまな手を尽くして、兼等の行方を探ろうとしたのですが、既に内ゲバ抗争が激化し、公安のスパイがうようよしていた時世に、私のような一般学生が、真実の情報をつかむことは不可能でした。

その後も機会がある度に、弟のかつての友人の間を尋ね歩きました。そのせいばかりでもありませんが、大学には一年よけいに在籍しましたよ。でも結局、何の手がかりも得ることができず、弟は国外にでも脱出したのだろう、と自分に納得させて、それ以上探すことはあきらめました。

ちょうど、浅間山荘の事件なんかがあった後で、学生運動も退潮していった頃です。私は都内の私立高校に職を得て、好きな歴史の研究を続けながら、静かに暮そうと考えていました。

あれは、七五年の秋だったかなあ。ある日、家に知らない女の声で電話がありましてね。兼等さんの知り合いの者だが、どうしてもお話したいことがある。ついては、どこかで会えないだろうか、と言うのです。

もちろん私は一も二もなく、応諾しました。

ところが相手の女は、どうやら大っぴらに姿を現すことができないらしく、会見の場を整えるためにいろいろと複雑な指示を出すのです。おかげで、私は国電の電車を何本も乗り換えたり、素姓の怪しげな連中と、得体の知れない合言葉を交わしたりと、まるで子供のスパイごっこみたいな真似を一日中やらされる羽目になりました。それでも何とか最後にたどり着いたのが、新宿の何とかいうジャズ喫茶です。おんぼろな貸しビルの地階にありました。

そこでしばらく待っていると、ヒッピー・スタイルの男女が、私の席にやって来ました。年格好はだいたい私と同じぐらいでした。女の方が、聞き覚えのある声で尋ねました。

『村上さんですね？』

『はい』と私は答えました。もちろん前の場所で、そう答えるように指示されていたからです。

『あちこち歩き回らせて、申し訳ない。しかし尾行がついていないことを確認する必要があったので、やむを得なかった』

男の方が、そう言いました。彼はサングラスをかけていましたが、最後まで外しませんでした。

話をしたのは、終始女の方でした」

9

【一九七二年三月】

安倍兼等は痛む体に鞭打って、残雪の中の孤独な逃走を続けていた。

南アルプスの春はまだ浅い。二千メートル級の山だが、この時期には吹雪も珍しくはなかった。零下の夜気は、容赦なく彼の全身を刺した。足元がおぼつかず、何度もよろけて、雪の中に顔を埋めた。その度に猛烈な虚脱感が彼を捕え、再び立ち上がることを断念させようとする。

それに抗して、彼の四肢に残された力を振り絞らせるものは、純粋な恐怖、かつての同志によって加えられる凄絶なリンチに対する恐怖のみだった。

『極東戦線』のメンバー十七名が、この大無間山に入山したのは、五ヵ月前のことである。兼等の強力なリーダーシップの下で、来たるべき市街戦に備えた軍事教練と、革命意識の先鋭化を目指す集団討論が、連日連夜、繰り返された。

この間、兼等は「自己批判」「総括」の名を借りて、思うがままの恐怖独裁を繰り広げたが、一方グループ内で、徐々に自分の指導力に対する不信感が育っていることを見逃していた。

クーデタは三日前に起こった。

妊娠した女性メンバーに兼等が殴打を加え、それが原因で、彼女が流産するという事件がきっかけとなり、メンバーのリーダーに対する反感が爆発したのだ。兼等は拘禁され、激しい制裁を受けた。

指導者を失い、歯止めをなくした暴力が、際限なく彼の肉体に加えられる。それは、文字通りの地獄だった。巧言を弄して、再び指導力を回復しようとする兼等の努力も、全て徒労に終った。

もはや死を待つばかりであった。

後は、誰が手を汚すか、という問題が残っているだけだった。

ところが拘禁されて三日目の夜、すなわち今夜、全く思いがけない幸運が訪れた。兼等は風にきしむドアの音に目を覚まし、腫れ上がった目をこじあけて、それを確かめた。監禁場所の薪小屋の鍵を、誰かがかけ忘れていったのである。

兼等の体を縛っているロープは、力の加減で容易に外れた。度重なる幸運に感謝しながら、彼は痛む体をだますように、小屋を忍び出た。

見上げると、星のない昏い空があった。

あれからどれぐらい歩いただろう、と兼等は考えた。空はいっこうに明るくなる兆しを見せない。自分がどこにいるのか、どこに向かって歩いているのか、皆目見当がつかなかった。

気温は、急速に下がり始めていた。体内の熱が、どんどん奪われていることがわかるが、どうしようもなかった。全身の苦痛は、寒さに取って代わられつつあった。

立て続けに足を取られて、二度転んだ。二度目は立ち上がるのに、ずいぶん時間がかかった。立ち上がって、歩き始めるまでに、また空白がある。

両足を交互に前に出すという、ただそれだけのことが、とてつもない難行だった。意識が、肉体の衰弱に追従しようとする。

また、転ぶ。

四つんばいになって、立ち上がろうとして、立てない。バランスを失って、腰から後ろに崩れた。

動けない。

起きろ。彼は自分を叱咤（しった）した。起きないと、すぐに奴らが追いついてしまう。追いつかれて、小屋に連れ戻されて、また殴られる。それがいやなら、起き上がれ。

駄目だった。

ふと考えた。なぜ奴らは来ないのだ？　いくら何でも、遅すぎる。逃げる方がこの調子では、雪の上の足跡をたどって、すぐに追いつけるはずだ。

まだ逃げ出したことに気づいていないのか？

そうかもしれない。

――いや、ちがう。

兼等は突然、理解した。これは罠だ。

薪小屋の鍵は、わざと外されていたのだ。ロープは、わざと緩められていたのだ。

俺が、自力で外に逃げ出せるように。

真夜中に、衰弱した体で雪山を歩くのは、自殺行為だ。奴らは自分たちの手を汚さずに、俺を処刑するつもりなんだ。つまり奴らは俺の死に、良心のとがめを感じないですむ、というわけだ。

ここは、奴らのブルジョア的日和見主義が作り上げた、冷たいガス室なのだ。

奴らは、追ってこない。俺は「自殺」させられようとしている。

奴らは、追ってこない。

奴らは、追ってこない――。

兼等の全身から、一挙に力が抜けた。リンチに対する恐怖が消えた時、もはや彼を再び立ち上がらせるものはなかった。

このまま、死んでしまうんだな。

兼等は、垂直に空を見上げた。彼の上にあるものは、無意識のように混濁した、圧倒的な黒だった。その時、耳の奥で、パーカッションの連打が荒々しく響いた。昔、よく聞いた曲のイントロだった。

昔だって？　兼等は不意におかしくなった。たった一、二年前のことなのに。

兼等の唇が微かに動いた。

「混乱こそ、俺の墓碑銘（コンフュージョン・ウィル・ビー・マイ・エピタフ）――」

目を閉じると、ようやく寒さが、快いものとなり始めた。

10

「報告書／安倍誓生から入手した事実」

（前略）安倍兼等は、グループの女性メンバーを流産させた責任を感じ、愛用の登山ナイフで喉を切り、自殺。残ったメンバーは、彼の死体を葬り、『極東戦線』を即日解散、下山した。

その後、安倍誓生と会見した「ヒッピー・スタイル」の男女は、グループのメンバーだったと考えられるが、その素姓を確かめることは、現時点では不可能と考えられる。

二人の話を信じるなら、兼等の死体は、現在でも、南アルプス山中のどこかで白骨化していると考えられるが、その場所を特定することは困難である。

（附記１）

兼等の遺品（登山ナイフ一丁）は、右記の会見の際、誓生の手に渡った。彼の証言によると、高校時代に兼等が所持していたものと、同一のものである。

（附記２）

安倍誓生の証言によれば、安倍兼等は幼年時に、左大腿部を犬に嚙まれ、成長後もその嚙み跡が残っており、人前で膝を見せることを嫌っていた。

あくる十九日の朝、法月警視が出勤すると、久能警部の報告書ができていた。それを読むうちに、警視の頭の中に一つの考えが生まれた。

その考えを吟味しているところへ、当の警部が入ってきた。

「解剖所見が届きました」

「何か、目新しい事実は書いてあるか？」

久能は肩をすくめて、

「死亡時刻は、十七日の午後八時でほぼまちがいありません。それから、セレニータ・ドゥアノのお腹の子の遺伝形質は、被害者の血液型特性と一致します。目新しい事実というより、気になるのは胃の内容物なんですが、どうやら被害者は、殺された日には、何も食べていなかったようです」

警視は、眉を上げた。

「何も、食べていない？」

「絶食していたのではないか、と法医学課では言っています」

「それは、奇妙だな」

「ええ。それから、死体が安倍兼等である可能性は、完全に否定されました。左大腿部には、彼の兄が言ったような嚙み傷の跡はありません」

「そうか」

警視は、軽く言った。久能が拍子抜けした表情を見せると、にやりとして、つけ加えた。

「いずれにせよ、安倍兼等の生死のいかんは、もうこの事件と関係がないと思う」

驚いて、二の句のつげない久能に、警視は坐るように命じると、何くわない顔で切り出した。

「君の報告書を読んでいて、一つ思いついたことがある。ちょっとしたインスピレーションにすぎないのだが、考えてみる値打ちはあると思う。少し、つき合ってくれないか？」

「喜んで」デスクの上に裏返しに置かれた紙に目をやりながら、久能はうなずいた。

「問題は、被害者の首が切られ、どこかへ持ち去られたことだ。なぜ犯人はそんなことをしたのか？ 答の鍵は、安倍兄弟が双子、しかも一卵性双生児だったことに尽きると思う」

「どういうことですか？」

警視は、思わせぶりに咳払いをした。

『フジハイツ』の首なし死体は、安倍誓生だ」

久能はようやく口を開いた。

「――ということは、私が成城で会った男は、兄のふりをした、弟の兼等だったわけですか？」

「いや」警視は穏やかに首を振った。「それは、陥りやすいミスだ」

「じゃあ、あれは一体、誰だったんですか」

「知らん」

ぶっきらぼうな警視の答えに、久能は一瞬、途方に暮れかかった。

「とはいえ、君が会った男が、殺人犯であることはまちがいない」と警視が続けた。

「肝心な点は、それが誰であるにしろ、そいつの顔が、安倍兼等と似ても似つかないものだったという事実だ」

久能は首をひねった。

「私の想像を言おう。この事件の動機は、成城の土地だよ。犯人は、安倍誓生を殺し、彼になりかわって、安倍家の土地を自分のものにしようと企てた。言うまでもなく、安倍兼等の名で『フジハイツ』の三二二号室を借りていた男は、兄の誓生だ。父親の目が届かないところで、羽を伸ばしたかった、というのがその理由だろう。犯人は、何らかの手段で安倍誓生の秘密の生活を知り、それを悪用しようと考えた。誓生を、兼等として殺し、誓生の後釜に自分が坐る。病身の父親は、先が短い。黙っていても、値上がりした土地が自分のものになる。簡単だが、効果的な犯罪だ」

「しかし、どうしてそれが、安倍兼等でないと断言できるのですか」

「理由は二つある。

一つは、君が会った男が、安倍兼等は十七年前に死んだと述べたことだ。もし彼が、兼等自身であったなら、決してそんなことを言うはずがない。『フジハイツ』の死体が、安倍兼等のものであると信じられることが、彼にとって、一番望ましいからだ。

もう一つの理由は、この事件の核心、つまりなぜ犯人が死体の首を切ったか、という疑問に対する答でもある。

考えてもみたまえ、安倍誓生と兼等、すなわち双子同士の間で入れ替わりが行なわれたのなら、何のために、死体の首を切る必要があるのだ？　そうでなくても、一卵性双生児は、顔がそっくりなはずなんだ。

そうじゃない。顔がちがっているからこそ、首を切ったんだ」

「それは無理です、警視」久能は必死に反論した。「『フジハイツ』の死体が安倍兼等でないのが明らかな以上、死体の顔と、成城の男の顔がちがっていても、問題は生じないはずです」

「君は、完全に犯人の術中にはまっているな。

そもそも我々が、被害者の身元に不審を抱いたのは、死体の首が切断されていたからだ、ということを忘れてはいけない。もし首がそのままだったら、被害者が安倍兼等であることに、誰も疑いを持たなかったはずだ。

その条件で、君が成城の男に会ったとする。一卵性双生児のはずなのに、二つの顔が全然ちがうことに、君はすぐ気づいたにちがいない。

もちろん、相手は『フジハイツ』の死体は別人で、自分とは関係がないと言って、君を丸め込もうとしただろう。だが、第一印象で抱いた不信感は、なかなか消えない。

顔がちがう以上、明らかにどちらかが偽者なのだ。事実がどうであれ、君は成城の男の正体を一度は疑ってみるだろう。そしてそれこそ、犯人がもっとも恐れたことなのだ」

久能は警視のひらめきに、ついていけない気がした。そこで現実的な反論を試みた。

「成城の男が偽者なら、彼の父親が真っ先に気づくはずではありませんか？」

「彼は病気なんだろう？　既に正常な判断力を失っているのだ」

警視は自信たっぷりに首を振った。

「動機についてですが、警視は、相続税のことを見過ごしていませんか」

「いや。父親が死ぬ前に、何らかの手を打つことは可能だ」

久能はちょっと考えた。

「偽の安倍誓生が、弟は十七年前に死んだと言ったのはなぜです？　首を切って、顔のちがいに気づかれる心配がなければ、やはり『フジハイツ』の死体を安倍兼等だと思わせた方が、得策ではないでしょうか」

「それは――」警視は口ごもった。「捜査を混乱させるためだ」

久能は肩をすくめた。混乱しているのは、むしろ警視自身ではないだろうか。

「あいにくですが、机上の論理にすぎないと思います。首なし死体の候補者として、もっと別の人物を探した方がいいのではないでしょうか」

警視は唇を曲げた。どうやらまだ自説を退けるつもりはないようだった。デスクの上に裏返しにした紙を取り上げて、久能に手渡した。

「さっき新宿署の紫田警部から、被害者の似顔絵のファックスが届いた。『フジハイツ』の管理人の言を信じるなら、かなりよく似ているそうだ。私の仮説が正しければ、君が会った成城の男と、似ても似つかぬ顔をしているはずだ」

久能は小さく首を振った。

警視は見落としをしている。被害者が安倍兼等でないことが明らかな以上、安倍誓生と、似顔絵の男の顔がちがうのは当然だ。そう考えながら、似顔絵を見た。

彼の顔色が変った。

「どうした？」警視が身を乗り出した。

「——髪型はちがいますが、安倍誓生とそっくりです」

「馬鹿な。何かのまちがいではないのか」

「いいえ」久能は断言した。「同じ顔です」

二人は顔を見合わせた。

やがて警視が言った。

「私がまちがっていた。同じ顔をした、第三の男がいたんだ」

11

その夜、午後十時を回る頃、教団本部から一・四キロ離れた公団アパートの一室で、大島源一郎は英語の宿題をすませ、ベッドに入ろうとしていた。

彼にとって、現在の最大の関心事は、四月に入った軟式テニス部の練習で、いつまで球拾いをやらされるか、という問題だった。

最近、母親の表情が冴えないことに、何となく気づいてはいたが、その理由を深く突きつめようとはしなかった。

大人には、大人の悩みがある。十二歳の少年は、自分自身の問題で手いっぱいなのだ。

灯りを消してベッドにもぐりこむと、彼は同じクラスの宮崎史子(みやざきふみこ)の誕生日に、どんなプレゼントを贈ればいいか、という問題に頭を悩ませ始めた。

大島佐知子は、子供部屋が寝静まったのに気づくと、足音を忍ばせて、部屋に入った。

息子はベッドの上で、穏やかな寝息を立てている。近頃、時々ドキッとするほど大人びた表情を見せることがあるけれど、寝顔はまだ子供だ。

佐知子はちょっと、後ろめたい思いを覚えた。

彼女はまだ、甲斐夫人から持ちかけられた養子の話を息子に打ち明けていなかった。自分の心は決まっていたが、それを息子に伝えるのは、どうしてもためらわれた。

明日こそ、きっかけを見つけて切り出そう、と佐知子は自分に言い聞かせた。

昨日の晩も、おとといの晩も、同じ決心を固めて結局、話せなかった。でも、明日こそは、勇気を出して打ち明けよう。息子だって、名誉なことと思って、喜んでくれるだろう。私が、こんなに神経質になる必要なんてない。これが何よりも、あの子のためになることだから。

明日こそは、きっと――。

相変らず、制服のシャツとズボンが脱ぎっ放しだった。しわにならないように、さりげなくたたみ直して、部屋を出た。

テレビのニュースを見ながら、手早くアイロンかけをすまし、鏡に向かって肌の手入れをする。

髪にブラシを当て終わると、毎日の日課通り、《塔》の方角に向かって指を組み、祈りを捧げた。

彼女は、敬虔（けいけん）なメンターの信者だった。

そのしばらく後。

大島家の部屋の窓を、ホンダ・アコードのフロントシートに坐った二人の男女が、見上げていた。

「灯りが消えたわ」運転席の女が言った。

「今、何時だ？」男が尋ねた。

「十二時三分。メンターの瞑想が終わるまで、残り十六時間」

綸太郎は、腕を組んでため息をついた。裕実が窓を下げて、煙草に火をつけた。

二人は、しばらく黙っていた。

急に、綸太郎が口を開いた。

「こうしてると、何となく色っぽい気持ちになってくるじゃないか」

裕実はあきれたように、同乗者を見た。

「――馬鹿じゃないの？」

「冗談だよ」

「よくもまあ、こういう状況で、そんなつまらない冗談が言えるわね」

「こういう状況か」綸太郎は肩をすくめた。「言いたいことがあるなら、率直に言ってくれよ」

裕実は思い切った口調で、

「じゃあ、率直に言わせてもらいますけれど、私は、探偵としてのあなたの能力に、疑いを持ちつつあるわ」

「それは、鋭い意見だ」

「茶化さないで。本当に、こんなことをしていていいの？　二日間、大島さんの行動を見張ってきたけど、怪しいところは全然ないわ。私には、彼女が脅迫の主とは、とても信じられない」

「異来邪は、僕の正体を知ってるんだ。そうそう簡単にしっぽは出さないよ」

「でも大島さんは、そんな裏表のある人とは思えないわ」

「二重人格者かもしれない」

「よしてちょうだい」裕実はドアの表で煙草をもみ消すと、窓の外に放り捨てた。「脅迫状の署名が、大島さんの旧姓の綴り替えであることは確かだけど、やっぱりそれだけでは、何も証明したことにならないわ。ねえ、まだ時間はあるんだし、もう一度最初から調べ直した方がいいんじゃないかしら」

論太郎は答えなかった。ただ運転席から見えないように、窓の方に顔を向けながら、じっと唇を嚙んでいた。

ややあって、彼が言った。

「缶コーヒーを買ってくる。君は、何がいい？」

「カフェオレ」

綸太郎はドアを開け、車を降りた。二十メートルほど離れた自販機まで歩いていった。

自販機のそばに、公衆電話ボックスがあるのを見つけて、綸太郎はしばらく家に連絡していないことを思い出した。この時間なら、まだ親父さんは起きているはずだ。

綸太郎は、電話ボックスに入って、自宅の番号をプッシュした。

「もしもし」

「あ、僕です。お父さん」

「何だ、おまえか。こんな夜更けに、何の用だ？」

「いえ、別に」

「何だ。俺はてっきり――」

警視は語尾を濁らせた。ほとんど習慣となっている質問が、綸太郎の口をついた。

「僕が家を空けている間に、何か変わった事件はありませんでしたか」

「変わった事件だと？　おまえ、新聞を読んでいないのか」

「ああ。ちょっと、たてこんでましてね。何かあったんですか」

「やっかいな事件に取り憑かれているんだ。西落合で、身元のわからん男の首なし死体が見つかった」

「――首なし死体」

その瞬間は、まるで予定されていたかのように訪れた。綸太郎の脳裏を、一条の閃光が走り抜けた。

〈ろう者の首は宙を飛び、うちゅう　の扉は沈黙するだろう。異来邪〉

「どうした、綸太郎。急に黙り込んで」

「お父さん、理由は訊かないで、僕の質問に答えてくれませんか。その首なし死体は、両手の薬指に、変わった形の指輪をはめていませんでしたか？」

警視が息を飲む気配が、受話器越しに伝わった。

「――おまえ、何か知っているのか」

「理由は訊かないで、と言ったはずです」

「ああ。いや、指輪はしていなかったが、被害者の両手の薬指に、指輪を抜き取った跡があった」

指輪を抜き取った跡！

落ち着け、綸太郎。彼はきつくまぶたを閉じた。それだけなら、単なる偶然の一致にすぎない。

「――死亡時刻はいつです?」

「十七日の、午後八時頃だ」

彼が《祈りの間》にこもった、四時間後だ。しかもその後、誰も彼の姿を目撃していない。だが――。

「司法解剖はしましたか」綸太郎は、自分の考えている可能性が、まちがいであることを祈った。「もしかしたら、その首なし男の胃の中は、空っぽだったんじゃありませんか」

「どうやら被害者は、俺たちの共通の知り合いらしいな」と警視が言った。「おい、綸太郎。今どこにいるんだ?」

綸太郎は、父親の質問を聞いていなかった。

「――だが、そんなことは、不可能だ」

「何が、不可能だって」

「すみません、お父さん」綸太郎は我に返ると、早口に言った。「どうしても確かめたいことがあるんです。もう一度、こちらから連絡します」

「おい、こら――」

綸太郎は電話ボックスを飛び出し、ホンダ・アコードに駆け戻った。助手席に体を滑り込ませると、裕実が尋ねた。

「どうしたの。私のカフェオレは？」

「悪いけど、それどころじゃない。すぐに教団本部に戻ってくれ」

裕実は目を丸くした。

「でも、大島さんの見張りはどうするのよ」

「いいから、僕の言う通りにするんだ」

「わかったわ」その剣幕に押されて、裕実はエンジンキーを回した。「――いったい何がどうしたっていうのよ」

綸太郎は自分を抑えることで、精一杯だった。わななく唇が、裕実に答えた。

「君の隣りにいる男は、この現象界始まって以来の大馬鹿者かもしれない」

二十分後、《塔》の礼拝堂で、綸太郎はメンターの瞑想を守ろうとする三名の信者と、激しい押し問答を繰り広げていた。

《祈りの間》に上がって、メンターの安否を確認したいと主張する綸太郎を、《オブザーバー》たちは力ずくで阻止しようとする。自分の抱いている危惧をうまく説明できなくて、綸太郎は歯がゆい思いをした。

裕実が見かねて、電話で斎門理事をたたき起こし、《塔》に呼びつけた。斎門も最初は、綸太郎の言葉をまともに受けなかったが、西落合の首なし死体の特徴を聞くうちに、その顔は青ざめていった。

結局、斎門が《オブザーバー》たちを説得し、綸太郎と裕実の二人で、《祈りの間》に上がることを承知させた。

五月二十日午前一時七分、三人を乗せたエレヴェーターが《塔》の頂上に着いた。《祈りの間》に通じるハッチは、ロックされていなかった。綸太郎の危惧は当たった。《祈りの間》は、空っぽだった。

第三の書　ヤヌスの顔の死者の問題

1

〈ろう者の首は宙を飛び、
うちゅう　の扉は沈黙するだろう。異来邪〉

五月二十日未明。綸太郎は《塔》の礼拝堂中央の祭壇に立って、じっとエレヴェーターの扉を見つめていた。

確かに脅迫状の文句は正しかった。七十二時間の瞑想が終っても、エレヴェーターは動かなかっただろう。宇宙の扉が沈黙するとは、そういう意味だったのだ。

だが、彼はどうやって《祈りの間》から姿を消したのだろうか？　綸太郎の頭を悩ませているのは、まさにその問題だった。

自らの肉体をエーテルの波に変換して、西落合まで瞬間的に転送したのかもしれない。その際、ちょっとした思念の乱れが生じて、首から上だけが、別の場所に飛んでいった――。

馬鹿ばかしい、と綸太郎は思った。クローネンバーグの映画じゃないんだぞ。もっと現実的に頭を働かせろ。

《塔》の頂上にメンターの姿がないことを発見してからすぐに、綸太郎は再度《祈りの間》と、エレヴェーターの中を徹底的に調査した。しかし予想通り、どこにも人間ひとりが抜け出せるような脱出路はなかった。

唯一それらしいものといえば、エレヴェーターの通風孔があったが、ねじ止めされた金網に手を触れた跡はなかったし、そもそも十五センチ四方の穴では、小さすぎる。

エレヴェーター自体は、祭壇と頂上の間をノン・ストップで昇降する。しかも、途中ではドアが開かない仕組みになっているので、《塔》の中間から箱の外に出ることも不可能だった。

残された出口は、祭壇のエレヴェーターの扉しかないはずである。だが、言うまでもなく、そこには常時、三名の信者の監視の目が光っていたのだ。

裕実の説明によると、《オブザーバー》は青年信者のうち、心身ともに健やかで、教義に精通し、メンターのおぼえ厚い者に与えられる、名誉ある務めだという。《オブザーバー》は、八時間おきの三交替制で、一回の瞑想につき、三名ずつ三組、計九人がこの任に当たる。彼らは、午後四時から深夜十二時までの「夜組」、十二時から午前八時までの「朝組」、八時から午後四時までの「昼組」に分かれている。

《塔》で瞑想が始まったのは、十七日の午後四時であった。そして西落合で、メンターと思われる人物が殺害されたのは、同じ日の午後八時。

ということは、移動の時間を含めると、彼が《祈りの間》を脱出したのは、遅くともその日の午後六時半までの間でなければならない。

この二時間半、祭壇を守っていたのは、「夜組」の三人である。《祈りの間》とエレヴェーターの調査で何も得られなかった綸太郎は、《塔》の外の仮眠舎で眠っていた三人をたたき起こし、お決まりの尋問に取りかかった。

消えた男同様に、頭を青く剃り上げた三人の青年信者たちは、口をそろえて、次のように断言した。

「トライステロ宇宙神の名にかけて、真実を申します。我々が持ち場についている間、エレヴェーターを出入りした者はいません」

「トライステロ宇宙神の名にかけて、真実を申します。我々が持ち場についている間、エレヴェーターは全く動きませんでした」

「トライステロ宇宙神の名にかけて、真実を申します。我々は持ち場についている間、一度も祭壇から目を離しませんでした」

論太郎は、これ以上質問しても無駄であると判断して、三人を引き取らせた。それから念のため、「朝組」と「昼組」の六人に対しても同様な質問を繰り返したが、返ってきた答は全く同じだった。

《オブザーバー》の面々が去った後、論太郎は弱り果てて、裕実に尋ねた。

「彼らが嘘をついているということはあり得ないだろうか」

「あり得ないわね」

「でも仮に、メンター自身が、彼らに口止めしたとすれば？」

裕実はちょっと考えてから言った。

「それでも、嘘はつけないわ。信者にとって、トライステロ宇宙神はメンターよりも上位の存在なの。だから、たとえメンターの命令であっても、トライステロ宇宙神の名を口にしたら、嘘をつくことは許されないわ」

「じゃあ、どうやってメンターは《塔》から姿を消したんだ？」論太郎は頭を抱えた。「これも、エーテルの力が起こした奇蹟だって言うのか」

「トライステロ宇宙神の名にかけて、言わせてもらうわ。私だって、何がなんだか、全然わからないのよ」

裕実はヒステリックに叫ぶと、礼拝堂を飛び出していった。

そろそろ夜が、白み始めている。

綸太郎は、エレヴェーターの昇りボタンに指を伸ばした。既に頂上まで六往復している。その度に、《塔》からの脱出は不可能であるという結論が、より強固なものとなっていた。

それでも、また試してみようとする理由が、自分でもよくわからなかった。何か、ごく小さな違和感が、頭の中のどこかにこびりついていて、強迫的なシグナルを送り続けているのだ。そのシグナルの発信点さえ突き止めることができれば、《塔》からの消失の謎も解けるような気がするのだが——。

ボタンに指が触れた時、綸太郎はその違和感のもとが何なのか、突然気づいた。

一昨々日、瞑想に入るため、彼が《祈りの間》に昇ろうとした時には、エレヴェーターの扉はすぐには開かなかった！

綸太郎の指が硬直した。

そうだ、あの時、彼はすぐにこのボタンから指を離さなかった。確か彼は十秒ぐらい、ボタンを押し続けていたのだ。

それまでずっと綸太郎は、ボタンを一回押した後、すぐに指を離していた。誰だって、そうするものだ。すると、すぐに扉は開いた。

ちがいはそこにあった。

綸太郎は、ボタンから指を離さずに、待った。やがて、呟き込むような唐突さで、ドアが開いた。あの時と、同じタイミングだった。

綸太郎は箱の中に入り、中に一つしかない昇りのボタンを押した。まだはっきりとしないが、自分が正しい道を選んだという確信が育ちつつあった。

ドアがすっと閉じて、箱は上昇し始めた。綸太郎は、何となく今までにない息苦しさを感じた。

すぐに、箱は上昇を止めた。《塔》の頂上に達したのだ。

だが、ドアが開かなかった。さっきまでは、頂上に着くと同時に、扉が自動的に開いたはずなのだ。しかし、目の前のドアは全く動く気配がない。綸太郎は、めまいを覚えた。

エレヴェーター内部には、ドアの開閉ボタンがない。綸太郎はあわてて、ただ一つしかない昇りのボタンを連打した。だが、何の効果も現われなかった。ひょっとすると、これは、何かの罠ではないのか？　綸太郎がそう思った瞬間、唐突に箱が下降を始めた。

そうだった。エレヴェーターは頂上まで昇った後、乗員の乗り降りにかかわらず、一定時間後に、自動的に地上に降りるよう設計されている。

不意に、綸太郎は息苦しさの原因に思い当った。空気である。箱の中の空気が、ひどく淀んでいるせいだった。

反射的に、天井の通風孔に目をやった。ねじ止めされた金網は、綸太郎の目になじんだものだった。ところが、金網の向こうに、見慣れないものがあった。通風孔は塞がれていた！

ようやく綸太郎は、自分がどこにいるのかを理解した。なぜ頂上で、扉が開かなかったのか、その理由を理解した。そして《塔》から、一人の人間が姿を消したからくりを、いま完全に理解した。

箱が動きを止めた。

今度は、自動的にドアが開いた。

彼は、箱から歩み出た。そこには、暗い隠し部屋があった。それは、ちょうど祭壇の真下に位置する地下室のはずだった。

江戸川乱歩がよく使ったトリックだ。同じ作りの箱を、縦に二つつなげたエレヴェーター。綸太郎はその下の方に乗っていたのだった。

2

エレヴェーターの灯りを頼りに、照明のスイッチを見つけた。念のため、ハンカチを手にかぶせて、柱のスイッチを上げる。頭の上の灯りが、ぱっと闇を照らした。

地下室といっても、ちゃんとした部屋の体裁が整っているわけではない。《塔》の基礎部分に、舞台の奈落のような空洞がこしらえられているのだ。

灯りの正面に、カウンターをしつらえた大きな姿見がある。革張りのストゥールには、人が坐った跡があっても、既にぬくもりはなかった。

カウンターには、黒いプラスティックで人頭をかたどった鬘台とブラシ。それから男性用化粧品の壜と並んで、赤いブリキのレターケースがあった。

ケースを開けると、一番上に見覚えのある指輪が二つ、無造作に投げ込まれていた。彼が両手の薬指にはめていた、象牙の印形であった。その下に写真が一枚、裏返しになっていた。

ピンクのTシャツを着た若い女のバストショットだった。日に焼けた東南アジア系の顔だちで、《汎エーテル教団》の教主の私物としては、あまりにもそぐわない。

写真を戻して、姿見の前から離れた。振り向いて二歩ほどの距離に、スチールロッカーがある。把手をつかむと、鍵はかかっていなかった。もちろん、鍵をかける必要などなかったのだ。

両開きの扉をひらくと、真っ先に目に入ったのは、例のローマの神官のような白いローブだった。他にも緑のビニールジャンパー、濃紺のブレザー、真珠色のスラックスやくたびれたワイシャツなどが吊されていた。いずれも、デパートのバーゲンで買ったようなぱっとしないものばかりである。恐らく、着替えの予備だろう。人目を引かないことは確かだった。

ローブの裾に隠れて、彼が履いていたサンダルがきちんと並べてあった。靴べらがちゃんと入れてあるところを見ると、ここを出ていく時は、普通の革靴を履いていくのだろう。

綸太郎はロッカーの扉を閉じ、自分のいる狭い空間にざっと一瞥を与えた。姿見とロッカーの他には何も見当たらず、ここが着替え以外の目的に使われていないことは明らかだった。

綸太郎は、十七日の午後四時に、メンターがとったと思われる行動を再構成した。

彼は《祈りの間》に上がるふりをして、エレヴェーターの下の箱に乗り込み、いったん《塔》の頂上に着いてから、この地下室まで降りてきた。

同時に、祭壇では上の箱の扉が開いて、中に誰もいないことを見せつける仕掛けになっている。礼拝堂に残った人々は、それが、先ほど彼を乗せた箱とちがうものだとは気づかない。こうして、メンターが《祈りの間》に閉じこもったという錯覚ができ上がる。

彼はローブを取り、別の服装に着替える。そして鏡の前に坐ると、鬘を頭につけ、両手の指輪を外す。顔立ちを変えるために、自分の顔にメイクを施し、全くちがう人格として、この地下室を立ち去った。ラプンツェル姫物語をあべこべに焼き直したような筋書だ――。

そこまで考えた時に、綸太郎の思考の流れが急にその向きを変えた。瞑想と称する七十二時間が過ぎたら、どうやって祭壇に姿を現わすつもりだったのだろうか？

綸太郎は、地下室からの脱出路の探索を後回しにして、先にその問題を片付けることにした。

昇りのボタンを押し、もう一度エレヴェーターに戻る。扉が閉まり、箱が急上昇した。

箱は頂上に着いた。もちろん、ここでは扉は開かない。しばらく待つと、降下を始めた。

ブレーキがかかる。箱が地上に着いて、扉が開くと、目の前に見慣れた祭壇の光景があった。

綸太郎は、そのまま下の箱にとどまっていた。やがて扉が閉じ、箱は静かに地下に降りていった。

なるほど。地下で昇りのボタンを押すと、頂上に達した後、自動降下した下の箱がいったん地上で扉を開くように、プログラムされているわけだ。礼拝堂の人間には、今しがた《祈りの間》から降りてきたように見える。まさか中に乗っている者が、つい先程まで、自分たちの足の下にいたとは思わないだろう。

そして、扉が閉まってから、箱全体が降下し、上の箱が地上の定位置を占める。言うまでもなく、箱が二重底になっていることに気づかれないための予防措置である。

綸太郎は、ここまでの発見に満足して、エレヴェーターを出ようとした。ところが、エレヴェーターのドアが閉じたままだ。待っても待っても、扉はうんともすんとも言わない。

箱の中には、ドアの開閉ボタンがない。全て自動操作なのだ。綸太郎は狼狽した。ひょっとしたら、今度こそ本当に閉じ込められてしまったのではないか？　確かにレギュラーなケースだと、この時点ではもう、誰も箱の中に乗っていないはずなのだ。さっき地上でドアが開いた時、外に出ておくべきだったと気づいても、もう後の祭りだった。

懸命に知恵を絞った末、もう一度、箱内の昇りのボタンを押す他に打つ手がないと結論した。エレヴェーターは、また頂上めざして昇っていく。

地上八十メートルで停止。ドアは開かない。再び急降下。いい加減、うんざりしてきた。

箱が止まり、扉が開いた。地上の祭壇である。先程のプログラムが、再現されていることになる。綸太郎はあわてて、外に転がり出た。

扉が閉まる。耳を傾けると、箱がゆっくりと下がっていく音が聞こえた。大きく深呼吸をする。長いこと、狭いところに閉じ込められていたせいか、頭の端が、微かにぼうっとしている。

気を取り直し、またエレヴェーターのボタンを押した。今度は要領がわかっている。ボタンから指を離さない。ほどなく下の箱が上がってきて、扉が開く。中に乗り込む。

昇りのボタンを押す。今度は、最初のプログラムだ。扉が閉まり、《塔》を昇っていく。

頂上。扉は開かない。待つ。ある種の諦観。自動的に箱が降りていく。ブレーキ。地に足がつく感触。扉が開く。再び隠し部屋だ。

3

綸太郎は、胸の前を横切るコンクリートの梁をくぐった。灯りは、梁にさえぎられて、数メートル先までしか届いていない。ハンディ・ライトを持ってくればよかったと思いながら、暗がりに向かって恐る恐る足を踏み出した。

さながら、アンジェイ・ワイダの古い映画のようだった。闇は低いアーケードを形作って、ずっと先の方まで続いていた。古い基礎工事の手ちがいで生じた空洞がそのまま放置されているらしい。目が馴れないうちは、文字通り手探りで歩くしかなかった。

何しろ、どこからコンクリートの突起が飛び出してくるか、見当がつかない。もっと手に負えないのは、ところかまわずはみ出して、行手をさえぎる鉄骨の鉤(かぎ)である。それでも、ようやく目が利くようになると、歩くスピードも早まった。完全な廃坑とちがって、つい最近まで定期的に、ここを抜け道として利用していた人間がいたせいだろう、コツをつかむと、それほど歩きにくさを感じなくなった。

百メートル近く歩いたかと思う頃、汗ばんだ首筋にひんやりとした風を感じた。同時に、ごぼごぼいう水音が、耳に流れ込んできた。

闇の中に、ぼうっと明るいものが混ざり始めた。明るい方に足を向けると、水の音は、大きく、騒々しくなった。コンクリートの壁に、人がひとり通り抜けられるぐらいの穴がくり抜かれているのを見つけた。

綸太郎は、ズボンの裾を引っかけないように、穴をくぐり抜けた。壁の反対側に出ように、廃材が積み重ねられている。その隙間を縫うようにして、開けた空間に出た。

水音の正体は、すぐ明らかになった。綸太郎はコンクリートの汚水槽を前にしていた。

断続的なポンプ音が、四囲の壁に反響する。

ハンカチで額の汗を拭い、出口を探した。汚水槽の右斜め後方に、地上に通じるはしごがあった。

はしごを昇り、マンホールの蓋を押し上げると、地上に出た。

教団の敷地の西端にいた。灌木の茂みが、人目を断っている。既に朝の気配が訪れていた。

振り返ると、東に《塔》が見えた。およそ八十メートルの距離がある。

夜明けの太陽が、《塔》の背後に顔を出したところだった。《塔》を照らす地上の照明は、落とされていた。だが逆光の中にたたずむ《塔》の姿には、少しの荘厳さもなかった。

——形ばかりで、心がない。

綸太郎は、坂東理事が《塔》について言ったことばを思い出していた。彼は、ある意味では正しかったのだ。

メンターは食わせ者だ、と綸太郎は思った。彼は瞑想と称する七十二時間を、どこか他の場所で過ごしていたのだ。四十億の巨費を投じて建てられたこの《塔》は、彼の二重生活の隠れみのに過ぎない。

隠し部屋と抜け道の発見を伝えるために、綸太郎は《塔》まで歩いて戻った。《塔》の外に、裕実の姿があった。

「一体、どこに行ってたの？」

「メンターが消えたからくりがわかった。地下に隠し部屋と、抜け道があったんだ。西の汚水槽のところまで続いている」

「そう」顔を曇らせた。

「斎門氏は？」

「私なら、ここだ」

礼拝堂の中から、斎門が現われた。表情は堅い。脇に新聞を抱えていた。

「勝手にどこかに行かれては、困るじゃないか」

言葉遣いが変わっている。しかも声に険があった。説明しようとする綸太郎をさえぎって、

「とにかく、この記事を読んでくれ」

抱えていた新聞紙を渡された。

『マンションに男性の首なし死体
西落合　頭部は行方不明』

十七日午後九時三十分、新宿区西落合三―×『フジハイツ』三一二号安倍兼等さん(40)方の浴室で、首を切断された男性の死体が見つかった。

新宿署の調べでは、被害者は絞殺された後、鉈で首を切断されている。切られた首は持ち去られたらしく、見つかっていないが、着衣などから、被害者は兼等さん自身と見られている。

同署は怨恨による殺人と見て、同居していたフィリピン人女性(18)から、詳しい事情を訊こうとしている。

『過激派が犯行声明
西落合の首なし死体は元活動家？』

十七日夜、西落合のマンションで発見された首なし死体の身元は、まだ判明していないが、犯行の翌日、過激派グループから都内の新聞社に犯行声明電話がかけられていたことが明らかになった。

十八日午後二時頃、大手町の東西新聞社本社など三社に、『極東の蒼い鯱』を名乗る男から「反革命分子、安倍兼等を人民の名において処刑した」という電話が相次いでかけられた。

警視庁によると、安倍兼等は、昭和四十五年頃から、極左組織『極東戦線』のリーダーとして非合法活動を行なっていた人物だが、長らく消息を絶っていた。被害者は、安倍の名で犯行のあったマンションを借りていたことがわかっており、捜査本部では、事件との関係の究明を急いでいる。

綸太郎は首を振った。

「とんでもない鉱脈を探り当てたようですね」

「冗談じゃない」斎門の顔が朱に染まった。「こんなものは、メンターと関係ない」

綸太郎は斎門の口調に、ただならぬ臭いをかいだ。新聞を返しながら尋ねた。

「そういえば、警察が来るのが遅いようですね」

「警察は来ないわ」答えたのは裕実だった。「連絡しないことに決めたのよ」

「連絡しない？　なぜだ」

「メンターと、この事件は関係ないからだ」

斎門が念を押すように、繰り返した。綸太郎は彼をにらみつけた。

「どういう意味です」

「意味も何もない。メンターは、まだ《祈りの間》にいる」

「馬鹿な。どうかしたんですか？」

「聞いて」急に裕実が手を伸ばして、綸太郎の腕を引いた。「この件から、今すぐ手を引いてもらいたいの」

綸太郎は驚いて、裕実の手を振りほどいた。裕実はかまわず続けた。

「こんなことが明るみに出たら、私たちの教団は崩壊してしまうわ。仮にこの人がメンターでなかったとしても、瞑想と称して、どこか別の場所に隠れているのがばれたら、メンターの威信は地に落ちてしまう。そんな事態だけは避けたいのよ」

「世間を欺くつもりなのか？」

「そうではなくて」裕実はかぶりを振った。「私たちには、時間が必要なの」

「教団を維持していくために？」

裕実が渋々うなずいた。

「そんなインチキ教団なんて、ぶっつぶしてしまえばいい」

「法月君」斎門が口をはさんだ。「そういうことを言う人間は、即刻、我々の敷地から出て行ってもらいたい」明らかな威嚇の口調であった。

　綸太郎は、両腕をだらりと下げた。

「──異来邪の始末はどうするんです」

「何のことだね」斎門はしらばくれた。

　綸太郎は肩をすくめた。

「あなた方は今、頭に血が上っている。姑息な手段を使うのはやぶへびだと思いますよ」

「部外者には、何とでも言えるさ。だが我々は、十三万人の信者を納得させなければならないのだ」

「どうやって？　メンターは、啓示を受けて、神霊界へ旅立ったとでも言うつもりですか」

　斎門は、新聞記事に目を落とすと、吐き捨てるように言った。

「これに比べたら、まだその方がましだ」

　裕実に目を移すと、彼女はうなだれたまま首を振った。綸太郎はため息をついた。

「わかりました」気のない調子で言った。「一度、出直しましょう。お互い、頭を冷やす時間が必要なようです」

　裕実が目を上げた。

「ごめんなさいね」

「あやまられる筋合いはないよ。でも、僕を引きずり込んだのが、君たちの方だってことは忘れないでくれ」

斎門があごをしゃくって、出て行けという身振りをした。綸太郎が言った。

「また来ます」

斎門は知らんぷりをした。綸太郎は、手回り品を取りに、本部ビル四階の秘書室へ足を向けた。

もちろん、おとなしく引き下がるつもりなどなかった。手回り品を鞄に収めながら、一緒についてきた裕実の目を盗んで、異来邪の最後の脅迫状を懐に落とした。三日前のＶＩＰルームでの打ち合わせの場面を、思い出したからだった。メンターの指紋が脅迫状に残っているはずだ。

4

「知っての通り、俺は頑固な懐疑論者だ」

法月警視は、煙草の灰を落とした。おなじ机の上には、鑑識課から届いた指紋照合結果の報告が載っている。

「指紋が一致したというのに、まだ何か不満があるんですか？」綸太郎が口をとがらせた。

《汎エーテル教団》を追い出されてから、五時間ほど経っていた。あれからすぐに父親に連絡して、警視庁で落ち合い、こっそり持ち出した脅迫状を鑑識に回して、『フジハイツ』の首なし死体の指紋と照合させたのである。

警視はにやりとして、煙を吐き出した。

「脅迫状に残っていた指紋が、被害者のものであることを否定はせん。それは、厳然たる事実だからな。問題は、その指紋がまちがいなく、おまえの言う明太子殿下のものであるか、という点にある」

「メンターと言うんですよ、お父さん」

「何でもいいさ。要するに、脅迫状に触れた人間が《汎エーテル教団》の教主以外にも存在し得るってことが言いたいんだ」

「その点は確かめてありますよ」綸太郎は冷静に答えた。「脅迫状の入った封筒を開けたのは、教団事務局長の斎門という男です。その後に脅迫状に触れた人間は、僕を除けば、メンター自身と、彼の秘書しかいない。そして、メンター以外の者は、僕を含めてまだ生きている。とすれば、死んだ男はメンター以外には考えられません」

「おまえが会った男が、メンターの影武者だったという可能性もあるぞ」

「面白い」と綸太郎が切り返した。「それで一冊、小説が書けるでしょうね」

「あるいは、脅迫状を書いた当人が、うっかり指紋を消し忘れたのかもしれない。首なし死体は、異来邪と名乗る人物だったとも考えられる」

綸太郎は首を振った。

「それなら、五人分の指紋が出てくるはずです。メンター、斎門理事、山岸裕実、それに僕と異来邪。でも実際は、四人分の指紋しか検出できなかったんでしょう。きっと異来邪は、指紋を残さないような手段を講じていたにちがいない」

「ふむ」と警視が鼻を鳴らした。

本気で疑っているのではない。わざとものわかりの悪い老警官のポーズを演じて、綸太郎を困らせているだけだった。本当は機嫌がいいのだ。

その時ふいに、卓上の電話が鳴った。警視が受話器を取る。

「――おまえにだ、綸太郎」

「僕に？」

受話器を受け取って、耳に当てる。

「もしもし」

「やっとつかまえたわ」山岸裕実だった。

「何だ、君か」

「何だじゃないわよ」ほとんど怒鳴っているような声である。「やってくれたわね。

こっちはもう、めちゃめちゃよ」

「どうしたんだ」

「脅迫状が届いた件で、警察の手が入ったのよ。あちこちを指紋採出粉だらけにして、帰っていったところだわ。どうせ、あなたの差金でしょう？」

綸太郎は送話口を押えて、警視に目をやった。

「習志野署の科学捜査班だ」警視が小声で答えた。「脅迫状の指紋だけでは、確実さに欠けるからな」

綸太郎は鼻にしわを寄せた。受話器の向こうでは、まだ裕実が騒いでいる。

「――わかったよ」と綸太郎は言った。「君の言う通りだ。僕のやり方は、アンフェアだった。でもすんだことについて、何を言ってもしょうがないだろう。むしろ問題は――」

綸太郎は、急に黙り込んだ。

「どうした？」と警視が尋ねた。

綸太郎は肩をすくめて、受話器を戻した。

「――切れてしまいました」

警視が吹き出した。

綸太郎は腕を組んで、父親をにらみつけた。

「この前の女だな」と警視が言った。「まだ文句を言ってくる分、望みはあるぞ」

「そうだといいんですが。でもよく千葉県警が動いてくれましたね」

「あそこには、俺の古い知り合いがいるんだ。すぐに、その教主の指紋を送ってくるだろう。ところでこの似顔絵を見てくれないか？」

綸太郎は警視が差し出した紙を受取りながら、

「被害者ですか？」

「ああ、『フジハイツ』の管理人から聞き出した特徴をもとに作ったものだが、かなり似ているらしい。腑に落ちないところもあるんだが、おまえの知っている男と似ているかどうか、確かめてほしい」

高い頬骨。引きしまった顎。人を惹きつけるまなざし。一重のまぶた。眉間の縦じわ。薄い唇。小ぶりな耳朶。似ている。顔の造作は、同一人のものと言ってよかった。

「——甲斐辰朗の頭は、丸坊主でした。眉の感じも、少しちがう」

「メーキャップだ」警視の目が、きらっと光った。「今まで気になっていた謎が、それで解けたぞ」

「何ですか、一体？」

「犯人が、被害者の首を切った理由だ」

「おやおや」綸太郎は、しげしげと父親の顔を見つめた。「その問題については、五時間前に解答を出していたのですが」

それから一時間ほどたって、習志野署の科学捜査班が集めた指紋の第一便が、警視庁のコンピューター室に送られた。

コンピューターは『フジハイツ』の死体の十指の指紋と、《汎エーテル教団》本部の各所、および《塔》内で採取された遺留指紋が同一のものであることを証明してみせた。

五月二十日午後三時三十分。合同捜査本部は、『フジハイツ』の首なし死体の身元が、《汎エーテル教団》教主、甲斐辰朗であると断定し、千葉県警に捜査協力を正式要請した。事件発生から、三日が過ぎていた。

5

「やあ、先生。あなたのお出ましですか」

その日の午後九時半。表から帰ってきた久能警部は、部屋の隅にいる綸太郎の姿を見つけるなり、声をかけた。綸太郎は坐ったまま、くすぐったそうな顔で応じた。

「新宿の連中は何か言っていたか？」

と警視が尋ねた。

「紫田警部が驚いてましたよ。警視が、何か魔法を使ったんじゃないかって」

「エーテルの導きさ」警視は、しゃれた台詞を気取って答えた。「かけてくれ。息子が、ためになる話を聞かせてくれるそうだ」

「ねえ警視、わざわざこんな手間を取らなくても、息子さんを合同捜査会議に出席させた方が早いんじゃないですか」

「そうしたいのは山々だが、公私のけじめをつけないと、頭の堅いお偉方がうるさくてな。それに、こいつの話を理解するためには、ある程度の慣れが必要だ」

「ごもっとも」と久能はうなずいた。

「どうも僕の評判は、芳しくないみたいだな」

「おまえがいつも、出し惜しみをするからさ」警視がからかうように言った。「早いところ、おまえが伏せている切り札を広げてみせろ」

「では、本題に入る前に予備知識として、推理小説における首切り殺人の歴史について――」

「それは省略だ」警視が異議を唱えた。「後でおまえが本を書く時に、適当に挿入しろ。俺はそんなものに興味はない。すぐ本題に入るんだ」

綸太郎は肩をすくめた。警視の机の上から、被害者の似顔絵をすくい上げると、黒板に磁石で貼りつけた。

「では、なるべく簡潔に述べましょう。

まず『極東の蒼い鯱』を名乗る人物からの犯行声明電話について。これは、犯人が捜査の攪乱(かくらん)を狙って、かけたものと断定していいでしょう。

電話の意図は、『フジハイツ』の首なし死体が、安倍兼等のものであると、警察に信じ込ませるところにあったはずです」

「だが当の兼等は、十七年前に自殺していた」

「たぶん犯人は、そのことを知らなかったのでしょう。あるいは、知ってはいたが、その事実を警察が探り出すことはないだろうと高をくっていた。いずれにせよ、首なし死体が、安倍兼等という人物として扱われている限りは、犯人の身に疑いがかかる可能性はなかったわけです」

「それぐらいのことは、俺も考えた」

「そこで犯人は、被害者の属性から、安倍兼等という人格にそぐわないものを全て剝(は)ぎ取ってしまう必要に迫られた。首を切った理由も、それで説明がつきます」

「それは妙ですよ、先生」久能が口をはさんだ。「被害者の顔は、私が会った兼等の双生児の兄とそっくりだった。つまり、兼等自身と同じ顔をしていたことになります。それなら、首を切って、顔を隠す必要はない。むしろ、残しておいた方が、安全ではないですか」

「顔は、問題ではない」

と警視が言った。綸太郎は、椅子の背もたれに上体を預けて、

「先にお父さんの意見から聞きましょうか。何か言いたいことがあるようだから」

警視は眉毛を吊り上げ、片頬をふくらませて、息子の自信にあふれた顔を見やった。

「そうか。おまえは、そんなに俺の頭を見くびっているんだな。よし、だったら、一つ鋭いところを見せて、お前をぎゃふんと言わせてやろう」

立ち上がると、拡大コピーした甲斐辰朗の写真を黒板の似顔絵の隣りに貼りつけた。

「この写真を見ればわかるように、甲斐辰朗は、頭を丸坊主に剃っていた。一方、『フジハイツ』の男は、似顔絵でも明らかだが、ふさふさした髪の持ち主だった。しかし、この二人が同一人物だったことは、今や疑いようのない事実なのだ。とすれば、このちがいは、一体どう説明されるべきだろうか？」

「被害者は、鬘（かつら）を使っていたのです、警視」久能警部が学級委員のような口ぶりで答えた。

「そうだ、甲斐辰朗は、安倍兼等として行動する時は、常に鬘をつけていたのだ。

さて、ここで、犯人の立場で考えてみよう。さっき息子が証明してみせたように、犯人は、被害者が安倍兼等という人格として葬られることを望んでいた。そのためには、被害者が鬘をつけていたという事実が知られない方がいい。鬘という道具は、真っ先に変装という連想を呼ぶし、あるいはその出所を頼りに、被害者の正体が割れる恐れもあるわけだ」

「それなら、鬘だけ持ち去れば、いいのではありませんか？　わざわざ首ごと切っていく必要があるとは思えませんが」

「それは、あまりにも近視眼的な思考だよ。死体から鬘だけ取り去っても、周囲の人間には、生前の被害者が鬘の使用者だったという事実は隠しようがない。むしろ、鬘が重要であることを、我々に宣伝するようなものだ。いずれにせよ、変装とメーキャップの可能性を示唆する結果に終ってしまう。

一度でも、被害者が安倍兼等ではない別の人間なのではないかと疑われたら、犯人にとっては、致命的な結果を招く。それなら、いっそのこと、首ごと切り取ってしまえば、被害者が実は坊主頭であったという事実は、絶対にわからないと踏んだのだ」

「しかし、首を切れば切ったで、被害者の身元が曖昧になるのは避けられないと思います。現に、我々は最初から、被害者の正体を疑っていたではありませんか」

「実際に我々がどう考えるかは問題ではない。重要なのは、犯人がどう考えたかだ」

警視は顔をしかめて、綸太郎の方を見た。「何がおかしいんだ、綸太郎？」

「最後の点では、久能警部の方が優勢でしたね」

「悪かったな」警視はへそを曲げた。

「お父さんの考えは、ほとんど正しい方向を指しているのですが、その根拠があまりにもネガティブです。変装の跡を隠すという解釈は弱すぎる。犯人が、被害者の首を持ち去ったのは、もっとのっぴきならない積極的な理由があったからですよ」

「積極的な理由だと？」

綸太郎は気取った感じで、顔の前に人差し指を立てた。

「これには、ある程度の予備知識がいる。《汎エーテル教団》の教義書を読んでいなかったら、僕も気づかなかったでしょう。

犯人が、被害者の首を持ち去ったのは、首の中にあるものが入っていたからです」

「何だ、それは。ロマノフ王朝の黒真珠か何かか」

「そんなロマンティックな代物じゃありません。それが何であるかわかった瞬間に、被害者の身元が一発で明らかになってしまうようなものです。ある意味では、指紋以上に、強力な人物特定をなしうるものです」

「歯ですね」久能が急に叫んだ。「被害者は入歯の使用者だった」

綸太郎は首を振った。

「もっと珍しいものですよ、警部。人工内耳手術というものを聞いたことがありますか？　内耳の有毛細胞がだめになってしまった難聴患者に、外科手術で電極を埋め込んでやると、不完全ながら、失われた聴覚を取り戻すことができるのです。甲斐辰朗はこの手術を受けていたのです」

「耳の中に、電極だって？」警視は、あんぐりと口を開けた。「すると、犯人が死体の首を残していったとすれば、司法解剖の際に、その電極が見つかるわけだな」

「ええ。僕も今回、初めて知ったのですが、まだ実用化されて間もない高度な技術で、わが国でも、手術例は数えるほどしかないそうです。しかも、これを実施している病院は限られている」

警視がうーんとうなって、腕を組んだ。

「カルテに当たれば、被害者の正体は、一目瞭然ということか」

綸太郎がうなずいた。

「では犯人は、そのことをよく知っていた人間ということになるな」

「恐らく、被害者に近しい人物でしょう」

「《汎エーテル教団》か」と警視が言った。「明日から、習志野に出張だな」

6

五月二十一日日曜日。朝刊各紙は、競って《汎エーテル教団》教主の死を書きたてた。

法月警視の予想通りだった。

「首なし死体、ジャパゆきさん、新興宗教。社会面の三種の神器だ。マスコミの連中が、夢に描くような事件だ」

だが、センセーショナルな見出しに比べて、肝心の記事の中身は、お粗末なものばかりだった。情報の少なさもさることながら、単なる事実誤認や、憶測の類が、あまりにも多すぎたからである。

例えば、ほとんどの記事が、教団の概略を述べる際に、相対性理論の解説に数行を割くという誤りを犯していた。唯一、その誤りを免れた某紙の記者は、エーテルを有機溶剤と勘違いしているらしい。

識者の多くは、《極東の蒼い鯱》を名乗る犯行声明電話を重大視していた。政治と宗教の癒着（ゆちゃく）が論じられる一方で、《汎エーテル教団》が過激派の資金源になっていた可能性を指摘する者もいた。しかし、恐らくコメントした本人すら、そんなたわごとなど信じてはいまい。

ある気鋭の社会学者は、ミニ宗教の繁栄の要因を「モノ」社会が生んだ価値観の歪みに求め、現代の信仰の本質がフェティシズムの形へと変質していることを示唆した。そして、信仰の「モノ」化が、犯人に死体の首を切り取らせた動機だと力説する。

つまり、犯人は、超能力を得るための手っ取り早い物理的手段として、トライリスを自分のものにしたかったのではないか？

こうした数々の論評の中で、綸太郎が一番、感心したのは、死んだ男を古代ローマの神にたとえた短いコラム欄の文章だった。才能ある無名子は、この事件の性格を次のような言葉で要約してみせた。

古代ローマの神ヤヌスは、前後ふたつの顔を持ち、正邪を一度に見抜いてしまう力を持っていたと伝えられる。二つの人格を持った現代のヤヌスの死体は、果たして、正邪いずれの顔を失ったのであろうか。

マスコミの華々しい報道を尻目に、現場の捜査官たちは、殺人犯の正体を突き止めるべく、休日返上で訊き込みに奔走していた。

新宿署では、紫田警部が、被害者の首の発見に全力を傾けていた。ここ数日間は、捜索に当たる人員を増員し、捜査範囲も拡大したにもかかわらず、その行方は未だに杳として知れなかった。

その日の午後、法月警視と久能警部は、本大久保の習志野警察署で開かれた捜査会議に、警視庁代表として参加していた。

会議の進行を担当するのは、千葉県警の宮崎警部補。髪をきれいになでつけた、デスクタイプの刑事である。到着早々の警視らを出迎えたのも、この男で、東京者の二人に対しても、ずいぶん愛想のよいところを見せていた。

二人の紹介が終わると、早速会議が始まった。

最初に久能が起立して、十七日の死体発見から今日に至るまでの、東京サイドでの事件経過を報告する。習志野署の刑事たちは、『フジハイツ』の事件に関して、あらかじめ詳細な検討を行なっていたらしく、細かい点まで、鋭い質問がぶつけられた。

続いて宮崎の口から、昨日の立ち入り調査と、押収した証拠物件に関する説明があった。大筋のところは、昨日のうちに警視も、ファックスで報告を受けており、とりたてて目新しい事実はない。

代わって、習志野署の正木刑事が、《汎エーテル教団》の概略を述べ、現在の教団トップの勢力関係を要約した。

「《汎エーテル教団》は、発足当初こそ、教主である甲斐辰朗の超能力を売り物に、その勢力を拡大してきましたが、我々の調査では、昨年の夏頃から、徐々に内部の力関係は変化しつつあるようです。

一番大きな変化は、教団の事務局長で、理事を務める斎門亨の発言力が、飛躍的に高まったことでしょう。

彼は、被害者の妻留美子の兄、つまり義兄に当たる人物で、以前は斎門窯業という東京の同族会社で役員をやっていましたが、甲斐辰朗の能力に目をつけ、宗教経営によって一儲けしようと企てたのが、そもそもこの教団に足を突っ込んだきっかけです。

一方、被害者が悟りを目指して、各地を放浪していた頃に知り合い、その後ずっと彼の補佐役だったのが、もう一人の理事である坂東憲司という男です。後から教団に割り込んできた観のある斎門との仲は険悪で、ことあるごとに、対立を繰り返してきました。

最初のうちこそ、甲斐辰朗も教団発足当時の功労者である、坂東の肩を持つことが多かったようですが、昭和六十二年一月の宗教法人化以降、とりわけその年の暮れからの信者数の激増が、斎門の卓抜な経営力に負うものであったことから、最近では、斎門の株が急上昇し、逆に坂東は教団運営から締め出されて、酒浸りになっているという噂さえあります。

それに対して、発言力を増した斎門は、教団経営の合理化と多角化を押し進め、信者からの集金力をますます強くするとともに、政界・財界と頻繁に接触するようになりました。

その結果、現在では《汎エーテル教団》自体に信仰と経営の分離現象が、生じつつあるようです。これによって、事務局長斎門亨の権限がいっそう増加し、教主である甲斐辰朗の権限さえ、おびやかし始めるようになっていました。

これには、被害者自身の態度も影響しているようで、最近では布教活動にも、以前ほどの気迫が見えなくなったそうです。昨年の二月に、《塔》と称する瞑想用の建物が完成して以来、いっそうその傾向が強まったらしい。

もっともその頃から、教主の布教演説は、エレクトロニクス技術を駆使した幻覚ショーの要素が濃くなったために、その辺のニュアンスは、一般の信者には気づかれていないようですが」

警視は挙手して、質問があることを示した。

「山岸裕実という女秘書がいるはずだが、その女はどういう位置に身を置いているのだろう？」

「山岸裕実ですか。ええ、この女は六十二年の四月から、被害者の秘書をしています。正式の信者と言うのではありませんが、被害者の教説に心酔していたことは事実です。

教団内部では、表面上、斎門亨と二人三脚を組んでいますが、彼が教団を牛耳ろうとしていることに、必ずしも賛成はしていません。最終的に誰につくかと訊かれれば、被害者の名を挙げたでしょう」

ここで、宮崎警部補が、十五分間の休憩をはさむことを全員に告げた。

休憩後、再開した会議で最初に発言したのは、習志野署生え抜きのベテラン、西村部長刑事である。

「さっき《塔》の話が出たが、今度はそのからくりについて、誰か説明してくれないか？」

「では、私から説明します」

若い佐藤刑事が席を離れ、一同の前に立った。黒板に《塔》と、二重底のエレヴェーターの図を描いてそのメカニズムを説明する。その間、刑事たちの目は、黒板に釘付けになった。

チョークの粉で手を真っ白にして、佐藤刑事が説明を終えると、西村部長は額に深くしわを寄せて、首をかしげた。

「妙だな。そんな大がかりな仕掛けがあるのに、誰も気がつかなかったなんて」

「しかし、教団の関係者は口をそろえて、抜け穴の存在など知らなかったと答えています」

「《塔》の設計図を引いたのは、誰なんだ？」

「鍵沢守(かぎさわまもる)という男です」

佐藤は、資料のページをめくった。

「昭和二十二年兵庫県生まれ。S大理工学部建築学科を卒業し、大手ゼネコン設計部に勤務した後、独立して鍵沢守建築研究所を設立。現在は恵比寿(えびす)に事務所を持つ、中堅どころの建築家です。

実際に図面を引いたのは、鍵沢氏ですが、そのコンセプトというか、基本的な構想は、甲斐辰朗が提示したものだと、《塔》の銘板にありました」

「その鍵沢という男から、設計・施工の際の裏話を訊き出せないだろうか？」

佐藤刑事は、首を振った。

「私もそのつもりで、彼の事務所と自宅に連絡してみたのですが、家族の話によると、半年ほど前からスタッフとローマに滞在しており、当分帰国の予定はないとか。

国際電話で、ローマの事務所に連絡してみましたが、忙しい男らしくて、全然つかまりませんでした。伝言だけは残しておきましたが、彼から話を訊くのは、かなり骨が折れそうです」

「怪しいな。そう思いませんか、警視？」

「うむ。私もおかしいと思う。もう一度、教団の主だった関係者に、《塔》の仕掛けについて知っている人間がいなかったか、事情聴取すべきだと思う」

いっぽう綸太郎は、その日の午後全部を、山岸裕実の怒りを鎮めることに費やした。甲斐辰朗の死を食い止められなかったことは、何よりも自分自身のミスであり、その失地を取り戻すためには、殺人犯の正体を突き止めるしかないのだ。

だが、裕実は怒った顔で、自分の執務机の上に、今日付の社会面を広げた。

「わかってるの？　これは全部、あなたの軽はずみな行動のせいで起こったことよ。今も、この建物の周りは、写真週刊誌のカメラマンでいっぱいだわ。あなたは、とんでもないことをしてくれたのよ」

「それは、わかってる」綸太郎は神妙に言った。「でも、これは、遅かれ早かれ明みに出ることだったはずだ。確かに、脅迫状を持ち出したりするのは、誉められた行ないじゃない。でも、そもそも《塔》に仕掛けを施し、西落合で愛人と暮していたのは、君たちのメンターなんだ」

「わかっているわよ。それぐらいは」

裕実は煙草を取り出すと、口にくわえて、しばらく火もつけずに嚙みしだいていた。綸太郎は無言で彼女を見つめた。唇の色が冴えない。不意に、裕実が言った。

「気が利きませんことね。ライターぐらい、持ってないの?」

「火事の元は、持ち歩かないようにしているんだ」

裕実が唇をぎゅっと曲げた。

「よくそんな、つまらない台詞を言えるわね。それでも、一人前の小説家（ライター）なの?」

「今は、探偵だから」

裕実は観念したようだった。

「あなたには、負けたわ。その調子で、メンターを殺した犯人を見つけてちょうだい」

「それが、一番賢い選択だ」

「ただし、条件があります」裕実がクールな口ぶりで言い添えた。「まず大島さんに、あらぬ疑いをかけたことを謝ってもらうわよ」

綸太郎は、こころもち眉を上げた。

「あらぬ疑いだって?」

「異来邪の正体が、大島さんだと言ったのは、あなたよ。まさか忘れていたわけじゃないでしょう？」

「ああ」綸太郎は口を濁した。思いがけない事件の展開のせいで、実はそのことを忘れていた。

「もしあなたが、まだ大島さんのことを少しでも疑っているんなら、そのへぼ頭を異来邪に切り落としてもらう方がいいわね」

綸太郎は身を乗り出した。

「どうして」

「十七日の夜、彼女に立派なアリバイがあるからよ」と裕実が言った。

その後、本人の口から聞いてわかったことだが、大島佐知子が仕事用に使っているワープロのjのキーは、一ヵ月ほど前から、接触不良で調子が狂っていた。キーを叩いても表示が出なかったり、あるいはロック状態になって、勝手に促音が表示されたりするのである。

佐知子は、キーボードを修理に出すのが面倒で、この一ヵ月間、jの代わりに、zとyのキーで『ジャ』行の音の全てを処理していたという。十八日に綸太郎が見たのは、たまたまそのワープロで原稿を清書していた佐知子の姿だったのだ。

7

あくる五月二十二日月曜日、午前十一時。

久能警部は、新宿署の柴田警部と一緒に、セレニータ・ドゥアノが収容されている大久保の慈愛会病院を訪れた。

「入口のチェックが、やけに物々しいですね」

久能がつぶやくと、

「報道管制です。マスコミの連中が、病院の周りをうろうろしているんですよ。首なし教祖の、肌の色がちがう愛人の顔写真をスクープしようと、躍起になっている奴らです」と柴田が答えた。

エレヴェーターで五階まで上がり、五二六号室へ向かう。病室の名札には、セレニータの名前しか記されていない。

久能がドアをノックすると、中から、「どうぞ」という声が聞こえた。ところが、病室に入ろうとすると、いきなり柴田がドアに背を向けた。

「どうしたんです。入らないんですか？」

「どうも私は、あの娘に嫌われてるらしくてね。何せ、このご面相だから」柴田は、肩をすくめてみせた。「あなた一人の方が、話を引き出しやすいかもしれない」

久能は冗談かと思ったが、紫田の表情は真剣である。よほど女に手を焼いているのだろう。うなずくと、紫田を残してひとり中に入った。

「あら、今日はいつもの刑事さんじゃないのね」

セレニータ付きの看護婦が、久能の顔を見て言った。久能は自分の名を名乗ると、持参した花の包みを渡して、花瓶に活けてくれるように頼んだ。

「こんなに気の利く刑事さんも、珍しいわ」

言われて、久能はちょっと照れた。何のことはない、実はここに来る前に、法月綸太郎から吹き込まれたことを実行しただけなのだが。確かに花のおかげで、殺風景な病室が少しは明るくなったようだ。

セレニータ・ドゥアノは、ベッドの上に体を起こして、花瓶にさされた花を、何かそれが非常に貴重な宝物であるかのように、じっと見入っている。彼女の顔を見るのは初めてではないが、正面から、時間をかけて観察したのは、その時が初めてだった。

何よりも、痛ましさが先に立った。十八とは思えない幼い顔だちは、頬の肉が落ちて、見る影もなかった。目の縁ぜんたいが、まるであざができたみたいに黒ずんでいる。

だが、それ以上に久能の注意を引いたのは、セレニータの表情に、不思議と汚れが感じられないことだった。日本での境遇は、決して生やさしいものではなかったはずなのに、身について然るべきいやらしさが全く欠けている。生来の無垢な部分が、生活によって食い荒されていないのだ。そう言えば、二十年前までは、日本人のほとんどがこういう顔をしていたような気がする。

「アリ・ガト」

かぼそい声で、セレニータが言った。花をもらったことが、よほどうれしかったのだろう。かたことの日本語で、せいいっぱいの久能に対する感謝を示そうとしている。

久能は、わけもなく胸を打たれ、せめて花代は自費で持とうと考えた。そういう形の思考しかできなくなった自分自身を、内心で苦笑しながら。

「何か、訊き出せましたか？」

病室を出ると、真っ先に紫田警部が質問した。

「ええ。といっても、ほんの僅かですが」

「ほんの僅かでも、大したものですよ。あの花束が効いたのかな」

久能は肩をすくめて、

「はっきりしないところもありますが、おおよその感じはつかめました。

彼女の話だと、十七日の夕方、恐らく五時頃だと思いますが、カネヒトと名乗る男の声で電話がかかってきて、八時に、中野駅で待つようにと言われたそうです。彼女はその指示を、カネヒト、つまり甲斐辰朗の言葉と信じ、部屋を空けて中野駅まで出かけたそうです。駅の北口に着いたのが、七時四十五分頃、ところが、八時を回っても男は現われず、結局九時まで待っても会えなかったため、仕方がなく、『フジハイツ』に戻った。するとと、鍵をかけたはずのドアが開いていて、浴室に、あの首なし死体があったということです」

紫田が唇をなめた。

「その電話は、犯人の仕業くさいですね」

「ええ。彼女をおびき出して、部屋を空けさせ、そこに先回りして甲斐を待ち伏せたか、あるいは、犯人は、被害者と一緒に犯行現場にやって来たか。いずれにせよ、犯人が被害者とセレニータの関係に、かなり通じていたことはまちがいありません」

「署に連絡して、中野駅の駅員から裏を取らせましょう。あの娘は目立ちます。一時間以上駅前に立っていれば、誰か覚えていていいはずだ」

「そうしてください。それから――」

「まだ何かわかったことが？」

「大したことではありませんが、セレニータは甲斐辰朗という本名を知らないようです。相手が、新興宗教団体の教主だとは、思ってもいなかったようですね。例の、六日間おきに来て、三泊していくというサイクルは、一度も狂ったことがなかったと、彼女も言っています。

それから、一緒に暮していた十ヵ月の間、甲斐の他には、誰も三一二号室を訪ねてきた人間はいません。度々、二人で外出していたようですが、外で彼の知人に会うこともなかったそうです。もちろん、殺される理由に心当たりはないと、セレニータは言っていました」

紫田は、目を丸くして久能の顔を見た。

「よくまあ、それだけ訊き出すことができましたね。あの娘に、それほど、日本語のボキャブラリーがあるとは思いませんでした」

「言いませんでしたっけ」久能は、照れ臭そうに耳の後ろを掻いた。「英語は、結構わかるんです。むかし女房が、英会話学校に勤めていたせいで」

「人は、見かけによりませんなあ」

紫田は、常套句で答えた。

その頃、法月親子は、宮崎警部補の案内で《汎エーテル教団》本部ビルの最上階、殺された男が、生前使っていた部屋を実況検分していた（もちろん綸太郎には、捜査権限などないのだが、教団から立会の許可を取りつけている）。

八階建のビルの最上階は、大きく三つの区画に区切られ、それぞれが、メンター、留美子夫人、そして斎門の私室となっていた。

メンターと留美子夫人の寝室が、別々になっていたことは、必ずしも意外ではなかった。現に、夫婦の仲が冷えていたことは、既知の事実といってよい。

だがメンターの寝室は、それ以上の何かを語ってはくれなかった。西落合の部屋と同様、そこは白々しいよそよそしさで満ちていた。結局、甲斐辰朗にとっては、この寝室も仮の宿にすぎなかったのだろうか、と綸太郎は思った。

唯一、彼の目に止まったのは、無造作にベッドサイドに引き寄せられた電話だった。受話器を上げると、単独で、外線につながっている。死の前夜、被害者はこの電話で誰かと話していたのではないか？　綸太郎の頭を、ふとそういう考えがよぎった。

一方、斎門がこの最上階で、独り寝をかこっているというのは、初めてわかったことだ。彼には、夫人と、大学生の娘がいるが、妻子は東京で暮らしているらしい。理由はあまり詮索できないが、この夫婦の間にも、また似たような事情があるのだろう。

その後、二人は下のラウンジで、甲斐留美子からいくつかの事情を訊き出そうとした。

一つは、昨日裕実がほのめかした、大島佐知子のアリバイの件である。夫人の話によると、十七日の夜、夫人と、大島母子、それに弁護士の江木を交えて、麴町のビストロで食事をしたということだ。

時間的には、ちょうど、『フジハイツ』で凶行が行なわれた時刻と重なっており、その場にいた人間のアリバイが成立することは、絶対に確かだと言うことだった（もちろん、夫人が自分から、アリバイなどという言葉を口にしたわけではなかったが）。

続いて綸太郎は、《塔》の二重底の仕掛けについて、疑問に思っていることを質問してみた。

「誰も、あの大がかりな仕掛けに気がつかなかったなんて、そんなことがあるでしょうか？」

「わたくしには、判断できませんわ。兄にでも訊いてください」未亡人は、平然と言ってのけた。

夫の死は、ほとんど痛手となっていないようだった。今は、もっと他のことで頭がいっぱいなのかもしれない。

彼女の兄の斎門亨も、『フジハイツ』の存在はもちろん、《塔》の二重底についても、自分は何も知らなかったと言明した。そして、警視から十七日夜のアリバイを尋ねられると、

「そんなことを答える筋合いじゃないが、どうしてもというんなら答えましょう。山王で、三友グループのＶＩＰと懇談していました。あそこの会長は、以前から、メンターの熱心な支持者でしたのでね」

坂東憲司は、綸太郎を見ると、顔をしかめた。

「あんたは、探偵だったそうだな」

「今は、メンターを殺した犯人を捜しています」

綸太郎は、斎門にしたのと同じ質問を、坂東にぶつけてみた。だが《塔》についての質問も、アリバイに関する質問も、いずれも坂東は聞こえないふりをして、結局答を返しはしなかった。

火曜日の朝、習志野署の佐藤刑事は、耳寄りな情報をつかんだ。それは、昨年の十一月から、毎月五十万円の金が、メンターのポケットマネーから、江木弁護士の口座

に流れているという事実だった。

8

拳骨頭の弁護士は、錦糸町の古い貸しビルの四階に事務所を構えていた。名ばかりの駐車場は、白いペンキの線で、モンドリアンのコンポジションのように、テナント別に小さく仕切られていて、久能警部は車を入れるのにずいぶん時間をかけた。

江木弁護士の仕事場は、怪しげな通信販売業者の事務所の隣りにあった。警視はブザーを鳴らしながら、綸太郎に言った。

「いいか。質問は全部、俺がするからな」

ブザーに答えて、二十八ぐらいのきれいな女の子がドアを開けた。

「警視庁の法月と申します」

「どうぞ」開いた唇の間から、セクシーな歯列矯正器がのぞいた。三人は、奥に通された。

江木和秀は来客用のソファに坐って、書類をながめるふりをしていた。三人の姿を認めると、老眼鏡を外して、椅子を勧めた。

「で、ご用件は、何でしょう?」

「殺された甲斐辰朗氏について、お尋ねしたいことがあるのですが」と警視が切り出す。

「私でわかることなら、何でもお答えしましょう」

いんぎんな態度で、江木が応じた。

「では、うかがいます。甲斐氏の個人口座の金の出入りを調べた結果、昨年の十一月から毎月、五十万円ずつ、あなたの口座に振り込まれていることが判明しました。この振込は、教団の経理部から支払われている正規の顧問料とは、全く別のものです。今月分も含めると、合計三百五十万にもなる大金だ。これはどういう素姓の金なのか、説明してくださいますか」

江木は眉をぴくりと動かした。

「弱りましたな」

「何がです？」

「わざわざ申し上げるまでもないでしょうが、私の職業では、業務上知り得た依頼人の秘密を、みだりに口にすることが許されておりません」

「おとぼけにならないでください」警視はゆっくりと言った。「我々は、当の甲斐氏を殺害した犯人を突き止めようとしているのです」

「秘密漏泄罪は、本人のみならず、その近親者にも告訴権があります。遺族の承諾もなしに、私が勝手にお話しするわけにはいきません」

この古狸め。警視は、口をへの字に曲げた。

そこへさっきドアを開けた女の子が、お茶を載せた盆を持って入ってきた。

「父の言うことを、真に受けないでくださいな」

突然、彼女が口を出したので、警視は驚いた。

「この年になっても、もったいをつけたがる癖があるんです。これって、ただのポーズなんですよ」

「こら、雅子」江木は真っ赤になってどなった。

娘は、ぺこりと頭を下げて、退いた。

「お嬢さんですか」警視が訊いた。

「ひとり娘です。あの年で、まだ嫁のもらい手がなくて」

壁の向こうから、大きな咳払いが聞こえる。警視はにやりとして、話を戻した。

「――で、五十万円の件ですが」

「ああ」

江木は、ばつの悪そうな顔をした。すぐには答えず、シャツの胸ポケットから、ハンカチと老眼鏡をつまみ出して、レンズの曇りを拭き始める。ひととおり磨き終えると、顔を上げた。

「まあ、捜査に役立つことなら、申し上げてもかまわないでしょう。いや、実のところ、何も目くじらを立てるような内容ではないのですから。あれは全額そっくり、成城の安倍誠という方に送るよう、甲斐氏から委任されたものです」

安倍の名が口にされた瞬間、警視は思わず、ズボンの膝を握りしめた。

「成城の、安倍誠とおっしゃいましたね？」

「ええ」江木は、何でもない表情でうなずいた。「S大学の教授だった人で、退職された後、体を悪くされて、今はほとんど自宅で寝たきりの生活を送っています。甲斐氏はそれを気の毒がられ、個人的な見舞金という形で、月々五十万という額を送られていたのです。ですから、何のやましい事情もありません。毎月二十日に、私の口座から、安倍氏の口座に振り替えるだけのことです」

「待ってください。甲斐氏は、その安倍氏とどういう間柄だったのです」

江木は、目を細めて言った。

「ごぞんじなかったのですか？　安倍氏の息子さんというのは、甲斐氏の実の弟です」

警視は一瞬、二の句もつげず、久能警部と顔を見合わせた。久能が、やっと言葉を見つけた。

「――そういえば、安倍誓生は養子だと言っていました」

「道理で、顔が似ていたわけだ」と警視。

江木が、淡々とした口調で続けた。

「私も詳しくは聞いていないのですが、甲斐氏がまだ物心もつかないうちに、弟さんは安倍家に養子に出されたということです。それで、長いこと二人とも、お互いの存在を知らずにいたようです。ところが、最近ふとしたきっかけで、甲斐氏が弟の消息を知り、連絡を取ることになったらしい」

「だからといって、甲斐氏には、見舞金を送る義務などないでしょう？」

「もちろん、義務はありません。あくまでも気持ちの問題です。甲斐氏は早くに母親を亡くされて、ずっと男手一つで育てられたのですが、その父親も五十五歳で早逝されたので、満足に親孝行をすることもできなかった。教団を起こして、今のように大きくしてからも、それが心残りになっていたのです。そこで、安倍氏に見舞金を送ることで、父親への借りを返そうとしたわけです。義理の父というのとはちがいますが、赤の他人でもありませんから」

「それなら、彼が直接、安倍氏に送金すればすむことでしょう。なぜ、わざわざあなたのところを通す必要があったのですか？」

「さあ」江木は首をひねった。「それは甲斐氏の考えで、私がどうこう言う問題ではありません」

「今月分の五十万は、もう送金されたのですか？」

「もちろんです。二十日は土曜で、銀行は休みですから、その前日に手続きをしました」

警視はじっと、江木の目を見つめた。

「話は変わりますが、甲斐氏が西落合のマンションを借りる時に使っていた、安倍兼等という名前を、以前に耳にしたことはありませんか？」

「いいえ」江木は、すぐに答えた。

「実はさっき名前の出た、安倍誓生氏の双子の弟なんですが」

「双子の弟？　すると、甲斐氏にとっても、血のつながった弟に当たるわけですか」

「そのようですな」警視は鼻の横を掻いた。「甲斐氏から、そういう話は出なかったのですか？」

「いや」江木は首を振った。「弟が二人いるという話は、聞いていません。私は今まで、養子に出されたのは、誓生さんだけだと思っていました」

その言葉に、嘘は含まれていないようだった。

「つまり甲斐氏は、意図的に安倍兼等という人物が存在したことを、あなたに隠していたことになりますね？　なぜ、そんなことをしたのでしょう」

「それは、私の判断を越える問題です」江木は、額に汗をかき始めた。

警視の眼光が、ぎゅっと鋭くなった。

「あなたは、その毎月五十万円の送金の件を、誰かに話したことがありますか？」

「最初に申し上げたことを、忘れられたのですか？　甲斐氏が亡くなられた今ならともかく、彼の存命中に送金のことを他人に洩らせば、文字通りの秘密漏泄罪ですよ」

「ということは、甲斐氏と安倍家のつながりについて、誰にも話していないということですね？」

「そうです」江木は、はっきりとうなずいた。

「すると甲斐氏が直接、安倍氏に送金せず、間にあなたをはさんだのは、そのためだったとは考えられませんか？」

「そのためとは、どういうことです？」

「甲斐氏は、安倍氏に対する毎月の送金を、周囲に知られたくなかった。そこで、あなたの職務上の守秘義務を利用して、自分と安倍家とのつながりを隠そうとした。だから、わざわざあなたを通じて、送金するという面倒な手続きを踏んだのではないでしょうか？　どうやらこの三百五十万は、ただの見舞金ではなさそうですな」

江木は言葉を失った。

依頼人にトンネルとして利用されていたことに、今まで気がついていなかったと見える。さして切れる男ではなかったわけだ。

警視はこの会見で得られた情報に満足して、質問を切り上げることにした。

「何かあるか、綸太郎？」

「じゃあ、ひとつだけ」

この部屋に入って、初めて綸太郎は口を利いた。

「十七日の夜のことを、もう一度お訊きしたいのですが。甲斐夫人と、大島さん親子と一緒に、麹町（こうじまち）のビストロで食事をされたんですね」

「ああ」江木は気を取り直して、顔を上げた。「アリバイなら、もう十分お答えしたと思いますが」

「いいえ、そうではなくて。その会食は、前々から予定されていたものですか？」

「いや、あれは急な話でした。夫人が思いついて、前日に店の予約を取ったのです。養子縁組の話が、大詰めで難航していましてね。

大島さんが、源一郎君の承諾をずっと先延ばしにしていたせいで、夫人がしびれを切らしまして。ハッパをかけるつもりで、あんな席を設けたのです」

「今度の騒ぎで、源一郎君の立場はどうなるのでしょう？」

「私の口からは、申し上げにくいですな」江木は口を濁した。「——しかし、二十七日の教団葬までには、はっきりとした結論が出ていると思います」

駐車場の向かいは保育園で、ちょうど母親たちが子供を迎えに集まってくる時刻だった。運転席に坐った久能が、警視に尋ねた。

「さて、次はどこに行きますか？」

「もちろん、成城だ」

久能はうなずくと、車を出した。総武線を横切って、京葉道路に出る。綸太郎が、口を開いた。

「見舞金の五十万というのは、安倍誓生に対する口止め料だったようですね」

「ああ、俺もそう思う」と警視が答えた。「甲斐辰朗は、実の弟である安倍兼等の名前を使って、二重生活を営んでいた。ところが運悪く、そのことをもう一人の弟、安倍誓生に知られてしまった。そこで仕方なく、誓生に口止め料を払っていたわけだ」

久能警部が、口をはさんだ。

「すると安倍誓生は、最初から『フジハイツ』の首なし死体の正体を知っていたことになりますね」

「その公算が強い。奴は、知っていながら、わざと黙っていたにちがいない」

「見かけより、食えない男ですよ」久能は悔しそうに言った。「すっかり担がれましたからね」

三人が成城に着いたのは、気の早い家々の窓に灯りが点り始める時刻だった。食えない男は、庭先で植木に水を撒いていた。

「おや、刑事さん」

生垣越しに、目ざとくこちらの姿を見つけて、先に声をかけてきた。

「たびたび、お邪魔します」久能がお辞儀をした。

「いえ、私なら構いませんが。事件の捜査に進展はありましたか？」

「おかげさまで」久能は、相手の顔をじっとにらみつけた。「殺されたのは、あなたの弟さんではなく、お兄さんだったことがわかりましたよ」

とたんに、安倍の腕の力が抜けた。握っていたゴムホースからほとばしる水流が、彼自身の着物の裾を濡らし始めた。

「捜査一課の法月と申します」と警視が名乗った。「殺された甲斐辰朗氏との関係について、いくつかお訊きしたいことがあるのですが」

9

【一九八八年十一月】

安倍誓生が、死んだはずの弟に瓜二つの男を見かけたのは、十一月十二日の午後、場所は新宿駅、総武線のホームだった。

その日、誓生は久し振りに新宿に出ていた。紀伊国屋で、取り寄せてもらった本を買い、伊勢丹で始まったばかりの『近松展』をのぞいてみる。二十二日の近松忌に合わせた催しである。

そば屋で軽い昼食をとり、映画街に足を運んだ。前から観ようと思っていた映画が一本あって、ついでに観て帰るつもりだったのだが、あいにくロードショーは昨日で終っていた。

今日から封切の話題作は、小屋の前に長蛇の列ができていて、とても並ぶ気にならない。渋谷のミニ・シアターで、『東京画』が上映されているのを思い出し、新宿駅へ足を戻した。

誓生が、山手線のホームに立ったのは、午後二時前だった。電車が来るのを待つ間、何となく、隣りの総武線の千葉・千駄ケ谷方面のホームに目が行った。

ずいぶん派手な格好の女がいる。目の覚めるような青に、花柄のプリントが入ったワンピース。小麦色の肌は、日本人らしくなくて、東南アジア系の幼い横顔がちらと見えた。

だが、次の瞬間、誓生の視線は、その女の連れの男に吸い寄せられて、離れなくなった。

自分と大して年格好のちがわない、地味な服装の男だ。女に比して、特に人目を引くような特徴があるわけではない。しかし、

――似ている。

誓生はとっさにそう思った。

その男は、顔といい、体つきといい、死んだはずの弟にそっくりだった。ただ外見が似ているだけではない。身のこなしというか、全身からにじみ出る雰囲気に、弟の昔の姿を彷彿（ほうふつ）とさせるものがある。

ちょうどその時、総武線の千葉行き快速電車が入ってきた。しまった、と思った時はもう後の祭りで、誓生は男の姿を見失っていた。

黄色い車両がホームを離れた。ホームに吐き出された人波の中に、もちろん男の姿はなかった。

誓生は、呆然と立ちつくしていた。自分の目で見たものが、信じられなかった。兼等は、十六年前、南アルプス山中で自殺したはずだ。生きているわけがない。今見た男は、きっと別人だ。

頭でそう言い聞かせても、心が納得しなかった。

あれは断じて、他人の空似というようなものではなかった。誓生は、一瞬かいま見た男の表情の中に、自分自身の顔を見出していたのだ。毎朝、鏡の中からこちらを見

返す、中年男の顔を。

老け方が自分と同じだった。他人同士で、そういうことはあり得ない。それを説明できるものは、血のつながりしか考えられない——。

青い花柄の後ろ姿が、ホームの階段を降りていくのを目にして、誓生はやっと我に返った。では、連れの女の方は、見送りについて来ただけで、電車に乗らなかったのか。

渋谷行きの電車が、こちらのホームに入ってきたが、誓生は目もくれずに階段を駆け降り、連絡通路に女の姿を捜した。

女は中央線各駅停車の中野方面のホームへ上がる階段の途中にいた。誓生は、後を追って階段を駆け上がった。

二人が相次いでホームに出ると、ちょうど中野行きが、入ってきた。女は電車に乗る。どうしようという当てもなく、誓生は女に続いて、同じ車両に乗り込んだ。

女は乗車口の前に立って、ずっと外の景色をながめていた。こちらの存在を気取られる恐れはない。誓生は、斜め向かい側のドアに身を預けて、女の様子を観察した。

ぱっちりした目。それに、肌の色や顔の作りから見て、タイか、フィリピンの生まれにちがいない。年は、十八か、九。少なくとも、二十歳は越えていない。そのせいか、化粧はまだ控え目だ。

はすっぱな服装から推せば、日本に出稼ぎに来たジャパゆきさんと呼ばれる手合いだろう。どこかこの辺りのいかがわしいバーで、日本語もたどたどしく、酔っ払いの言いなりになっている姿が想像できた。ということは、さっきの男（兼等？）は、この女のヒモか何かなのだろうか。

その時、同じ側の座席に坐っている脂ぎったサラリーマンが、自分と同じように女を見つめていることに、誓生は気づいた。相手の男もほとんど同時に、誓生の視線に気づき、二人の目が合った。

誓生は、男の目の中に、みだらな欲望の残像を読み取った。それだけならまだしも、相手の視線には、露骨な共犯意識がこめられている。誓生は不快感を覚えて、目をそらした。

女は、中野駅で降りた。誓生は、絡みつく男の視線を気にしながら、その後を追った。

女は、中野駅北口からバスに乗った。誓生は、顔を合わせないように、同じバスの最後尾に坐った。

まるで探偵ごっこだ、と誓生は思った。同時に、こんな追跡に何の意味があるのか、疑問を感じ始めていた。

新宿駅で見た男の顔は、時間が経つにつれて曖昧になり、それが弟の顔であることに、最初ほど自信を持てなくなっていた。それに、たとえ女の行く先がわかったとしても、男の素姓が知れると決まったわけでもない。

だが、男が何者であるにしろ、そこにつながる手がかりは、もはやこの女しかいない。とにかく、追えるところまで、追ってみるしかないのだ。

誓生の脳裏に、昔の記憶がよみがえった。そういえば、十三年前、新宿のうさん臭いジャズ喫茶で、兼等の最期を聞かされた日にも、こんなふうに引きずり回された覚えがある。

女は、哲学堂でバスを降り、歩き出した。

何くわぬ顔で後をつけると、ほどなく『フジハイツ』というマンションにたどり着く。女は、その建物に入っていった。

誓生は迷ったが、思い切って、自分も『フジハイツ』へ足を踏み入れた。玄関はフリー・パスで、管理人室にも、人の姿がない。その代わり、奥の方から、ゴルフの中継らしき音が洩れていた。

ロビーには、既に女の姿はなかった。見回すと、エレヴェーターの表示盤が点滅している。光は、三階で止まり、そのまま動かなくなった。

女の部屋は三階だ。誓生は、エレヴェーターを降ろして、自分も三階に上がった。

幸い廊下には、人影がない。

誓生は足音を忍ばせて、端から各室の住人名を見て歩くことにした。三一二号室のドアの前で、誓生は驚きのあまり、身動きできなくなった。ドア・チャイムの横に、弟の名前が記されていたからだ。


ドア・チャイムを押そうとして、誓生はためらった。今まで鳴りを潜めていた慎重さが、ここに至ってようやく顔を出したのである。

万一、この部屋が、過激派のアジトだったりしたら？　弟の過去から考えて、絶対にあり得ないことではなかった。兼等の消息を確かめたいのは山々だが、自分の身に危険が及ぶ事態は避けたい。

しばらく考えた末に、誓生は隣りの三一一号室のドア・チャイムを鳴らした。三一二号室の住人について、隣人から訊き出してみるつもりだった。

だが、二度、三度とチャイムを鳴らしても、応答はない。留守のようだ。誓生は、三一〇号室に望みをかけた。

二回目のチャイムに応えて、ドアが開いた。といっても、ドア・チェーンの隙間だけだ。血色の悪い水商売風の女の濁った目が、片方だけのぞいた。

「──何の用？」

まともに、こちらの顔を見ようともしない。

「ちょっとお尋ねしたいことが。三二二号室に住んでいる安倍さんをごぞんじですか？」

「安倍？　ああ、でもあんまりつき合いないから。男の方は、ほとんど部屋にいないんだよ」

「では、ほかに誰か？」

「フィリピンさん。愛人かなんかじゃないの？　日本語だめらしくって、口きいたこともないわ。ねえあたし今忙しいからさ、もういいだろ？」

女がドアを閉めかけるのを、誓生は引き止めて、

「彼が、今度いつ来るか、わかりませんか？」

「あんたしつこいねえ。借金取りには見えないけどさあ。そういや、今朝ふたりで出かけるのを見たから、来週、いや六日たったらまたおいで」

「六日？」

「ああ。いつもそうなんだ。男が来るのは、いつも六日目の夜なのさ」語尾を言い終えないうちに、女は音を立ててドアを閉めた。

六日後の、十八日金曜日。誓生は、四時から『フジハイツ』の前の路地で張り込んでいた。

男が現われたのは、七時半を回った頃だった。右手に、ケーキかなにかの箱をぶら下げている。

街灯の下を通りすぎる時、男の横顔が暗がりの中にぽっかりと浮かび上がった。

「――兼等」

誓生は、男の前に跳び出した。男の手から紙箱が離れ、アスファルトの道路の上に、音を立てて落ちる。

「私は誓生だ。忘れたのか？　おまえの兄だ」

男は、長い間黙っている。誓生はじっと男の顔を見つめた。やがて、男が、ゆっくりと首を振った。

「ちがうんだ。私は、君の弟ではない――」

まるで地の底から響いてくるような声だった。誓生は言葉を失い、全身に鳥肌が立つのを感じた。

「私は、君の兄なんだ」

10

「その男は甲斐辰朗と名乗り、私の実の兄であることを明かしました——」

五十万円の送金の件を追及すると、安倍はすぐにその事実を認めた。そして、新宿駅での偶然の出会いから、西落合で「安倍兼等」の正体を突き止めるまでのいきさつを詳しく語った。

警視は、おもむろに質問に取りかかった。

「それまで、彼の存在を知らずにいたのですか?」

「ええ」彼は、神妙な表情でうなずいた。「前にそちらの刑事さんに話した通り、私と兼等は、この家にもらわれてきた養子なのですが、義父の口から、はっきりとその事実を知らされたのは、私が二十歳になった時でした。

ただその時も、義父は実の親について、ひとことも教えてくれませんでした。甲斐の父親との間に、そういう約束があったようです。

兼等の他に、自分と血のつながった兄弟がいるとは、夢にも思ったことはなかった。ですから、甲斐の兄が現われたことは、私にとっては、まさしく晴天のへきれきでした」

「それから、どうしました?」

「兄と近くの喫茶店に入って、お互いの身の上について話しました。兄は、私たちの境遇をよく承知していました。ひょんなきっかけから、私たち双子の弟の存在を知り、興信所に調査を依頼したそうです。その証拠に、十七年前、兼等が南アルプスで行方不明になったことも知っていました」

両のこぶしを服の袖にこすりつけながら、安倍は話を続けた。

「兄は、習志野市に本部をもつ新興宗教団体の教主でした。自分の口から、そう打ち明けたのです。しかし、兼等の名をかたった理由についての説明は、歯切れの悪いものでした。もっとも、無理に訊き出さずとも、何が行なわれていたかは、私にも見当はつきました」

「甲斐氏はフィリピン人女性を、愛人として囲っておくに際して、本名を名乗るのが危険であると考えたわけですね？」

「恐らくは、そういうことです」

「しかし、どうして、弟さんの名前を使う必要があったんですか？」

「全く架空の人名をでっち上げるよりは、実在の人物の名を使う方が都合のよいことが多いとか。兄はそう言っておりました」

警視は、質問の切り口を変えた。

「毎月、五十万ずつの支払いを持ちかけたのは、あなたの方ですか？」

「ちがいます」

安倍の顔は、額の髪の生え際のすぐ下まで、真っ赤になった。

「口止め料などではありません。私は、そのような恐喝まがいの真似はしていません。あれは、兄が純粋に義父の体を心配して、送ってくれたものです」

「それにしては、額が大きすぎる気がしますが」

安倍は目をつり上げたが、何も言わなかった。こぶしを袖にこすりつける動作を、また繰り返しただけだった。警視は、鼻の横を掻いた。

「――ところで、先日、久能警部がここを訪れた時は、甲斐氏が『フジハイツ』で二重生活を送っている事実を隠していましたね。あなたはなぜ、そんな重要なことを黙っていたのですか?」

「たとえ、四十年近く、お互いに顔を合わせたことがなくても、私たちは血のつながった兄弟です。身内の恥になるようなことを、私の口から言うわけにはいかないと思ったからです」

まるで、前もって練習していたようなしゃべり方だった。警視がぴしゃりと言った。

「あまり、説得力のある答とは言えないですな。やはり、問題の五十万は、口止め料だったのではありませんか?」

「とんでもない」彼は声を張り上げた。しかし、その言い方には、何かとってつけたようなぎこちなさが含まれていた。

綸太郎が対照的に、穏やかな口調で安倍に言った。

「警部がここに来たのは、十八日の夕方でしたね」

「そうです。それが、何か？」

「今月分の送金があったのは、十九日だったとわかっています」綸太郎は、にやりとした。「つまり、彼が来た翌日ということになりますね。その時点では、『フジハイツ』の死体の身元は明らかになっていなかった。もし、それが甲斐辰朗氏のものであることがわかっていたら、今月分の送金がストップされると思ったのではありませんか？」

安倍の唇が歪んだが、言葉は出ない。

「きっと、そうでしょう」綸太郎は、決めつける。「とすれば、そのこと自体が、甲斐氏からの送金の性格を、如実に示していることになりませんか」

安倍は目を閉じて、首を振った。

久能警部が、急に話題を変えた。

「十七日の夜、八時には、どこにいましたか？」

「――私が兄を殺したと疑っているのですか？」

「いえ、形式的な質問ですよ」久能は何くわぬ顔で言った。「それとも、何か都合の悪いことでもありますか？」

「冗談じゃありません」安倍はむっとして答えた。「夜はたいてい、家にいて、書きものの仕事をしています。十七日というと、この前の水曜日ですか。それなら、ええ、まちがいなく家にいました」

「誰か、それを証明できる人がいますか？」

「と言われても」

安倍は肩をすくめた。

「何なら、義父に訊いてください」

三人は、安倍の案内で、奥の和室に通された。

直接日が射さない位置に、病人用のベッドが置かれている。垂れ下がったしわで、顔のほとんどが埋もれてしまいそうな老人が、横たわっていた。

彼が、誓生と兼等を育てた安倍誠である。もう八十を越えているはずだ。

老いた養父は、病のために、口を利くことすらままならない様子だった。警視が、十七日夜の安倍のアリバイを尋ねると、老人はかろうじてうなずいてみせただけだった。

「肝心の甲斐辰朗が死んでしまったとなると、安倍誓生が実際に、恐喝行為を行なったことを立証するのは難しいな。残念だが、これ以上、あの男を締め上げるわけにはいかない」

安倍の家を辞した後、法月警視は口惜しそうに洩らした。

「あの男が、甲斐辰朗を殺害したという可能性はありませんか？」運転席から久能が訊いた。

「残念だが、その目はないな」

「なぜですか？　義父のアリバイ証言は、あまり当てになりませんよ」

「アリバイのせいじゃない」警視は車の窓を下げて煙草に火をつけた。「あの男には、兄を殺す動機がないんだ。それどころか、彼は、誰よりも兄が長生きすることを願っていた口だろう」

「五十万の口止め料ですか？」

「そうだ」

「でも待ってください、警視。動機の件は、まだわかりません。ひょっとしたら、口止め料の額をめぐり、兄弟の間でいさかいがあったかもしれません。

それと、もう一点。安倍は、甲斐辰朗の正体がばれないと、ひとり決めしていたのでしょう。甲斐辰朗が行方不明になっただけなら、五十万円の送金は途切れなかった可能性があります」

久能は、躍起になって主張した。最初に訪れた時、安倍にしてやられたことが、彼のプライドを傷つけているのだろう。

「でも警部、残念ながら僕も、彼が犯人でない方に一票を投じますよ」

綸太郎がそう言うと、久能はがっかりしたように頰をすぼめた。

「どうしてですか、先生？」

「理由は、二つあります。

ひとつは、彼が十八日に、『フジハイツ』の死体は、弟の安倍兼等ではないと断言したからです。

というのは、もし誓生が口止め料をめぐるトラブルから、甲斐辰朗を殺害したのなら、彼は極力、被害者の真の身元を隠そうと努めたはずですよね？」

「そのために、人工内耳の埋め込まれた首を、切り落としたのではないですか？」

「それは、確かにそうです。

でも、もし誓生が彼を殺害したのなら、十八日にあなたが現われた時点で、『フジハイツ』の死体が、弟のものでないと言い切る必要はありません。いや、逆に誓生にとっては、あの死体が、安倍兼等のものであると思われていた方が、より安全だったはずなのです。

少なくとも、ここ十数年、誓生は兼等と何の接触もなかった。相手は死んでいるのですから、当然です。すなわち、彼は弟を現在、殺害する動機を持たないことになります。

しかも、被害者が甲斐辰朗であるという事実さえ、明らかにならなければ、口止め料の流れも表沙汰にはならない。したがって、動機のない誓生は容疑を免れ、絶対に安全圏にいられたはずなのです。にもかかわらず、彼は、被害者が安倍兼等であることを真っ先に否定し、その真の身元が、甲斐辰朗であることを暴く端緒を作った。すなわち、彼が殺人者でないことを示しています」

「なるほど」警部がうなずいた。「で、もう一つの理由というのは？」

「これはもっとわかりやすい理由です。

ひとことで言えば、なぜ犯人は、被害者が安倍兼等として、発見されることを望んだかという点に尽きるのです。

賢い犯人は、犯行現場をできるだけ、自分の生活圏と自分自身を取り巻く人間関係の網から、遠く離れた場所に置こうと努力するものです。そして被害者が、自分と全く関係のない人間であるように見せかけることに成功すれば、犯人は最初から、容疑の圏外に逃れることができます。そういう地点に立った犯人は、どんなに強固なアリバイを持った容疑者よりも、安全な立場にあるといえるでしょう。

この事件の犯人は、被害者が甲斐辰朗であることを隠し、かつ同時に、安倍兼等であるかのごとく偽装しようと企てました。被害者の首を切断した理由を考えれば、犯人が秀れた知能犯であることは、自明といってよい事実です。

つまり、今述べた公式に当てはめれば、この事件の犯人は、甲斐辰朗を取り巻く人間関係のエリア内にいる人物であり、かつ安倍兼等を取り巻く人間関係のエリア外にいる人物だということになります。しかし安倍誓生は、この後者の条件に見合いません。なぜなら彼は、安倍兼等の兄であり、兼等を取り巻く人間関係のエリア内にいる人物だからです。

ゆえに、彼は犯人ではあり得ない」

「要するに、振り出しに戻ったというわけだ」

警視は顔を上げ、力なく首を振った。

「犯人は、《汎エーテル教団》の内部に潜んでいる――」

11

その夜遅く、法月家の居間において、非公式だが、重要な捜査会議が行なわれた。

出席者は、法月警視と、息子の綸太郎の二名。

以下は、その議事録からの抜粋である。

「甲斐辰朗が殺害されてから、今日で一週間が過ぎた（と警視が言った）。捜査はある程度のところまでは進展したが、未だに有力な容疑者を絞れない。完全な手詰まり状態だ」

「そう悲観することはありませんよ、お父さん。少なくとも我々は、何人かの名前が載ったリストを持っています。これをふるいにかければ、犯人の横顔とまで行かなくても、後ろ姿の輪郭ぐらいはつかめると思います」

「そのリストには、何人の名前が載っている？」

「九名です」

「九人？　やけに多いな」

「これまでの捜査で、容疑者線上から消えた名前も含んだものですから。これは、純粋な厳密さの要請によるものです」

「能書きはいい。名前を挙げてみろ」

「まず、第一のグループ／安倍兼等。安倍誓生。そして、セレニータ・ドゥアノの三名です。

次が、第二のグループ／甲斐留美子。斎門亨。坂東憲司。江木和秀。大島佐知子。

それに、山岸裕実。以上六名です」

「その分類は、さっきの議論の延長だな」

「ええ。被害者は生前、甲斐辰朗という本名と、安倍兼等という仮名、すなわち二つの顔を持っていました。第一のグループは、安倍兼等という人格に基づいて作成されたものであり、第二のグループは、甲斐辰朗という人格に依拠したものです。

このうち、第二のグループに関しては、先ほど説明した理由によって、その中から犯人を取り出すことができないことが、明らかになりました」

「ああ。だが初めから、この三人が犯人でないことはわかっていた。安倍兼等は、十七年前に死んだ男だし、セレニータには、中野駅の駅員の証言で、犯行時刻のアリバイがある。そして、成城の男については、もう繰り返すまでもない」

「残りの容疑者は、第二のグループの六名ですが、このリストについては、あらかじめ注意しておかねばならないことがあります。それは、教団側の容疑者をこの六人に限定するに当たって、僕はある仮定から出発しなければならなかったということです。

その仮定とは、甲斐辰朗を殺害した犯人が、先月から五回にわたって、彼に脅迫状を送り続けていた異来邪と名乗る人物と、同一人であるという前提を認めることです」

「俺には、自明のことのように聞こえるが」

「確かに脅迫状の内容は、明らかに『フジハイツ』の殺人を指し示しています。したがって、異来邪が甲斐辰朗殺しの犯人である蓋然性は、非常に高い。しかし、これは決して所与の事実ではありません。論理的には、異来邪と殺人犯の間に、何の連関も存在しないと考える余地は十分にあります」

「論理的な厳密性を求め始めたら、きりがない。我々は論理学の勉強をしているわけではないから、そこらへんは目をつぶらないと仕方がない」

「僕は、目をつぶるなんて言った覚えはありませんよ。ただ、当面の捜査の進行を見守るに当たって、プラグマティックな態度を選択するというだけのことです。現在はまだ、データ収集の段階ですから」

「能書きはいいと言っただろう。先を進めろ」

「言うまでもなく、第二のグループの六名は、異来邪たり得る最低限の資格を持つ人物の集合、すなわち甲斐夫人が、大島源一郎という少年を、養子に迎えようとしていることを知っていた人々です。

この推定の根拠は、異来邪の脅迫状に隠されていた『大島源一郎』の字謎です。異来邪がわざわざ、その名前を選んだのは、この養子問題に関係者の注意を集めたかったからにほかなりません。

ただし、それが異来邪＝犯人の動機であったかどうかは、議論の余地があります。犯人の狙いは、養子問題を真の動機の隠れみのに利用することかもしれません。ですから、動機の問題は一時棚上げにして、この六名に、『フジハイツ』の殺人の当事者たる条件が、当てはまるかどうかを逐一検討していきたいと思います」

「ちょっと待て。養子の話を知っていたのが、その六人しかいないという前提は、信用できるものか」

「ええ、その点は確認済みです。もちろん、死んだ甲斐辰朗自身を除けば、の話ですが」

「ふむ。異来邪は、おまえの存在を目の敵にしていたようだが、その六人は全員、事前におまえの登場を予想できたのか？」

「その問題に関しては、残念ながら、僕の推定は最初ほど力を持たなくなりました」

「何だって？」

「異来邪が、僕の存在を知っていると推定したのは、五番目の脅迫状にあった『育児論』という単語が、我々の苗字の綴り替えであることを発見したからです。ところが、僕はこの発見の有効性を揺るがせる、新しい事実を見つけてしまったのです。問題となっている行の全文は、『おまえの育児論は、役に立たない』というものです。僕は後から、いろいろ試してみたのですが、この『おまえの育児論』(Omae no

Ikuziron）という言葉は、『《祈りの間》へ来ず』（Inorinoma e Kozu）という文に変形できることが、わかったのです」

「待て。紙とペンを貸してくれ。（ペンの走る音）なるほど、おまえの言う通りだ」

「つまり、その行に書かれていることは、メンターは《祈りの間》へ来ない。したがって地上八十メートルの密室は、彼の命を守る役に立たないという、異来邪のあからさまな宣言として解釈できます」

「しかし、それを事前に解読されたら、異来邪はかえって動きにくくなるのではないか？」

「ええ」

「だったら、俺はその解釈を採らない。むしろ、単なる偶然の一致と考えたいな」

「僕もそう思います。でも、異来邪が僕の存在を知っているとした最初の推定も、恣意的な解釈にすぎないという点では、似たり寄ったりのものです。

現実問題として、異来邪は、僕に対する挑発のつもりで、『育児論』という単語を脅迫状の中に織り込んだにちがいないと、僕はにらんでいます。しかしそれは、一種の価値判断であって、論理的な要請から出てきた帰結ではない。したがって、容疑者のリストを検討するに当たっては、異来邪が僕の存在を知っていたかどうかを問わないことにします。

寄り道が長くなりました。本題に入りましょう。

まず、殺人の当事者たる第一の条件は、被害者が『フジハイツ』で二重生活をしていた事実を知っていたという点です」

「だが、リストに載った六人とも、そんな事実は知らなかったと主張している」

「もちろん、彼らはそう言うはずです。しかし少なくとも、誰かひとりは嘘をついている。異来邪は、その事実を知っていたはずです。そうでなければ、甲斐辰朗が西落合で殺されることなどあり得ない。

問題は、誰がその事実を知っていたかです」

「江木弁護士は、知っていた可能性が強いな。安倍誓生とのパイプ役を果たしていたのだから。江木とのつながりが深い斎門亨にも、秘密に近づける機会はあっただろう。それから、メンターの秘書だった山岸裕実も怪しい。立場上、被害者の秘密にもっとも接しやすい人物だったはずだ」

「僕が気になっているのは、《塔》の地下室の存在です。どんなに被害者が秘密主義を貫いても、あれだけの大工事をして、秘密が全く漏れないということは考えられない。実務に通じた人物が、なにがしかの手を打った可能性があります。しかもその人物は、メンターの信厚い腹心でなければならない。

その人物なら、『フジハイツ』の存在を知っていても不思議ではないと思います」

「するとやはり、斎門が最有力候補だな。だが、残りの連中はどうだろう？　甲斐夫人、坂東憲司、それに大島佐知子の三人は、被害者の二重生活を知らなかったと見てまちがいないだろう。リストから、三人の名前を削れないか」

「そうしたいのは、山々ですが、できませんね。この三人が、『フジハイツ』の存在を知らなかったことを、客観的に証明することは不可能です。

ある人物が、事実Aを知っていることを証明することは可能ですが、事実Bを知らないことを本人でない観察者が証明することはできない。事実Bを知っている人間は、表面上それを知らないふりをすることが、どこまでも可能だからです」

「しかし、彼らが被害者の秘密に接する手段を、持たなかったことを証明することは可能だろう」

「無理ですね。簡単な反証があります。安倍誓生のことを思い出してごらんなさい。彼は、半年前まで甲斐辰朗を知らなかったにもかかわらず、偶然の助けを借りて、『フジハイツ』にたどり着くことができたのです。その三人に、同じ種類の偶然が起きなかったと断言することはできません」

「要するに、その条件では容疑者リストの人数を減らすことはできんということだな」

「まあ、かみくだいて言えば、そういうことになりますね。第二の条件に、移りましよう。

　この条件は、被害者の首が切断されていた事実から、敷衍されるものです。犯人は、被害者の頭蓋内に人工内耳の電極が埋め込まれていたからこそ、首を切り落とし、持ち去った。すなわち、犯人は、人工内耳の存在を知っていた人物です。

　この条件を、我々のリストの六人に当てはめると、六人全員に妥当することが明らかになります」

「何だ、さっきからおまえは、そんなことばかり言ってるじゃないか。もっと、役に立つことを言えないのか？　例えば、犯人の性別とか」

「おや、お父さん。聞き捨てならないことを言いましたね。犯人の性別が限定できれば、このリストはいっぺんに半分になりますよ」

「だから、俺がそうしてやろうと言うんだ。甲斐辰朗を殺した犯人は、女ではあり得ない」

「なぜ、そう断言できます？」

「犯人は、被害者の首を切断する時に、鉈の一振りで仕事を片付けた。女にできることじゃない」

「三十年前ならいざ知らず、今の時代にそんな偏見は通じませんよ」

「しかし、電話の問題がある。セレニータ・ドゥアノを中野駅におびき出した電話の声も、過激派を装った犯行声明電話の声も、男のものだった」

「今の世の中には、ボイス・チェンジャーという利器があります。女が、男の声を真似ることは、不可能ではありません。電話の声だけで、性別を判断するのは危険だと思います」

「ふん、そんな理屈ばかりこねていたら、捜査は進まないぞ」

「じゃあ、もっと前向きな話をしましょう。彼らのアリバイをもう一度、整理してみませんか」

「それなら簡単だ。まず甲斐夫人と大島佐知子、それに江木和秀らは源一郎少年を加えた四人で、麹町のビストロにいた。八時過ぎまで食事をしていたことが、従業員の証言で確認されている。江木が一人で江戸川の自宅に帰ったのが九時前。残った三人は、同じ車で習志野市まで戻った。したがって、三人のアリバイは、非の打ちどころのないものだ。

次は、事務局長の斎門亨。彼は山王の料亭で、三友グループの幹部連と席を囲んでいた。教団の人間も同席していて、八時以降のアリバイを保証している。

理事の坂東憲司は、九時過ぎに、教団本部ビル内の彼の部屋に入っていく後ろ姿を、別の職員に目撃されている。習志野市から西落合まで、どんなに車を飛ばしても、一時間強は必要だから、彼が犯行時刻に、『フジハイツ』にいた可能性は低い。

残ったのは、山岸裕実ひとりだが、他の五人に比べると、アリバイは曖昧だ。午後六時まで、おまえと一緒に、本部ビル内にいたことはわかっているがその後の足取りがはっきりしない。彼女自身は、仕事で外出したと言っているが、詳しい裏付けが取れていない。

以上の六名のうち、強いてアリバイが不確かなのは、故人の秘書だけだ。残りの五人に関しては、一応、文句のつけがたい証言があると言っていい。

だが俺は、まだ疑う余地があると思う。この連中は、教団関係者の間で、VIP扱いされている人間ばかりだからだ。

例えば、最初に言った麴町のビストロだが、店の経営者は、熱心な教団の信者だそうだ。だから、客の一人が、しばらく席を外していたとしても、店の人間はもう、そのことを覚えてはいないだろう」

「なるほど。つまりお父さんは、彼らのアリバイを言葉通りには信用していないわけですね」

「(長いため息をつく音に続いて) どうしておまえはそんな澄ました口が利けるんだ? 長い時間をかけて、容疑者リストをふるいにかけてみたが、何ひとつ、新しい進展がないじゃないか。わかったことと言えば、何もかもがあやふやで、信じるに足る事実などないということだけだ。俺はもういい加減、頭が破裂しそうだよ」

「明日になれば、また、いろいろと話もわかってくるでしょう。さしあたり、我々の水車小屋には、大した小麦はないようです」

「おまえは気楽でいいな。だが、これ以上議論しても収穫はあるまい。明日も早い、俺は寝るよ」

「おやすみなさい、お父さん——僕は、もう少し、起きていますよ」

12

あくる五月二十四日の朝、綸太郎が目を覚ました時は、午前十時を過ぎていた。

民間探偵の唯一の特権は、事件の最中にも朝寝坊ができることだ。あくびをしながら、キッチンに行くと、法月警視が書き置きを残していた。

『先に仕事に行く』

やれやれ。親父さんは、機嫌が悪そうだな。

綸太郎は肩をすくめて、テーブルの上の新聞を広げた。彼の寝ぼけ眼を引きつけた問題の記事は、健康欄のトップを占めていた。

『二十三年ぶり音がよみがえった
**　　人工内耳で日常会話』**

若い頃に薬の副作用で耳が聞こえなくなった主婦が、H医科大耳鼻咽喉科で人工内耳の埋め込み手術を受け、二十三年ぶりに聴力を回復した。

綸太郎は、モーニングカップにコーヒーを注いで、その記事を読んだ。彼が引っかかったのは、次のくだりだった。

人工内耳は、マルチチャンネル型と呼ばれるオーストラリア製で、体内装置と体外用と二つに分かれる。体外のは補聴器のように耳にかけ音を集めるミニマイク、音をいろいろな周波数の電磁波に分けるスピーチプロセッサー、電磁波を体内へ送り込むコイルで構成。

体内用は、皮膚を通してキャッチした電磁波を電気信号に変えるレシーバー（直径二センチ）と、これにつながった電極（長さ約五センチ）。

レシーバーは耳の後ろの側頭骨に埋め込み、電極を内耳に挿入する。電極は二十二個あり、いろいろな音の電気信号を聴神経に伝え、これが脳へ行き、音として聞こえる。

新聞紙を握る手に力を入れすぎて、あやうくその記事を破ってしまうところだった。綸太郎は呆然として、その記事を読み返した。『体外のは補聴器のように耳にかけ音を集めるミニマイク――』

綸太郎は自分が、人工内耳のシステムについて、勘違いをしていたことに、ようやく気づいた。

本棚から『エーテルの奇蹟』を抜き出して、前に読んだページを開いた。

人工内耳とは、患者の内耳に、外科手術によって電極を挿入し、人工的に増幅した電気信号を、聴神経に送るという画期的な治療法である。

そこには、人工内耳の説明として、それだけしか書かれていなかった。

これでは誤解して当然だ。体外マイクや、プロセッサー、コイルのことなどひとことも書かれていないのだから。

生兵法(なまびょうほう)は大けがのもと。綸太郎は、耳の中に電極を埋め込んでしまえば、それだけで普通の人と同じように音が聞こえると思い込んでいた。つまり人工内耳を、心臓のペースメイカーのように独立したものと考えていたのだ。体外から、電磁波を送る必要があるとは、予想外のことだった。

問題は殺された男が、そのようなマイクやプロセッサー、コイルといったオプションを身に付けていなかったことだ。綸太郎は、七日前のＶＩＰルームでの会見を思い出していた。

彼はカッターシャツ一枚の姿だった。テクノロジーの進歩によって、あらゆる機械は、超小型化されている。しかし、あの薄手のシャツの下に金属物が忍ばされていれば、綸太郎は気づいていたはずだ。しかも、補聴器型のマイク、イヤホンの類も見当たらなかった。

この新聞記事によれば、オプションがなくては、人工内耳は使い物にならない。だがあの時、彼は、何の不自由もなく三人と会話していたではないか？

待て。綸太郎は、はやる心を抑えた。会話だけなら、読唇術という方法がある。四六時中、人工内耳の世話にならなければならないという法はない。

しかし、綸太郎はすぐにこの考えを、打ち消さなければならなかった。

そうだ。あの時、彼は、三時のチャイムに反応したではないか。読唇術が通用するのは、人間の言葉に対する時だけだ。

とすれば、彼は、実際は耳が聞こえていたことになる――？

綸太郎はもう一度、『エーテルの奇蹟』のページを繰った。甲斐辰朗のカルテを確かめておく必要がある。彼が、人工内耳の手術を受けたのは、どこの病院だったのか。

第一部、三十七ページ。『東都医科大学耳鼻咽喉科の田村(たむら)助教授の執刀により——』

綸太郎は、電話を引き寄せた。一〇四番で、東都医科大の番号を聞くと、すぐにその番号にかけた。

「耳鼻咽喉科をお願いします」

「少々お待ちください」

続いて電話に出たのは、インターンであろう、鈍重そうな若い男の声だった。

「耳鼻咽喉科です」

「田村助教授はいらっしゃいますか」

「——あの、そのような方は、うちの科にはおりませんが」

「おかしいな、四、五年前に、そういう人がいたはずなんですが」

「いや、僕は、今年ここに配属になったばかりで、そういう昔のことはどうも——」

「困ったな」綸太郎は舌打ちをして、誰か他の者に代わってくれと頼もうとすると、

「あのう」

と先方が言う。

「何でしょう」

「もしかしたら、あなたがおっしゃっているのは、田村教授のことではありませんか」

倫太郎は一瞬、言葉に詰まった。

「――最初から、そう言ってるじゃないですか」

「いや、あなたが、助教授とおっしゃったので、ちがう人かと」

気の利かない奴だな、と倫太郎は思った。

「どっちでもいいですから、その田村先生を出してください」

「あの、でも田村教授は、いないのですが」

「ええ?」

「田村教授は、いないのです」

「――しかし、今あなたは、田村教授のことではないかと、言ったばかりじゃありませんか」

「ええ、そう言いました」

「その田村という人は、耳鼻咽喉科の教授ではないんですか?」

「ですから、うちの教授ですよ」

「でもさっき、田村教授はいないと言いませんでしたか」

「言いましたよ」

綸太郎はうんざりしてきた。

「はっきりしてください。田村教授は、いるんですか、いないんですか？」

「おりません」男は平然と言った。「ロサンジェルスで開かれている学会に出席中で、あさってまで戻っておいでにならないのです」

綸太郎はため息をついた。相手の男が、心配そうに尋ねた。

「どうかなさったのですか？」

「何でもありません」綸太郎は、この男に重要な仕事を任せることに、一抹の不安を感じたが、それを振り切って、「——実は、お願いがあるのですが」

「何でしょう」

「ある人のカルテを調べてもらいたいのです」

「それはちょっと——」

「私は、警察関係者です」父親が警視だから、官名詐称（さしょう）ではない。「ある事件の捜査上、どうしても必要なのです。誰にも迷惑はかかりません。昭和五十九年に、人工内耳の手術を受けた患者のカルテを確認できませんか。甲斐辰朗という人です」

「どんな字を書きますか？」

綸太郎は教えてやった。少し待ってくださいと言って、相手は電話から離れた。

少しどころではなかった。十五分近く待たされた末に、やっと男が受話器を取り上げた。

「――何かのまちがいではありませんか？　そのような人のカルテは存在しません」

「本当に？」

「ええ。五年前までさかのぼって、人工内耳手術の記録を調べましたが、該当する患者はありませんでした。うちの科では、それ以前には、人工内耳の手術は行なっていないのです」

倫太郎は礼を言って、受話器を戻した。

信じられない欺瞞があったことは、明らかだった。彼の論理は、根底から覆されたことになる。だが、倫太郎の頭の中では、新しい仮説が渦を巻いて湧き起こりつつあった。

五十分後、倫太郎は彼の仮説にのっとった覚書を完成させた。その結論は、分別ある人の目から見れば、非常に風変わりなものと映ったはずだが、倫太郎はあまり気にしなかった。

彼は、警視庁の父親に電話をかけ、昨夜とは打って変わった有意義な話をした。それから服を着替えると、午後からの遠出に備えて、ボリュームのある朝食に取りかかることにした。

13

午後から空模様が、怪しくなっていた。

綸太郎が桜田門で法月警視を拾った時は、フロントガラスにぼちぼち雨滴が目立つ程度だったが、江戸川を越える頃には、もうどしゃ降りになっていた。習志野署の駐車場から玄関まで、背中を丸めて、駆け抜けなければならなかった。

顔なじみになった宮崎警部補が、二人を迎えた。

「で、十七日夜の、彼女のアリバイは？」

「微妙なところですね」宮崎は、手帳に目を落としながら答えた。「午後六時半に、教団のビルを出ていくのを、何人かの職員が目撃していますが、その後の足取りはわかりません」

「どこに行くか、誰にも言わずに出て行ったのか」

「はい。ただ教団の仕事で、人に会うような予定は入っていなかったようです」

「僕には、自分の仕事があると言って、出て行ったんですが」綸太郎は唇をなめた。

「怪しいな。彼女の自宅は？」

「都内です。新小岩で、一人暮らしです」

「葛飾(かつしか)署に連絡した方がいいかな」

「直接ぶつかった方がいいと思います」と綸太郎が言った。「彼女自身の弁明が聞きたい」

「自信はあるのか？」

警視が尋ねると、綸太郎は腕を組んで、首をかしげた。

「筋は、通っていると思います。でも証拠は全くありません」

「いつものことだ」

事務の婦警が近づいてくるなり、法月警視に声をかけた。

「警視庁の法月警視ですか？」

「そうです」

「東京からお電話です」

警視は五分ほどで戻ってきた。

「久能警部からだった。都内で、人工内耳手術を採用している病院を、全て当たってもらったが、甲斐辰朗の手術記録はどこにも存在しない」

綸太郎がうなずくと、宮崎に訊いた。

「彼女は、教団本部にいますね」

「ええ」

「では、行きましょう」

《汎エーテル教団》本部ビルを訪れた綸太郎らを迎える目は、厳しかった。行き交う人々の足取りに驚きと、絶望の翳(かげ)りがまとわりついている。しもべたちが、王の死を受け止めるには、まだあまりにも時間が足りなかった。

三人は、ごく事務的に応接室に通された。先日綸太郎が見たVIPルームとは、部屋の格にも雲泥の差がある。押しつけがましいそっけなさが、この部屋の特徴であった。彼らが歓迎されていないことを、如実に示していた。

十分ばかり待たされて、ようやく山岸裕実が現われた。喪服であろう、踵(かかと)の先まで黒の装いに身を包んでいる。目の下の陰が、憔悴(しょうすい)を示していた。綸太郎の顔を認めて、困ったような顔をした。

裕実は、三人に向かい合うように、席に腰を下ろした。

早速、警視が口を開いた。

「甲斐辰朗氏の死に関して、お訊きしたいことがあるのですが」

「どうぞ」投げやりな口調で言った。

「では、単刀直入にお尋ねします。彼が殺害されたと思われる、十七日の午後八時頃、あなたはどこで何をしていらっしゃいましたか？」

その質問を予期していた様子はなかったが、裕実はさほど動揺したそぶりを見せなかった。

「──それは、アリバイ調べということですのね」

「そうです」

「残念ながら、お答えできませんわ」

「なぜです？」

「プライヴェートな理由です」

警視は、綸太郎に視線を投げた。綸太郎は膝の上に置いた手を、握り合わせて言った。

「君はあの晩、僕ひとりに資料ファイルを押しつけ、自分は別の仕事があるからと言って、姿を消した。あれは嘘だったのかい？」

「そうよ」素速い答が返ってきた。

「答えなければ、あなたにとって不利益な結果になるかもしれませんよ」

警視の言葉に、裕実は表情を歪めた。

「──もしかして、私が、メンターを殺したと、疑ってらっしゃるのですか？」

警視はまた、綸太郎に目をやった。綸太郎は腕組みをして、考え込んでいた。警視は言った。

「もし、イエスと言ったら、あなたは本当のことを話してくれますか？」

「私が、メンターを？」裕実は肩をすくめた。本気で受け取っているふうではなかった。「そんなことはあり得ません。あの方は教団にとって、ぜひとも必要な人でした。その人を私が殺すだなんて」

綸太郎が、ぽつりと言った。

「君に、彼を殺さなければならない動機があったとしたら、どうする」

「聞きたいわ」裕実はきっと目をつり上げた。

綸太郎は、朝のうちにしたためた覚書のコピーを取り出し、裕実の前に差し出した。

その覚書は、こういうふうに始まっていた。

そもそものことの起こりは、匿名(とくめい)の脅迫状だった。ただしこれは、異来邪と署名された一連の脅迫状とは、別のものである。

以前、山岸裕実は、《汎エーテル教団》の規模が大きくなって以来、外部からの中傷や、いやがらせの類が増えたと私に語ったが、その中に根も葉もない中傷とは一線を画す、本物の告発が混じっていた。

ひとことで言えば、甲斐辰朗は、人工内耳の手術を受けてはいなかったのである。

裕実が顔を上げた。

「――あきれた。こんなでっち上げを、本気にしろというの？」

「でっち上げではない」警視はゆっくりと首を振った。「我々は病院で、カルテを確認したのです。甲斐氏が、人工内耳手術を受けたという記録は、どこにも存在しないのです」

「まさか――」

裕実は顔色を変えないように、必死に努力しているように見えた。

「続きを読みたまえ」と綸太郎がうながした。

14

その事実が世間に漏れれば、メンターの教義そのものの正統性が否定されることは目に見えていた。トライステロ宇宙神の声を聞けるようになったのは、人工内耳手術によって埋め込まれた電極のおかげだと、彼自身が語っているのだから。

当然、山岸裕実は、この事態が生じることをよしとしなかった。裕実は、メンターの教義に文字通り、心酔していたからである。

一方で彼女は、メンターのカリスマ性に頼る現在の教団運営に対して、不満を抱いていた。エーテルの教えを信奉するあまり、それを、キリスト教や仏教のように、奇蹟から切り離された一つの哲学の域にまで高めたいと望んでいたのだ。

その背景には、彼女の、甲斐辰朗に対する不信の芽生えがあった。もちろん山岸裕実は、彼の破廉恥な二重生活を見抜いていた。そのことを知って、裕実はメンターに裏切られたと感じていたのだろう。それが殺意の礎石を形作っていたことは、言うまでもない。

彼女がやろうとしたことは、ユダとペテロの一人二役をこなすことだった。メンターのカリスマ性を否定すると同時に、彼の教えを純化するというはなれわざに挑んだのである。

裕実の計画の柱は、メンターの頭の中に電極が埋め込まれていたことを、実証してみせることにあった。実際に存在しないものを、存在したように見せかけなければならない以上、その計画は、回りくどくならざるをえない。

皮肉にも、メンターが安倍兼等という名前で二重生活を送っていたことは、彼女の計画にとって、大きなプラス材料となった。

すなわち、死体の首を切断することに、被害者の素姓の隠蔽(いんぺい)というもっともらしい説明を与えてくれるからである。

くどいようだが、甲斐辰朗の頭の中に電極は存在しない。したがって発見された死体が解剖される場合に備えて、その首をあらかじめ切断しておく必要があった。裕実の計画の眼目は、この点にある。つまり死体の首は、その中に電極が埋め込まれていたことを隠すためではなく、電極が埋め込まれていなかったことを隠すために切断されたのである。

この視点から、事件全体をとらえ直すと、その様相は百八十度、ひっくり返ってしまう。

我々は当初、死体の首が切断されたのは、被害者の身元をわからなくするためだと考えていた。ところが犯人の計画では、被害者の身元が判明することが前提となっていた。いや、被害者の身元は、明らかにされなければならなかったのである。

山岸裕実は、《汎エーテル教団》の教主の失踪と『フジハイツ』の首なし死体を、一つの事件として結びつける第三者の存在を必要としていた。その第三者とは、犯罪捜査に興味のある人間で、警察内の情報に接することができ、しかも自分の頭のよさを鼻にかけているような俗物が望ましかった。

その条件にぴったりの人間として、この私、法月綸太郎に白羽の矢が立てられたわけだ。逆に、私を選んだという事実そのものが、彼女の犯行を示唆しているのだが。

そこで問題となるのは、異来邪と署名された一連の脅迫状の意味である。今にして思えば、それは、私を事件に参加させることのみを目的として書かれたものだった。

彼女の計画の中で、私の演じる役割は、次のようなものであった。すなわち、⑴脅迫状の調査を依頼され、人工内耳に関する知識を植えつけられる。⑵メンターの失踪を知る。⑶『フジハイツ』の首なし死体が、メンターであることを「発見する」⑷死体の首が切られたのは、頭の中に、電極が埋め込まれていたことを隠すためであると「推理する」⑸首なし死体が、甲斐辰朗であることが確認され、「推理」の正しさが証明される。⑹その結果、メンターが人工内耳手術を受けたことは、自明の事実とされる。

かくして、ありもしない頭の中の電極が、論理の転倒によって、あたかも実在したかのごとく誤認されることになる。

最後の脅迫状の中で、メンターの首の切断がほのめかされていたことに注意しよう。もし犯人が、本気で死体の身元を隠すつもりなら、この示唆はあまりにも危険である。しかし、それは初めから、私の目を『フジハイツ』の首なし死体に向けさせるために書かれていたのだ。

同様に、あたかも私に対する挑戦と取れるような言葉を織り込んだのも、私を挑発して、思うつぼに落とそうという狙いがあったからだ。山岸裕実は、トライステロ宇宙神はメンターより上位の存在であると信じている。

彼女の言葉が正しいとするなら、トライステロ宇宙神は、彼女を操って、導きの石から肉欲を切り離すことに成功したと言えるだろう。

覚書を読み終えた裕実は、しかし、相変らずポーカーフェイスを崩さなかった。しばらく思案顔をしていたが、とうとう大きなため息をついて、綸太郎に尋ねた。

「これは本気なのね？」

「もちろん」

裕実は額を手の甲で拭った。

「仕方がないわね」肩が上下した。「メモを取ってくださる？」

そう言って、都内の電話番号を口にした。

「その番号は？」と警視が尋ねた。

「——十七日夜の、私のアリバイを証明してくれる人よ」

「何だって」綸太郎は思わず身を乗り出した。「じゃあ、君は犯行を認めないのか？」

「当り前でしょ」裕実も負けないぐらいの強い調子で言い返した。「正気の人間が、こんなことを考えついて、実行すると思ってるの？」

「誰の番号なんだ？」

「あなたもよく知ってる人よ」

裕実の口ぶりは、なぜか綸太郎の癇にさわった。宮崎警部補の手からメモを奪って、廊下に飛び出し、最初に目に入った電話の受話器を取り上げた。

呼出し音が五回鳴ってから、先方の受話器が取られた。綸太郎が自分の名と目的を告げると、聞き覚えのある声で相手が言った。

「よお探偵か、久し振りだな」

綸太郎は飛び上がった。

それは、懐かしい『枢機卿』の声だった。

15

『枢機卿』の本名は、李清邦という。

綸太郎より二つ年上で、今はどこかの大学で研究助手をやっているらしい。綽名の由来は、男のくせに、いつでも真っ赤な服を着ているからだった。深紅は、バチカンの枢機卿の法衣の色だ。

虎ノ門のホテルのロビーは、客でごった返していたが、緋のスーツに長いパーマ髪は、建物に入った瞬間に目についた。

「あの男です」

「おかまみたいな奴だな」警視が眉をひそめた。

「おかまの方が、まだたちがいい」

『枢機卿』は立ち上がって、にやにや笑いをしていた。きゃしゃな身体つきだが、綸太郎よりまだ背が高い。こちらが話しかける前に、細長い手で肩をつかまれた。

「箱根以来だな。まだ飽きずに、ちゃちな探偵小説を書いているのか？」

「おかげさまで、注文は来てるよ」

「いいかげん足を洗ったらどうだ」『枢機卿』は腰を下ろしながら言った。「もっとクリエイティヴな仕事をしろよ」

綸太郎は顔をしかめた。

「あいにく僕は頑固者だから、君みたいに器用な世渡りはできないね。本格ミステリの小さな火を消さずに、守っていくのが、僕の務めなんだ」

「京都の和菓子屋の親父みたいな言いぐさだな。いや、最近じゃ和菓子にもトレンドがあるから、馬鹿にはできない。気をつけないと、おまえだけ時代に取り残されるぞ」

「僕は、移り変わる時の流れの中の、一つの岩になりたいのさ」

「懐かしいワトスン君、悪いことは言わん。皆にそっぽを向かれたくなかったら、他の連中の前で、そんなことを口走るんじゃないぞ」

「大きなお世話だ」

『枢機卿』はいかにも意地悪そうに歯を見せた。

「――前々から思っていたんだが、おまえを含めた本格ミステリマニアと呼ばれる連中は、生粋のマルクス主義者とそっくりだな。排他的で、視野が狭くて、言ってることは百年前から変わっていない」

「よせやい」

「まあ聞け。本格推理小説と社会主義の、現代における共通点は何だか知ってるか？」

「何だ、それは」

「本気でそんなものと取り組んでる連中は、救いようのない馬鹿ばかりってことだ」

綸太郎は静かに息を吸って、胸を膨らませた。

「ご心配なく。本格推理というジャンルは、今でもすたれずに、ちゃんと存続してる。僕が飯を食っていけるのも、そのおかげだ」

「ソビエト連邦だって、存続してるさ。しかも二億数千万の人間が、それでパンを食っている」

そんな乱暴なアナロジーはない。綸太郎は反論しようとしたが、もともと議論して勝てる相手ではないので、それ以上深入りしないことに決めた。

「いつ日本に帰ってきたんだ？」

「先週だ」と『枢機卿』が答えた。「教えを受けていたラマ僧から、『もう何も教えることはない』と言われた。なに、体よく破門されたわけさ。家財道具ぜんぶ引き払って、向こうに行ったもんだから、しばらくはホテル住まいだよ」

「十七日の夜はどこにいた？」

『枢機卿』が、また白い歯を見せた。きれいで、並びがよくて、いらいらさせる歯だ。

「旧交を温める間もなしに、アリバイ調べか」『枢機卿』の目が、綸太郎の右斜め後ろへ流れた。「察するところ、あそこでそわそわしている御仁は、噂に名高い法月警視だね」

彼は臆面もなく手を上げて、警視の方に振ってみせた。警視は苦虫をかみつぶしたような顔をして、こちらに近づいてきた。

「答える前に、訊きたいことがある。俺の連絡先を教えたのは、誰なんだ」

「君もよくごぞんじの、さるご婦人だ」

「なるほど」『枢機卿』は、肩を上下させた。「問題になっているのは、俺のアリバイなのか。それとも、そのご婦人の方か」

「ご婦人の方だ」と綸太郎が言った。

「じゃあ、俺が気を使う必要はないな。山岸裕実は十七日の晩、俺の部屋にいたぞ」

「時刻は？」

「八時に、地階のグリルで飯を食った。後は、朝まで一緒だったよ」

倫太郎は困った顔を、父親と見合わせた。『枢機卿』が、身を乗り出して尋ねた。

「新聞で見たぜ。甲斐辰朗の事件だな」

倫太郎がうなずいた。

「あいつを疑っていたのか」

「君の顔を見るまではね」

「人殺しをするような女じゃないよ」値踏みし直すような目で、倫太郎を見た。「買いかぶりすぎてるんじゃないか？」

「そうかもしれない。だが、君だって」倫太郎は口調を改めた。「切れたはずの女と、何だって今頃会ったりするんだ」

「まあ、そこはそれ。久し振りに日本に帰ったんだ。懐かしい顔が見たくもなるさ」

「懐かしい顔が、いくつある？」

『枢機卿』は答えなかった。頭の中で、女の数を勘定しているにちがいない。そういう奴だ。

だが、『枢機卿』からの呼出しに応えて、裕実が飛んでいったことの方が重要だっとだ。つまり彼女にとっては、メンターよりも、『枢機卿』の方が大事であるということだ。綸太郎は、だんだん馬鹿ばかしくなってきた。

法月警視がやっと口を利いた。

「彼女と落ち合ったのは、正確には何時でした?」

「八時より少し前でしたね」

「その時の様子で、何か変わったことに気づきませんでしたか」

「――この前会った時と、髪型がちがっていた」

警視は、面白くもない、という顔をした。

「何か大きな荷物を持ってはいませんでしたか」

「いいえ。それが何か?」

「被害者の首が、行方不明なだけです」それから、綸太郎の方に顎をしゃくった。

「これ以上、まだ温めるものがあるか」

綸太郎は首を振った。二人は、そっけなく立ち上がった。

「落ち着き先が変わったら、教えてくれ」と綸太郎が言った。二人は、ロビーを後にした。

離れた席に坐っていた若い女が、弾かれたように立ち上がって、『枢機卿』の方に駆け寄った。化粧馴れしていない顔は、どう見ても高校生としか思えない。それを横目にとらえて、不審そうに警視が洩らした。

「娘にしては、年が行きすぎてるな」

「まさか」と綸太郎が言った。

同じ頃、《汎エーテル教団》本部ビルの山岸裕実の部屋のドアがノックされた。仕事の手を止めて、顔を上げると、入ってきたのは、斎門亨だった。

「聞いたぞ。法月が、君を犯人と言ったそうだな」

裕実は、曖昧な笑みを口元に浮かべた。

「あの人は、頭がおかしいのよ」

本気で言っているようであった。斎門は空いている椅子に腰を下ろした。

「だが、あの男をこの事件に引きずり込んだのは、君だろう」

「いいえ。彼を呼んだのは、メンターの指示があったからです」

「メンターが？」斎門は驚いたようだった。「だが、どうして法月のことを知っていたんだろう」

「ああ。それなら、私のせいです」裕実は顔色を変えずに言った。「いつかメンターに、法月君のことを話したことがあって。今年の初め頃だったかしら、ずいぶん熱心に彼の本を読んでいたから」

「ふん。しかし、君のアリバイが証明されたら、今度は誰にかみつくつもりだろう」

「斎門さんも、呑気な顔はしてられないと思うわ」裕実は、探りを入れるような口ぶりで言った。「例の脅迫状のことを考えたら、あなただって十分犯人の資格があるんじゃないかしら」

「それは一大事だ」

「あなたのアリバイは大丈夫？　妙な噂を小耳にはさんだの。十七日の夜、あなたが山王に現れたのは、九時前だったんじゃないかっていう噂よ」

斎門は、ちょっと渋い顔をした。席をたって、ドアに近づき、ロックした。戻ってくるなり、懐から汚い封筒をひっぱり出した。

「これを見てくれないか？」

裕実は、封筒の宛名を見た。『斎門亨様　親展』とある。ひっくり返しても、差出人の名はない。

「どこかで見たような筆跡ね」

裕実が、平板な口調で言った。宛名の文字は、定規を当てて書かれたものだった。

「十七日に、私のところに届いたんだ」

裕実は封筒から中身を取り出して、広げてみた。

〈十七日午後八時、日比谷公園で、
　山岸裕実は、誰と待ち合わせをしているか？
　呪詛の言葉は、我が真意に非ず。
　この忠告は、己が心に秘めよ。異来邪〉

『エーテルの導き』から切り抜かれた文字と、透かし入りの便箋。おなじみのパターンだった。

裕実は、奇妙に抑揚のない声で尋ねた。

「で、斎門さん。あなたはこの手紙を真に受けて、この時間には日比谷まで出かけていたというの？」

斎門はしばらく黙り込んで、裕実の顔を見つめていた。質問の答が、彼女の表情の中に隠されているとでもいうように。やがて、不意に口を開いた。

「まさか。君が聞いた噂は、誰かが流したデマだろう。私は、あの晩ずっと、山王を離れなかった」

「じゃあ、どうしてこんな手紙を私に見せるの？」

「君がこの手紙の内容に、心当たりがあるんじゃないかと思ってね」思わせぶりな言い方であった。

「まさか」裕実は、同じ言葉を斎門に返した。「きっと誰かのいやがらせだわ」

「いや、これは異来邪のやったことだ。決していたずらなんかではない。私は、君を信用してるから打ち明けたんだ。この際、もっと腹を割って話そうじゃないか」斎門の口調は、上滑りしていた。

「あいにくですけど、私は、あなたを信用してないわ、斎門さん。この手紙だって、あなたが自分で作ったものかもしれない」

「馬鹿な。そんなことをして、何の得がある？」

「ないこともないでしょう。後ろ暗いところがなければ、もっと前に、警察に見せているはずよ」言外に何かほのめかすように、裕実は眉を上げた。「だいいち《塔》のこともおかしいわ」

「何がおかしいって？」斎門は平静を装っているようだった。

「《塔》の工事の時に、誰もあの仕掛けに気づかなかったなんて信じられない。本当にメンターひとりで、隠しおおせることだったかしら」

「何が言いたいんだ」

「もしかしたら、秘密を守るために、ちゃんと手を打った人がいるんじゃないかしら」

斎門は目を細めた。

「君も知っての通り、私は資金繰りに奔走しただけで、《塔》の工事に関してはノータッチだった」

「表向きはそうね」

「——私はむしろ、坂東を疑っている」

「でも彼は、《塔》の計画に反対していたわ」

「そこがかえって、臭いんじゃないか？　実はこっそりと、当時の書類を調べさせているんだ。いくつか怪しいふしが出てきた」

裕実は複雑な表情をした。

「そうやって、一人ずつ邪魔者を排除していくのね。坂東さんの次は、私の番かしら？」

斎門は、じっと裕実をにらみつけていたが、急に立ち上がると、ものも言わずに部屋を出ていった。

ひとり残された裕実は、長い間、身動きもしないでドアの方を見つめていた。それから、そっと自分の机の抽斗（ひきだし）を開けた——。

「大嘘つきめ」

ドアを閉めた斎門は、ぼそりとつぶやくと、裕実の部屋を後にした。裕実を指して言った言葉であったが、それが自分自身にはね返ってくることも、また、事実だった。

同じ日の夜、習志野市の公団アパート。

大島源一郎には、今聞かされた母親の言葉の意味がよくわからなかった。ただ、その顔つきがあまりにも真剣なので、その言葉に従わざるを得ないのだということを、一瞬で悟った。

源一郎はうなずいた。

「ああ、いいよ。お母さん」

素直に従ったのに、なぜ、母親が涙を流しているのか、源一郎には解せなかった。

だが、母親の暖かい手で抱き締められているうちに、体ごと悲しみが伝わってきたのか、いつしか源一郎の頬も、ぐっしょりと濡れそぼっていた。

16

ロサンジェルスでの学会は、田村教授にとって期待はずれに終った。ボストンのレンツハマー博士が、急病のため欠席し、予定されていた講演が中止されてしまったからである。

今回の渡米の目的は、博士の『聴神経腫瘍切除後の聴力機能の回復の一事例』の報告を聞くことだった。それが中止になったのでは、意味がない。田村は、帰国の日程を繰り上げることにした。

五月二十五日、午前十時半。成田に着いた田村教授は、予定より早く帰国したことを伝えるために、空港のロビーから、耳鼻咽喉科の研究室に電話をかけた。

「――ところで、私の留守中、何か変わったことはなかったかね」

「警察が、カルテを調べに来ましたよ」とインターンが、なにげない口調で答えた。

「何でも、人工内耳手術をした患者の記録が見たいって」

「人工内耳の？」

「ええ、さんざんキャビネットを引っかき回していったくせに、結局見つかりませんでしたけどね」

だが田村には、それだけで、ピンとくるものがあった。

「待ってくれ、城枝君。その刑事が捜しにきた、患者の名前を覚えているかね？」

「ええ」

「もしかしたら、甲斐辰朗というのではないか」

城枝という名のインターンは、受話器の向こうで驚きの声を上げた。

「どうして、ごぞんじなんですか」

田村は聞いていなかった。受話器の一方を額に当てて、しばらく考えていた。ふと目をやった売店の週刊誌の表紙に、「《汎エーテル教団》教主が惨死！」という見出しがあった。テレホンカードの度数が、落ちる音で、はっと気がついた。

「——やはり、知らん顔をしているわけにはいかないな」

そうつぶやくと、受話器を握り直し、城枝に伝えた。

「今日はまっすぐ家に帰るつもりだったが、これから、そっちに顔を出した方がよさそうだ。詳しい話は、後で聞く。じゃあ」

電話を切ると、田村教授は、売店の売り子に声をかけた。

昼休みの時間に、久能警部がオフィスに戻ってみると、法月警視からの伝言があった。

警視は、この世のあらゆるやっかいごとをひとりで背負っているような顔をして、彼を迎えた。

「さっき東都医科大の田村教授から、電話があった」

「ロスからですか？」

「いや、予定が変わって、今朝帰国したそうだ。何でも、甲斐辰朗のカルテについて、至急話したいことがあるらしい」

久能は、眉間に深い縦じわを寄せた。

「まさか、甲斐辰朗に人工内耳手術を施したとかいう内容ではないでしょうね」

「どうも、そういうことらしい」

久能は身を乗り出して言った。

「でも私は自分の目で、カルテをチェックしたんですよ」

「君の責任じゃない」警視は久能をなだめた。「カルテは、秘密裏に処分されていたと言うんだ」

「何だって、そんなことを？」

「それは、田村教授に聞いてくれ。白金台（しろかねだい）まで行ってほしい。三時に、彼の研究室だ」

「わかりました」久能は一呼吸おいて、尋ねた。「息子さんには、連絡しましたか？」

「ああ。もうすぐここに来るはずだ。君と一緒に、東都医大に行くと言ってる」

「彼の覚書を読みましたが――」

「ああ、あれか」

「息子さんは、天才ですね」

「ほめてもらって、恐縮だ」

「問題は、現実の犯人が、息子さんほど頭がよくないことだと思います」

「そういう言い方もできるな」廊下に足音がした。「だがあいつには、そこらへんがあまりわかっていないらしい」

「僕が、どうかしましたか?」

扉を開けながら、綸太郎が言った。

白金台の東都医科大学病院、耳鼻咽喉科研究室。

巨大なかたつむり管の模型と、最新式のオシロスコープの間に、田村教授のデスクがあった。

机の上はおおかた整理されていたが、数葉の書類が乱暴に投げ出されていた。恐らく、教授以外の他人が置いていったものだろう。部屋の主は、きちんとした人間のようだった。

教授は、白衣姿で二人を迎えた。四十を過ぎているはずだが、そうは見えない。よく日焼けした、スポーツマンタイプの男である。立ち居振る舞いに、仕事に自信を持っている感じがにじみ出ていた。

「診察室より、こちらの方がいいと思いまして」

久能と綸太郎は、キャスター付の椅子に腰を下ろした。

「お二人とも、警察の方ですか?」と田村が切り出した。「あなたは、あまり刑事さんらしくないですね」

綸太郎は、少しばつの悪そうな顔をした。

「正直に申しますと、僕は警官ではないのです。行きがかり上、捜査を手伝っている人間で——」

田村が、ぱんと手をはたいた。

「いや、存じていますよ。推理作家の、何と言ったかな、ああ、法月さんでしょう。家内が、あなたの本を読んでいますよ」

「それはどうも。奥さんによろしく」

「では、この事件を調査されているのですな。すると、この事件も本に書くのですか？」

「それは、あなたのお答しだいですね」

「ああ、そうでした」田村は好人物らしく、自分の額をはたいてみせた。「いらぬ詮索ばかりしてしまって。甲斐氏の人工内耳手術のことでした」

久能が手帳を開いて、シャープペンシルの芯をなめる。綸太郎は、改まった口調で尋ねた。

「《汎エーテル教団》の教義書によると、殺された甲斐辰朗氏は、昭和五十九年十二月、この東都医大の耳鼻咽喉科で、人工内耳の手術を受けたということになっています。その時の執刀者は、田村助教授、つまり当時のあなたと書かれています。この記述は、事実通りなのでしょうか」

田村は相槌を打ちながら、聞いていたが、

「あなたが今、おっしゃった通りです、法月さん。私がこの手で、彼の頭に、電極と体内レシーバーを埋め込みました。わが国の人工内耳手術のケースでは、もっとも初期に属する成功例です」

「では、甲斐辰朗氏は、実際に人工内耳手術を受けていたわけですね」

「そうです」田村は、はっきりとうなずいた。

「それなら、カルテが残っていなかったのは、なぜです？」

田村は、椅子の中で身を堅くした。それからやおらデスクの一番下の抽斗を開けると、くしゃくしゃにつぶれた煙草のケースを引っぱり出した。

「失礼」と断わって、最後の一本を抜き出し、口にくわえると、火をつけた。

「一日に五本と決めたんですが、なかなか――」空になった箱をひねりつぶすと、未練がましそうに屑かごに放り込む。そのまま顔を上げないで言った。「カルテの件に関しては、ちょっとこみいった事情がありまして」

「というと？」

田村はもう一度、煙を胸の奥深く吸い込むと、かたつむり管の模型に向かって吐き出した。

「一昨年の八月、銀行員のような身なりをした二人の男が、突然ここを訪れました。二人は、さる国会議員の代理人であることを明らかにした後、甲斐辰朗の手術カルテを買い取りたいと申し出たのです。

彼らの話によると、その代議士はエーテルの教えの熱心な信者で、甲斐氏に関する私的なコレクションを増やすのに、夢中になっているそうです。そのコレクションに、甲斐氏が霊的に目覚めるきっかけを作った、人工内耳手術のカルテを、ぜひとも加えたいというのが、その申し出の理由でした」

「ずいぶんうさん臭い話ですね」

「ええ。話を聞いた時には、私もそう思って、きっぱりお断わりしたのです。だいち、そういう形で患者さんの秘密を第三者に明かせば、秘密漏泄の罪に問われます。

彼らは、いったん引き下がりました。ところが、今度は、私を飛び越して、学部長のところへ話を持っていったのです」

田村は言葉を切ると、おもむろに煙草の灰を落とした。心なしか、気持ちの高ぶりを感じさせるしぐさだった。

「この後のいきさつは、思い出すのも不快ですから、簡単に申し上げましょう。結局、学部長は、無償でカルテを提供することと、甲斐氏に関する記録を、学内に一切残さないことを私に命じました。

私は、秘密漏泄に当たることを理由に、カルテの提供を拒みましたが、何と患者本人の許可が取りつけてありました。これでは、ぐうの音も出ません。学部長の決定に従うしかありませんでした。

その翌月に、ある医療振興財団から、少なくない額の寄付金の申し出がありました。例の代議士が、発言権を持っている財団です。

うちの大学は私立ですから、寄付金を餌にされると、どうしてもいやとは言えないものがあります。しかし、彼らのやり口は、もっと陰湿なものだったらしい。学部長も、本当は望んでしたことではないと、後で言っていました」

「その代議士というのは、誰なんです」

田村の答を聞いて、綸太郎は目を丸くした。思いがけない大物である。

「いったい何のために、彼がそんなことをしたのか、思い当たることはないですか？」

「ありませんね」田村は首をかしげた。「ただ、いろいろと聞いた話を総合すると、どうやらカルテを手に入れたがっていたのは、甲斐氏自身か、その側近だったそうです。そうと知っても、私には、理由の見当などつきませんがね」

綸太郎も見当がつかなかったので、その件は棚上げにしておくことにした。田村に尋ねなければならない重要な質問が、もう一つ残っていた。

「実は、あとひとつ、医学的なことをお聞きしたいのですが」

「どうぞ」田村は、表情を気持ちよく切り替えた。

「人工内耳が機能するためには、体外マイクなどのオプションを必要としますね？」

「ええ」

「ところが、私が会った時、甲斐氏はそのようなオプションなしで、周囲の音をちゃんと聞き取っていました。この現象は、現代医学によって説明がつくのでしょうか？」

17

しばらく考えてから、田村が口を開いた。

「考えられる可能性は、二つあります」

「二つ？」

「ええ。まず、考えられる第一の可能性は、奇蹟が起こったということです」

「何ですって？」

「つまり、彼らの教義書にある通り、甲斐氏の内耳に埋め込まれた電極のうちの三個、トライリスと呼ばれているものが、本当にエーテル波を感知して、聴覚の代用を務めているということです」

　綸太郎は首を振った。

「まさか、あなたのような人の口から、そんな非科学的な説明が出てくるとは思いませんでした」

　田村は、穏やかな笑みを浮かべた。

「あくまでも可能性ということで言っているのですよ。これでも《汎エーテル教団》には興味があって、ずっと調べているのです」

「あれは、インチキ宗教です」

「そうかもしれない。しかし、よくできています。

　特に、人工内耳の電極が、宇宙線の受信装置になるというアイディアは、秀逸です」

　田村の口ぶりは、至って真面目なものだった。

「こんなことを言っても、信じられないかもしれませんが、アメリカでは人工内耳の原理を応用して、音以外の情報を『聞く』研究をしているところがあるそうですよ。例えば放射線とか、ある種のパルサー波を、人間の脳に直接解析させようという研究も進められているかもしれない。そのことを考えれば、トライステロイド・エーテル波というのも、あながちでたらめとは考えられません」

「疑われるのは、ごもっともです。ただ個人的には、この可能性は否定したくないですね。というのは、人工内耳の技術というのは、まだまだ改善の余地があるもので、人によっては臨床応用を批判する向きもあるのです。どういう形にしろ、人工内耳手術によって、完全な聴力を取り戻す実例があれば、私は喜んでそれを受け入れます。もっとも政治家と結びついて、よからぬ企みに手を染めるようでは、困りものですが」

「しかし——」

綸太郎はうなずいて、

「で、もう一つの可能性というのは？」

「これも、一種の奇蹟といえるかもしれません。といっても、起こり得る奇蹟です。一般的には、自然治癒と呼ばれています」

綸太郎は目を丸くした。

「自然に治ることがあるのですか？」

「稀なケースですが、ないわけではありません」

「甲斐氏のケースが、それだったと？」

「——難聴に関する基礎的な知識をお持ちですかな」

綸太郎は首を振った。田村は子細らしくうなずくと、椅子を回転させて、壁の本棚から分厚い医学書を抜き出した。

「一口に難聴と言っても、その原因は様々ですが、我々はそれらを、伝音難聴と感音難聴に大別しています」

「それは、どういうところで区別するのですか？」

「正常な人ですと、外耳から入った音、すなわち空気の振動は、中耳によって能率的に内耳に伝えられます。内耳の蝸牛（かぎゅう）と呼ばれる部位で、この振動を電気インパルスに変換し、聴神経を通じて脳の聴覚中枢に送る。こうして初めて『音を聞いた』と認識するわけです。

このうち、外耳と中耳が担当する部分を伝音系、内耳以降の部分を感音系と呼びます。前者の機能が障害されて起こる難聴を伝音難聴、後者のそれを感音難聴といいます。

伝音難聴の症状は、音の振動を伝える機能が低下するだけですから、音の振動を大きくしてやれば、聞こえるようになります。現在では鼓室形成手術や、補聴器の使用によって、簡単に治せるようになりました。

問題は、感音難聴の方です。このタイプの難聴は、現在のところ、まだ治療法が確立されていないものがほとんどなのです。

特に、内耳障害性の難聴の場合、単に聴力が低下するだけではなく、音がひずんで聞こえる『補充現象』という症状が発生するので、補聴器を使用しても、音声の弁別ができません。甲斐氏のケースも、基本的にはこれに当たります」

「《汎エーテル教団》の教義書には、突発性両側性難聴という病名で載っていました」

田村は苦笑まじりにうなずいた。

「実はそれも、分類上の例外の寄せ集めの名称にすぎないのですが。ある日突然に起こる原因不明の感音難聴を、総称してそう呼んでいます。四十代から五十代の男性に多い病気です」

「完全に聞こえなくなるのですか？」

「ほとんど全聾の状態ですね。発症した時、甲斐氏は、目の前で自分の名を呼ばれても気づかない状態でした」

「原因がわからないとおっしゃいましたね」

「ええ」と田村は言った。「もちろん、内耳性の障害であることは、まちがいありません。有力な原因説としては、血管の循環障害によるという説と、ウイルスの感染によるとする説がありますが、いずれも決め手を欠くのが現状です。

言い換えれば、我々の知り得ない原因が取り除かれれば、この難聴は自然に治ってしまうということです。実際、そのままにしておいて、自然に聴力が回復してしまった事例もかなりあるようです」

「甲斐氏の場合も、そうだったのですか？」

田村は心許ない手つきで、医学書のページを繰りながら答えた。

「彼の場合は、発症後すぐに防音病室に入院させ、ステロイド剤や、血管拡張剤などの薬物投与を始めました。回復が順調だと、一ヵ月ほどで聴力が相当改善してくるものですが、三ヵ月以上治療を続けても、目立った改善は見られませんでした。

三ヵ月たっても治療効果が見られない時は、それ以上の回復の可能性は、非常に少ないと言われています。もちろんこれは一般論で、そうでないケースがいくつも報告されていますが、患者さんの立場としては、当てにならない自然治癒を待つより、日常生活に復帰するための新たな手立てを考える方が先決です」

「それで、人工内耳手術に踏み切ったわけですね」

「ええ。本人ともよく相談した上での結論で、手術自体も大成功といえる結果をもたらしました。予後も順調で、一応、甲斐氏は私の手から離れたわけです。

ところが、先に申し上げたように、突発性難聴という病名は、診断上の総称にすぎず、実態はイレギュラー・ケースの寄せ集めと言った方がいいほどです。したがって、我々の予想しえない何らかのきっかけで、突然、何事もなかったかのように、耳が聞こえるようになることがあり得るのです。

甲斐氏の聴力が回復していたのならば、恐らく、このケースだと思います」

「人工内耳の埋め込み手術自体が、そのきっかけになることはあり得ませんか？」

田村は首をひねった。

「常識的には、考えられないですね。きっかけは、もっと他の要因によるのだと思います。ただ、それを本人がどう考えるかは別問題です。

くどいようですが、人工内耳による聴覚機能の回復は、まだ非常に不完全なものです。ある患者の話だと、チューニングのうまくいってないラジオの音みたいな感じだそうです。

もしそれに慣れた後に、急に以前と同じように音が聞こえるようになれば、本人にとっては、神秘的体験としか言いようがないほどの衝撃があるはずです。そこから、人工内耳が宇宙からのエーテル波を受信するという発想が出てくる地点までは、ごく短距離ではないでしょうか？」

「なるほど」

綸太郎は、田村の考えには一理あると思った。

「――そう考えると、教団が甲斐氏のカルテを人の目に触れないようにした理由もわかります」

「というと？」田村が身を乗り出した。

「教団のパンフレットなどを読むと、エーテルの奇蹟は、全聾だった甲斐氏が突然、聴力を完全に回復したところから始まっているのです。現代の医学では説明のできない、不思議な現象だというのが、この話のみそです。

ところが、実際に治療に当たった先生の話をうかがうと、非常にクールな受け止め方をされている。無責任な言い方ですが、治るものは治る、何の不思議もないという感じです」

「そこまで言っては、身も蓋もないですがね」

「これは失礼しました。しかし、甲斐氏や、彼の熱心な信者にとっては、先生のような考え方が存在するのは、あまり気分のいいものではないはずです。

いや、そういう考え方は常に存在するから仕方がないとしても、現にそれを証拠立てる内容のカルテが残っているとすれば、非常に寝覚めの悪い思いがするのではないでしょうか？」

「まあ、そうかもしれない」

「くだんの二人組がカルテを回収に来たのは、ちょうど教団が宗教法人になって、徐々に勢力を伸ばし始めた年と重なっています。教義の基盤固めに、そういう行動に出たとしても、何ら不思議ではありません」

田村は、その説明を面白がったようだった。長い間、疑問に思っていたことに一応の説明がついたことになる。つまりお互いに、得るべきものがあったのだ。

「この事件のことは、ぜひ本に書いていただきたいものです」田村が会見を締め括るように言った。「私が、ささやかな助言をしたと知ったら、家内の私を見る目も変わるでしょう」

綸太郎は笑って、腰を上げた。その時、今まで無言でメモを取っていた久能警部が、自分の存在を誇示するかのように、田村に質問した。

「学会に出席するために、日本を離れられたのは、いつですか？」

田村は、彼の存在をほとんど忘れていたようだった。それで久能に対して、失礼なことをしたと思ったのかもしれない。スケジュール表に目をやると、ひどくかしこまった態度で答えた。

「――確か十八日の、午後の便でした」

研究室を出る時、綸太郎はドアに貼られたプラスティックの札に目を取られた。部屋の主を示すネームプレート。入る時には、田村自身がドアを開けたので、目に触れなかったのだ。

教授のフルネームが、黒の細字のマジックで書き込まれている。〈田村英里也〉と。綸太郎は足を止めて、しばらくこの暗合について考えた。

18

「どうしてあんなことを訊いたんですか」

東都医大からの帰途、綸太郎はさりげなく、運転席の久能に尋ねた。

「あんなこと？」

「田村教授のアリバイのことです。遠回しに言っても、狙いはわかりましたよ」

久能は、肩をすくめただけだった。しばらく黙ってハンドルを握っていたが、途中で帰り道とはちがう方向に車線変更した。

「ちょっとつき合ってください」

綸太郎は、片目をつぶった。

二人は車を降りて、『カフェドール』という喫茶店に入った。こぢんまりとした、何の変哲もない店だが、ウェイトレスの態度で、久能が常連であることがわかる。

久能はレモンティー、綸太郎はカフェオレの冷たいのを注文した。ウェイトレスが下がると、さっそく久能が切り出した。

「さっきの話を聞いている時に、一つ妙な考えが浮かびましてね。その考えをこねくり回しているうちに、案外、これが事件の真相ではないか、とそんな気がしてきたんですよ。それで念のために、あの男が、十七日の夜、日本にいたかどうか確かめてみたくなりましてね」

「田村教授が犯人だ、と言いたいんですか？」

「ええ」

久能はもったいぶった様子でうなずいた。

そこに、ウェイトレスが、注文した飲み物を持ってきた。久能は砂糖を入れずに、紅茶をすすると、声を落として続けた。

「なにぶん、まだ思いつきの域を出ませんから、法月警視のところへ持っていくには、気が引けましてね。その前に、あなたの考えをうかがっておくのも悪くないと思ったんです」

その言い方だけでも、久能が自分の仮説にずいぶん自信を持っていることは明らかだった。綸太郎は内心で苦笑した。

「どんな考えです？」

「最初に気づいたのは、田村教授が甲斐辰朗の病状を非常によく記憶していたことです。数年前の、カルテさえ残っていない患者のことを、あれだけちゃんと覚えているのは、彼のキャリアの中でも、重要な意味を持つ手術だったからではないでしょうか」

綸太郎はうなずいた。

「たぶん、そうでしょう。不思議でも何でもないことです。人工内耳手術の日本での成功例としては、もっとも先駆的なものの一つですから」

「そこで、もう一歩踏み込んで、甲斐辰朗の手術が、現在の田村教授の地位を支える礎石だったと仮定します。ところが、その重要な手術に先立って、彼が診断ミスを犯していたら、どうなるでしょう」

「診断ミス？」

「私の親類で、聴神経腫瘍という病気にかかった人がいるんです。幸い発見が早く、腫瘍を切除して命に別条はありませんでしたが、手遅れになると、脳にまで腫瘍が広がって、危険な状態になるところだったらしい。で、この聴神経腫瘍の初期症状が、やはり難聴とめまいなんだそうです」

「ほう。それで？」

「笑わないで聞いてくださいよ。甲斐辰朗の難聴の原因は、ひょっとしたら、聴神経腫瘍によるものではないか、と思ったんです。ところが、田村は、腫瘍の存在を見逃して、突発性難聴と診断した。

　当時、彼は、新しい治療法を成功させ、名を上げるために、人工内耳手術を施すことのできる患者を、鵜の目鷹の目で捜し求めていたんじゃないでしょうか。そのためには、突発性難聴の患者が一番都合がよかった。そう考えれば、誤診にも理由があります」

「しかし――」

言いかけた綸太郎をさえぎって、久能が続けた。

「まあ、待ってください。これはあくまでも仮説です。裏付けは、後回しにさせてください。

人工内耳手術を受けて、とりあえず聴力は回復はしたものの、甲斐辰朗の中で、腫瘍は徐々に進行していたのです。度重なるめまいや頭痛に不安を感じて、彼は密かにかつての主治医を訪ねた。

田村は、甲斐辰朗を診断し、自分の誤診と、患者の病状が悪化して、もう助からない状態になっていることを知りました。同時に、この事実が明るみに出れば、みずからの医学者としての名声が全て崩れ去ってしまうことに気づいたのです。

田村は、医師としての誇りより、保身を重視しました。問診と称して、甲斐辰朗が西落合で二重生活をしていることまで聞き出すと、犯行計画を立てたのです。

ここまで考えると、田村が死体の首を切断し、どこかに持ち去った理由は明らかです。

もちろん、その理由は《汎エーテル教団》の教義とも、安倍兼等の生死とも無関係です。そして、甲斐辰朗が二重生活をしていたこととも、関係はありません。彼が

『フジハイツ』で殺されたのは、そっちの方が、犯行が簡単だったからにすぎないと思います。我々は、被害者の身元があやふやだったことに目を奪われて、複雑な見方にとらわれすぎていたのです。

真相は単純なものでした。死体の首が持ち去られたのは、それが犯行動機そのものを示していたからです。すなわち、司法解剖が行なわれて、進行した悪性の聴神経腫瘍が発見されれば、田村の誤診が明るみに出ます。仮に殺人の嫌疑を免れ得たとしても、医師としての地位の失墜が待っています。

この事態を避けるためには、死体の首を切り取るしかなかった。それが、唯一の解決法だったわけです」

話し終えた久能警部は、すっかり冷めてしまった紅茶を、一息にあおった。心なしか、頬が上気しているようだった。

綸太郎は、すぐには返事をしなかった。

もちろん、久能警部はまちがっている。彼の仮説はあまりにも、根拠薄弱だと綸太郎は思った。

だが、本当にそう断言できるのか？　少なくとも、久能の仮説は、シンプルで説得力があった。首切りの理由として、これほどしっかりしたものはない。

確かに、いくつかの問題点はある。例えば、甲斐辰朗の聴力回復の謎が、うまく説明できない。だが聴神経腫瘍が、内耳機能にどんな気まぐれな影響を与えるか、綸太郎には知識がなかった。

甲斐辰朗が、西落合の住所を教えてしまったというのも、ありそうにないことのように思われた。しかし、命が危ないと脅かされたら、患者はどんな秘密でも、医者に打ち明けずにいられないのかもしれない。

つまり田村犯人説は、それほど荒唐無稽な考えではないということだ。それに、彼の名前のことも見過ごせなかった。単なる偶然の一致ではないのかもしれない、と綸太郎は思った。

「どう思いますか？」待ちくたびれたように、久能が訊いた。

「面白い考えです」と綸太郎は答えた。「戻ったらすぐに、親父さんに話した方がいいでしょう」

久能がうなずいた。綸太郎に認められたのが、よほどうれしそうな様子だった。

しかし法月警視は、いい顔をしなかった。

「おまえが、入れ知恵したのか？」

報告を終えた久能を下がらせて、二人だけになってから、綸太郎に尋ねた。

「いいえ」

「じゃあ、おまえの病気が移ったんだ。何ひとつ、根拠がない」

「根拠なら、これから見つければいい」

「見込み捜査は好かん」と警視が言った。綸太郎は、口の中で笑いをかみ殺した。

「だいいち、筋の通らんことばかりじゃないか。例の犯行声明電話や、被害者が受け取った脅迫状はどういう意味がある？」

「捜査を攪乱するためですよ」綸太郎は、しゃあしゃあと言った。「被害者の首を切った真の理由から、我々の注意をそらすことが目的だったのです」

警視が鼻を鳴らした。

「そんな理屈は、通りっこないぞ。どうやって田村教授が、教団の内部事情や、安倍兼等の過去を知ることができたというんだ？」

「甲斐辰朗の口から、聞き出したんでしょう」

警視は、くわえたタバコの吸い口をかみつぶし、ぶつくさ言った。

「捜査が難航していることはわかっている。だが、誰でもいいから、犯人をでっち上げろと言ったおぼえはない」

「それは言い過ぎですよ、お父さん」

「言い過ぎでもかまわん。いいか、綸太郎。俺は頑固な懐疑主義者だが、それでも説得されたがっているということを忘れるな。

どんなちっぽけなことでもいい。田村教授を指し示す手がかりを、俺に示してみろ。彼が、犯人であり得ることの証明は、その後でいい。どんなに矛盾のない理屈も、それを持ち出す根拠を示さなければ、不完全だ」

倫太郎はすぐに返事をしなかった。警視のデスクの上にあるボールペンを取り上げて、くるくると回し始めた。その顔に、奇妙に高揚した表情が浮かんだ。彼はやっと口を開いた。

「田村教授の名前は、英里也といいます」

「それがどうした」

「エリヤというのは、旧約聖書に出てくる予言者の名です。英語読みでは、イライジャとなります。英里也イコール異来邪。すなわち、彼が脅迫状を書いた張本人なのです」

警視は、じっと倫太郎の顔を見つめた。

「偶然の一致だ」

それだけ言うと、警視は机の上を片付け、帰り支度に取りかかった。

警視の判断は、正しかった。

翌日、久能警部は張り切って、田村教授の身辺捜査に着手した。その結果、田村は、犯行当夜、ロサンジェルスでの学会の準備のために、午後十一時近くまで、研究室にこもっていたことが明らかになった。助手らの証言もあり、アリバイは揺るがなかった。

こうして、久能警部の明察は、現実の前にあえなく敗れた。

以上、短い幕間(まくあい)の終り。事件の本筋に戻る。

第四の書　顔のない脅迫者の問題

1

メンターの教団葬は、週末の土曜日、二十七日に執り行なわれた。綸太郎は喪服を出して、教団本部に出向いた。前夜遅く、坂東憲司から電話があって、葬儀に出席するよう、招かれていたからである。

今後の《汎エーテル教団》の行方を占う上で、教団葬には何とか潜り込みたいと思っていたところだ。よりによって、なぜ坂東が？　という疑問はあるけれど、彼の申し出を利用しない手はない。

そう言えば、『枢機卿』の一件以来、山岸裕実と顔を合わせていなかった。もちろん、こだわっているのは、綸太郎の方だ。全くこの歳になって、何とおとなげない真似をしていることか。我ながら、あきれてしまう。

習志野市に着いたのは、午後一時過ぎ。教団葬は一時間後に始まることになっていた。

教団の敷地を取り巻く柵には、黒い幕がかけられて、打ち沈んだ雰囲気を醸し出している。表の道路は、百五十メートルにわたって、車の通行が制限され、運転手つきの黒塗りの大型車以外は、入れてもらえないようだった。

天気は、あいにくの曇天である。新聞・テレビの取材陣が、正門の前に設置された受付台のところで腕章をした人間と言い争っているのが見えた。彼らは、中に入れないのだ。教団側は、葬儀会場から、マスコミを完全に締め出す決定をしていた。この一週間というもの、《汎エーテル教団》を襲った不幸は、マスコミの格好の餌食になっていたのだ。

綸太郎は受付で、腕章の男に身分を告げた。その男の顔には、見覚えがあった。《塔》の礼拝堂で、《オブザーバー》を務めていた青年の一人だった。

敷地内には、送り主の名が付された生花の列が、果てしないほど続いていた。その中には、政治家や、有名な芸能人、作家の名前があった。混乱した現代社会は、かくのごとく、無謬の真理の存在を希求しているというわけだ。

講堂は、ほとんど満員の状態だった。

大きく引き伸ばされたメンターの写真が、壇上に飾られ、シンセサイザーでアレンジしたマーラーの曲が、静かに響いている。

司会役の男の声が、マイクを通じて、講堂内に広がった。会葬者が、いっせいに起立した。綸太郎はきょろきょろと周りを見回して、山岸裕実の姿を捜した。彼女は、演壇の袖の、関係者席の最後列に加わっている。同じ席に、斎門、坂東らの顔も混じっていた。坂東は、目の縁を赤くして、視点の定まらぬ表情をしていた。

シンセサイザーのメロディーが変わり、起立した人々はそれに合わせて、斉唱を始めた。その歌は、前に《塔》で聞いたものだった。歌い終ると、一同は静かに着席した。

斎門が舞台袖のマイクの前に立ち、手短かにメンターの死を報告した。詳しい事情は、全くと言っていいほど説明されなかった。斎門の叙述では、まるでトライステロ宇宙神のお告げで、命を絶ったかのようにさえ聞こえた。

外の世界で醜聞になることでも、閉ざされた信者たちの輪の中では、一種の殉教に祭り上げられるものなのだ。

続いて斎門は、メンターの生前の業績を読み上げた。こちらの方は打って変わって、熱のこもった口調で、聴衆の間のすすり泣きがいっそう高まった。

斎門が退き、代わって国会議員が、マイクの前に立った。先日、田村教授が名前を挙げた男である。

彼が、信者と、友人を代表して弔辞を読んだ。声はうわずり、途中で感極まって、絶句するほどの気の入れようだったが、頭の中はもっと他のことでいっぱいという感じが否めなかった。

弔辞が終わると、天井の照明が落ちた。音楽が止まって、聞き覚えのある声が、暗闇に響いた。メンターの声をテープで流しているのだ。誰もいない壇上に、スポットライトが当たる。簡素な演出だが、効果は大きかった。泣き崩れる影が、続出した。

綸太郎は、ただ一人、ひどく冷淡な面持ちで坐っていた。まるでだまされているような気分だった。

メンターと自称した男がとんでもない食わせ者にすぎなかったことを、綸太郎はよく知っていた。そして、まともな目と耳を持っている人間なら、自分と同様にその事実に直面せざるを得ないと思っていた。

だが、ここに集まった人たちは、そんなことをいっさい意に介さないように見えた。つまり目を開けていても、真実が見えるとは限らないし、耳をそばだてていても、正しい声が聞こえるとは限らない。彼らは、自分の見たいもの、自分の聞きたい言葉しか聞こうとしないからだった。

それが、エーテルの教えの真髄だった。

だが、と綸太郎は密かに思った。だからこそ、この事件の真相は、明らかにされなければならない。甲斐辰朗という個人が、天上の法則ではなく、この現世のしがらみにからめ捕られたがゆえに、その命を奪われたのだということを証明しなければならない。それこそが、彼に課せられた使命にほかならない。

思わず、そういう感慨にとらわれていると、隣りの席で人が立ち上がる気配がした。テープの演説は終りに近づいていたが、葬儀の段取りでは起立する場面ではなかった。

綸太郎は不審に思って、隣りに目を向けた。立ち上がった人影は、何かつぶやいて、後ろの席に移った。別の人間が、滑り込むように椅子に腰を下ろすと、綸太郎の肩をたたいた。

「やあ」なれなれしい口調は、坂東憲司のものだった。「探偵君」

「しいっ」と前の席の誰かが言った。坂東は、その声を無視して、綸太郎に話しかけた。

「よく来てくれたな」吐かれる息の中に、アルコールの名残を感じ取った。「いよいよこれから、本日の真打ちが登場するぞ」

「こんなところにいて、いいんですか？」

「かまわんさ。わしはもう用なしなんだ。斎門の阿呆が、わしを追い出すことに決めたんだよ」

「どういうことです？」

「昨日の理事会で、わしは、関西支部の支部長に任命された。奈良に、第二の《塔》を建設する計画がある。その総指揮を取ることになったんだ」

「本部からの追放、ということですか？」

「うむ」

「でもどうして、そんな乱暴な決定がまかり通ったんです」

「《塔》だよ」坂東は、ぼそりと洩らした。「前にあんたは不審がっていただろう。地下の隠し部屋と抜け道が、誰にも知られずにでき上がったとは信じられない、と。全く、あんたの言う通りじゃった。あれには、わしが関与していた」

「何ですって？」

そう尋ねた時、不意に講堂の照明が点った。綸太郎は、目をぱちぱちさせた。テープの演説は、とうに終っていたのだ。過去からの声によって呼び覚まされた興奮が、聴衆の間に奇妙な高揚感を形作っていた。言うなれば、今この瞬間にでも、新たな奇蹟が現前しそうな雰囲気だった。

関係者席から、一人の女が立ち上がり、ゆっくりとした足取りで、壇上に向かった。甲斐辰朗の未亡人だった。頭に黒いヴェールをかぶり、長いガウンのような服を着ていた。

彼女が祭壇にたどり着くか、着かないうちに、興奮した信者が何人か、弾かれたバネ人形のように起立した。それに続いて、講堂に列席したほとんど全員の信者が、同じように立ち上がった。静かな熱狂が、祭壇の一点に集中した。

綸太郎の後ろにいた男が、背中を突いた。

「何してるんだ、あんたたちも立てよ」

綸太郎は、仕方なく立ち上がった。だが隣りの坂東は、ぐっと歯を食いしばって、椅子に背中を押しつけていた。後ろの男はぶつぶつ言ったが、そのまま坂東のことは無視して、壇上に目を戻した。

「――信者の皆さん」

彼女が口を開くと同時に、講堂はしんとなった。

「私たちは、この現象界でもっとも尊い人物を失いました。しかしメンターの死は、乗り越えられるべきものです。私の夫は、道の半ばにして倒れましたが、彼のトライリスは、エーテルに還りました。彼の魂は、私たちを永遠に見守っています」

聴衆のあちこちから、「ああ」とか「おお」と言った喚声が上がった。未亡人が続けた。

「彼の遺志を継ぐために、私たちは今まで以上に、エーテルの教えに忠実でなければなりません。私たちは、新しいメンターの下に集結して、教団のさらなる発展を目指さなければなりません」

彼女の目が、舞台の袖に落ちた。斎門が、白いローブをまとった少年の肩に手を置いて、何か耳にささやいている。少年は頰を紅潮させ、酔っているような顔つきで、壇上を凝視していた。

「亡き夫は生前から、この日のあることを悟って、後継ぎを指名しておりました。彼はトライステロ宇宙神によって選ばれた、三位一体の新たなるシンボルです。私は、メンターの遺志に従い、彼を私の息子として、次代の指導者にふさわしい予言者に育てるつもりです。それが、私に課せられた栄えある使命なのです」

未亡人は、袖に向かって手招きをした。ローブの少年が、雲の上を歩くような足取りで、おずおずと、ステージにしつらえられた階段を上り始めた。

少年は、壇上に立った。甲斐留美子は、全身を投げうつようにして、なりたての養子、甲斐源一郎を抱きしめた。

「信者の皆さん、私たちの新しいメンターです」

2

講堂での儀式が終わると、坂東が綸太郎の肩をつかみ、熱を帯びた口調で言った。

「話の続きがある。わしの部屋に来てくれ」

綸太郎はうなずいた。

彼に従って、講堂を出ようとすると、背中に視線を感じた。肩越しにふりかえると、山岸裕実と目が合った。ずいぶんと険しい表情が浮かんでいたが、それが坂東に対するものか、あるいは自分に対するものか、綸太郎にはどちらとも計りかねた。

坂東の部屋は、四階にあった。オークのドアを開いて中に入るなり、坂東は上着とネクタイを取って、マホガニーの机の上に放り投げた。ひどく乱暴なしぐさだった。

「あんたも楽にしてくれ」

と言って、机の正面の革張りの椅子を指差した。

綸太郎は腰を下ろした。部屋の中はほこりっぽく、饐（す）えたような臭いがした。坂東が奥の書棚に近づいて、分厚い本を二、三冊引き抜くと、その後ろから、スコッチ・ウィスキーの瓶が出てきた。

「あんたはいける口かい？」と綸太郎に尋ねた。

「いえ、結構です」

「そうかい」

坂東は机に戻ると、抽斗からショット・グラスを一つ取り出した。ウィスキーを注いで、ぐっと空け、シャツの袖で唇を拭った。

「この部屋から追い出される前に、この瓶を空けてしまおうと思ってな」

さらに二杯目を注ごうとするので、綸太郎は身を乗り出して彼を制した。差し出がましいことをするつもりではなかったが、放っておくと、本当に瓶を空けるまで飲み続けそうだったのだ。

「ああ」坂東は気にするふうでもなく、綸太郎の顔に目の焦点を合わせた。「《塔》の話だったな」

「地下の隠し部屋の存在に、あなたが関与したとさっきおっしゃいましたね」

「そう」

「どうしてそんなことを?」

「どうしてそんなことを?」坂東は自嘲的に繰り返した。「答えるまでもないわい。メンターがそうしろと言ったからだ」

「どういういきさつがあったのですか」

坂東は唇をなめた。その顔を、綸太郎はしげしげと見つめた。しわだらけの頰。落ちくぼんだ目。朽ちかけた木のように、打ちひしがれた表情だった。

失脚のショックが、如実に現われていた。綸太郎は、その弱味につけ込もうとしている自分に、一瞬後ろめたさを覚えた。

「以前から、教団のシンボルとなるような、建築物を建てようという話はあった。信者の間からも、そういう声は上がっていた。しかし、それが現実問題となったのは、メンター自身が《塔》の建設を口にした時からだった。ちょうど一昨年の夏頃だったと記憶している。メンターは私を呼んで、トライステロ宇宙神から新しいメッセージを受信したことを告げた。それが《塔》の計画だった。

今だからそう言えるが、メンターの話には、最初から何となく歯切れの悪いところがあった。《塔》の設計図に関して、徹底的な秘密主義をとったのも、彼の指示があったからだ。わし自身、着工寸前まで、二重底の仕掛けがあるとは知らなかった。メンターはできることなら、最後まで、その仕掛けを自分と図面を引いた鍵沢(かぎさわ)氏の二人だけの秘密にしておきたかったようだ。しかし現実問題として、あれだけの大工事で、そういうことを隠しきるのはかなり難しい。それで彼はやむを得ず、わしを抱き込むことにしたらしい。

わしは、メンターの真意がわからなかったが、彼の言葉に背くことはできなかった。彼もそれを承知していたからこそ、わしを使ったのだと思う。で、わしは然るべき方面に手を打って、《塔》の地下に隠し部屋があることが、他に洩れないようにした。教団の主な信者たちはもちろん、斎門や、留美子夫人、それにあの女秘書にもだ」

倫太郎は、半信半疑の面持ちだった。

「――四十億円の工事ですよ。たった三人で、秘密を伏せきれるとは思えません」

「わしが嘘をついてると言うのかね？」

「いえ。ただ正直な感想を述べただけです」

坂東は空になったグラスを、手のひらで弄んだ。

「四十億の工事だったからこそ、可能だったんだ。工事の規模が大きいほど、末端の人間が全貌を知ることは難しくなる。そのためにわしらは、わざと工事の手順を複雑にして、何が進行しているかを悟られないように努めた。通常の工程なら、総工費はざっと半分で済んだだろう」

「よくそれで、出資者が納得しましたね」

「エーテルのお告げが、そうせよと命じたなら、誰も文句を言うはずがない」

「教団の内部だけなら、何とか手を打つこともできるかもしれません。でも、現場の人間の目をごまかすことは不可能です。まさか、口止めのために工事関係者の命を奪うわけにも行かないでしょう」

「だが、あんたが一つ忘れていることがある」坂東は気難しい調子で言った。「工事を請け負った人間は、教団の外の人間だ。あんたもそうだからピンと来んだろうが、外の連中は、わしらの教団に対して偏見を持っておる」

「偏見？」

「奴らはみんな、メンターは詐欺師で、《汎エーテル教団》は、金もうけのためのインチキ集団だと思っている。だから《塔》の地下に隠し部屋があることぐらい、公然の事実だと思い込んでいる。だから、あえて話題にする必要はないというわけだ。

一方、わしら教団内部の人間は、外の人間が、そういう偏見を持っていることをよく承知しとる。これまで、わしら信者が、どれほど多くの中傷やデマで悩まされたかを、あんたは知らんだろう。わしらは経験によって、外の連中は平気で、根も葉もない悪意の嘘を流すということを学んだ。そしてわしらは、外の人間が何を言っても信じないように、わしら自身を訓練したんだ。

今ではそれが功を奏して、たとえ誰かが《塔》の地下に抜け穴があると吹聴しても、信者たちは、外の人間が悪意のデマを流しているとしか思わんだろう。別に難しいことではない。わしはそれを利用しただけだ」

綸太郎は不意に、ついさっきまで、講堂を満たしていた異常な空気を思い出した。坂東の言葉も、あり得ないことではないと思った。

「すると、あの地下室のことを知っていたのは、教団の中では、メンターとあなただけだったと言っていいのですか？」

「恐らく、そうだろう」言葉とは裏腹に、坂東には自信がなさそうだった。

「では、あなたは、彼が死んだ弟の名をかたって、都内で二重生活をしていたこともごぞんじだったのですね」

「いや」坂東は首を振った。「わしはそんなことは知らなかった」

「しかし《塔》の仕掛けと、七十二時間の瞑想という話を突き合わせて考えれば、彼がその間、よそで何かしていることに気づきませんか？」

坂東は眉を寄せた。唇の横が、褐色砂岩のようにこわばっている。やがて口を開いた。

「わしは、そういうことを考えんようにしていた」

不意に、彼が椅子を引いて立ち上がった。窓に向かってベネシャン・ブラインドを巻き上げると、小雨に煙る《塔》の姿が目に入った。

「メンターは、わしにとって恩人だった」彼は背中を向けたままで言った。「食道ガンを宣告されて、生きる希望を失っていたわしを元気づけ、立ち直らせたのは、彼のエーテルの力だ。

医者は、後で誤診だったと言ったが、いやいや、あれは、メンターが奇蹟を起こしてくれたのだと信じておる。

あの時、わしはどんなことがあっても、あのお方についていこうと思ったものだ。その決意は、一度も揺らいだことがなかった。だから、彼が、トライステロ宇宙神のお告げだと言えば、それはその通りなんだ。わしは、絶対に疑わん。《塔》にしてもそうだ。わしは、おかしいと思わなかったわけではないが、実際に彼が何かしているのかと疑うところまでは行かなかった」

「――前に話をうかがった時には、《塔》には心が欠けていると、批判していましたよ」

坂東はこちらを向いた。

「批判はするさ。誰かが批判をしないと、メンターを自分のために利用しようとしている奴らの、思うがままになってしまう」

綸太郎は相手の口ぶりの中に、わずかな虚勢を感じ取った。そういえば、あの時も坂東はきこしめしていた。メンターへの忠誠心も酔いが混じると、曇ってしまうことがあるらしい。坂東自身、それに気づいていて、後ろめたさを覚えているのだ。その後ろめたさの根本的な原因が、彼自身の弱さと甘えの中に潜んでいることに、坂東はまだ気づいていないだろう。

綸太郎は質問を切り替えた。

「メンターを自分のために利用しようとしている人物とおっしゃいましたね。それは、具体的な誰かを指して言ったのですか？」

坂東は黙っていた。彼の顔のしわが、長い陽差しを受けた岩肌のように、彫りの深い陰に変わった。

「――斎門氏のことではありませんか？」

綸太郎が鎌をかけると、坂東はうんざりしたように、首を縦に振った。

「斎門氏は、メンターの二重生活を知っていたと思いますか？」

「どうだろうな」坂東は、真顔で考えた。「わしには、彼が知らなかったと断言はできない。《塔》の仕掛けに気づいていなくても、江木弁護士を通じた金の流れは、嗅ぎつけていたかもしれない。そうだったとすれば、あの男のことだ。『フジハイツ』の住所ぐらい、調べ上げていても不思議はない」

「甲斐氏自身は、義兄のことをどんなふうに見ていたんでしょう」

「むずかしいところだな。わしの見た感じでは、経営的な才覚を高く買っていたが、本心では気を許していなかったと思う。《塔》の件をあいつに任せなかったのもそのせいじゃないかな。あんな小汚い仕事は、むしろ斎門の阿呆の方がうまくやってのけるのだろうが、あいつはそれを逆手にとって、メンターにつけ込もうとするような奴だ。その点、わしには絶対に、そんな真似はできない」

「実際に斎門氏が、甲斐氏につけ込んで、自分の利益を図ったようなことがあるのですか？」

坂東は不意に、両手を机の上につくと、じっと綸太郎の顔を見つめた。それから、うなるようなため息を洩らして、すとんと椅子に腰を落とした。

「あんただって、さっきの茶番を見ていただろう」

「茶番？」

「笑わせるな」坂東は念頭にある人物を直接なじるように、声を荒くした。「なにが、新しいメンターだ。メンターと呼べる人は、あの方の他にいない。あんな小僧に、何ができるものか」

綸太郎は慎重に尋ねた。

「しかし未亡人は、亡くなった甲斐氏自身の後継指名があったと言っていませんでしたか」

「それは、斎門のでっち上げにすぎん。あの男が、自分に都合のよいシナリオを書いて、妹に渡しただけだ。残念ながら、留美子夫人は、兄の傀儡でしかないんだ。斎門兄妹は我々が育てた教団を、自分たちのものにしてしまったんだ」

「でも源一郎君は、斎門氏とは何のつながりもない人間です。それだけで、彼が全部糸を引いていると考えるのは、行きすぎではありませんか？」

「あんたの目は節穴かね？」坂東がうんざりしたように言った。「あの小僧の顔を、ちゃんと見たんだろう。誰かに似ているとは思わなかったのか？」

綸太郎は目を丸くした。

「まさか、坂東さん――」

「あの小僧は、斎門の隠し子に決まってる」

長い沈黙の末、綸太郎は慎重に尋ねた。

「もしや、甲斐氏に脅迫状を書いたのは、あなただったのではありませんか？」

坂東は、微動だにしなかった。

「なぜ、わしがそんなことを？」

「彼に、斎門氏の陰謀を知らせるために」

「いや」坂東は肩を揺すった。「わしのしたことではない」

嘘ではないようだ、と綸太郎は思った。

とすれば、メンターに五通の脅迫状を送った人物として考えられるのは――。

3

あくる日曜日。習志野署の一室で、大島佐知子は、十三年前、夫の上司である斎門亭に強要されて、体を許したことを認めた。

「以前から何かある度に、わたしの体を狙っていることには気がついておりました。夫のささいな仕事上のミスにつけ込んで、それを見逃すかわりに、私を慰みものにしたのです。夫の上司では、拒絶することができません。次からは、そのことを夫に告げると脅かされて、また同じことの繰り返しでした」

「その時にできたお子さんが——」

「ええ。息子は、あの男の血を引いています。妊娠したことに気づいた時はショックでしたが、夫は自分の子供と信じていたので、生まざるを得ませんでした。その頃には、斎門の方もわたしに飽きて、関係は切れていました。

　夫が病死して、母子二人で暮していかなければならなくなった時、わたしはやむを得ず、斎門に頼る道を選びました。昔の情事を暴露すると、逆に脅かしてやったんです。その頃、法人化したての教団の出版部に、採用されたのは、あの男の口利きがあったからです」

「待ってください」と綸太郎。「あなたはそれ以前から、メンターの熱心な信者だったはずでしたね」

「そうです。きっかけは、夫の病気でした。膵臓（すいぞう）ガンというのは、普通なら、大のおとなでも泣き出すぐらいの痛みだそうです。会社の上の方から、メンターにお話が行ったらしくて、わざわざ病室まで足を運んでいただきました」

　佐知子の気丈な態度が、その時初めてほころびを見せた。

「——その時はもう、病状が進行していて、メンターの力でもどうしようもない状態でした。でも夫は痛みがずいぶん和らいで、楽になったと言っておりました。そのすぐ後に、二人で入信したのです。

夫は退院して、二ヵ月の自宅療養の後、逝きました。あんな安らかな死に顔は、見たことがない、とお医者さんがおっしゃっていました。それも、エーテルの導きあってのことです」

久能警部が、質問を続けた。

「源一郎君を養子にもらいたいという話は、最初どこから来たのですか？」

「メンターの奥様からです。でも斎門が、裏で糸を引いていると、すぐにピンと来ました」

「どうしてあなたはその話を断わろうとしなかったのですか？」

「初めは、そうするつもりでした。ところが、斎門は、わたしが縁組に乗り気でないことを知って、脅しをかけてきたのです」

「脅し？」

「あの卑劣漢は、誰が本当の父親であるか、源一郎に打ち明けてやると言ったのです」佐知子は身震いをした。「ある意味では、わたしと斎門は、同じ弱味を持つ共犯者だったのかもしれません。いずれにしても、わたしは息子にその秘密を知られることだけは、避けたかったのです」

「しかしそのために、あなたは息子さんを斎門兄妹に売ったことになるのですよ」

「それは、そうかもしれません。でも、息子がメンターの後継者になることは、決して不名誉なことではなかったのです。不貞の子を、教団に捧げることが、死んだ夫に対する償いになるような気がしたのです」

佐知子は、ほとんど泣きそうな顔で言った。彼女の心の中の混乱が、そのまま矛盾した言葉となって表われていた。

「甲斐氏に、そのいきさつを打ち明けようとは思われなかったのですか？」

「ええ」佐知子は、恐る恐るうなずいた。「そんな大それた真似は、できるわけがありませんでした」

綸太郎はうつむいて、会議室の長机の周りをぐるぐる歩き回っていた。

「もう少し落ち着いてものを考えられんのか？」と法月警視が言った。綸太郎は肩をすくめると、回れ右をして、逆方向に歩き始めた。

やがて彼は足を止めて、口を開いた。

「この事件の性格が、やっと見えてきましたよ」

「おまえは、いつもそう言う。だが俺は、おまえが正気であることを祈るばかりだ」

警視は、真剣な表情になった。

「さあ、話せ」

綸太郎は、パイプ椅子の背を左手でつかんで、体を傾けた。

「この事件のそもそもの発端は、異来邪の名前で送りつけられた、一連の脅迫状でした。そこで重要となるのは、いったい誰が、この脅迫状を書いたか、ということです。お父さんは、誰だと思いますか」

「斎門か？」

「残念ながら、ちがいます」綸太郎はそっけなく言った。「甲斐辰朗が、脅迫状に予告されていた通りの死に方をしたために、我々は異来邪と名乗る人物が殺人犯であると思い込んでしまった。我々は脅迫状が持つ意味を、勘違いしていたのです」

「どういうことだ」

「あの脅迫状が、どういう目的で書かれたか考えてみましょう。強請り（ゆすり）の狙いで、それによって何らかの要求を満たそうとしたものでないことは、明らかです。それから、ただのいやがらせにしては、手が込みすぎています。

一番ありそうな可能性は、メンターに対して、強い憎しみを持つ人間が、ただ彼を殺すだけでは飽き足らない、徹底的に死の恐怖を味わわせてから、殺してやろうと考えた場合です。ところが、異来邪には、この可能性が当てはまらない。

異来邪の脅迫状に見られた最大の特徴は、各行の頭に『大島源一郎』の名前が、織り込まれていたことです。しかも異来邪は、そのために文面上、ずいぶん無理をして、結果的に脅迫状全体が、何となく滑稽なものになってしまった。

さらに言えば、そこに源一郎君の名前を入れる必要は、全くありません。もし憎い相手を本気で怖がらそうと思ったら、そんなことをするはずがありません。つまり異来邪には、メンターに対する殺意など、初めからなかったのだと思います」

警視は、訝しそうな表情になった。

「だが、それ以外に、脅迫状を出す理由など考えられないぞ」

「確かに、脅迫状を送る理由なら、それ以外には考えられません」綸太郎は、思わせぶりに言葉を切った。「しかし異来邪の真意が、別のところにあったとしたら、どうですか。脅迫的な言辞は、人々の注意を引くための方策にすぎず、本当の狙いは『大島源一郎』という名前を問題にすることではなかったでしょうか」

警視が初めて、腑に落ちたような様子を見せた。

「異来邪の目的は、養子の問題を蒸し返すことにすぎなかったというのか？」

「そうです。斎門亨が源一郎君の父親であることを知っていたか、あるいは疑っていた人間が、それを企てたことは、言うまでもありません」

「では、異来邪は、母親の佐知子の仮の名前だったのか？」

「それもちがいます。さっき話してみてよくわかったのですが、大島佐知子は非常に熱心なメンターの信者でした。たとえ真意でなくとも、あれほど強烈な呪詛の言葉をメンターに書き送ることなどできなかったはずです」

「それは、わかる」

「注意しなければならないのは、異来邪の最終的なターゲットは、メンターではなく、斎門亨だったということです。すなわち異来邪の目的は、誰かが、斎門のよこしまな目論見を見抜いていると、斎門自身に知らせることにあったと考えられるからです。

脅迫状を送ることによって、メンターの周囲に波風を起こし、その風に対して、斎門が後ろ暗い態度を示すか否かによって、その本心を探ろうとした。

言い換えれば、異来邪自身、本当に源一郎少年が斎門の実の子であり、それを利用して、斎門が教団の将来を自分の手中に落とそうとしているかどうか、確信が持てていなかったのだと思います」

「おまえの説明は、ややこしすぎる」警視はいらいらして、机を叩いた。「もっとわかりやすい口の利き方ができんのか？」

綸太郎は、満面に微笑みをたたえて、何くわぬ調子で言った。

「前に、脅迫状の指紋を照合した時に、あなたが何と言ったか覚えていますか」

「何だって？」

「首なし死体は、異来邪と名乗る人物だったとも考えられる。忘れたのですか？　お父さん自身が、そう言ったんですよ」

「だが、おまえはちがうと言った」警視は、反射的に答えた。

「あの時は、僕の考えが、足りなかった。異来邪と名乗って、一連の脅迫状を送りつけたのは、甲斐辰朗自身です」

4

だが、警視は半信半疑の様子だった。

「あまりにも唐突な結論だな」

「そんなことは、ありませんよ」綸太郎が口をとがらせた。「他の人物の可能性はありません。だって養子の話を知っていた人間のうち、斎門兄妹は真っ先に除外されるでしょう。大島佐知子も、さっき述べた理由で、異来邪たる資格に当てはまりません。

江木弁護士、ないし山岸裕実に関しては、もし二人のうちのいずれかが、大島源一郎の出自に疑問を抱いたのなら、匿名の脅迫状を送って探りを入れたりせずとも、メンターにそのことをほのめかすだけで、問題は簡単に解決したはずです。最近、メンターとの関係がぎくしゃくしていた坂東憲司なら、回りくどい手段を選んだかもしれませんが、しかし彼に直接問い質した結果、シロと判明しました。

こうやって、不適格者を排除すると、甲斐辰朗しか残らないのです。しかも五番目の脅迫状には、僕のことをからかう文句が入っていた。どうやって異来邪が、僕の介入を知ったか、ずっと不思議に思っていました。その答は、啞然とするほど簡単なことでした。僕に事件の調査を依頼するよう、山岸裕実に命じたのは、彼自身だったのです」

警視は大きくため息をつき、ぶるぶると首を振った。綸太郎は、その動作に込められた不服の意思表示を無視して、さらに続けた。

「甲斐辰朗は、大島佐知子の息子を養子に迎えようとする妻の行動に、疑問を持った。きっかけは、坂東憲司が僕に指摘した通り、源一郎少年に斎門亨の面影を見出したからでしょう。しかし甲斐辰朗は、立場上、大っぴらに疑いを口にすることができなかった」

「なぜだ？」と警視が口をはさんだ。

「一つには、教団内部での斎門の発言力が、非常に大きくなっていたことがあります。教団があそこまで成長した陰に、斎門の尽力があったことは言うまでもありません。疑いが疑いでしかない段階では、甲斐辰朗は、斎門を警戒しつつ、決定的に彼と対立することは避けたかった」

「もう一つの理由とは？」

「これは、まだ憶測の段階ですが、甲斐辰朗は西落合での二重生活を、斎門が知っているかもしれないと、危惧していたのではないでしょうか？　面と向かって、養子の件を持ち出すと、かえって斎門から逆襲されて、やぶへびになる恐れがある。そこで、匿名の脅迫状に名を借りて、斎門を牽制しようと考えたわけです」

警視は、額の髪の生え際のあたりを指で掻きながら、そっけなく尋ねた。

「《塔》の地下室の秘密から締め出された斎門が、どうやって甲斐辰朗の二重生活を知ることができるんだ？」

「斎門は、江木弁護士とはツーカーの間柄です。安倍誓生への口止め料の流れを探り出すのは、たやすいことです」

「だが、それと『フジハイツ』の女の存在を知ることとの間には、大きな隔たりがある」

「確かにそうです」綸太郎は素直に認めた。「でも肝心なのは、甲斐辰朗自身がどう考えたかです。

斎門は何かの折りに、口止め料の話を持ち出して、いかにも裏を知っているようなはったりを利かせたのでしょう。甲斐辰朗は、相手がどこまで事実をつかんでいるかわからない以上、慎重にならざるを得ません。結果的には、決定的な弱味を握られているのと同じことです」

警視は肩をすくめた。

「まあ、いい。わかったことにしよう。脅迫状を送っていたのは、殺された甲斐辰朗自身だった。じゃあ、彼を殺したのは、誰だ？」

「この殺人は、一連の脅迫状に対するリアクションとして発生したものです。したがって、犯人は、斎門亨以外には考えられません。彼は脅迫状に隠された、メンターの真の意図を見抜き、自分の立場を守るために行動を起こしたのです」

警視は眉間に深いしわを寄せた。

「だが、たかだか自分の隠し子を教主の後継に推したことを知られたぐらいで、ドル箱のメンターを殺すだろうか？」

「斎門の側に、最初から殺意があったとは思いません」綸太郎は、掌を指でなぞりながら答えた。「お膳立を整えたのは、ほとんど甲斐辰朗の方です。被害者は、斎門を『フジハイツ』の部屋に呼び出し、その非道を攻撃した。追いつめられて逆上した斎門は、かっとなって義弟を手にかけてしまう」

「いや、それは無理だ」と警視が言った。「犯人は最初から、被害者の首を切断するつもりで、鉈を持参している。犯行は計画的なものだ」

綸太郎は、ちょっと黙り込んだ。

彼の視線が掌から床に落ちた。ゆっくりと壁を這い上がって天井に差しかかったところで、不意に警視の顔に戻った。

「お父さんの言う通り、犯行は計画的なものです」

法月警視は、にやりと頬をゆるませた。

「斎門を凶行に走らせた、強い動機は何だ？」

「僕は、甲斐辰朗が、宗教的なカリスマだったことを忘れていました。斎門亨は、一連の脅迫状の差出人が他ならぬメンターであり、その本当の名宛人が自分自身であることに気づくと同時に、その言葉の呪縛にからめとられてしまったのです」

「日本語で話せ」

「これは、非常に微妙なケースです」綸太郎は目を輝かせた。「甲斐辰朗が、斎門に対する牽制として架空の脅迫状をでっち上げた時、彼は自分が使い慣れた予言者の言葉を使用した。〈死によって、血を浄める〉とか、〈裁きの刃〉とか、そういった言い回しです。〈ろう者の首は宙を飛び〉という句も、宗教的なイメージを借用したもので、それ自体にあまり意味はありませんでした。信者たちに語るメッセージの延長でしかなかった。彼にとって重要だったのは、解読すると大島源一郎となる字謎と、大島佐知子の旧姓の綴り換えである異来邪という名前だけだったのです。

ところが、斎門は、そう思わなかった。脅迫状はメンターからの挑戦状であり、裏返せば、自分自身を殺せというメッセージだと受け取ってしまったのです。文化人類学者なら〈王殺し〉と言うでしょう。斎門は知らず知らずのうちに、脅迫状に書かれている通り、甲斐辰朗を殺さなければならない、という禁忌へ自分を追い込んでいった。意味のない言葉に操られた結果、あの惨劇が起こったのです」

「馬鹿な。そんなことは信じがたい」

「我々にとっては、とうてい信じがたいことです」綸太郎は平然と言った。「だが、斎門は教団の人間でした。ここ数年、メンターの言葉を聞き続けてきたのです。そういう男に対して、脅迫状の文句は、我々が想像する以上の影響力を持っていたことでしょう」

警視はあごをさすった。

「では、犯人が死体の首を切り取ったのは、脅迫状の文句に従ったからか？」

「それではいけませんか」

「とても承服しがたい考えだ」

「それが、唯一の理由だとは言いません。死体の首を切断したのは、その中に埋め込まれた人工内耳の電極を持ち去るため、という合理的な理由あってのことです。しかし人間が行動を選択する際、常に合理的な理由が、決定に先行するとはかぎりません。まず決定があって、その後から、必然性がついてくることだってあります。その後付けの必然性が、ずばりと状況にはまってしまった時、人は、最初の決定に神秘的な解釈を施しがちなものです。

斎門亨は、異来邪の脅迫状に、メンターを殺せという啓示を読み取った。その中には、『ろう者』すなわち、メンターの首が宙を飛ぶ、という一節があった。斎門はその意味を考え、人工内耳の存在を隠して、被害者の身元をわからなくするために、死体の首を切断するという合理的な説明に行き当った。

したがって、この啓示は正しい。ゆえに、自分はメンターを殺害しなければならない。それが、斎門のたどり着いた結論だったわけです」

警視は何度も、まばたきをした。

「――狂人の論理だ」

「斎門が、狂っていないという保証はありません」

「おまえが正気だという保証もない」

綸太郎は立ち上がって、警視の方を向いたまま、机の前を行きつ戻りつし始めた。

警視はしばらく無言で、頭の中を整理しているようだった。

やがて、綸太郎に言った。

「基本的には、おまえの考えはこじつけだと思う」

「おやおや」

「だが、捨てがたい部分もある」

綸太郎は、坐り直した。警視が続けた。

「異来邪の正体に関する推理は、悪くない。斎門の動機については、もっと掘り下げて考える必要がありそうだが、養子の問題が突破口になることはまちがいないと思う。

議論の余地があるのは、斎門が『フジハイツ』の存在を、実際に知っていたかどうかだ。それからもちろん、アリバイの問題もある。

いずれにせよ、斎門を呼び出して、釈明を聞かねばならない」警視は咳払いをした。「任意で、だ」

「そうこなくては」

5

週明けの月曜日、朝いちばん。場所はおなじみの習志野署の取調室。

斎門亨は、突然の呼び出しに面食らっているらしく、椅子の上で、窮屈そうに体を堅くしている。

法月警視は、まるで世間話でもするような調子で切り出した。

「すでにごぞんじだと思いますが、我々はあなたと大島佐知子さんとの関係を探り出しました。その結果、《汎エーテル教団》の新しい教主が、あなたの血を引いていることが明らかになった。つまり、あなたは源一郎君を利用して、教団を事実上、私物化しようとしていた。ちがいますか？」

斎門は、無言でうなだれている。警視は、それを肯定のジェスチュアと受け取った。

「ところがあなたにとって都合の悪いことに、何者かがその陰謀をかぎつけ、警告の手紙を出し始めたのです。異来邪という名を使って」

斎門が、くすんと鼻を鳴らした。

「あなたは、異来邪の真の意図が、甲斐氏に対する脅迫ではないことを察しました。異来邪の狙いは、あなたの隠し子をメンターの後継者にさせないことだったからです。それに気づいたあなたは、同時に異来邪の正体をも見破った。異来邪は、甲斐氏自身だったのです」

斎門は目を伏せたまま、小さく額を左右に振った。呼吸のリズムが、徐々に崩れ始めている。部屋の隅にいる綸太郎が、警視に目配せをした。

「我々は、あなたの事件当夜のアリバイを再調査しました。十七日の夜、あなたは財界の後援者と山王で席を設けていたことになっています。ところが出席者に詳しく裏を取ってみて、実際にあなたが現われたのは、九時に近かったということが明らかになりました。それまでの時間、一体どこで何をしていたのですか？」

斎門は、なかなか口を開かなかった。顔に、脂汗がじくじくと浮かび始めている。

ごく短い間を置いて、綸太郎がぽつりと言った。

「あなたが、甲斐辰朗を殺しましたね？」

斎門は、さっと顔を上げた。そして思いがけないほど率直な口ぶりで答を返した。

「ちがう」

「では、その時刻にどこにいたのか、言ってもらいましょう」警視が間髪を入れずに、突っ込んだ。

斎門はしばらく考えあぐねていた。やがて肩を大きく上下させると、開き直ったように言った。

「その時刻、私は一人で、日比谷公園にいた」

「——何ですと？」

「聞こえなかったのかね」斎門は、横柄な言葉づかいをした。「私は、十七日の夜八時には、日比谷公園の心字池のほとりを散歩していたのだ」

警視は半ばあきれた顔で、

「そういう言い逃れは、通用しませんよ」

「言い逃れではない」斎門も強気である。

「それを証明できますか？」

挑みかかるように、警視がどなりつけた。斎門は歯の間から、しゅうっと息を洩らした。

「――弁護士と話をさせてくれ」

「おや、黙秘権ですか」

斎門は首を振った。自信に満ちた態度に見えなくもなかった。

「私が日比谷にいたことを証明すればいいのだろう。そのために、持ってきてほしいものがある」


一時間後、同じ部屋。

拳骨頭の弁護士は法月警視と、綸太郎が注視する中、黒革の鞄のジッパーを引いて、ビニールの書類袋を取り出した。弁護士は、斎門に顔を向けて、

「指示通り、あんたの抽斗から取ってきたよ。中のものには、手を触れていない」

「開けてください」と警視が言った。

江木は、書類袋のスナップを外した。底を持って逆さに振ると、机の上に一通の封筒が落ちた。

綸太郎は身を乗り出して、その汚い封筒を見た。宛名には、『斎門亨様　親展』とある。定規を当てて書いたような、無個性なボールペンの文字。消印は、習志野市内

だった。ハンカチでつまんで、ひっくり返しても、差出人の名前はない。

綸太郎は父親と、顔を見合わせた。

慎重に封筒の中身を抜き出して、広げる。

〈十七日午後八時、日比谷公園で、
山岸裕実は、誰と待ち合わせをしているか？
呪詛の言葉は、我が真意に非ず。
この忠告は、己が心に秘めよ。異来邪〉

透かし入りの便箋に、見覚えのある切り貼り。おなじみの異来邪のパターンだった。

「十七日に、例の五番目の脅迫状といっしょに、私のところに届いたんだ」と斎門が説明した。

警視はかっと目を開いて、彼をにらみつけた。

「あなたは、この手紙を真に受けて、日比谷までおびき出されたというのですか？」

斎門はうなずいた。

「誰にも相談せずに、一人で？」

「そうだ。八時過ぎから一時間近く、あの辺りをうろうろしていた」

「ずいぶん考えのないことをしましたね」

「私が何の考えもなく、そんなことをするものか」

「どういう意味です」

斎門は、唇をめくり上げるように言った。

「あんたが言ったことは、ある程度は正しい。私も異来邪の正体は、メンターだと思っていた」

綸太郎が身を乗り出した。

「思っていた？」

斎門は、目を細めて綸太郎を見た。鼻で笑っているような表情だ。

「――煙草をくれないかね」

警視が差し出した煙草に、斎門は自分のライターで火をつけた。口をすぼめて煙を吹き出すと、尊大な口調で切り出した――。

「大島佐知子がしゃべってしまったのなら、仕方があるまい。確かに源一郎は、私の血を引く息子だ。

だが、それを知っているのは、私と佐知子だけで妹は気づいていない。いや、うすうす察しているかもしれんが、私の口から打ち明けたことはない。一連の脅迫状に『大島源一郎』の名が隠されていると知った時、異来邪の正体がメンターである可能性に思い至った。関係者の中で、たとえ匿名にしろ、あれほど激しい呪詛の言葉をぶつけられるのは、彼自身をおいて考えられなかったからだ。あんたが言うように、異来邪の告発が、私に向けられていると想像するのは、簡単だった。しかし、メンターの意図に気づいたからといって、自分から白状するのは馬鹿げている。私は、メンターが次の手を仕掛けるのを待っていた。

十七日に、この密告状が届いて、メンターの意思がはっきり示されたと思った。文中の山岸裕実云々は、単なる言葉の餌で、指定の場所におもむけば、メンター自身が現われると予想していた。そこで、二人で腹を割って、お互いの利益を損なわないよう取引が行なわれるはずだった」

警視が、斎門の話をさえぎった。

「ということは、あなたは十七日の午後、甲斐氏が《塔》から姿を消すことを知っていたのですな」

斎門がうなずいた。

「その通り。私は《塔》の地下に、秘密の抜け穴がこしらえてあることを知っていた。それだけじゃない、彼が安倍兼等と名乗って、西落合に愛人を囲っていることも承知していたよ」

　警視はうなり声を洩らした。

「いつから、抜け穴のことを知っていたのです？」

「《塔》の建設計画が、決まった時からだ」

「それはおかしい」綸太郎が口をはさんだ。「甲斐氏は、坂東理事に命じて《塔》の秘密が漏れないよう、手配したはずです」

「すると、坂東がそう言ったのか？　ふん、相変らずまぬけな男だ。あいつは、組織のことなど、何一つわかっていない。あの程度の箝口令で、秘密が守られると思ったら、大まちがいだ」

　斎門は、傲慢な笑みを浮かべた。

「正直なところを言おう。事実上《塔》の秘密を伏せるように手配したのは、この私だ。もちろん、坂東に悟られないようにやったのだよ。さもなければ、私が気づいたことが、向こうにわかってしまうからな。それでは、何の武器にもならない。

　自分の将来のために、メンターの弱味を握っておくに越したことはないと思ったんだ。それに、彼が愛人に夢中になって、教団の運営に関心をなくしてくれれば、私にとっても都合がよかった」

「ずいぶん率直な言葉ですな」

「今さら隠し事をしても、あらぬ疑いを招くだけだ。そんなつまらんことはしない」

警視は、訝しそうに眉を寄せた。

「その秘密を知っている人間が、他にいましたか」

「幹部クラスの何人かは、知っている。みんな私の息のかかった、口の堅い連中ばかりだ。私がうんと言わない限り、絶対に口外しないだろう」

「山岸裕実はどうです？」

「あの女には、極力気取られないようにした。こっちが気づいていることが、メンターに筒抜けになるからだ。それと妹にも、知らせてはおらん。自尊心の強い女だから、傷つかせたくなかった」

警視は腕を組み、靴の踵で床を鳴らした。

「十七日の夜に、話を戻しましょう。結局、甲斐氏は日比谷には現われなかったはずですね？」

「その通り。私は翌日の朝刊で、『フジハイツ』の事件を知って、自分の考えがまちがっていたことに気づいた。首なし死体が誰であるかは、一目瞭然だった。異来邪は私を罠にかけ、犯行時刻のアリバイを持たないように仕組んだのだ」

「それなのに、甲斐氏が殺されたことを黙っていたのは、なぜですか？」

「言えば、私が《塔》の秘密を知っていたことが、ばれてしまう。そうなると、私に容疑がかかることは目に見えていた。だから、ずっと西落合の死体の身元が、割れなければよいと願っていたよ。

いつかも言ったような気がするが、メンターが《祈りの間》から失踪しただけなら、いくらでも信者を言いくるめることができた。彼らは、常に奇蹟に飢えているのだから」

「待ってください」

いきなり綸太郎が割り込んだ。

「斎門さん、あなたは、犯行時刻に日比谷公園にいたことを証明できるとおっしゃいましたね」

「ああ」

「ですが、この密告状を模した手紙だけでは、何の証拠にもなりませんよ。

確かにその手紙は、あなたが日比谷公園にいたことに対する説明にはなるかもしれない。あなたが実際、そこにいたことが証明された場合には。でも今は、まさにその証明自体があやふやなのです」

「そんなことは、承知している」斎門は平然と答えた。「私のアリバイの証明は、これからだ」

綸太郎は眉を寄せた。斎門はすでにすっかり落ち着きを取り戻して、法月親子の困惑を楽しんでいるようなふしさえあった。

「私は、夜の公園である人物を目撃した。彼女は私がよく知っている人間で、私同様、誰かの姿を探しているように見えた」

「彼女だって？」

「私は女に悟られないよう、後をつけ、彼女は人目に立たないように気を配りながら、公園の中をぐるぐる歩き回っていた。九時近くまで、尾行を続けたが、結局女は目的を達せられなかったようだ。現われた時と同じく、ひとり駅の方へ姿を消した」

「その女というのは、まさか――」

斎門は、にやりと笑ったように見えた。

「もちろん山岸裕実だ」

「不可能だ」綸太郎は机に手を叩きつけた。「その時間に、彼女は虎ノ門のホテルにいた。李清邦という男の証言がある。午後八時に、虎ノ門にいた人間が、同時刻に日比谷公園に現れることはできない」

「その男が、嘘をついているんだ」かん高い声で、斎門もどなり返した。「あれはまちがいなく、山岸裕実だった。彼女は絶対に、あの時、あの場所にいた。私はこの目で見たのだ」

江木弁護士が手を打って、注意を引いた。

「法月警視。私があなただったら、もう一度、十七日夜の山岸裕実の行動を調べ直しますな。もし山岸君の最初の供述が嘘で、実は日比谷公園に行っていたのが事実だとすれば、斎門氏のアリバイは立証されたことになります。なぜなら、実際に山岸君の姿を目撃しない限り、彼女が日比谷公園に現れたことを知り得る手段はないのですから」

その横で、斎門が、いやに自信ありげに微笑んだのが、綸太郎には気に入らなかった。

6

三十分後。場所は、虎ノ門のホテル・ルーム。

『枢機卿』こと李清邦は、しつこく鳴り続けるドア・チャイムの音にうんざりして、とうとうベッドから体を起こした。サイドボードの時計の針は、午後一時半を指している。

ホテルの連中め、外に下げた「睡眠中」の札も読めないのか。

シーツの反対側からはみ出した白い脚が、もぞもぞと動いた。顔をベッドに押しつけたまま、隣りで女の子がいぎたない声を洩らした。

「――あの音、何とかならないの？」

「ああ。今なんとかする」

と答えたものの、全身が糊付けされたようにこわばって、言うことをきかない。立ち上がるのも億劫だ。だがドア・チャイムは、相変らず、鳴りやむ気配を見せない。

仕方がない。何とかベッドを下りて床に立ち、浴衣だけ羽織った。帯も締めず、裸足のまま、ドアを開けにいった。

チェーンとロックを外し、ドアを開くと、いきなり鼻先に警察手帳が突きつけられた。

「李清邦さんですね？　警視庁の久能と申します」

これには、面食らった。

「な、何の用です」

刑事は、『枢機卿』のだらしない格好に眉をひそめたようだった。あわてて浴衣の前を合わせる。

「手短かに申し上げます」と刑事は言った。「先日あなたは、山岸裕実という女性の、五月十七日夜のアリバイを裏付ける証言をしましたね」

「ええ」

「ところが、今日になって、彼女のアリバイに疑いが生じたのです。そこで、確認のために、こうしてあなたのところへうかがったのですが」

まずいことになった、と『枢機卿』は思った。何よりもまずかったのは、そう思ったことが顔色に出てしまったことだ。

「どうかしたんですか？」いんぎんな口ぶりと裏腹に、厳しい視線が『枢機卿』を刺した。

おたおたしちゃいかん、と彼は自分自身に言い聞かせた。ここは時間を稼いで、言い逃れの口実を考えるしかない――。

「何でもありません。でも、こんな格好じゃ失礼ですから、何か着てきます。ちょっと待っててもらえますか？」

「いいですよ」と刑事は言った。「でも、急いでください。さもないと、そのままの格好でしょっぴきますから」

まるで冗談を言っているような口ぶりだが、その目つきは、真剣そのものだった。その場しのぎの言い逃れが、通用するような相手ではないようだ。

赤のサスペンダーを着けながら、今度顔を合わせた時、山岸裕実に何といって言い訳をしようか、と『枢機卿』は考え始めていた。

その三十分後。習志野署。

「李清邦が、歌いました」

久能警部のはずんだ声が、受話器を通じて、法月警視の耳に飛び込んだ。

「二十日の晩、裕実から李の部屋に電話があって、十七日夜のアリバイ偽証を頼まれたそうです。実際には、その夜、山岸裕実は虎ノ門のホテルには現われてはいません」

「山岸裕実は、アリバイ工作の理由を、李にしゃべってはいないか？」

「いいえ。女の方が、理由を訊かないでくれと言ったので、李は追及しなかったそうです。しかし、翌朝の新聞を見て、甲斐辰朗の事件に関係があると察したと言っています」

「李は、なぜ山岸裕実に手を貸したのだろう？」

「惚れた女の頼みなら、男として一肌脱がないわけにはいかない。李は、そう答えています」

「そのわりには、簡単に落ちたようだな」

「ええ」久能は苦笑した。「ところで、この後どうします？　一晩ぐらい引き止めておきますか」

「いや、それには及ばん。厳重注意で帰してやれ」

警視は電話を切って、息子の顔を見た。綸太郎はイヤホンを外しながら、唇を強く噛んでいた。

「どうもやっかいなことになりそうだな」

と警視が言った。綸太郎は、黙っていた。

さらに、その三十分後。

教団本部ビル四階の彼女の部屋で、山岸裕実はアリバイ工作の事実を認めた。

綸太郎が、彼女に尋ねた。

「どうして君は、『枢機卿』が日本に戻っていることを知っていたんだ？」

「彼から電話があったの」裕実は、投げやりな声で答えた。「十五日の月曜日よ。とりあえず帰国したから、連絡しとくって。その時、虎ノ門のホテルの番号を教えてくれたの」

綸太郎は、あきれ返った顔をした。

「どうしてそのことを、僕に黙ってたんだ？」

「あなたが、『枢機卿』に、やきもちを焼くんじゃないかと思ったのよ」

「何だって？」

「せっかく脅迫状の調査をＯＫしてもらった矢先に、気を悪くされると困ると思って

——」

「何てことだ」綸太郎は嘆息した。「じゃあ、その時刻には、どこにいたんだ」

「信じてもらえないと思うけど――」

そう言いながら、裕実はデスクの鍵のかかる抽斗（ひきだし）から、一通の封書を取り出し、綸太郎に投げてよこした。

「十七日に、私宛の親展で送られてきたの」

綸太郎は、中身を取り出した。

〈十七日午後八時、日比谷公園で、
斎門亭は、誰と待ち合わせをしているか？
呪詛の言葉は、我が真意に非ず。
この忠告は、己が心に秘めよ。異来邪〉

透かし入りの便箋と、『エーテルの導き』から切り抜いた活字の切り貼り。またしても異来邪の密告状だ。しかもその文面は、斎門が受け取ったと称するものと、ほとんど変わらない。

「君がこれを読んだのは、いつだ？」

「メンターが《塔》に入った後、あなたとこの部屋に戻ってきてからよ」

「で、君は、この密告状に書いてあることを確かめるために、日比谷公園まで出かけたのか」

「ええ」

「どうしてその前に、僕に密告状を見せなかった」

「わからないわ」裕実は、爪を噛み始めた。「異来邪の真意が、つかめなかったせいかしら。誰かにしゃべったら、何かまずいことが起きるんじゃないかと思って」

「つまり、異来邪の忠告を、自分の心に秘めたってわけだ。君は、異来邪の思い通りに動いたんだ」

「そういうつもりじゃなかったわ。ただ、あの時は何となく、黙っていた方がいろいろと都合がいいような気がしたのよ」

綸太郎は、その答に満足しなかった。

「ひょっとすると君は、異来邪の正体が、メンター自身ではないかと疑っていたんじゃないか？」

裕実は、驚いた顔をした。

「どうしてそんなことが？」

「あり得ないことじゃないだろう」

「あり得ないわ。だって彼は、殺されたのよ」

裕実は答えたが、それほど自信に満ちた言い方ではなかった。

綸太郎は質問を改めた。

「日比谷公園で、斎門を見つけることはできたのかい？」

「いいえ」裕実は、残念そうに首を振った。「一時間ばかり、公園の中をあちこち歩いたけど、広すぎて、彼の姿を見つけることはできなかったわ。それで、あきらめて自宅に帰ったのよ。

それが罠だと気づいたのは、西落合でメンターが殺されたと知った時だった」

二人のやりとりを聞いていた法月警視が、おもむろに綸太郎の肩を叩いた。

「斎門がした供述通りだ。つまり、奴にはアリバイがある」

綸太郎は、浮かない顔で言った。

「僕は、それを認めたくないな」

しかし、斎門を引き止めておくことはできなかった。彼はその日のうちに、大手を振って、習志野署の建物を後にした。

7

その夜遅く、警視がベッドに入って、うとうとし始めると、ドアに遠慮がちなノックの音がした。

綸太郎め！　また何か突飛な思いつきで、せっかくの安眠を邪魔するつもりだな。

せめて明日の朝まで待つことができないのだろうか。

警視は横になったまま、しばらく二つの誘惑の間で迷っていたが、やがてむっくりと体を起こした。

「入ってこい」

目をこすりながら、ドア越しに声をかける。息子がせっかちで、朝まで待てないのは、俺の血を引いたせいかもしれない、と警視は思った。

ドアが、恐る恐るといった感じで開いた。

「まだ寝てなかったんですね」

「ああ」警視は生返事をした。「灯りをつけて、それから何か飲み物を作ってくれ」

灰皿を引き寄せて、一服つける間に、綸太郎がコーヒーを入れて持ってきた。警視の分には、ちょっぴりブランデーが垂らしてある。綸太郎がベッドサイドにストゥールを置いて、腰を下ろした。

「で、何の話だ？」

綸太郎は、口元をむずむずさせた。

「――僕の考えでは、やはり犯人は斎門亨だと思います」

「だが斎門には、アリバイがあるぞ」眠気など吹き飛んだ、きびきびした調子で、警視が言った。「八時に、日比谷公園にいた人物が、『フジハイツ』で殺人を行なうことは不可能だ」

「そのアリバイなんですが、僕にはどうも承服しがたい点がある」

「どんなことだ？」

「異来邪と署名された、二通の密告状です。あの手紙は、一体どういう意図で書かれたものだと思いますか？」

「斎門と、山岸裕実の二人に、犯行時刻のアリバイを持たせないための策略だ。真犯人は、二人のうちのどちらかに、殺人の濡れ衣を着せるつもりだったにちがいない」

「確かに、表面上はそう見えます。しかし先入観を排して、よく考えると、その説明には大きな欠陥がある」

警視は、ベッドの上で坐り直した。

「大きな欠陥だと？」

綸太郎は小さくうなずくと、考えを整理するような調子で、あとを続けた。

「注意すべき点は、二つあります。

第一に、真犯人が、本気で二人に罪をかぶせようとしていたのなら、なぜ殺人の現場から離れた日比谷公園に、彼らを呼び出したのでしょうか？

どうせ呼び出すなら、どうしてもっと『フジハイツ』に近い場所を選ばなかったのか。もし誰かが二人のうち、どちらかの姿を目撃でもしていれば、その人物に対する容疑は、決定的になったはずです」

警視は、綸太郎の話を手でさえぎった。

「いや、その点に関して、俺には別の見方がある。そもそも犯人は、『フジハイツ』の死体の身元が割れることを恐れていた。そのために、被害者の首を切ったほどだ。まさか斎門が、『フジハイツ』の存在を知っていたとは思っていなかったのだろう。ところが、仮に十七日の夜、斎門なり山岸裕実なりが、犯行現場の近くまで呼び出されていれば、後で甲斐辰朗が《塔》から姿を消したことがわかった時点で、二つのできごとの関連を怪しんだはずだ。それをきっかけに、死体の身元が明らかにされるかもしれない。

そうなることを避けるために、あえて犯人は二人を、犯行現場から離れた場所に呼び出したのだ。なんとなれば、二人に濡れ衣を着せるのは『フジハイツ』の死体の正体がばれた場合に備えての、二次的な予防線だったからだ」

「なるほど、さすがはお父さんだ」綸太郎は面白がっているようだった。「それは、僕も考えませんでした。でもその見方では、第二の疑問に答えることはできませんよ」

「もったいぶらないで、早く言ってみろ」

「第二点。真犯人は、斎門と山岸裕実が、日比谷公園で出会うことを、全く予期していなかったのでしょうか？　同じ場所に呼び出された二人がばったり会えば、お互いにアリバイを証明し合う結果になることに気づかなかったのか。言い換えれば、なぜ犯人は別々の場所に、二人をおびき出さなかったのか、ということです」

「別々の場所か」警視は口ごもった。確かにそうする方が、ずっと安全だ。しかも、それを考えつくのに、大した頭はいらない。

「だが、そんなことは、小さな問題だ」

「いいえ」綸太郎は首を振った。「というのも、斎門のアリバイは、今あげた二つの疑問点そのものに立脚しているからです。つまり、犯行現場から離れた日比谷公園で、斎門が山岸裕実の姿を目撃するための条件は、二通の密告状によってお膳立てされているんです。裏返しの見方をすれば、密告状は、まさにそのためにこそ書かれたと思います」

「どういう意味だ？」

「それを説明する前に、もう一度、斎門のアリバイについて考えてみましょう。彼は、問題の時刻に、日比谷公園で山岸裕実の姿を目撃した、と主張している。一方、山岸裕実は、実際にその場所にいたことを認めているが、斎門の姿を確認しているわけではない。しかし、彼がその場にいない限り、女が同じ場所に現われたことを知るすべがないという理由で、斎門のアリバイは成立しました。

いや、一見成立したかにみえるのです。だが、本当にそうなのか？　山岸裕実が十七日の夜、日比谷公園に現われたことを知る手段は、他には全くあり得ないのか？　ここまで考えた時、もう一人、その事実を知っていても不思議でない人物が、ちゃんと存在していることに思い当ったのです」

「それは一体、何者だ？」

「言うまでもなく、異来邪という名を借りて、山岸裕実に例の密告状を送りつけた人物です」

警視は、その言葉の意味をしばらく考えた。

「おまえは、斎門亨があの密告状を書いたと言いたいのか？」

「ええ」

「いや、待て」警視は、頭を抱えた。「異来邪の正体は、甲斐辰朗だったはずだ。その前提を放棄してしまえば、斎門犯人説も根底から崩れてしまうことになる」

「いいえ、お父さん。僕の言うことを、ちゃんと聞いてください。斎門は、異来邪の名を借りて、例の密告状を作ったのです。彼が送ったのは、彼自身と、山岸裕実の許に届いた二通だけですよ。それ以外の五通は、前に僕が証明した通り、甲斐辰朗自身

「続けろ」と警視が言った。

「斎門は、アリバイ工作のために、異来邪の脅迫状を利用することにしたのです」綸太郎の声が、さらに熱を帯びた。「異来邪の名前と、おなじみのスタイルを借りれば、山岸裕実を指定した時刻に、日比谷公園におびき寄せることは容易でした。しかも彼女の性格を考えれば、そのことを誰かに打ち明ける可能性は、まずないといってよかった。

これだけの条件がそろえば、斎門には十分でした。そして、自分自身も同じ罠にはめられたと見せかけるために、自分宛ての密告状も作成して、いっしょに投函する。犯行当夜、山岸裕実が日比谷公園でうろうろしている間に、斎門は、『フジハイツ』でメンターの首を切り落としていたわけです」

「すまんが、もう一杯飲み物を作ってくれ」と警視が言った。「今度は、コーヒー抜きの奴だ」

警視は生のアルコールで唇を湿すと、あらためて切り出した。

「おまえの考えは面白い。それに、珍しく筋が通っている」警視は、珍しくという語を強調した。「しかし、惜しいかな、今の説明には一つだけ難点がある」

「おやおや」綸太郎は肩をすくめた。

「おまえは、山岸裕実のアリバイ工作のことを忘れている」

「『枢機卿』のことですか？」

警視はうなずいた。

「実際に、斎門がおまえの言うようなトリックを弄したとしよう。確かに、山岸裕実が指定された時刻に、日比谷公園に現れる公算は高い。しかし斎門には、その事実を確認するすべがなかった。その時、彼は西落合にいたのだから。

したがって彼女が、犯行当夜、おまえの旧友と虎ノ門のホテルにいたと主張した際、その証言が嘘だと確信できるだけの材料は、斎門の側にはなかったことになる。

にもかかわらず斎門は、山岸裕実を目撃したと言い張ったのだ。もし蓋然性に賭けたのだとしたら、あまりにも危険な賭けだと思う。

李清邦が証言をひるがえしたのは、斎門が日比谷公園に行ったことを申し立てた後だった。だが、彼が証言を変えない可能性もあったんだぞ。その場合は、斎門にはアリバイが成立しないのみならず、恣意的に一度も嘘をついたことが、暴かれてしまう。斎門にとっては、致命的な結果になったはずだ。

あの男は、そんな危険を冒すほどの馬鹿ではあるまい。あれほど自信を持って、女を目撃したと断言したのは、彼が本当のことをしゃべっていたからにちがいない。斎門のアリバイは、本物だと思う」

綸太郎は背筋をまっすぐ伸ばし、口元には笑みを浮かべながら、鋭い視線を警視に返した。

「今夜は、ずいぶん冴えていますね。たたき起こしたかいがあった」

「ふん。文句があるなら、言ってみろ」

「あの男は、そんな危険を冒すほどの馬鹿ではあるまい、と言いましたね。でも馬鹿でなくても、彼のような立場に追い込まれたら、危険を冒さざるを得ないような気がします」

「何だと」

「だって斎門は、その時『フジハイツ』にいたのですよ。山岸裕実のアリバイ証言は、彼にとって晴天のへきれきだったはずですが、だからといって、今さら予定を変えるわけにはいかなかった。日比谷公園に行ったとしか言いようがなかったのです。虎ノ門のホテルにいたという山岸裕実の主張が、自分と同様の嘘ではないか、と斎門が考えても不思議ではありません。

彼自身、前もって偽のアリバイを準備していたことを思い出してください。たとえ低い可能性でも、彼はその見込みに賭けるしかなかった。他に、自分が助かる道は、なかったからです」

警視は、微かに、頭の芯がほてるのを感じた。だんだん、綸太郎の言うことは、真実を衝いているのだという気がしてきた。

「おまえの言う通りかもしれん」と警視は言った。「だが、どうやってそれを証明する？」

「簡単なことです。斎門は、公園で山岸裕実の後をつけたと言ったでしょう。そこを突けばいい」

「というと？」

「山岸裕実が公園でどういう行動をとったか、細かいところまで、斎門に述べさせるのです。同じことを本人にも訊いて、二人の証言を突き合わせます。実際には、斎門はその場に行っていないので、当然、証言に食いちがいが出てくるはずです。その食いちがいを突破口にすれば、斎門のアリバイは容易に崩せるでしょう」

綸太郎は、自信たっぷりに言った。

翌日の午後、斎門亨と山岸裕実に対する、再度の事情聴取が行なわれた。二人の取り調べに当たったのは、久能警部だった。

綸太郎の予想に反して、二人の陳述は細部に至るまで、矛盾なく一致することが確かめられた。したがって、殺人のあった夜、斎門亨が日比谷公園で山岸裕実の姿をじかに目撃していたのは、否定しがたい事実であるとしか考えられなかった。

斎門亨には、揺るぎないアリバイがある。法月警視は、事件解決の可能性がまた遠のいたことを知った。

8

綸太郎は、父親の執務室の回転椅子の上で、その報告を聞いた。

「信じられないな」綸太郎は顔をしかめた。「二人の陳述を記録したもののコピーはありますか？」

警視はうなずいて、ホチキスで留めた紙の束をこちらによこした。綸太郎は、試験の答案を返された生徒のような性急さで文字を追ったが、読み進むにつれて、その内容に失望を覚え始めた。

しばらくして、彼はコピーを放り出した。警視が不機嫌をあらわにした声で尋ねた。

「何か言うことはないのか？」

「八つ当たりは、止めてください」綸太郎は椅子の背に肩を押しつけた。「僕だって一所懸命、ない知恵を絞っているんですから」

部屋に沈黙が落ちて、警視がくゆらす煙草の煙だけが、二人の間を漂った。

だしぬけに、綸太郎が口を開いた。

「昨日のうちに、二人が証言の内容について、打ち合わせをしたとは考えられませんか？　つまり、お互いに面倒を避けるために」

「いや」警視は首を振った。「昨日以降、斎門は我々の監視下にあったが、山岸裕実とそんな話し合いをするだけの時間はなかった」

「直接顔を突き合せなくても、電話でも使ってこっそり口裏を合せておいた可能性はある」

警視は陳述のコピーを取り上げ、丸めて自分の掌をはたいた。

「久能警部は、尋問のプロだ。電話で少々打ち合わせをしたぐらいで、彼の矢継早の質問を全てかわしきれると思うか？」

綸太郎は、また口をつぐんだ。今度の沈黙は長かった。彼の頭の中では、従来の考えを修正する新しい方程式――いや、連立方程式――が形をなしつつあった。ふたたび話し始めた時には、その声つきまで変わっていた。

「昨日以降、二人は証言の内容について、いかなる打ち合わせをすることもできなかった。お父さん、それがどういうことを示すか、わかりますか」

「俺にわかるのは、自明の事実だけだ。斎門は殺人を犯し得なかった」

「いいえ」綸太郎は鋭く言った。「彼が手を下したのです」

「――父親をからかって、そんなに楽しいか？」

「ちがいますよ。ただお父さんが、共犯の存在を考えに入れていないだけです」

「共犯？」警視の眉が、一センチも上がった。「おまえは、あの二人が共謀して甲斐辰朗を殺したというのか」

「それが、唯一の解答です。昨日以降、二人の打ち合わせがなかったということは、それ以前から緊密なシナリオができていた事実を示しています。恐らく犯行以前に、計画は固まっていたのでしょう」

「だが、俺の見たところ、あの二人は狐と狸がお互いの腹を探り合ってるような仲じゃないか。それが、共謀しているとは、とても信じられん」

「もちろん二人は、最初からそのつもりで、お互いにぎくしゃくしているような芝居をしていただけですよ」

「しかし、斎門の動機はまだわかるとしても、なぜ山岸裕実が、甲斐辰朗を裏切らねばならない？」

「そう仕向けたのは、斎門の仕業です。材料は、《塔》と秘密の二重生活だったと思います。その件に関しては、二人ともメンターに裏切られていたわけですから」

警視は、心を動かされた様子を見せなかった。

「おまえは、ずいぶんひとりよがりになっているようだ」

「おやおや」

「山岸裕実が、共犯者だったとは考えられない」

「なぜです？」

「彼女が、李清邦に十七日夜のアリバイ工作を頼んだのは、五月二十日の午後、つまり『フジハイツ』の死体が、甲斐辰朗のものと判明した後だ。

言い換えれば、その日まで山岸裕実は、十七日夜に何が起こったか、知らずにいたということになる。もし知っていたら、もっと早い段階で、アリバイ工作を済ませていたはずだ」

「我々にそう思わせるのが、彼女の狙いだったかもしれません」

警視は頭に来て、机の脚をけとばした。

「おまえがしゃべっていることは、何ひとつ裏付けがないぞ。おまえは可能性という名のおもちゃを弄んでいるだけだ」

綸太郎は肩をすくめた。

「今のおまえの言いぐさを聞いているうちに、ひとつ見えてきたものがある。どうやら、おまえは犯人の撒いた餌に飛びついて、向こうの思い通りに鼻づらを引き回されているらしい」

綸太郎は何か言おうとしたが、言葉が出てこなかった。警視が続けた。

「おまえは前に、斎門と山岸裕実のところに来た異来邪からの密告状について、冴えた推理をして見せたな。おまえは、二つの疑問点を根拠に、あの手紙が二人を陥れるための真犯人の策略だ、という考えを退けた。

そこからおまえの推理は、ぐるりと一回りして、最終的には、斎門と山岸裕実に疑いをかける地点に行き着いた。だが、もう一度よく考えてみろ。おまえがそこまで深読みすることを真犯人が予想して、あの密告状を送りつけたのだとしたらどうなる？」

警視は自分が出した問いに、自分で答えた。

「結局のところ、異来邪の狙いは、二人に殺人の濡れ衣を着せて、罪を免れることだった。密告状は、二段構えのトリックだ」

「待ってください、お父さん。何のために、そんな複雑なことをする必要があるんですか」

「我々の捜査を混乱させるために、決まってるじゃないか」警視は机を叩いて、どなった。「被害者の身元をわからなくするために、死体の首を切ったのは誰だ？　過激派の名をかたって、犯行声明電話をかけてきたのは、どこのどいつだ？　異来邪という名前で、思わせぶりな脅迫状を何通も送ってきたのは、何者だ？　一連の行動には、共通した意志がある。犯人は、我々みんなを手玉に取ろうとしているんだ」

警視は突然、椅子から立ち上がって、綸太郎を驚かせた。そして、さかりのついた熊のように、部屋の中をぐるぐると歩き回りだした。

「俺もおまえと同様、一つの可能性について述べているにすぎない。だが、この事件の背後に潜んでいるのは、ただ一人の人物だと思う。

脅迫状を送り、斎門と山岸裕実を誘い出し、その隙に甲斐辰朗を殺害して、犯行声明電話をかけてきたのは、全て同一人物の仕業にちがいない。したがって被害者が自分に宛てて、脅迫状を書いたというおまえの仮説は、恐らくまちがっている。

もっとも自殺死体が、自分の首を切り取って現場から運び出し、その次の日に、『極東の蒼い鯱』と名乗って、電話をかけることが可能だというなら話は別だが、そんなことはできっこない」

「首を切られた男が、執念で庭石にかじりついたという例もありますよ」

「俺は今、真面目な話をしているところだ。

おまえも気づいているはずだが、この事件には、何か底の知れないものがある。犯人の意図らしきものが、見え隠れしているにもかかわらず、そこに一貫性がない。事件自体の構図が曖昧で、何通りもの解釈が当てはまりそうな気さえする。それが、単にデータの不足によるものか、犯人が仕組んだことなのか、よくわからない」

「たぶん、両方なのでしょう」

「あるいは、おまえのせいかもしれん」と警視が言った。「だが、俺にはちょっとした予感がある。この事件の核心にある謎は、ごく単純なものにちがいない。ただその周りに、犯人がまやかしの溝をたくさん掘ったために、それが見えにくくなっているだけだと思う。俺の言いたいことがわかるか？」

「ええ」今度は、素直にうなずいた。

「事件の枝葉末節的な部分には、あまり目をとられん方がいい。それらはみんな、異来邪の迷彩だ。我々はまず、本丸のありかを捜すべきだ」

電話のベルが、警視の弁舌をさえぎった。

受話器を取って、交換が相手の名を告げるのを聞くと、警視の顔が曇った。それまでの横柄な言葉遣いは鳴りを潜めて、官庁風の洗練された言い回しが強調された。

「入国管理局からだ」受話器を置くなり、警視が言った。

「セレニータ嬢のことですね」

「ああ」警視は不満げにうなった。「セレニータ・ドゥアノは、明日の午後の便で、本国に送還されることになった。本人のたっての希望によるそうだ」

「彼女は重要な証人です。事件が片付くまで、待ってもらえないのですか？」

警視は首を振った。

「わけのわからない内規を持ち出して、滞在の延長はできないと言うんだ。健康上の理由とか、大使館の要請とか、いろいろ問題があるんだそうな。しかし本当のところは、入院費がかさんで彼女の所持金がなくならないうちに、本国に送り返して厄介払いがしたいんだ。航空券の代金だって、馬鹿にならないからな」

「捜査一課で滞在の費用を落とすことは、できないんですか？」

「だめだ。経理は、そんなものを認めんよ。彼女は証人としてあまりにも頼りない。本国への送還を延期しても、果たして捜査に役立つことがあるか、当てにならない」

綸太郎は吐息をついた。

「これだから、お役人というのは――」

「そう言うな。それに、マスコミのこともある。今の彼女の立場は、暴露記事の格好の標的だ。これまでは何とか抑えてきたが、もう限界なんだ。彼女自身がマスコミの好奇の目にさらされる前に、故国へ帰らせてやった方がいい」

「すみません。そこまでは考えませんでした」

「世故というものさ」警視はさとすように言った。「ところで、何の話をしていたんだったかな」

「枝葉末節にとらわれず、本丸を探れということでした」

「ああ、それだ」警視は急に口ごもった。「――いかん、せっかく考えていたことを忘れてしまった。いまいましい入管の電話のせいだ」

「そうかっかしないで、お父さん」綸太郎は父親の肩をやさしくたたいた。「あなたが言いたかったことは、だいたい通じましたよ」

「そうか」警視の目が、とつぜん輝いた。「いいことを思いついた」

「何ですか？」

「今夜は、どこかでうまいものを食って帰ろう」

異来邪と名乗る人物が、この時の二人の会話——とりわけ、二通の密告状に関する法月警視のコメントを聞いたとしたら、地団駄を踏んで悔しがったにちがいない。なぜなら、異来邪の狙いは、正に警視が述べた通りのものだったからだ。甲斐辰朗宛の最後の脅迫状とともに、斎門と裕実に対して、お互いを罠にかけ合うような密告状を送ったのは、異来邪の仕業だった。

密告状は、事件の核心を見誤らせ、捜査の手が自分のところまで及ばないようにするための、まちがった手がかりの一つにすぎなかった。

その夜遅く、異来邪は、甲斐辰朗を殺した夜のことを思い出していた。それは、遠い昔、まるで自分が生まれる以前のできごとであるかのように思われた。

異来邪は、全く心の痛みを感じなかった。

9

セレニータ・ドゥアノは、五月三十一日午後二時十七分発のマニラ行きの便で、帰国することになっていた。久能警部は、慈愛会病院から彼女に付き添って、入管での出国手続きにも立ち会った。

病み上がりということもあって、セレニータは係官の質問にほとんど答えることができず、久能が何度も、助け舟を出してやらなければならなかった。その度に、セレニータは久能に頭を下げて、口の中で言葉にならない礼を述べた。

大手町の入国管理局から、車で成田へ向かう。セレニータの荷物は、手回り品を納めた鞄ひとつ。それを抱えてうつむいたまま、彼女はひとことも口を利かなかった。

高速が混んでいたため、空港に着いた時には、搭乗時間が間近に迫っていた。コンコースの人混みの間を、搭乗ゲート目指して進んでいく途中、不意にセレニータが足を止めた。

「どうした？」

セレニータは答えなかった。

全身を棒のように堅くして、見送り客がたたずむあたりを凝視している。口許に、唇を絞るような笑みが浮かんでいた。久能が初めて見る表情だった。

セレニータが、小さく右手を振るのを見逃さなかった。久能の視線は見送り客の上をさまよい、一人の男に釘付けになった。

デニムの黒いシャツに、パール・ホワイトのスラックス。弦の細いサングラスをかけている。その男の顔立ちに、見覚えがあるような気がした。次の瞬間、久能はあっと叫んでいた。

それは、死んだはずの男だった。

セレニータの両肩をつかみ、ここで待て、と英語で命じると、久能はサングラスの男の方へと駆け出した。足音高くコンコースを横切ると、搭乗客たちが何事かと振り返った。

目的の男は、初めは久能の行動に全く注意を払っていなかった。だが五メートルほど手前で、目が合うと、反射的に踵(きびす)を返して逃げ去ろうとした。

「カネヒト！」肩越しに、セレニータが叫ぶ声が聞こえた。

久能は、運悪く進路の途中に居合わせた女の子を避けようとして、体のバランスを崩してしまった。サングラスの男は、その隙に右の方へ走った。しかし、彼はふだん走り慣れていない人間だった。久能と男の間の距離は、再び見る見る縮まった。

売店の前で、久能は男の背中に跳びかかった。彼の手が男のベルトを捕え、男はその場にのめるように倒れた。

「安倍兼等、いや、甲斐辰朗だな？」

久能は男に尋ねた。男は答えなかった。久能は男の顔をこちらに向かせて、サングラスを取った。

甲斐辰朗とは似ても似つかない、垂れ下がった目が、その下から現われた。

久能は唖然として、組み伏せた男の顔を見つめていた。目を除いた顔の造作は、髪型も含めて、被害者の似顔絵にそっくりだったにもかかわらず、それは、全く別人の顔であった。

久能は、あわてて飛び退いた。

「人ちがいです」男が泣きそうな顔で訴えた。「俺、そんな名前の人は、知りません」

「なら、なぜ逃げた？」

「それは、あんたが急に襲いかかってきたから」

全身を満たしていた興奮が、一瞬にして遠のき、激しい落胆が残った。

「――すまなかった」久能は、男が立つのに手を貸し、服の埃をはたいてやった。

「まちがいだ」

男はようやく落ち着いて、久能の顔をじろじろ観察し始めた。

「思い出した。甲斐辰朗って、新興宗教の教祖だろう。テレビで見たよ。あんた、警察の人でしょ？」

「ああ」ぶっきらぼうに答えて、サングラスを差し出した。「けがは、なかったか」

男はうなずいた。久能は、あらためて非を詫びると、急いで女のところへ戻った。

久能の顔を見るなり、セレニータがたどたどしい日本語で尋ねた。

「カネヒト、ちがうか？」

久能は首を振った。

「カネヒトは、死んだんだ」

久能の言葉に、いやにあっさりと、セレニータはうなずいた。彼は自身の軽率な行為を恥じながら、彼女をゲートの方へ急がせた。搭乗時間は、あとわずかしか残されていなかった。

別れは、ごく短かった。

ゲートを通過する時、セレニータが、

「サヨナラ」

と言った。久能は、無言で手を振った。家に帰れば、セレニータより一つ年下の娘がいる。そんな年端も行かない子供に対して、自分の国がしたことを思うと、慚愧(ざんき)の念にたえなかった。

だが、セレニータが故郷で暖かく迎えられるとは限らない。むしろ、その反対の可能性が強かった。彼女はいつかまた、この国に舞い戻ってくるかもしれないと思った。それは久能には、どうすることもできない現実だった。

セレニータの後ろ姿が消えると、久能の思考は否応なく、もう一つの現実へと引き戻された。

久能は、先程の失態について考え始めた。

なぜあの男が、赤の他人であることに思い至らなかったのだろうか？　いくら遠目で、顔立ちが似ているからといって、死んだ人間が、空港ロビーを歩いているはずはない。それに間近で見ると、年格好など一回りもちがっている感じだった——。

何かが頭に引っかかっているような気がして、仕方がなかった。その何かを突き止めないと、気がすまない。久能は空港のティー・ルームに入り、レモンティーを頼んだ。

とっさに判断を誤った原因は、セレニータの態度にある。久能には、そう思えた。彼女の身振りや表情は、あまりにも自然だった。

つまりセレニータは、サングラスの男を、『フジハイツ』で一年間いっしょに暮した人物だと信じていたのだ。その思い込みが、態度にも現われ、久能の判断まで左右したことになる。

だが、それでは説明になっていない。「カネヒト」、すなわち甲斐辰朗が例えば、警察に追われて姿を消している人物だというならわかるのだが。

情人が本国に送還されることを、どこかで耳にして、最後の別れを告げるために、危険を承知で空港に現れる。そういう劇的な場面を、セレニータが夢想していれば、いくらか顔立ちの似た別人を「カネヒト」と思い込んでも、不思議はない。

しかし何日も前に死んでしまった人間が、別れを惜しんで、空港まで見送りにやってくることなど、絶対にあり得ない。セレニータがどんなに教育の低い娘でも、現代に生きている以上、そんなことを信じるわけがなかった。

ということは、彼女は「カネヒト」が今も生きていると思っていたことになる。だが、そんな馬鹿なことがあるものか。彼の死体を発見したのは、セレニータ自身なのだ。

「あっ」

久能は突然、あることを思い出して、あやうく手にしたティーカップを取り落しそうになった。

思い出したのは、三年前に彼が担当した、保険金目当ての偽装殺人事件だった。夫婦が共謀して、夫に多額の生命保険をかけた後、夫によく似た別人を車の事故に見せかけ、殺害。妻が、死体を夫と証言して、保険金をだまし取ろうとしたのが、犯行のあらましである。

久能は妻を尾行して、潜伏中の夫と接触した現場を押えた。その尾行中に、女が見せた表情をふと思い出したのである。口許に浮かんだ、唇を絞るような笑み。サングラスの男に気づいた時のセレニータの表情は、あの女の顔とそっくりだった。死んだことになっている男との密会。さっきの場面と、符合する点がないでもない。しかも、人ちがいだと告げられた時の、セレニータのあまりにとってつけたような態度の変化はどうだ。

我々は、あの小娘にだまされていたのではないか？　久能の脳裏をそんな考えがよぎった。「カネヒト」、すなわち甲斐辰朗は、どこかで生きているのではないか？

久能は思わず、椅子から立ち上がった。マニラ行きの便が、ちょうど離陸する時刻だった。窓の外をセレニータの乗った機が、緩慢な速度で横切っていくのが見えた。

あぶなかった、とセレニータは思った。

刑事に気づかれた時は、目の前が真っ暗になった。もし、あれがカネヒトだったら、彼女は全てをぶち壊しにしてしまうところだったのだ。人ちがいでよかった。

心配でないこともなかった。自分の軽率な行動から、あのことがばれてしまうかもしれない。でもその可能性は、ごくわずかだと思った。きっとあの刑事だって、すぐ忘れてしまうだろう。

ニッポンの男たちはみんな、セレニータのことを知能の低い娘だと思っていた。カネヒトもその例外ではなかった。しかしそれは、まちがいだ。

その証拠に今年に入ってすぐ、彼女はあのことに気づいた。それを当のカネヒトに知らせなかったのは、目ざとい女と思われて、嫌われるのがいやだったからだ。

男なんて、甘っちょろい生き物だ。あれで隠していたつもりなのだろうか。カネヒトが二人いたことぐらい、セレニータには一目瞭然だった。

バスルームで死んでいたのは、その片割れの方だ。でも生きているもう一人のカネヒトのために、セレニータはその秘密を誰にもしゃべらなかった。

まもなくシートベルトを外してもよい、というアナウンスがあった。セレニータはニッポンでの生活に、名残惜しさを覚えた。

サングラスの男は人ちがいだったけど、あの人はやっぱり空港のどこかで、あたしを見送っていたにちがいない。セレニータは、そう信じていた。そして彼女は心の底で、いつかカネヒトが自分を迎えに来てくれる日のことを想像し始めた。その時には、何もかも打ち明けてくれるだろう。

セレニータは微笑んで、シートベルトを外しにかかった。自分がもう二度と、子供の生めない体になっていることを、彼女は知らなかった。そして、カネヒトが、彼女を迎えに来ることなど、絶対にないということも。

最後の書　よみがえる死者の問題

1

久能警部がもたらした新しい情報は、最初、綸太郎を困惑させた。彼の前には、指紋の一致という事実が立ちふさがっていた。甲斐辰朗が生きているという可能性は、万に一つもあり得なかったのだ。セレニータが空港で示した反応は、情緒的な混乱によって引き起こされたものにすぎない。理性の声は、綸太郎にそう告げていた。一時は、ほとんどこの見解を支持する気になっていた。

ところが不幸にも、彼の職業は探偵小説を書くことだった。このジャンルにおいては、何よりもひねくれた思考様式が尊重される。甲斐辰朗の問題は、彼の入り組んだ神経繊維の経路を右往左往するうちに、またしても、従来とちがった新たなパターンを形作り始めた。

彼は一晩中、その問題と格闘し続けた。ここまでの苦い失敗の連続のために、慎重にならざるを得なかった。しかも、今度のパターンは、今まで以上にファンタスティックな模様を描いていた。

しかし、論理が指し示す道は、それ以外にないように思えた。

あくる六月一日の午後、綸太郎は一大決心を固めて、教団本部へ出かけていった。

彼はひとりだった。父親に話して気を持たせるには、あまりにも事実の裏付けに乏しく、そしてそのことこそが、今までの失敗の原因だったからだ。

綸太郎は、まず事実に当たるつもりだった。

二日ぶりに教団本部を訪れると、以前とどことなくロビーの人の流れがちがっているような気がした。活気というより、浮き足立った感じのあわただしさとでも言えばよいのか。一階の案内カウンターの女の子も、ぱっとしないオールドミスタイプにすげ替えられていた。

綸太郎は、山岸裕実に会いたい旨、伝えた。

裕実とは、今のところ、お互いに一種の警戒体制を敷き合った状態だった。もっとも綸太郎は、その状態を改善するつもりでいた。『枢機卿』との一件が与太話だったと知ったせいもある。我ながら、現金な態度と思う。

った。

裕実は、すぐに下りてきた。綸太郎の顔を見るなり、当てつけがましい口ぶりで言った。

「また何か、もんちゃくを起こしに来たの？」

「そうでもない。実は、君の助けを借りたい」

「今日は、ずいぶん下手に出るのね」ロビーを見回した。「ひとりなの？」

綸太郎はうなずいた。

「いままでの捜査は、完全に行き詰まってしまった。どんなささいなことでもいいから、突破口を見つけなきゃならない。死んだメンターについて、もう一度洗い直してみたいんだ」

「どうかしたの？　あなたが、そんな謙虚な言葉を口にするなんて」

この調子なら、いけるぞ。綸太郎は心の中でつぶやいた。

「彼の周囲の主だった人々に、訊いてみたいことがある」

「主だった人々って、どの程度の範囲を指すの？」

「ごく内輪の人間でいい。彼の未亡人。斎門、坂東、両理事――」

「坂東さんは、昨日の新幹線で大阪に行ったわ」

「じゃあ、彼は除かざるを得ないな」綸太郎は、三本目の指を折り直した。「もちろん君にも、同じ質問がしたい」

「私を含めて、三人ね」

裕実は、迷っているようなそぶりを装った。実際は、こちらの申し出に興味があるはずだ。教祖殺しの犯人がつかまらない限り、教団内部の結束もままならない。綸太郎はじっと彼女の顔を見つめた。

「――あなたは、ちょうどいい時に、ここに来たようね」その言葉に、皮肉はこめられていないようだった。「斎門氏も、奥様も今なら少し時間が取れると思うわ。ただし特例よ」

「よかった」

「忙しい人たちであることを忘れないで。成果がなかったら、とっちめられるわよ」

「了解」と綸太郎は言った。

綸太郎はまたしても、見たことのない応接室に通された。部屋の等級でいえば、部長クラスに該当しそうだ。

綸太郎は、そこそこ品のよいソファに、腰を沈めた。一体このビルには、いくつの応接室があるのだろうか？　もしかしたら、フロア全体を応接室に当てているのかもしれない。いずれにしても、この教団は、来客に対して独特のカースト制を敷いているにちがいない。

五分ほどたって、三人が入ってきた。裕実を先頭に、甲斐留美子、そして斎門がしんがりである。

留美子は、死んだ元ビートルズの妻が、一九七〇年代初めの頃に、ステージで着ていたような衣装を身に付けていた。しかし教主代行の役は、お世辞にもまだ板についているようには見えない。

「わたくしどもに、尋ねたいことがあると聞きましたが」

綸太郎はうなずいた。

「いきなり立ち入ったことをお尋ねしますが、奥さん、あなたと亡くなった御主人は、生前、寝室を異にされていましたね」

「ええ」

「いつから、そういうことになったのですか」

「四ヵ月ほど前です」

「それを持ち出したのは、御主人の方でしょう?」

「その通りです」留美子は淡々とした口調で、「主人は突然、ちがう部屋で寝起きすると言い出したのです。エーテルが、そう命じたのです」

「つまり、御主人がそう言ったわけですね」

「それらは、同じことの言い換えです」

「そのことについて、他の説明はありませんでしたか？」

「いいえ。エーテルがそう命じたのなら、説明は必要ありません」

「なるほど」綸太郎は咳払いをした。「四ヵ月前ということは、二月の初め頃になりますね。その頃から、亡くなった御主人の言動に、おかしなふしが目立つようになりませんでしたか？」

留美子は顔を曇らせた。眉の寄せ方を見ると、何か思い当たるふしがあるようだった。それを見て、斎門が口をはさんだ。

「あんたの質問は、漠然としすぎてる。鎌をかけてるだけじゃないのか？」

「では、こういうふうに言い直しましょう。

寝室を別にされた二月の初め頃から、甲斐氏が人が変わったというようなことはありませんか」

「人が変わった？」

「ええ。例えば、細かい癖が変わったとか、今までにないしぐさをするようになったとか」

するとʼ未亡人をさしおいて、裕実の口から、思わぬ情報が漏れた。

「——そういえば、一時、メンターはひどく物忘れが激しくなったことがあったわ」

綸太郎は、彼女の方に顔を向けた。すると斎門が機先を制して、割り込んだ。

「山岸君。君が、この男の口車に乗せられていたんでは、話にならんぞ」

「待って、兄さん」留美子が言った。「でも、あの頃、あの人が少し変だったのは、確かだわ」

「おまえまでそんなことを言い出してどうする。この男を信用すると、えらい目に遭うぞ」

「まあまあ」綸太郎は猫なで声で、斎門のごきげんを取ろうとした。「僕は何も、あなたがたを取って食おうというつもりじゃないんですよ。生前のメンターの行動の中から、事件解明の鍵をつかもうと試みているだけです」

斎門は疑わしげに、綸太郎をにらんだ。綸太郎は知らん顔で、留美子に訊いた。

「少し変だったというのは、具体的には、どういうことがあったのですか」

「急に言われても」留美子は頰に手を当てた。「どれがどうとは、一概に答えられません。時たま、おやっと思わせることが何回か重なった、というようなことですわ。ねえ、山岸さん？」

「ええ、そんな感じでした。しばらくたつうちに、そういうことはなくなりましたが」

綸太郎は二人の言葉に目を輝かせ、続いて、斎門に矛先を向けた。

「あなた自身は、気づかれなかったのですか？　その時期、甲斐氏の言動が変化しつつあったことに」

「気づいてはいたさ」斎門は、ばつが悪そうに答えた。「しかし、それは別に目くじらを立てるほどではなかった。ちゃんと理由のあることだった」

「理由ですって？」

「ああ。こう言ってもあんたは本当にしないだろうが、今年に入ってから、神霊界から送られてくるエーテル波は、大きな変化を示していたのだ。そのためにメンター自身、瞑想を行なうために、従来には見られなかったほど、多大なエネルギーを消費するようになった。その影響が、日常生活にも波及したのだ。この現象界で起こっていることは、全てエーテル波の乱れが原因なのだよ」

綸太郎は大きくため息をついた。よくそんな口が利けるものだ。

「つまり、甲斐氏がそう言ったわけですね？」

「そうだ。それに何か文句があるのかね」

「いいえ」綸太郎は、斎門を相手にしないことにして、再び未亡人を見た。「甲斐氏は、あなたにも同じ説明をしたのですか」

留美子は首を振った。

「わたくしには、何一つ説明はありませんでした。なにぶんその頃から、わたくしは、新しい息子のことで頭がいっぱいになっていたものですから」

二人の夫婦仲は、その当時、決定的に冷えていたにちがいない。綸太郎は密かにそう結論した。

「今にして思えば、エーテル波の変化は、メンター自身の死と再生を予言していたのだ」誰も聞いていないのに、斎門が下手な芝居を打ち始めた。

「神学上の論争に、興味はないんです」綸太郎はぴしゃりと言って、「甲斐氏の人が変わってしまった理由に、何か心当たりは？」と裕実に訊いた。

「そう言われても――」裕実は首をひねった。「私には、瞑想のサイクルと関連があったようだとしか答えようがないわ」

「その瞑想はいかさまだったんだぜ」

「我々は、警察の見解には反対だ」また斎門が口をはさんだ。「メンターがあんな汚らわしい女と関係があったなどと言うのは、でっち上げだ」

綸太郎はとうとう、顔をしかめて、斎門を見やった。

「先日、習志野署で話したことと、ずいぶん食いちがうことをおっしゃいますね」

「あれは、君らに強要されてしゃべったことだ。絶対に、私の本意ではなかった。この顔ぶれならまだしも、信者がいる前でそういう口を利いたら、君を訴えるからな」

斎門は、気色ばんで言った。

「わかりましたから、少し黙っていてください」

綸太郎はもう一度、裕実に念を押した。

「君にとっては、甲斐氏は侵しがたい存在だったはずだ。ということは、普段から彼とはある程度、距離を置いて接していた、そうだろう？」

「否定はできないわ」

「その点は、君以外の関係者にとっても、同様だった？」

斎門と留美子をちらと見て、裕実はうなずいた。

「そうか」

綸太郎はこぶしを口に当てて、落ち着きなくその場で足を動かした。それからまた急に、留美子に視線を返した。

「問題の二月以降、御主人の左太腿をごらんになったことはありませんか？」

留美子は、しばらく記憶をたぐっていたが、

「いえ、わたくしの記憶する限りでは、一度もありません」

「そんなことだろうと思った」綸太郎は、思わせぶりな口調で言った。

「なぜそんなことをお訊きになるんです？」

「もしかしたら、犬に嚙まれた跡があったのではないかと思いましてね」

「でも主人には、そんな傷はありませんでした」

「その通り」綸太郎は、質問が尽きたことを彼らに告げた。

「一体、これは何のことなんだ？」除けものにされた斎門が真っ赤な顔をして、綸太郎に詰め寄った。

「マーク・トウェーンの『王子と乞食』という本を読んだことがありますか？」

と綸太郎は答えた。斎門は、目を丸くした。

2

帰り際に、山岸裕実が思い出したように綸太郎を引き止めた。

「何だい」

「今朝、彼から電話があったの。あなたに会いたがってるわ」

「彼？」

「『枢機卿』よ」裕実は肩をすくめると、踵(きびす)を返して、仕事に戻っていった。

自分の知らない水面下で、二人が何やら動き始めているようだ。綸太郎は、釈然としない思いにとらわれながら、車を出した。

ホテルのフロントで尋ねると、『枢機卿』はその日の朝、チェックアウトしていた。しかも新しいアドレスを残していない。自分の行方をくらましておいて、何が会いたがっているだ。

綸太郎は警視庁に寄って、父親に新しい情報を伝えようと思ったが、車のハンドルを握ったとたんに気が変わった。『枢機卿』の昔の癖を思い出したのだ。綸太郎の車は、外堀通りを北上した。

〈オーストラリア肺魚（ネオセラトダス）

　肺魚類。セラトーダス科。体長一・七五メートル。オーストラリア北東部（クイーンズランド）の水草の茂った岸辺に住む。酸素の多い水中に住むため、えら呼吸だけでも生きてゆける。祖先は、三億年前に栄えたが、現在は数少ない〉

『枢機卿』は、不忍通りの水族館の三階、青緑色をした水槽の前に、一人でたたずんでいた。真っ赤なハーフコートに、巨大な旅行鞄を提げた男を見つけるのは、簡単なことだった。

「遅いじゃないか」と『枢機卿』が言った。「もう十分で閉館になるとこだぞ」

「伝言を受け取るのが遅れたんだ。いずれにせよ、もう少し親切なメッセージにしてほしかったよ」

『枢機卿』は、白い歯を見せた。

「この場所をよく覚えていたな」

「これで通算七回目だからね」学生時代の苦い思い出の数々が、綸太郎の脳裏をよぎった。「まあ、そんなことはどうでもいいや。宿を引き払ったんだって？　今夜、泊まる当てはあるのかい」

「ああ」『枢機卿』は何くわぬ顔で言った。「おまえの家には、大の男が横になれるソファのひとつぐらいあるんだろう？」

綸太郎は、肺魚に手を振った。

「僕がうんと言っても、親父が首を縦に振らないだろうな」

「その点は大丈夫だ」

「親父は頑固だぜ」

「昔、話したことがなかったかな」『枢機卿』は面白がっているようだった。「俺は、五年ほど前に、南アルプス山中で、カネヒトと呼ばれる男に会ったことがある」

水槽のガラス越しに、肺魚が笑いかけたような気がした。

「――家には立派なソファがある」

綸太郎は『枢機卿』の荷物を持って、出口の方へ歩き出していた。

その夜、法月警視は、珍しく早く帰宅したが、家の敷居をまたいだ時、彼のきげんは最悪だった。

事件の捜査が完全に行き詰まり、上層部からの風当りが強くなっていた。今日もそのことで、副総監に文句を言われたのだ。

頼みの綱の綸太郎は、当てにならない。今日だって、どこで何をしているのか、一日中連絡をよこさなかった。机の上には未処理の書類が山をなし、定期検診の結果は、煙草の本数を減らすよう警告していた。何もかもがうまくいっていなかった。

居間で、李清邦の姿を見つけた時、警視のふきげんは最高潮に達した。彼は不意の来客を好まなかったし、それが『枢機卿』のように虫の好かない男なら、なおさらだった。

俺は何と不幸な男だろう、と警視は嘆息した。

彼の考えは、まちがっていた。

『枢機卿』は、居間で一番いい椅子に陣取ると、法月警視に愛想のよい笑みを投げ、気取りのない調子で話し始めた。

「当時、俺はフィールド・ワークと称して、日本中のさまざまな宗教集団を渡り歩いていた。キャンパスの俗物連中と、脱構築とか、ポストモダン批評とかを議論するのに、飽き飽きしていたんだ。

一九八四年の後半から、翌年の初めにかけて、八つのミニ宗教団体と、四ヵ所の

《自然に帰れ》派のコミュニティーに参加した。神道系、キリスト教系、UFO宗教やハレ・クリシュナまで、よりどりみどりさ。その中の一つに《祈りの村》があった。

《祈りの村》は、南アルプスの小無間山（しょうむげんさん）の麓で、自給自足生活をしている六十名足らずの集団だ。『山上の垂訓』を心の糧（かて）としているが、宗教色は薄い。要するに、オーエンとかフーリエの現代版だと思えばいい。

　歴史は比較的古くて、七〇年代の初めに、三十人ほどの男女が入植して以来、二十年近くその活動が続いている。今でも、存在しているはずだ」

『枢機卿』は、コーヒーのおかわりを頼んだ。

「村のリーダーは、メンターと呼ばれる老人で、俺が行った当時には、六十代に達していたはずだ。しかし、とてもそうは見えない、元気な爺さんだったがね」

「その村でも、メンターという呼称が使われていたのか？　偶然の一致かな」

「メンターというのは、ギリシャ神話に出てくるメントールの英語読みだ。メントールは、勇者オデッセウスが、息子テレマコスの教育を委ねた人物で、その名前自体が、優れた指導者という意味を持っている。あちこちで使われても、不思議ではない」

「それで」と綸太郎が、先を促した。「その老人は、何かカリスマ的な能力でも備えているのか」

「いや、とりたてて特徴のない、普通のおっさんだよ。『イエスの方舟』の事件を覚えているか？　あの教祖と、よく似た雰囲気の男だった」

「──あの千石（せんごく）イエスかい？」

『イエスの方舟』事件は、いわゆる新・新宗教に社会が注目する、最初のきっかけとなったできごとである。

一九五九年から教祖の千石イエスが中心となって、東京の多摩地区で、『極東キリスト教会イエスの方舟』として活動を始めた。空き地に立てたバラックの中で集団生活をしながら、「親は子を搾取する」など独特の教義を展開した。

一九六五年から七二年にかけて、高校生やＯＬなど若い女性十人が次々と家出して入信し、家族とのトラブルが絶えなかった。

失踪女性のうち、七人の家族が警視庁に捜索願を出したりしているうちに、七八年、信者の女性ら二十六人が、教祖の千石イエスとともに突然、行方不明になるという事件に発展した。

八〇年には国会でも「狂信的な行動」として問題となり、警視庁も捜査に本腰を入れ始めた。ところが、約二年間の福岡市での漂流生活の後、同年七月に、静岡県熱海市で女性信者たちは保護され、千石は同市の病院に入院中のところを発見された。

この事件を、マスコミが大きく取り上げたことは言うまでもない。当初、千石イエスは「女性の弱味につけ込む狂信的な誘拐犯」として報道されたが、保護された女性信者たちの証言からは、全く異なった人物像が浮かび上がってきた。

「――素顔の千石イエスは、押しつけがましかったり、狂信的なところのない、ごく普通の人間だった。受動的に他者を受け入れる優しい資質の持ち主だった」

「《祈りの村》のメンターも、そういう人物だったというわけだね？」

「そう。したがって、彼らの集団も『イエスの方舟』に類似した、長屋的な気楽さに支えられたコミュニティーだった。息苦しい固定した文化の抑圧の安全弁として、自由な反文化の駆け込み寺のような避難所の役割を果していたんだ。俺の見た限りでは、都市生活に順応できない、心優しいエコロジストたちの集まりだったよ」

法月警視はついに、我慢しきれなくなった。

「一体、いつになったら、肝心の話題に入ってくれるのかね、李君？」

「これは失礼」おどけた口ぶりで言うと、綸太郎に目を戻した。「ともかく俺は《祈りの村》で、一ヵ月ばかり共同生活に参加した。その時、カネヒトと呼ばれる男と知り合い、何度か話をする機会を得た。

カネヒトは、三十代後半の無口な男で、目立たないが、メンターの信任は厚かった。話をすると、全共闘運動に首を突っ込んだことがあるらしく、六〇年代後半の反体制思想にずいぶん通じているようだった。

　俺はその男に興味を感じて、ことあるごとに議論に引き込もうとした。自然、話題はあの時代の話になる。俺が当時、もっとも関心があったのは、連合赤軍のリンチ事件だ。というのも、何となく、カネヒトの全てを捨て去ったような態度に、当時の武闘派のような匂いを感じたからだった。俺もまだ、若くて、怖いもの知らずだったんだ。

　もともと無口な男だったが、テロリズムの問題になると、どんなに水を向けても、一言もしゃべろうとしなかった。それ以外のことなら、言うべきことがあれば、決して黙っていない人間だったが、武闘派や、連合赤軍については、完全な沈黙を守った。

　話そうとしないのではなく、どうやら、記憶に欠落があるらしいのだ。初めは俺も、そのことに気がつかなかったが、村の他の人間に教えてもらって、やっとそれがわかった。カネヒト自身、自分が一体何者で、村に加わる前にどこで何をしていたか、よく覚えていないという。どうして革命思想にそんなに詳しいのか、自分でもよくわからない、と言っているのを聞いたこともある」

　法月警視は、綸太郎と意味ありげに顔を見合わせた。綸太郎が言った。

「それで？」

「《祈りの村》に対する関心は、さほど大きくはなかったが、彼が何者であるか、非常に気になった。そこで俺は、リエという村の女に、カネヒトのことを尋ねることにした。彼女はカネヒトの妻、と言っても、正式のものではないが、彼が村に現れた時から、ずっとそばにいたそうだ。ただし、二人の間に子供はいない。リエの話によると、カネヒトは一九七二年の春、残雪の中に瀕死の状態で倒れているのを、同じ村の者に助けられたという――」

3

【一九七二年四月】

気がつくと、見覚えのない部屋で布団の上に横になっていた。灰色のセーターを着た女が、彼の上にかがみ込んでいた。

「目が覚めたの？」

女の言葉の意味がわかるまで、ずいぶんとかかったような気がした。彼は苦労して、相手の顔に目の焦点を合わせた。

見知らぬ顔だが、生身の女であった。

「――俺は、生きているのか？」

女は柔らかな微笑みを浮かべ、うなずいた。

「一昨日の朝、村の者が雪の中で倒れているあなたを見つけたわ。あなたはまだ、来世へ行く準備ができていない。だから神様がお助けになったの」

起き上がろうとすると、体のあちこちに激痛が走った。

「まだ起きるのは、無理よ」と女が言った。

毛布を上げて見ると、全身に包帯が巻かれている。まるで自分の体ではないようだった。

「ここに運び込まれた時は、ひどい状態だったわ。体じゅう生傷だらけで、しかも凍傷になりかかっていたの。手負いの猪より始末が悪かったわ」

「それより、ここはどこなんだ」

「村よ」

「村？」

けげんな顔で問い返すと、女は手を振って立ち上がった。

「その話は、あなたがもう少し回復してからにしましょう。今、食事を持ってきます」

緑色の粒が混じった、お粥（かゆ）のようなものを食べさせられた。胃袋がくちくなると、また眠気が襲ってきた。

次に目を覚ました時には、寝床の傍に、ひとりの男が坐っていた。とりたてて特徴のない顔をした四十代の男で、話す声はまるで女のようだった。

「体の具合は、いかがです？」

「だいぶ楽になりました」

「それは、よかった。みんなずいぶん、心配していたのです」

布団の上で、上体を起こそうとすると、男は黙って彼に手を貸してくれた。

初めて部屋をよく観察することができた。簡素な丸太小屋の一室らしい。天井から石油ランプが下がっているが、火は入っていない。窓の外は、午前中の明るさだった。

ここは一体、どこなのだろうかと考えた。空気と光の感じで、山から下りた場所でないことは、確かである。

「ここは、小無間山の南側の台地です」男が、こちらの考えを読み取ったように説明した。「あなたは西の沢で倒れていました。ここからおよそ、三キロほど離れた場所です」

「こんなところに、キャンプ施設の類はなかったはずですが」

男は、愛想のよい笑みを浮かべた。

「私たちは、キャンパーではありません。三十六名の男女が、ソロー流の自給自足生活を営んでいるのです」

「何ですって」

「山に入って、もう三年になります。武者小路実篤の『新しき村』の現代版とでもお考えください」

「ヒッピーのコミューンのようなものですか」

男は、ちょっと顔をしかめた。ヒッピーという言葉が気に入らなかったらしい。

「私のことは、メンターとお呼びください」

「メンター？」

「賢い助言者、よき指導者を示す名前で、ギリシャの神にあやかったものです」

「では、あなたがここの責任者ですか」

「まあ、そのような役割です」メンターは咳払いをした。「あなたのお名前は、まだうかがっていませんでしたね」

彼は、自分の名を告げようとした。しかし、それが喉まで出かかった時、激しい吐き気に襲われた。

「大丈夫ですか？」

「ええ」

「よほどつらい目に合われたようですね」

「いいえ」

「村の者が見つけた時、あなたは泥だらけの、野戦兵のような格好で倒れていたそうです。体の傷も、尋常のものではない。去年の暮れ頃から、山の北の方から、銃声らしき音を聞いた者が、何人もいます。一体、何があったのか、よろしければ、話していただけませんか？」

彼は答えなかった。とつぜん悪寒に襲われたように、ぶるっと身を震わせただけだった。メンターの目に、憐れみの光が宿った。

「あなた自身、思い出すことを拒みたいできごとがあったのでしょう。私たちは、別に気にしません。体がよくなって、話す気になられたら、またうかがいましょう。では、また後ほど」

メンターは静かに腰を上げると、部屋を出た。

彼は、寝床に体を横たえた。天井を横切る太い梁をじっと見つめていると、自分の体が真っ黒い淵に吸い込まれていくような感覚に襲われた。その闇の底に、彼の過去がたたずんでいた。彼の心は、まだそれを正視できるほど回復していなかった。

彼はまた眠りに落ち、眠りから覚めた。それが何度か繰り返されるうちに、彼の体は着実に回復していった。しかし、彼の心の閉ざされた部分は、肉体の回復と反比例するように、その殻を堅くして、いまわしい記憶を彼自身から締め出していった。

何週間かが過ぎて、傷はほとんど癒えた。

彼は、許しを得て、小屋の外に出た。久し振りに表の空気を吸い、太陽の光を浴びると、全身に新たな力が湧き起こるようだった。

既に、ここには春が来ていた。

外では、二十人ほどの男女が、畑を耕し、家畜を追っていた。近くの谷川から水を引いて、本格的な農業を営んでいる。ほとんど彼と同じ二十代の人間だったが、遊び半分でやっている姿ではなかった。

そのうちの何人かは、すでに顔と名前を覚えていた。前の晩に、メンターを交えて、遅くまで話をしていたのだった。彼らの話を聞いていると、身内に不思議な同胞意識が生まれた。自己に対する意識の真空状態は、まだ続いていたが、その一方で自分が村の一員となることを、真剣に考え始めていた。そのことをメンターに話すと、

「私たちは、誰であれ、来る者は拒みません」

という答が返ってきた。その表情は、彼を歓迎しているように見えた。

谷川のそばの、共同炊事場まで足を延ばすと、リエが手斧で薪を割っていた。リエは、最初に彼が意識を取り戻した時、そばにいた女で、それ以来ずっと、傷の手当と

身の回りの世話をしてもらっていた。ふっくらとした体つきの、目がぱっちりした娘だった。

「そんな手つきじゃ、だめだ」

声をかけると、リエは振り返った。

「けが人に言われる筋合いはないわ」

「傷は治ったよ」彼はあちこちの筋肉を動かしてみせた。「君のおかげだ」

「もうどこも痛くないようね」

「ああ。それを貸してごらん」

リエから手斧を受け取ると、お仕着せのシャツの腕をまくり上げた。

「斧はこうやって使うんだ」

薪は見事に二つに割れ、リエが手をたたいた。それが、村の一員として、彼が最初にした仕事であった。

「これからあんたのことを、何と呼べばいい？」

リエに訊かれて、彼は口ごもった。

「俺は、名前を忘れた」

「じゃあ、あたしがあんたに名前をつけてやろう」

リエの目に、悪戯っぽい光が浮かんだ。

「あんたの名は、カネヒトだ」

それから彼は、カネヒトになった。

4

「――こうして男は生まれ変わり、得体の知れない過去と縁を切った。それから、二人は末永く、平穏に暮した。少なくとも、俺が村を訪れた八四年の暮れまでは」

法月警視の目は、しばらく宙をさまよっていた。明らかな興奮の色が、頰に浮かんでいる。低いうなり声を洩らすと、新しい煙草に火をつけた。

「いくつか質問がある」

「何なりとどうぞ」

「まず、名前に関する疑問がある。君が会った男は自分が何者であるか、思い出せなかったことになっている。それなら、リエという女は、どこからカネヒトという名前を見つけてきたのだろうか？」

「それは、訊かなかった。恐らく彼自身が、昏睡状態にあった時に、うわごとで自分の名を洩らしたんだろう」

「その男の外見は、どんなだった？」

『枢機卿』はいきなり立ち上がって、自分の荷物を取りに行った。鞄の中から、週刊誌らしき本を四、五冊引っぱり出し、その中の一冊を広げて見せた。

「口で言うより、こっちの方が早い」

開かれたページには、《汎エーテル教団》教主の写真が載っていた。事件を扱った特集記事の一頁である。

「さすがは、血のつながった兄弟だ。俺が会った男は、兄貴とそっくりの顔立ちをしていた」

綸太郎は、他誌の表紙に目をやった。どの本も、《汎エーテル教団》教主の死を、センセーショナルな見出しに使っている。『枢機卿』が言った。

「山岸裕実のことがあって、俺もこの事件にちょっとした興味が湧いてきた。ホテルでごろごろしてるのにも、いい加減飽きてきたところだったし、いろいろと資料を集めて調べ始めたんだ。

最初は単なる好奇心だったが、甲斐辰朗の写真に見覚えがあるような気がして、俺は落ち着かなくなった。

決定的だったのは、安倍兼等という名前だ。それで、昔の記憶がよみがえった。で、これはおまえに教えてやらなきゃならないと思って、あわてて連絡したわけだ」

「何が幸いするか、わからないものだ」と警視が言った。「念のため、もうひとつ訊きたい。君が会った男の左太腿に、噛み傷があったのを覚えていないか?」

『枢機卿』は首をひねった。

「――そこまでは、覚えていない」

「そうか」

「でもお父さん、前後の事情から考えて、《祈りの村》に現われた男が、安倍兼等であることはまちがいないと思います」

「その点は、俺も賛成だ」

「したがって、一九七五年の秋、兄の安倍誓生の前に現われて、安倍兼等が自殺したと話した『ヒッピー・スタイル』の二人組は、嘘をついていたことになります。

山の中で発見された安倍兼等は、全身傷だらけだったというのですから、ご多分にもれず、彼が仲間からの悽惨なリンチを受けたことが推測されます」

「なるほど」

「恐らく安倍兼等は、仲間の監視の隙をついて、外に逃げ出したのでしょう。グループの他のメンバーは、彼の行方を追ったものの、見つけることができなかった。しかし、彼の衰弱の度合いから見て、山の中で野垂れ死んだと判断したのでしょう。

その後、彼の兄が執拗に弟の安否を求めた際には、さすがに気が咎めて、真実を告げることができなかった。そこで、彼が自殺したという話をでっち上げて、兄を納得させたわけです」

「俺が考えていたのも、大体そういうことだ」警視は、心得顔でうなずいた。「しかし、彼が《祈りの村》で会った男が、甲斐辰朗の殺害に関係していると断定するには、まだ早い」

「いいえ」

綸太郎は自信に満ちた表情で、首を振った。

その態度があまりにも尊大に見えたのか、警視は困ったように肩をすくめた。綸太郎はおもむろに、『枢機卿』の背中を叩いた。

「明日の朝は、早いから、そろそろ寝た方がいい」

「何だって?」

「南アルプスまで、車で遠出だ。君には、ナビゲーターを頼む」

「ナビゲーターだと」

綸太郎はにやりとした。

「《祈りの村》への道を知っているのは、君だけだからな」

5

翌朝、綸太郎のランドローバーは一路、南アルプス南部の小無間山を目指して、疾走していた。

時間が早いせいか、道はずっと空いていて、綸太郎のハンドルさばきも快調そのものだった。あまり気持ちよさそうなので、制限速度を三十キロオーバーしている時も、助手席の警視は何も言わなかった。時々、綸太郎は父親の方を向いて、意味ありげにウィンクまでして見せた。

静岡市内に入ると、後部シートでうたた寝していた『枢機卿』が、やっと目を覚ました。

「ここらへんで、何か腹に入れといた方がいいな」

綸太郎は、沿道のドライブ・インで車を止めた。三人はそこで、この日二回目の朝食を取った。

富士見峠を過ぎると、法月警視はもう我慢ができなくなって、綸太郎に訴えた。

「目的地に着く前に、教えてくれ。我々の求めている獲物は、確かに、安倍兼等なのか？」

綸太郎はしばらく、運転に集中しているふりをしていたが、やがて静かに答えた。

「そうです」

「だが、問題はそう単純ではないぞ」警視は心配そうに言った。「一見したところ、この事件に安倍兼等が占める場所はない。むしろ俺は、彼が事件と無関係である可能性の方が高いと思う」

綸太郎は、首を振った。

「いいえ、問題はそれほど単純ではありません。お父さんが考えているより、この事件の背景はもっと複雑なんです」

警視は、ため息とも口笛ともつかぬ、ひゅうっという音を発した。

「なら、俺にもわかるように、その背景とやらを説明してくれ」

「安倍兼等が十七年前に自殺した、という事実を疑うようになったのは、久能警部が成田で、甲斐辰朗に似た男をまちがえて捕まえようとした話を聞いた時からでした。僕は、警部の観察力を高く買っているので、セレニータに対して彼が抱いた疑問を、事実と合わないからといって、無視することができませんでした。いや、そこにはなにがしかの真実が含まれているはずだと考えました。

そこで僕は、久能警部の直感に従って、カネヒトと呼ばれる人物が、どこかで生き延びている可能性を慎重に検討してみようと思ったんです」

警視の顔には、明らかな失望の色が浮かんだ。

「だが、指紋の件がある以上、『フジハイツ』の死体は、甲斐辰朗以外の何者でもあり得ないし、またその甲斐辰朗が、安倍兼等と名乗って『フジハイツ』で二重生活をしていたことも、既に実証済みの事実じゃないか。

つまり、カネヒトと呼ばれていた人物が、どこかで生きているいることなど、絶対にあり得ない。残念だが、久能警部の推測はまちがっていると、俺は昨日はっきり言ったはずだ」

「ところが、ある条件下に限って、その不可能が可能になるのです。それもごく簡単な考え方の転換によって。

ひとことで言えば、その条件とは、カネヒトと名乗る人物が、二人存在した場合を指します」

警視は驚くより先に、眉を曇らせた。

「それは、こじつけではないのか？」

「そう言えないこともありません。しかし、相反するかに見える二つの事実を、無理なく説明できる解釈は、これだけしかありません。

そこで、とりあえずこの仮説を、さらに大胆に展開してみるとどうなるでしょうか？」

「おまえが何を言いたいのか、さっぱりわからん」

綸太郎はかまわずに続けた。

「『フジハイツ』の男が二人いた、すなわち二人一役が行なわれていたと仮定すれば、その人格のもう一方の主体である甲斐辰朗の側でも、同じように二人一役が行なわれていた可能性が考えられないでしょうか？」

警視の反論は、もはや声にならなかった。

「この可能性にたどり着くまでの思考経路は、恣意的な想像の域を出ていません。我ながら、あまりにも馬鹿げた妄想だと思います。

しかし、僕はこれを実地に検証してみる誘惑をどうしても排し切れなかった。それで昨日、《汎エーテル教団》の本部まで足を延ばして、メンターに近しい、主だった三人に質問してみたのです。ここ数ヵ月の間で、被害者が、誰か他の人間と入れ替わっているようなふしを見せたことはなかったか、と」

「おまえは、俺に黙って、そんなことをしていたのか」むっつりとした顔で、警視が綸太郎をにらみつけた。「で、どういう答が返ってきたんだ?」

「驚くべきものでしたよ、お父さん。彼ら三人、甲斐留美子、斎門亨、そして山岸裕実の一致した答は、イエス、すなわち二人一役が行なわれていた可能性を肯定するものだったのです」

「信じられんな」

「しかし、事実は事実ですからね」綸太郎はあっさりと言った。「この事実の反射的効果によって、最初の仮定、すなわち『フジハイツ』においても同様な二人一役が行なわれていたことも、まちがいない事実であると推測されます。つまり、甲斐辰朗と『フジハイツ』の安倍兼等は、二人一役を行なっていたのです」

『王子と乞食』の現代版だな。瓜二つの二人が、お互いの生活を交換していたわけだ」と『枢機卿』がわけ知り顔でうなずいた。

「いや、ちょっと待て」警視が言った。「おまえの議論には欠陥があるぞ。いいか、『フジハイツ』の管理人や、同じ階の住人の証言によって、安倍兼等を名乗る人物は、六日おきにしか現われなかったことが確認されている。つまり、甲斐辰朗が《塔》にこもっていた周期と同じ期間にしか、その人物は姿を見せていない。もしおまえが言うように、二人の人間が、二つの場所で、生活を交換していたというのなら、おのおのの生活に空白の部分は生じないはずだ。するとその不在の六日の間、兼等役の片割れはどこで何をしていたのか？

同様のことは、甲斐辰朗の側にも言える。メンターの立場にあった人物は、《塔》に入った後の七十二時間を、一体どうやって消化していたのか。まさか本当に、瞑想にふけっていたなどと言うつもりはあるまいな」

「そこですよ、お父さん。この事件には、隠された第三項が存在しています。甲斐辰朗と、安倍兼等の二人二役は、教団本部と『フジハイツ』の間に、名前を持たない第三の場所を介することによって成り立っていたのです」

「ヒヤヒヤ」と『枢機卿』が冷やかした。

綸太郎が続けた。

「それを説明するためには、話を一年三ヵ月前にさかのぼらせねばなりません。甲斐辰朗が、偽りの目的で《塔》を建設し、西落合に、第二の人格を作り上げた時から、全てが始まったからです」

警視は思わず、綸太郎をさえぎった。

「おいおい、おまえは自分の言っていることがわかっているのか？　おまえはさっき、二人の人物が、お互いの役柄を交換していたと言ったぞ。話がちがっているじゃないか」

「落ち着いて、聞いてください。これはあくまでも話の始まりですよ。最初は、我々が考えていた通り甲斐辰朗の単純な一人二役が、つつがなく行なわれていたのです。ところが、彼の行状を、ふとしたことから察知した人間がいた」

「安倍誓生だな」

「ちがいます」綸太郎は、きっぱりと言った。「彼のことは忘れてください」

「じゃあ、それが、安倍兼等だったというのか？」

「ええ」

警視が、助手席で身をよじらせた。その口から、不服の言葉が出てくるより前に、綸太郎は自分の説を進めようとした。

「この事件の基本的な構図は、対位法にたとえることができます。すなわち、甲斐辰朗のパートと安倍兼等のパートが、それぞれの旋律をからみ合わせて、謎めいたハーモニーを生み出していたのです。

いま述べたように、最初のテーマは、甲斐辰朗のパートから提示されました。これに呼応して、安倍兼等のパートから、第二の旋律が登場します」

右手に、光る湖面が現われた。井川（いかわ）湖である。綸太郎は、注意深くハンドルをさばきながら、話を続けた。

「遅くとも半年前までに、安倍兼等は自分の記憶を取り戻し、《祈りの村》を出る決心をしたものと考えられます。そして、ひとり山を下りた。

彼は東京で、新生活を始めました。もちろん、成城の実家には、何も知らせなかった。彼は独力で、自分の生計を立てていくつもりだったからです。

ところが、山中での共同生活が長かったため、安倍兼等は都会での生活に順応できなかったのでしょう。彼は、既に四十代の人間です。誰の手も借りずに、無一物から再出発することは、あまりにも荷が重かった。その結果、彼は、浮浪者同然の生活を送らざるを得なくなっていたと思われます。

たまたまそんな時、彼は生き別れた兄が、自分の名前を使って、西落合に女を囲っていることを発見しました」

「俺にはとてもついていけない」警視は、真剣に頭を抱えた。「おまえのストーリイは、あまりにも恣意的で、しかも陳腐だ」

「それはまた、ずいぶん手厳しい批評ですね」

「まあ、聞け。安倍兼等が山を下りて云々のくだりは、とりあえず措(お)いておくとして、問題は、西落合のマンションだ。兼等が、実兄の甲斐辰朗の存在と、現在の地位を知っていたことまでは認めよう。調べる気になれば、わかることだからな。しかし、何の手づるもないのに、どうやって『フジハイツ』の住所を探り出すことが可能だったんだ？」

綸太郎の横顔に、子供のような笑みが浮かんだ。

「ひとつの可能性として、収入のない人間が生きていくために、必然的に選ばざるを得ない不法行為を挙げることができます」

「何だ、それは？」

「俗に、空き巣狙いとか、マンション荒らしと呼ばれるものです」

6

警視は仰天し、信じかねて口をぽかんと開けた。

「俺は、何か悪い冗談を聞かされているようだ」

綸太郎は真面目くさって、首を振った。

「――では、何か？　たまたま安倍兼等が当たりをつけた建物の中に『フジハイツ』が含まれていて、自分の名前をそのまま使っている奴がいる、と気づいたことから、甲斐辰朗の秘密を察知したということか？」

「まあ、そんなところです」綸太郎は、ちょっと気取って言った。「確か『フジハイツ』の玄関は、外部の人間もフリー・パスでしたね」

「聞くに耐えん」

警視は窓を下げて、煙草を吸い始めたが、既に綸太郎の話に引き込まれていた。聞くに耐えない話の続きが気になって、仕方がなかった。

「――それから、どうした？」

「兼等は、『フジハイツ』の部屋を見張って、自分の名を利用していた人物が、血のつながった兄であり、しかも《汎エーテル教団》教主の甲斐辰朗であることを発見します。

時期的には、昨年の暮れか、今年の初めのできごとだと思います。甲斐辰朗が安倍誓生に、口止め料を払い始めた昨年十一月よりは、後だったはずです。

彼は、秘密をネタに兄を脅し、まず『フジハイツ』でセレニータと同衾することを要求したのでしょう。清潔な住居と、女の肌。東京での兼等が、何よりも飢えていたものです。彼にとっては、金銭的な欲求など、二の次だったにちがいありません。

甲斐辰朗は弟の要求を飲まざるを得ませんが、セレニータに事実を知らせたくはなかった。男としては、当然の気持ちです。

幸い、弟とは瓜二つで、黙っていれば、入れ替わっても気づかれないと考えた。そこで、いつものスケジュール通りの三日間だけ、兼等を『フジハイツ』に泊まらせ、自分は弟のねぐらに滞在した。

これが、二人二役の第一段階です」

「待て」と警視。「弟のねぐらだって？　おまえの話では、兼等は浮浪者になっていたはずだ。浮浪者というのは、定まったねぐらを持たん人間だぞ」

「じゃあ、訂正しますよ。少なくとも兼等は、都内のどこかにねぐらを持っていたはずです。ただその場所は、どこなのかわかりません。

いずれにしろ、この秘密のねぐらと、そこに潜んでいた浮き草のように名前を持たない存在こそが、さっきのお父さんの疑問に答える隠れた第三項なのです」

「何となくわかるような気がする」警視は、正直な感想を述べた。

「この時点で、二人は、入れ替わりがスムーズに成功したと信じていたはずです。ところが、実際は、セレニータは、別々の男がカネヒトと名乗って、自分の前に現われていたことに気づいていた。もちろん、兼等の左太腿にある噛み傷から、察したのでしょう。でもそれに気づいていないふりをしていた」

「なぜだ？」

「そこまでは、わかりません。僕は、女性心理の分析家じゃありませんからね。でも、彼女が二人の入れ替わりを見抜いていたことは幸運でした。そうでなければ、このからくりを見破ることは不可能だったはずです」

「それで？」

「やがて味をしめた兼等の脅迫は、エスカレートしていくようになりました。最初のうちは、周期的に『フジハイツ』に潜り込んで、甘い汁を吸っていた兼等ですが、やがて兄の本業の方にも色目を使うようになった。

何と言っても、元過激派のリーダーだった男です。権力を思いのままに操る地位には目のない男だった。そこで、メンターという地位をも、自分の手に入れようと企んだわけです。

こうして、彼らの二人二役は、その第二段階を迎えた。安倍兼等は、兄と同じように頭を剃り、偽の手術痕を作った。そしてメンターとして、教団に乗り込むようになったのです。

もちろん、この入れ替わりは、『フジハイツ』のそれとちがって、多くの人の目を欺かなければならないので、徐々に時間をかけて、慎重に計画されたのでしょう。それでも、初めのうちはぼろも出て、周りの人間に怪しまれることも珍しくはなかった。

しかし、エーテルの波の乱れを口実に、そういう不協和音は全てもみ消すことができたのです。それに加えて、持ち前のカリスマ的性格と、若い頃に鍛えた説得の技術を駆使すれば、教祖を演じること自体は、決して難しくはなかったと思います。そもそも、神聖不可侵の存在ですから、誰も疑いを抱くはずがないのです。

仮に大きな失策があっても、後で甲斐辰朗自身に尻拭いをさせれば、周囲の目をごまかすことはできたわけですし」

「確かに、活動家時代には、もっと切羽詰まった修羅場も切り抜けてきた男だ。不可能だったとは言えない」警視はいつの間にか、綸太郎の肩を持ちたい気分になっていた。

「――そこの林道を左折だ」

『枢機卿』が、後ろから声をかけた。綸太郎はハンドルを切って、林道に入った。道は舗装されていないが、まだ車を捨てるほどの悪路ではない。

「話の続きを」と警視が言った。

「安倍兼等の最終的な目的は、甲斐辰朗を抹殺して完全に自分一人が、教団の実権を握り、かつセレニータを自分のものにすることでした。

その目的の底流には、フロイト的な父親殺しの欲求があったと思います。物心もつかない頃に別れた長兄を、父親の代理と見なして、その跡を襲う。安倍兼等の人生は、オイディプスの歪められたパロディーだったのです」

「うまいぞ！」と『枢機卿』が言った。

「こうして安倍兼等は、密かに甲斐辰朗殺害の計画を練り始めました。そして『フジハイツ』がその計画のために、絶好の舞台を提供することに気づいたのです。すなわち『フジハイツ』で、安倍兼等として兄を殺せば、死体の身元について誰かが不審を持つことはないし、自分は何事もなかったかのように、新しいメンターになることができると踏んだのです。

ところが彼にとって不運だったことに、成城の実家と一切連絡を絶っていたため、かつての同志が自分の最期をでっち上げていたとは、知る由もなかった。したがって、我々が死体の身元について、あれこれ詮索するとは思ってもみなかったのです。よもや、被害者の正体がばれるとは全く予期していなかったでしょう」

「なるほど」

車が大きな石を踏んで、高くバウンドした。進むにしたがって、道の凹凸は激しくなっていく。綸太郎はハンドルにしがみつきながら、英雄的に説明を続けた。

「次に、犯行の実際面に目を向けると、計画の初期から、ごく最近に至るまで、二人は必要に迫られて、定期的に入れ替わりを続けていたと考えられます。現に殺される直前には、甲斐辰朗自身がメンターだった。僕が会ったのも、本物の方でした。例の脅迫状と、本部のあちこちから、甲斐辰朗の指紋が出てきたのは、そのためだと思います。

一方、安倍兼等の方は、犯行を目前に控えて、『フジハイツ』に自分の指紋を残さないよう、注意をしていたはずです。第三の指紋が発見されれば、『フジハイツ』での二人一役がばれてしまうおそれがあるからです。

そして、五月十七日、午後八時。電話で、セレニータを呼び出し、無人となった三一二号室で、安倍兼等は、甲斐辰朗を殺害します。首を切り取ったのは、言うまでもなく、頭の中にある人工内耳の電極から、被害者の真の身元が明らかにされるのを、未然に防ぐためでした。

その後、兼等は、さまざまな後始末をしなければならなかった。例えば、それまでの自分の住んでいたねぐら、これは兼等がメンターと『フジハイツ』の男を演じている時の、甲斐辰朗の仮の宿でもあったわけですが、そこから自分の痕跡を消さねばならなかった。他にも、いろいろ片付けなければならない仕事があったのでしょう。何しろ、これから半永久的に、甲斐辰朗として、生きていくつもりだったのですから」

「《極東の蒼い鯱》と名乗って、犯行声明電話をかけたのも、彼の仕業だな?」

「その通りです」

路肩をタイヤが踏み外しそうになる。綸太郎はあわててハンドルを切った。四輪駆動のオフロード車だが、そろそろ道が道でなくなりつつある。

「もう一息だ」と『枢機卿』が言った。

綸太郎は、残りの説明を急いだ。

「ところがこの時、彼はもう一つの誤算をしてしまった。というのは、教団での生活に戻るためのタイムリミットを、彼自身は犯行日の三日後、すなわち二十日の午後四時に設定していたのです。したがって彼は、その日の午後には、甲斐辰朗として《塔》に戻ってくるつもりでした。ところがその計画は、僕のせいで崩れてしまったのです。

その日の未明に、僕は『フジハイツ』の事件を知って、《塔》の《祈りの間》にメンターがいないことを暴いてしまった。そのために《塔》自体が監視下におかれる結果となり、安倍兼等は《塔》に戻れなくなってしまったのです。これによって、彼の入れ替わり計画は完全に頓挫した。

以上が、この事件のおおよその顚末(てんまつ)です」

話し終わるのとほとんど同時に、『枢機卿』が綸太郎の耳を引っぱった。

「そこの路肩に止めてくれ。ここから先は、歩くんだ」

7

山の天候は、移ろいやすい。

麓ではさわやかに晴れ上がっていた空も、車を置いて歩き出した頃には、手が届きそうな低い灰色の雲で覆われていた。

三人は足を速めた。赤いフード付きパーカの『枢機卿』を先頭に、足場の悪いジグザグの坂道を上り、野生の枝と蔓が何重にも絡み合ったヤブを抜けると、不意に、山裾に細長く延びる傾斜状の台地に出た。晴れていれば、木々の合間から、重なり合った山の稜線が、北西の方向に延びていくさまが見えたはずだが、あたりに立ち込めたガスがその景観を台なしにした。

《祈りの村》まで、あと二百メートルを残すところで、ついに天の底が抜けた。誰も、雨が降った時のことなど考えていなかった。さえぎるもの一つなく、どしゃ降りの雨が、容赦なく三人を見舞う。

なりふりかまわず、前方の丸太小屋を目指してひた走った。

剝げかかったペンキで《祈りの村》と記されたヒノキの立板にたどり着く。走れば一分に満たない距離なのに、頭から爪先までびしょ濡れだった。

『枢機卿』が、パーカから水を滴らせながら、丸太小屋のドアを叩いた。

突然の来訪だったにもかかわらず、三人は村人たちから厚く歓迎された。広い講堂のような部屋に人が集まり、火がたかれ、着替えを出され、熱く煮出したハト麦茶をふるまわれた。

集まった村人たちは、多くが壮年の年齢に達しており、もっと年が下の人間は、数えるばかりしかいなかった。もっともここにいる人数は、村全体の半分ぐらいでしかなかった。年齢、性別にかかわらず、ジーンズにワークシャツ姿が多い。

奇妙なことに、年齢が高いものほど、すがすがしい顔をしている。長年にわたる節制と、高山の空気のせいだろうか。それとも、後から加わった若い世代の者ほど、体に染みついた現代への絶望の度合いが激しいのか。論太郎には、どちらのせいか、よくわからなかった。

しかし、メンターと思われる老人の姿は、まだどこにも見当たらなかった。そう言えば、さっきまで年長の旧友としゃべっていた『枢機卿』も、いつの間にか席を立って、戻ってこない。

上座では、日に焼けた男たちが、中国の民主化運動の新しい動きについて、さっそく警視を質問攻めにしていた。ということは、彼らは、下界との接触を一切絶っているわけではないのだ。

警視が、天安門情勢について、悲観的な予想を述べると、あちこちでため息が洩れた。人民解放軍の銃弾が、北京市民の血を散らすのは、このわずか二日後である。

倫太郎は話の輪には加わらず、部屋の中を見回して、安倍兼等の顔を探した。甲斐辰朗との入れ替わりに失敗した殺人犯は、行き場を失って、この隠れ里に逃げ帰っているはずだ。だが彼の意に反して、求める男の姿はなかった。

もっとも、この場に来ていない人間の中に、潜んでいる可能性もあるので、安倍兼等が村内にいるという考えを捨てたわけではなかった。

と、何の合図もなく、扉が開いて、『枢機卿』が戻ってきた。着替えた『枢機卿』は、村の人間と見紛うばかりだった。そんなふうに、どこにでもすぐに溶け込める男なのだ。

彼の隣りには、仙人のような老人が立っている。それを機に、上座の議論は止んだ。彼がこの村のメンターにちがいない、と倫太郎は思った。風采の上がらない『イエスの方舟』の教祖を引き合いに出すよりも、むしろ老境に達した歌舞伎の女形を連想させる。肉体に現れた老いのしるしが、少しも見苦しくなかった。

そのメンターが、倫太郎の方に歩み寄った。倫太郎は、老人に合わせて、腰を上げた。

「ようこそ、お客人」メンターが、細い腕を差し出しながら言った。「見捨てられた私たちの村に、何をお求めですかな？」

綸太郎はためらいがちな、かすれた声で答えた。

「カネヒトと呼ばれる男に会いに来ました」

綸太郎と法月警視は、何の説明もなく、別の小屋に通された。

小さな部屋が一つあるだけの、こぢんまりしたロッジである。そのたたずまいを見て、遭難した安倍兼等が意識を取り戻したのは、この部屋なのではないか、と綸太郎は何とはなしに思った。

二人は座布団の上に坐って、誰かが来るのを待っていたが、しばらくは何の音沙汰もなかった。

警視が、不審そうにあごをなでた。

「我々をここに釘付けにしておいて、安倍兼等を逃がすつもりじゃないのかな？」

「まさか。あの老人の目を見ましたか。そんな小細工を弄するような人物ではありません」

「うむ」警視はうなずくと、話題を変えた。「さっきの謎解きについて、ひとつ訊きたいことがあるんだが、いいか？」

「どうぞ」

「おまえの説明では、最初に安倍兼等の名で『フジハイツ』の三一二号室を借りた人物は、甲斐辰朗だったことになっている」

「そうです」

「だが、それが安倍兼等自身であったという可能性はないだろうか」

「おやおや、お父さん。あなたまで、僕のお株を奪うつもりですか？」

「まあ、聞け。俺の考えでは、もともと西落合で、セレニータ・ドゥアノと暮していたのは、兼等の方だった。一方、甲斐辰朗は『フジハイツ』とは別の場所に、自分の隠れ家を持っていたが、ある時ふとしたきっかけから、兼等の存在を知った」

「ふとしたきっかけですか？」

「うむ。それについては、考えがある。

空き巣狙いに走るほどではないにしろ、兼等はその頃、経済的に困窮していたにちがいない。だが、成城の実家に顔を出すのは、絶対にいやだった。そこで、長兄の甲斐辰朗に頼ろうと考えたのだ。彼の方から兄に連絡を取ったにちがいない。

こうして、二人の間にパイプができた」

「それから？」

「二人二役のアイディアを思いついたのは、兼等ではなく、甲斐辰朗の方だったと思う。セレニータ・ドゥアノの存在がきっかけだった。

その当時、彼と夫人の間は完全に冷えており、辰朗自身は慢性的な欲求不満状態にあった。その彼にとって、セレニータの若い肉体は、打ち勝ちがたい魅力だった。

こうして、あくまでも甲斐辰朗の側の主導によって、二人の入れ替わりが行なわれた。同時に彼は、メンターとしての日常に、ほとほと嫌気がさしていたのだろう。途中からは、弟の兼等に、自分自身の役割を押しつけるようになった。

辰朗は見返りとして、弟に裏金を払っていたはずだ。それも、安い額ではないだろう。それから、おまえの言う隠れた第三項は、兼等のねぐらではなく、甲斐辰朗が持っていた別の隠れ家だった。

当初は、金に目がくらんで言いなりになっていた兼等だが、やがて兄の横暴に対して、反感を覚えるようになり、それが殺意へと変わっていった。

そこから先は、言うまでもない。お前がした説明の繰り返しになるだけだ」

聞き終わると、綸太郎はくすくす笑いながら、頭を振った。

「そこまで行けば、上出来ですよ、お父さん」

「またいちゃもんをつける気だな」

「実は僕も、その可能性について、昨夜（ゆうべ）のうちに考えてみました。その結果、安倍兼等が初めから『フジハイツ』に住んでいたことはあり得ないと結論するに至ったのです。

反証は、三つあります。まず第一に、『フジハイツ』の男が現われた時期が問題です。彼は、一年三ヵ月前、すなわち《汎エーテル教団》本部のシンボル、《塔》が完成した直後に、賃貸契約を結んでいます。この人物が、安倍兼等だったとすれば、二つの出来事の時間的な接着に、納得の行く説明ができません」

「偶然の一致だったのだ」

「第二点。『フジハイツ』の男は、セレニータと知り合う以前から、九日間周期の出没パターンを守っていたはずです。安倍兼等が、単独でそんな生活を送る理由はありません」

「何かやむにやまれぬ事情があったにちがいない」

「しかし、決定的な第三の決め手があります。

昨年の十一月、安倍誓生は、『フジハイツ』の男がセレニータと一緒にいる姿を目撃しました。そして、その男こそ《汎エーテル教団》の教主に他ならないことが、後日判明したのです」

「それこそ、牽強附会というものだ」警視は鼻を突き出した。「既にその時点で、二人の入れ替わりが始まっていただけのことだ。何の反証にもなっていない」

「いいえ、お父さん。重要なのは、次の点です。

安倍誓生と初めて対面した時、甲斐辰朗は簡単に自分の正体を明かしてしまったのです。しかし、もしもその時点で、既に入れ替わりが行なわれていたのなら、甲斐辰朗は、何とかその場をやりすごしさえすればよかった。その後で兼等自身を、誓生の許に差し向ければ、何の問題も生じなかったはずです。だって、現に、兼等は生きているのだし、『フジハイツ』でセレニータと暮しているわけですから。ところが彼は、自分が《汎エーテル教団》の教主であることを明かし、口止め料まで払う羽目になった。つまり、その時点では、甲斐辰朗も兼等が生きていることを知らなかったことをはっきりと示しています。

したがって、二人二役が始まったのは、昨年の十一月以降でなければならない。そして、『フジハイツ』を借りた男は、入れ替わりが行なわれる以前から、甲斐辰朗本人であった。彼以外の何者でもなかったのです」

綸太郎の説明が終わった時、部屋の扉にノックの音がした。『枢機卿』だった。そして彼の後に続いて、一人の女が入ってきた。

年齢不相応にあどけない顔だちをした、中年の太り気味の女だった。他の村人同様、肌はよく日焼けしている。彼女を一目みて、知っている誰かに似ているような気がしたが、綸太郎は思い出すことができなかった。

『枢機卿』が二人に女を紹介した。

「こちらは、きのう話したリエさん。安倍兼等とずっと一緒に暮していた女性だ。彼について、質問に答えてくれる」

警視が訝しげに目を細めた。

「本人は、ここにはいないのか？」

「カネヒトは、もういません」答えたのは、リエだった。

「もう、いない？」

「――死にました」

綸太郎は、思わず警視と顔を見合わせた。

「ここに来るのが、遅すぎたようだ」警視がため息をついた。「奴は、一足先に、我々の手の届かないところへ行ってしまった」

「いつですか？」綸太郎は身を乗り出して、リエに尋ねた。「彼は、いつ死んだのですか」

しばしの沈黙があった。女はまばたきもせず、何もない宙の一点を見つめていた。その目の中で徐々に、にじみ出てくるものがあった。

やがて、リエの唇が動き始めた。

「四年前のことです――」

とその声が言った。

8

【一九八五年七月】

甲斐辰朗は、井川湖の南端から西山沢の水脈に沿って、小無間山の方角に向かっている。その山麓に住む、メンターという老人に会うために。

内なる《声》に導かれて、彼が東京を離れてから、既に三ヵ月が過ぎていた。

乱れた蓬髪（ほうはつ）と、茶色い頬髭に覆われた男の顔に、かつての柔和な家庭人の面影はない。身に付けた衣も、ずいぶん浮世離れしたもので、すれちがう人々が、眉をひそめるほどである。

だが外見の変化など、内面の変容に比べれば、取るに足りない。あてどない遍歴の日々は、とりもなおさず、彼の魂の浄化と超越の物語である。

まず《声》が、彼を旅へと誘う。ここではないどこかへ、出発せよと。彼は《声》に従う。なぜなら《声》は、真の叡智（えいち）を告げているからだ。

こうして、物語が始まる。

最初は《声》の語ること全てが、放浪を始めた男を驚かせ、身もだえさせる。

人類が、いかに迷妄に満ちた存在であるか、虚心であることが、どれほど困難な努めであるか、なぜ人々は、救いの道から目を背けようとするのか。

あらゆる真実が、すさまじい奔流のように、彼の魂の中に注ぎ込まれる。その奔流を受け止め、理解することが、彼に課せられた最初の試練である。

それは決して、たやすい業ではない。

新旧ふたつの宇宙が、彼の中で衝突し、激しい火花を散らしているかのようだ。頭の中で三本の電極が白熱するのを、彼は何度も感じ取る。エーテルの波に共鳴して、全身が沸騰（ふっとう）するような体感を覚えたことも、一度や二度ではない。

だが、彼はその試練に耐える。

やがて永久調和のヴィジョンが、ある日突然、何の前触れもなく、彼を訪れる。

「行きて、彼らに告げよ――」

朗々たる《声》の啓示が、雷光のように彼をつらぬき、その啓示の前に全ての言霊がひれ伏す。

「我は宇宙なり、我は言葉なり、我は導きの石なり」

それは、輝きに満ちた、至福の瞬間である。

彼はエーテルの波と一体化し、導きの石として生まれ変ったことを知る。

行きて、彼らに告げよ――。

変容と浄化を終了し、宇宙の根本原理を習得した甲斐辰朗に、トライステロ宇宙神は、新たな使命を授ける。

現象界における宇宙神の代理人として、隠された真実を説き、人々を教化して、エーテルの恵みを世界に満たすこと、それが導きの石たる彼に託された唯一の任務である。

しかし魂の超越を経験したとはいえ、いまだ甲斐辰朗は、名もないひとりの旅人にすぎない。彼には、一人の使徒さえない。宇宙神が彼に課した任務をなしとげるためには、長い時間と、さらなる修練が必要なのだ。

彼は、新たな対話を求めて、各地を転々とする。

六月。北陸の漁村で出会った青年僧侶から、彼は耳寄りな話を聞く。南アルプス山中の《祈りの村》に、メンターと称する老人がいて、人々に福音を説いているという。

甲斐辰朗の心は躍る。その老人は、自分と同じ道を歩む者かもしれない。老人と会って、彼の話を聞かなければならないと思う。彼は《声》に、そのうかがいを立てる。

《声》は、彼に告げる。

「おまえは、その地で、思いがけない人間と出会うであろう」

だが、やっとたどり着いた《祈りの村》は、彼の求める目的地ではないと判明する。

メンターと名乗る老人は、高潔な魂と、深い洞察力を備えた賢人である。しかし、それ以上の存在ではない。彼は、甲斐辰朗が想像していたような、超越したヴィジョンの持ち主ではない。

「あなたの期待に応えられなくて、残念に思う」

失望の色を隠せない甲斐辰朗に、老人は吶々(とつとつ)とした口ぶりで語りかける。

「私は、あなたのように選ばれた人間ではない。しかも私は、ずいぶん歳を取っている。あなたの告げる真実を受け入れるだけの力は、残っていない。

だが、それは畢竟(ひっきょう)、私の問題にすぎぬ。あなたのつかんだ真実の輝きを、失せさせるものではない」

老人は言葉を切る。長い沈黙が、二人だけの空間を濃密に満たす。その静寂の中に、辰朗は身じろぎもせず、浸かっている。エーテルの密度が、徐々に高まっていくのを感じながら。

やがて、老人が再び口を開く。

「この村に、一人の男がいる。彼は十三年前に、瀕死の重傷を負って、この村に運び込まれた。幸い命はとりとめたが、意識を回復した時には、それ以前の記憶を一切なくしていた。自分の名前さえ、覚えていない。重大な精神的ショックを受けたらしい。詳しいことはわからんが、恐らくあの時代の刃が、彼を傷つけたのだと思う。彼は今でも、自分の過去を取り戻していない。年は今のあなたと同じぐらいだが、彼はいまだに精神的亡命者だ。私は、ずっと彼のことを不憫（ふびん）に思ってきた。彼に本当の自分を取り戻させてやりたいが、私の力では及ばない――」

「あなたなら、彼を救うことができると思う」

老人は立ち上がり、彼の手を握りしめる。

甲斐辰朗は、はっと体を堅くする。体内にエーテルの波動が伝わってくる。それは、この老人の手を通じて、彼の体に流れ込んできたものだ。

《声》が、彼に告げる。

「――それが、定められた務めである」

この村にやって来たのは、無駄な回り道ではなかったと気づいて、甲斐辰朗はうち震える。老人の腕をしっかりと抱いて、彼は答える。

「その男を救いましょう」

救いを求める男の名は、カネヒトという。

その名前は、辰朗にとって何ら意味を持たないものだ。しかし辰朗は、初めて引き合わされた瞬間、彼に対して、説明しがたい奇妙なシンパシーを覚える。しかも、そのシンパシーは、どうやら双方向性のものらしい。

他の村人からの指摘を待つまでもなく、お互いの体つきや風貌が、似通っていることは明白だ。理由はわからないが、その類似性が、いっそう二人を近づける。まもなく彼らの間には、不思議な友情が芽生える。

《耳の男》（村人たちは、辰朗をそう呼んだ）とカネヒトは、かつてのルームメイトが再会したように、親密な生活を始める。そのあまりの親密さに、村人たちがよけいな詮索をしたがるほどだ。カネヒトの女に至っては明らかに、《耳の男》の出現に嫉妬の念を抱いていた。

とはいえ、四十に近い男二人の間に、突然そのような連帯感が生じるとは、辰朗自身にとっても謎である。彼は《声》にうかがいを立ててみるが、

「やがて、おのずと知れる」

という答しか返ってこない。

さしあたり、辰朗ができることといえば、身に付いたエーテルの教えを、カネヒト

に伝えることしかない。しかし、それは彼の後半生をつらぬく、ライフワークでもある。

つまり、カネヒトは、導きの石となって生まれ変った甲斐辰朗にとって、最初の弟子といえる存在なのだ。そして、カネヒトが、これ以上ないほどの弟子であることを、辰朗は知る。

砂地が水を吸い取るように、カネヒトは貪欲に辰朗の教えを吸収する。一方、辰朗にとっても、カネヒトの存在は貴重だ。カネヒトは、偏見にとらわれない、優れた理解力の持ち主であると同時に、また鋭い批判精神の徒でもある。彼は、辰朗の教義の曖昧な点を衝き、新しい解釈を示す。二人の対話は、エーテルの教えを整備し、体系化する。辰朗は、カネヒトの存在が、今の自分にとって、なくてはならないものであることを痛感する。

こうして、またたく間に一ヵ月が過ぎる。

七月。カネヒトは、断片的にかつての記憶をよみがえらせつつある。エーテルは人間の心に対して、電解質を分解する電流のような作用を果たすのだ。カネヒトの古い記憶は、混沌とした無意識の淵の底から浮かび上がり、陽極と陰極に集まる気体のように、その本来の姿を取り戻していく。

やがてある日、カネヒトが思いがけない事実を、辰朗に伝える。

「――あなたは、私の実の兄です」

辰朗は、説明を求める。カネヒトは、十代の頃の記憶が、よみがえったことを兄に告げる。

安倍兼等は十五歳の時、ふとしたきっかけから、自分が養子であり、生家が別にあることを知った。ショックを受けた兼等は、養父と双子の兄に内緒で、自分を捨てた実の親の正体を突き止めようとした。それを突き止めて、どうしようというつもりはなく、ただ自分が、本当はどこの誰であるのかを知りたかったのだ。

兼等は手を尽くして、実の親を捜し求めた。ささいな手がかりをつなぎ合わせて、彼はついに父親の居所をつかんだ。その男は、甲斐祐作という都庁の役人だった。妻に早く先立たれて以来、一人息子と二人だけで暮しているという。兼等が母親の死を知るのは、それで二度目だった。

かつて兼等は一度だけ、二人の姿を見に行ったことがある。

甲斐祐作は家の庭先で、自分（兼等）とよく似た少年とキャッチボールをしていた。何者も入り込めない仲睦まじい親子の姿だったという。それを見て、兼等は二度とその家には近づくまいと堅く決心した。その時から、兼等は本当の孤児になった。

一九六四年の、夏の盛りのことだ。

その少年の名が、甲斐辰朗だった。

弟の物語を、辰朗は静かに聞いている。幼くして別れた双子の弟たちの存在を、彼はこの時はじめて知ったのだ。だが、彼は驚かない。

彼は、この出会いが偶然のできごとでないことを知っている。それは、あらかじめ決定されていたものなのだ。エーテルの導き。全ては、トライステロ宇宙神の掌の上にある。

彼は、語り終えた弟を抱きしめる。弟は涙を流して、兄に応える。数奇な運命の末に、この山深い地で巡り逢った兄弟は、しっかりと抱き合って、この先二度と離れぬことをお互いに誓う。

だが、過酷な運命はこの瞬間、幸福の絶頂において、やがて訪れる破局の用意を始めているのだ。

血の絆の発見をきっかけに、兼等の失われた記憶の回復には、いっそう拍車がかかる。だが、それは必ずしも喜ばしいことではない。いまわしい闘争時代の記憶も明るみに出る。辰朗は、呪われた弟の過去に徐々に不安を覚え始める。

一方で、兼等の知識欲は、ますますエスカレートしていく。彼は、直接自分で《声》と対話したいと望むようになる。つまり、彼自身が導きの石となることだ。しかし、導きの石とは、人が望んでなるものではない。人間が、自ら神霊界の門をこじ開けることは、トライステロ宇宙神をないがしろにする暴挙でしかないのだ。辰朗の不安はいっそう募り、やがて弟への畏(おそ)れとなっていく。

破局の日は近い。

ある夜、《声》が辰朗に最後の宣告を下す。

「兼等は、言霊(ことだま)に食いつぶされた人間だ。彼の存在は、危険なものとなりつつある。これ以上、生かしておくことはできない」

辰朗は、この宣告に激しいショックを受ける。しかし《声》に逆らうことはできない。それに、言霊に食いつぶされた人間が、どれほど危険な存在であるか、彼はよく知っている。

彼は弟を、この手で殺す決心を固める。それは、導きの石として、果たさねばならない義務なのだ。

辰朗は下山する考えを、弟に告げる。きっと兼等は、後を追ってくるだろう。その時、かわいそうだが、麓の林で死んでもらうことになる。

出発の夜は、激しい雨である。辰朗は老メンターに別れを告げると、ひとり《祈りの村》を去る。

やがて彼は、足を止める。林の中で、手頃な棒を拾い、木陰で弟が追いかけてくるのを待つ。

じっと待つ。

すると、空いている方の手が、何かに操られるように耳の後ろに伸びて、電極を埋め込んだ人工内耳の手術痕に触れる。偶然ではない。彼は、この時はじめて、その傷の本当の意味を知る。

それは、あらかじめ刻まれた、カインの徴（しるし）。

9

「（リエの回想が続いた）。カネヒトは《耳の男》を追って、山を下りるつもりだ、とわたしに告げました。わたしは引き止めようとして、必死に懇願しましたが、カネヒトの決意は固く、聞き入れてはもらえませんでした。

あの人が、なぜ《耳の男》にこだわるのか、わたしには教えてくれませんでした。一方《耳の男》がカネヒトに対して、畏れのようなものを抱いていることは確かでした。ですから、もし彼が《耳の男》の後を追えば、何かよくないことが起こるような気がしたのです。それは予感にすぎませんでしたが、昔から悪い予感だけは、外れたことがないのです。

激しい雷雨の晩でした。

カネヒトと《耳の男》の間には、何か目に見えないテレパシーみたいなものが、通い合っていたようです。《耳の男》はメンターに別れを告げると、雨の中へ姿を消しました。《耳の男》を見たのは、それが最後でした。

カネヒトは、物陰にわたしを呼んで、きつく体を抱きしめました。あの人は、何も言いませんでした。わたしは泣いておりました。それからカネヒトは、メンターへの手紙を、わたしに預けると、外へ出ていきました。稲妻が光って、後ろ姿が一度だけ、闇の中に浮かび上がりました。

翌朝まで、わたしはそのことを皆に内緒にしておりました。その日は、前夜(ゆうべ)の雨など嘘のように晴れ上がった、よいお天気でした。預かった手紙をメンターに渡すと、彼は黙ってそれを読み、読み終わると、優しい言葉をわたしにかけてくださった。その時はじめて、《耳の男》がカネヒトのお兄さんだったことを知りました。

その日の午後、村の者がヒノキ林の外れの崖の下で、カネヒトの死体を見つけました。山道が雨のせいで滑りやすくなっていたので、足を踏み外して崖下に落ち、首の骨を折って死んだのだということになりました。わたしは村の者と一緒に、兼等の遺体を葬りました（リエは、ようやく語り終えた）」

綸太郎はずっと難しい顔つきで、リエを見つめていた。話が終わると不意に立ち上がり、両手を後ろに組んで、部屋の中をぐるぐる歩き回り始めた。

それから、立ち上がった時と同じように、唐突に足を止め、リエに訊いた。

「今の話が事実であるという証拠がありますか？」

「証拠ですって」リエは驚いた顔をした。

「僕には、安倍兼等が四年前に死んだとは信じられません。彼はたった二週間前に、《耳の男》すなわち、甲斐辰朗を殺しているのです」

「それは、きっと別の人間の仕業ですわ」

「そんなことは、あり得ない」綸太郎はきっぱりと言った。「僕は、安倍兼等が、今この瞬間にも、この村のどこかに潜んでいると思う。あなたたちは、彼をかくまっているんだ」

「何てことを」

「今の話だって、即席で作り上げたでっち上げにちがいない。僕たちを待たせている間に、一所懸命おぼえていたのでしょう。

いや、甲斐辰朗がこの村にやって来たことは信じてもいい。彼らはここで出会う運命だった。でも、安倍兼等が崖の下で死んでいた、というのは嘘だ。絶対にあり得ないことです」

「本当のことを話してください」警視が諭すような物腰で言った。

「そこまでおっしゃるなら、証拠をお見せしましょう」リエは二人を、きっとにらみつけた。「ついてきてください」

腰を上げると、それきり何も言わずに、表の方へすたすたと歩いていく。綸太郎と警視は、固い表情を崩さぬまま、彼女に従った。『枢機卿』は、かぶりを振りながら、その後ろ姿を見送っていた。

小屋を出ると、雨は上がっていた。さっきのどしゃ降りが嘘のようだ。濡れそぼった笹原いっぱいに立ち込めたミルク状のガスの中を、リエは足が濡れるのもかまわず、足早に進んでいった。後に続く二人に、一度も振り向く顔を見せなかった。

五十メートルほど歩くと、彼女が急に立ち止まった。小さく土を盛り上げた塚の前だった。

「カネヒトの墓です」とリエが言った。

——そう、これはカネヒトの墓。

カネヒトは、わたしのただ一人の男。そして、カネヒトにとっては、わたしがただ一人の女。

カネヒトに名前を与えたのは、このわたし。わたしがカネヒトを生んだ。どんな理由であっても、カネヒトが、わたしのもとから去ることは許さない。カネヒトは、この世界の外に出ることはできない。だから、わたしがカネヒトを殺したの。

あの夜、わたしは夜通し祈った。カネヒトが、いつまでも、わたしの身近にいるように。この閉じた世界から、逃れ去ることができないように。カネヒトへのありったけの思いをこめて。

そう、わたしはカネヒトの死を祈った。

その声が、天に通じたのよ。

だから、わたしがカネヒトを殺したの。

そう、これはカネヒトの墓。

手で削ったヒノキの卒塔婆(そとば)が、土に深く突き刺されていた。その上に、〈カネヒト・A〉という色褪せた文字があった。裏側を見ると、四年前の七月の日付がそっけなく記されていた。

「わたしが、この手で埋めました」リエがつぶやいた。「あの人は、今でもこの下に眠っています」

顔を上げて、綸太郎に刺すような視線を向けた。

「――これで、わかってもらえましたか？」

「全部まやかしだ」綸太郎は激しく体を揺すった。「こんなものは、後からいくらでも作れる」

そう言って、卒塔婆を引き抜こうとした。その手を警視がつかんだ。

「もういい」警視はかすれがちの声で言った。「おまえの気持ちはわかるが、それは死者に対する冒瀆（ぼうとく）だ。

卒塔婆の文字を見ろ。昨日今日書かれたものなら、こんなふうに色が褪（あ）せているはずがない。この墓は本物だよ」

「しかし、お父さん」

「まあ、待て。俺には、ひとつ考えがある」小声でささやくと、警視は改めてリエの方に向き直った。「どうか息子の非礼をお許しください。こいつは、一つのことで頭がいっぱいになると、それ以外のことが何も目に入らなくなる性分なのです」

「若いうちは、誰でもそういうものです」

リエの言葉には、まだとげがあった。警視はとりつくろった笑みを浮かべて、

「あなただって、まだそれほど老け込む年齢でもありますまいに」

リエは肩をすくめた。

「あなたに、言われてもね」

「――ところで、リエさん。ひとつお訊きしたいことがあります。カネヒトさんの遺体を、手ずから葬ったとおっしゃいましたね。その時、何かおかしいと思われた覚えはありませんか」

「どういうことです？」

「翌日、崖の下で見つかった死体は、本当にカネヒトさんのものだったのでしょうか？　ひょっとしたら、あなたが、《耳の男》と呼んでいた人物の死体だったとは考えられませんか」

警視は自分の言葉が、リエの頭に滲み込んでいくのを待った。彼は、女が飛び上がる場面を想像していた。しかし、その予想は当たらなかった。

リエは、冷ややかに警視を見た。落ち着いた態度で答えた。

「馬鹿なことをおっしゃらないでください。わたしがカネヒトの顔を見誤るはずがありません。それに遺体は、カネヒトの服を着ていました。前の晩、出ていく時に着ていた服と同じものです」

「しかし、あなたもさっき言ったように《耳の男》は、カネヒトさんの実の兄です。二人の顔立ちはよく似ていたはずだ。着ているものだって、替えればすむことです」

「《耳の男》は、顔いっぱいに頬髭をはやしていたわ。一目見れば、わかるはずよ」

「髭なら、剃ればすむことです」

「何とでもおっしゃい」リエが、突き放すように言った。「わたしが、あの人を埋めたのよ。カネヒトは、今もここに、わたしのそばで眠っているの」

警視は、ひるまなかった。あくまでも丁重な態度を崩さぬまま、

「遺体の肉体的な特徴を確認しましたか？　例えば、左太腿に古い傷痕がありましたか」

リエは、きょとんとした顔で答えた。

「いいえ」

「傷痕は、なかったのですね」

警視の声が、オクターブも跳ね上がった。思わず、綸太郎の肩をぎゅっとつかんだ。

「聞いたな、綸太郎。死んだのは、安倍兼等ではない。奴は生きている」

「いったい何を言っているんですか？」水を差すような冷たい声で、リエが尋ねた。

「だってカネヒトには、左脚に傷なんかありませんでした」

「何ですって？」

警視の表情が凍りついた。それを知って、リエは勝ち誇った口ぶりで、繰り返した。

「カネヒトの左脚には、そんな傷痕なんてありませんでした」

「傷が、ない――？」

警視の頭は、混乱していた。女の言葉が飲み込めなかった。左脚に傷がないということは、《祈りの村》のカネヒトと、安倍兼等が別人であることを示している。だが、そんな馬鹿なことがあるものか。

その時だった。

「それは、本当、ですか」

綸太郎が、震えのかかった声で尋ねた。

「ええ、そうです」

リエが、はっきりとうなずいた。事実を偽っている様子は、全くなかった。

次の瞬間、法月警視はショックを受けて、わが子を見つめた。その表情が、劇的に変わりつつある。まるで綸太郎の体内で、誰も見たことのない化学変化が起こっているかのようだった。

「どうした、体の調子でも悪いのか？」

綸太郎は、ぶんぶんと首を振った。頭の中で、新しい考えが急速に形をとりつつあるのだということが、その目の輝きから見て取れた。

警視は、心が昂揚(こうよう)するのを感じた。今こそ、綸太郎は真実をつかみつつあるのだ。

先験的(ア・プリオリ)な確信が、体の中を満たしていった。

それは、警視にとって至福の瞬間であった。

やがて、綸太郎が顔を上げた。さっきとは、全く別人の顔であった。

「お父さん、僕にはわかった」

「わかったって、いったい何が？」

「この事件の全てです」

10

塚から戻ると、綸太郎はすぐに帰り支度に取りかかった。一刻も早く東京に帰って、事件の真相を確かめたかった。警視に異論はなかったが、『枢機卿』が村にとどまると言い出した。

「せっかく懐かしい顔に会ったのに、半日足らずで帰るわけにはいかないじゃないか」『枢機卿』は珍しく、殊勝な文句を口にした。「それに、メンターと少し話してみたいことがあるんだ」

「でも、帰りの足はどうする？」

「西山平の集落まで歩けば、バスが走ってる。心配には及ばないよ」

「そうか。じゃあ悪いけど、お先に失礼するよ。村の人たちに、よろしく言っといてくれ。ゆっくりできなくて、残念だって」

「オーケイ」

　というわけで、それからわずか一時間後、綸太郎の運転するランドローバーは、助手席に法月警視を乗せて、今朝上ってきたばかりの林道を、東を目指して、まっしぐらに下っていった。

「正直なところ、俺には何がなんだか、よくわからんのだが」警視は、さりげなく、綸太郎から話を引き出そうとして言った。

「どこから説明すればいいんですか？」

「そうだな。まず肝心なのは、安倍兼等だ。彼は生きているのか、死んでいるのか」

　綸太郎は、間髪を入れずに答えた。

「死んでいます」

「まちがいないか？」

「ええ。リエさんが、言った通りです。彼の骨は、あの塚の下に埋まっているはずですよ」

「俺には納得がいかん」警視はもぞもぞと尻を動かした。「問題は、左脚の傷痕だ。村にいた男の脚には、傷などなかった。ということは、その人物は安倍兼等ではあり得ないはずだ」

「そういうのを、短絡的思考と言うんです。『枢機卿』が会った男が、安倍兼等でなければ、一体どこの誰だというのですか？」

「それはそれとして、傷痕の有無をどう説明するんだ。十三年の歳月が、安倍兼等の傷を完全に癒(いや)したなんて言い出したら、俺は怒るぞ」

「そんなあやふやなことは、言いませんよ」綸太郎はくすくす笑った。「いいですか、お父さん。これは簡単な論理学の問題なんです。

今、同一の人物について、二人の証言が存在しています。一方は、その人物の左太腿には古い傷痕があると言い、他方は、傷痕などなかったと言います。相矛盾する二つの証言が、同時に真であることはあり得ません。

ということは、どちらかが真実を語っており、そうでない方が、嘘をついているのです」

警視は目をみはった。

「じゃあ、左脚の傷痕云々は、でたらめだったというのか」

「その通りです」

「おまえの言うことはよくわからん」警視は頭を揺すった。「いったい何のために、安倍誓生はそんな嘘をついたんだ？」

綸太郎は微笑した。

「質問ばかりしてないで、少しは自分の頭を使ったらどうです。そのひとことは、真相に達するための最大のヒントですからね」

そこで警視は、自分の頭を使ってみた。しかし、警視の頭の働きは、事件の目まぐるしい展開のために、ほとんど麻痺しかかっているようだった。彼は無駄な努力をあきらめて、別の方向から息子の口を割らせようとした。

「話は変わるが、安倍兼等の死が決定的だとすれば、おまえがこしらえた兼等犯人説は、何の意味もなさないことになってしまう。おまえは、あれがまちがいだったことを認めるのか？」

「ええ、真実を目の当たりにしたら、謙虚にならざるを得ません。あれは、完全に僕の失策でした。

何よりも恥ずかしいのは、《祈りの村》で、安倍兼等の墓を前にするまで、僕が自分のまちがいに気づかないでいたことです。冷静に、論理的に全ての事実を勘案していれば、もっと前の時点でわかっているはずでした」

「というと？」

「異来邪からの脅迫状の存在を、すっかり忘れていたんです」綸太郎は口惜しそうに言った。「安倍兼等は、人知れずメンターになりかわる目的で、甲斐辰朗を殺害した。これはこれで、筋が通っているように見えます。しかし、僕は事件の重要なファクターである脅迫状のことを、全然考えに入れていませんでした。

兼等犯人説を口にする前に、僕は自分にこう尋ねるべきだったのです。『いったい誰が脅迫状を出したのか？』と」

警視は窓を下げて、煙草に火をつけた。

「安倍兼等の仕業と考えてはいけないのか」

「彼が異来邪だとすれば、とんでもない阿呆です。異来邪は、脅迫状の中で、メンターの死を予告しているのです。兼等が、甲斐辰朗と入れ替わることをもくろんでいるなら、あらかじめその死をほのめかすような危険を冒すはずがありません。

しかも異来邪は、メンターの首を切ることまで明言している。兼等犯人説は、『フジハイツ』の死体の身元を隠すことが前提なのですから、これは自殺行為としか言いようがない。したがって、彼が異来邪である可能性は否定されます」

「なるほど」警視は煙を吐いた。「おまえは前に、甲斐辰朗自身が脅迫状を書いた可能性を論じていたな。そのケースには、当てはまらないのか」

「それは、安倍兼等のもくろみとは別に、甲斐辰朗が間接的に養子問題の背景を洗い直そうとしていたという可能性を指しているんですか？」

「そうだ」

「それもあり得ません。というのは、もしこの当時、安倍兼等との二人二役が、現に進行していたとすれば、甲斐辰朗は養子のことなど考えている余裕はなかったはずです。彼の全霊は、安倍兼等をいかにして追い払うかという問題に注がれていたにちがいありません。したがって、手の込んだ脅迫状を作っている暇などなかったと考えられます」

「では、脅迫状の書き手が、それ以外の第三者だったらどうする？」

「意地の悪い質問ですね。僕は自分の過ちを再確認しているだけなのに」

「だからこそ、徹底的にやっているのだ」

「わかりました」綸太郎は肩をすくめた。「その場合、ああいった内容の脅迫状が送られていることを知った時点で、兼等は殺人の実行を延期していたはずです。というのは、既に述べたように、あの脅迫状の内容は、兼等の殺人―入れ替わり計画にとって、非常に危険なものになっていたはずだからです。入れ替わりをもくろんでいた兼等が、脅迫状の存在を知らないということは、考えられません。わざわざ疑いを招くおそれのある時期に、あえて犯行を実行する馬鹿はいませんよ。

にもかかわらず、殺人は行なわれた。つまり、そもそも安倍兼等が入れ替わりをもくろんで、甲斐辰朗を殺害したという図式そのものが、成り立ち得ないことが、明らかになったわけです」

「完全な見落としだな。弁解の余地はない」

「でも、半分はお父さんにも責任があるんですよ」

「何だと？」

「自分で言ったことを忘れたんですか？『事件の枝葉末節的な部分には、目をとられるな。それらは、異来邪の迷彩だ。まず本丸のありかを捜せ』

そう言ったのは、お父さんですよ。おかげで、僕はつい、異来邪の脅迫状のことを頭の隅に押しやってしまった。あなたがあんなことを言わなければ、こんな回り道はしないですんだかもしれない」

警視が、聞こえよがしにつぶやいた。

「それこそ、責任転嫁というものだ」

「いずれにしても、安倍兼等はこの事件と何の関係もありません。彼は、四年前に死にました。その死には、疑問な点がないでもありませんが、それは我々の捜査とは関わりのないことです」

警視はうなずきかけて、体をかたくした。

「ちょっと待て。安倍兼等が、この事件と何の関係もないことはわかった。しかし、それでは解決のつかん謎がある。

兼等が死んでいるからといって、甲斐辰朗が二人二役の生活をしていた事実は、否定できないぞ。セレニータ・ドゥアノの成田での行動や、おまえが聞いた《汎エーテル教団》の三人の証言は、影の人物の存在をはっきりと示している。いや、そうではないのかもしれん」

警視の脳裏に、とつぜん天啓が閃いた。

「――甲斐辰朗は意図的に、甲斐辰朗ダッシュと安倍兼等ダッシュ、を演じ分けていたとも考えられる。二人二役に見えるが、実は、一人四役を兼ねていたのではないか」

「それはすごい」と綸太郎が言った。「でも、実際に行なわれていたのは、二人三役でした」

「三役だって？」

「前に僕は、隠された第三項の話をしましたね。二人二役をスムーズに進めるための第三の家。僕はその家に対して、無名の人物が潜む、無名の場所というイメージを抱いていました。

しかし、それは思いちがいでした。現実の第三の場所は、最初から我々の目の前にあったのです。そしてそこには、名前のある人物が住んでいた」

綸太郎の喉が、大きく上下した。

「開かれた第三項。それは、成城の家でした。

甲斐辰朗と二人三脚の生活をしていたのは、他ならぬ安倍誓生だったのです」

11

その翌日、すなわち六月三日の午後、三人の客が、成城の家を訪ねた。その家の主は、落ち着いた態度を装って三人を迎えたが、内心の動揺を隠しきれない様子だった。

応接間に通されるなり、法月警視が切り出した。

「今日うかがったのは、他でもありません。

『フジハイツ』の殺人の捜査が、新しい展開を見せましてね。ようやく犯人の目星がついたことを、あなたに報告しに来たのです」

「それはよかった」と家の主は言った。「これでやっと、兄の魂も浮かばれるというものです」

「手放しで喜べることでしょうかね、先生？」

警視は、先生という呼びかけの言葉を、意味ありげに発音した。相手の顔が、不安そうに歪んだ。

「それは、どういうことです」

警視はなにげない口ぶりで、話題を変えた。

「先日うかがった時に、五月十七日の夜のアリバイをお尋ねしましたね。あなたは、この家で書きものの仕事をしていたとおっしゃった。だが、それを証明してくれる人はいない」

「でも、父が――」

「主治医の先生から、診断書を取りました。彼は老齢と病気のため、記憶力に明らかな欠陥をきたしています。証言に、証拠能力はありません」

「何が言いたいんですか？」

「あなた自身が、いま心の中で、いちばん恐れていることですよ」と警視が言った。

緊張をはらんだ沈黙が、部屋を満たした。

家の主は、椅子の中で身を小さくした。彼は両手の甲を、かわるがわる反対の袖の内側でこすり始めた。そのしぐさを綸太郎が、じっと見つめている。

その視線に気づいて、彼は、ぱっと手の動きを止めた。しかし、それももう手遅れだった。

「そのしぐさを見た時に、気づくべきでしたよ」

綸太郎が、ゆっくりと口を開いた。

「な、何ですって？」

「そうやって、両手の指の背をこするしぐさです。

あなた自身は、そんな癖がついていることなど、意識していなかったのでしょう？　当人はなかなか気づかないものです。どうしてそんな癖がついたか、教えてあげましょうか」

相手は返事をしない。綸太郎が続けた。

「かつて両手の薬指に、象牙の印形がついた指輪をはめている男がいました。誰だって、すべすべしたものを見ると、磨いてみたくなるものです。もちろん、その男も例外ではなかった。薬指の指輪を、無意識に服の袖で磨いてしまう癖がついても、不思議ではありません。

その後、ある事情でその男は、両手の指輪を外してしまった。しかし、一度ついた癖はなかなか直らないものです。指輪を外してからも、彼は無意識に同じ動作を繰り返しているのです」

綸太郎は、人差し指をまっすぐ前に突きつけた。

「——今のあなたのように」

指差された男は、苦しそうに目をそらした。

「君のたとえ話は、何が言いたいのかわからない」

「じゃあ、もっとわかりやすい話をしよう」

と久能警部が言った。警部は、勧められたソファにも坐らないで、警視の横に立っていた。

「最初にあなたの顔を見た時、髪の生え際がそろいすぎてるのが気になった。次に来た時にも、同じことを考えたが、単に身だしなみに気を使う男なのだと思っていた」

警部は、ずいと歩み寄って、向かいの男の髪をつかんだ。あまりにも素速い動きだったので、相手は何の対応もできなかった。

「だが、そうではなかった」

半白の髪の毛が、乾いたかさぶたのように持ち上がり、その下から、少しだけ髪の伸びかけた坊主頭が現われた。

彼の髪の毛は、鬘（かつら）だった。

坊主頭の男は、弾かれたように腰を浮かせたが、そのままの姿勢で凍りついた。耳の後ろに、古い傷の痕がある。やがて観念したような弱々しい笑みが、彼の頬にゆっくりと浮かび上がった。

警視が腰を上げながら、重々しい口調で言った。

「甲斐辰朗さん、あなたを安倍誓生殺害の容疑で逮捕します」

「どうしてわかったんだ、綸太郎？」

およそ一時間後、東都医大病院の待合室で、法月警視が訊いた。

「成城の男に注意を向けたのは、安倍兼等の左脚に傷痕がないとわかった時からです。

ということは、昨日も車の中で言ったように、安倍誓生と名乗る人物は、安倍兼等の肉体的特徴について、故意に嘘をついていたことになります。

なぜ、彼はそんな嘘をついたのか？　これが、第一の疑問でした。

考えられる理由は、一つしかありません。成城の男には、『フジハイツ』の首なし死体が、安倍兼等のものであるという可能性を、完全に排除しておく必要があったのです。そのために、ありもしない傷痕をでっち上げて、被害者が安倍兼等と別人であることを強調しようとした。これが、我々を戸惑わせた、安倍兼等の傷痕に関する真相です。

この答から必然的に、第二の疑問が導き出されます。なぜ、成城の男は『フジハイツ』の死体が安倍兼等である可能性を、排除しなければならなかったのか？

仮に我々の首なし死体が、安倍兼等本人のものだった場合、この疑問に対する答は、ひどくありふれたものになっていたでしょう。ところが、我々は、あの死体が紛れもなく、安倍兼等とは別人であることを知っているのです。

言うまでもなく、成城の男もそのことをよく承知していました。にもかかわらず、彼はわざわざ嘘をついてまで、その事実をことさらに強調してみせたのです。

逆に考えると、彼は『フジハイツ』の死体の身元が、安倍兼等と即断される事態だけは、何としても避けたかった。そこで警察の先手を打って、その可能性を排除した、ということが言えます。つまり、彼は一種の保険として、あんな嘘をついたのです」

「保険だって？」と警視が尋ねた。

「事件の後の展開を見れば、それが何のための保険であったかは、一目瞭然です。彼は何よりも、あの首なし死体の身元調査が、警察によって続行されることを望んでいました。そのためには、安倍兼等という既存の名前の存在が、どうしても邪魔になる。そこで彼は、強引な手段で、我々の目を、安倍兼等ではない、別の人物に向けさせようとした。

結論から言えば、別の人物とは、甲斐辰朗のことです。つまり成城の男は、その表面的な態度にもかかわらず、我々が『フジハイツ』の死体と《汎エーテル教団》の教主を結びつけることを、切望していたのです」

綸太郎は、ふうっとため息をついた。警視は煙草のケースを取り出そうとしたが、ロビーの『禁煙』の文字が目に入って、あわてて手を止めた。

「それで？」

「ところで、我々は、西落合の首なし死体と、甲斐辰朗を結びつけたがっていた、もう一人の人物を知っています。それは、異来邪と名乗って、甲斐辰朗宛に五通の脅迫状を、連続して送り続けていた人物です」

「何だと？」警視は目を丸くした。

「まえに僕は、甲斐辰朗が人工内耳手術を受けなかったという誤った前提の下で、山岸裕実を殺人犯と名指しする覚書を作りました。その内容を覚えていますか？」

「愚にもつかないたわごとの連続だった」

「思い出すのも恥ずかしいほどです。ところが、いま振り返ると、あの覚書の中で、異来邪の脅迫状に関する分析だけは、正鵠を射ていたのです。いいですか、その部分をもう一度、思い出してごらんなさい――」

山岸裕実は、《汎エーテル教団》の教主の失踪と『フジハイツ』の首なし死体を、一つの事件として結びつける第三者の存在を必要としていた。その第三者とは、犯罪捜査に興味のある人間で、警察内の情報に接することができ、しかも自分の頭のよさを鼻にかけているような俗物が望ましかった。

その条件にぴったりの人間として、この私、法月綸太郎に白羽の矢が立てられたわけだ。

そこで問題となるのは、異来邪と署名された一連の脅迫状の意味である。今にして思えば、それは、私を事件に参加させることのみを目的として書かれたものだった。

最後の脅迫状の中で、メンターの首の切断がほのめかされていたことに注意しよう。もし犯人が、本気で死体の身元を隠すつもりなら、この示唆はあまりにも危険である。しかし、それは初めから、私の目を『フジハイツ』の首なし死体に向けさせるために書かれていたのだ。

同様に、あたかも私に対する挑戦と取れるような言葉を織り込んだのも、私を挑発して、思うつぼに落とそうという狙いがあったからだ。

「もちろん、我々は、山岸裕実が異来邪でないことを知っています。しかし、異来邪と名乗る人物の真の狙いが、この覚書の通りであったことを、僕は疑いません。つまり、一連の脅迫状は、『フジハイツ』の首なし死体に対して、僕の注意を喚起することを主たる目的として、送られていたのです」

「おまえには、いい教訓になったろう」と警視が言った。「過ちの中にこそ、真実があるものだ」

綸太郎は微笑して、続けた。

「こうして、僕は、二人の人物が、『フジハイツ』の首なし死体イコール甲斐辰朗という等式を、我々に押しつけようとしていることを知りました。

成城の男と、異来邪と名乗る人物。二人の目的は同一であり、しかもその一方は、脅迫状を送り続ける名前だけの存在でしかありません。ならば、この二人が同一の人物に帰すると考えて、何の不都合があるでしょうか？　要するに、異来邪とは、成城の男の仮の名前だったのです」

警視が何か言いかけたが、綸太郎はそれを手で制して、

「ところが、一見すると、この結論には難点があるように思われます。というのは、異来邪を名乗る人物は、《汎エーテル教団》内部の事情に詳しい、限られた人間の中にいる、というのが、我々の出発点だったからです。安倍誓生が、この条件を満たすとは思えません。

成城の男の正体に疑問を持ったのは、まさにこの点に気がついたからです」

警視は喉の底から、深い吐息を絞り出した。

「——薄氷を踏むような危うい推理だ」

綸太郎はくすくすと笑って、話を戻した。

「では、なぜ、成城の男＝異来邪は、そのような回りくどいやり方で、甲斐辰朗が『フジハイツ』で死んだことを我々に認めさせようとしたのでしょう。

なぜ、ストレートに甲斐辰朗を甲斐辰朗として殺さないで、まるでちがう人物の死体のように見せかけた後で、その身元を明かそうとしたのでしょう。

この疑問に対する筋の通った答は、ひとつしかないように思われました。すなわち、『フジハイツ』の死体は甲斐辰朗ではなく、別人のものでした。別人の死体を、甲斐辰朗だと思わせるために、手の込んだやり方を使わざるを得なかった。そして成城の男が、我々に誤った事実を信じさせようとしたのは、彼自身が、死んだことになっている甲斐辰朗だったからです」

12

「喉が渇いただろう？」法月警視が腰を上げながら、綸太郎に尋ねた。「俺が、コーヒーを買ってきてやろう」

一分後、警視はペーパーカップを両手に持って、戻ってきた。綸太郎はカップを受け取り、一口つけると、奥の診察室の方を見た。

「ずいぶん時間がかかりますね」

「ええ？　ああ、レントゲンのことか。なに、もうすぐ済むだろう」警視は、カップの中の黒い液体を見た。「ミルクと砂糖を入れた方がよかったな」

綸太郎はもう一口すすると、カップを長椅子の上に置き、足を組んだ。警視が言った。

「途中だが、ひとつ訊きたいことがある」

「どうぞ」

「おまえの言うように、『フジハイツ』と甲斐辰朗の結びつきを明らかにすることが、成城の男の計画の一部だったなら、なぜ彼は自分の口から、その事実を我々に知らせなかったのだろうか？　弟の脚の傷について嘘をついたりしなくても、最初から事実を打ち明ける方が早道だし、確実だったはずだ」

綸太郎の口許に、我が意を得たりという感じの笑みが浮かんだ。

「皮相的な面だけ見れば、確かにお父さんの言う通りでしょう。ところが彼は、我々が自力で、甲斐辰朗の存在を発見することを望んでいたのです。

なぜなら、その方が、『フジハイツ』の死体＝甲斐辰朗という図式に対する信憑性を、より強固なものにするからです。

逆に、もし彼が自分の口から甲斐辰朗の名前を出していたら、我々はかえって、そこに彼の作為を嗅ぎ取ったでしょう。『フジハイツ』の死体＝甲斐辰朗という図式を、我々に押しつけようとしているのではないか、と疑ったにちがいない。そうなると、彼の計画は、根底から崩れてしまいます。

したがって彼は、我々の捜査に対して、能動的な役割を果たすことを避けなければならなかった。つまり、彼は表面上、捜査に協力的でないふうを装う必要があったわけです。

そればかりでなく、例の口止め料の一件を暴かれることによって、その後の証言に、真実らしさが付与されることも計算の上でした。同時に、小心な強請屋（ゆすりや）という矮小（わいしょう）なイメージを与えることで、我々の目を欺いたとも言えるでしょう」

警視は、カップの中の黒い液体を見つめたまま、

「――先を続けろ」

とだけ言った。綸太郎はうなずいて、

「我々は、『フジハイツ』の首なし死体が、甲斐辰朗でないことを知りました。この驚くべき事実の発覚で、事件の様相は、根底から塗り替えられることになります。まず、何よりも重要なのは、『フジハイツ』の死体が、誰かという問題です。

この問題に関しては、比較的簡単に正しい答を見つけることができました。被害者と目されていた甲斐辰朗は、犯行の後も、成城で安倍誓生として生活していたことがわかっています。では、当の安倍誓生本人は、どこに行ってしまったのか？　彼は、安倍兼等とはちがって、つい最近まで実在していた人物でした。

この二人の間で、入れ替わりが行なわれたことは明らかです。したがって、『フジハイツ』で発見された死体は、弟の安倍誓生であると断言できます。

しかし、この問題をクリアした後で、我々は大きな難問にぶち当たらざるを得ません。それは、言うまでもなく、指紋の問題です。

甲斐辰朗と安倍誓生は、育った家こそちがいますが、正真正銘、血のつながった兄弟です。双生児同士ほどではないにせよ、血液型をはじめとする肉体的特徴は、互いに似通っていました。しかし、どんなによく似た兄弟でも、同一の指紋を有することはあり得ません。

ところが、『フジハイツ』で発見された首なし死体の指紋は、《汎エーテル教団》本部に残されたメンターの遺留指紋と、完全に一致したのです。その中には、僕の目の前で、メンター自身が触れた脅迫状の指紋も含まれていました。ということは、我々の首なし死体は、疑う余地なく、メンターすなわち甲斐辰朗のものであり、安倍誓生ではあり得ない。

したがって、兄弟間での死体入れ替えは、不可能であるという結論に達します」

ここで、綸太郎は大きく咳払いをした。

「しかし、この結論を鵜呑みにすることはできませんでした。我々は既に、成城の男＝異来邪の策略を知っているからです。彼が、『フジハイツ』の死体を、甲斐辰朗に見せかける努力をしていたことは、今まで見てきた通りです。彼が、被害者の指紋にトリックを仕掛けなかったという保証はないのです。

いっぽう我々は、甲斐辰朗がこの数ヵ月にわたって、二人三役を行なっていた事実を突き止めています。しかも、彼の影の共演者は、安倍誓生その人だったことが判明しました。この事実の発覚によって、指紋の一致など、全く取るに足らない問題であることがわかりました。

つまり、ここ数ヵ月の間、安倍誓生は定期的に、教団本部で甲斐辰朗の役割を演じていました。それに対して、甲斐辰朗本人は、教団本部に自分の指紋を残さないように前から注意していたのです。

その結果、教団本部には、安倍誓生の指紋だけが残ります。我々がメンターの指紋だと思って、集めていたものは、実は、安倍誓生自身のものでした。それが、『フジハイツ』の死体と一致したのは、当然のことだったのです。

むしろ僕にとっての驚きは、あの日、僕が会って話をした男が、神がかりのメンターなどではなく、元高校教師の、江戸風俗研究家の仮の姿にすぎなかったということです。にもかかわらず、僕は、その男に強い印象を受け、その後も長い間、彼が、甲斐辰朗だと信じていたのです」

「彼の周囲の人間さえ、何ヵ月にもわたって、入れ替わりに気づかなかったんだ。初対面のおまえが、気づかなくても、仕方がない」

「そう言われると、ほっとしますよ」綸太郎は耳の後ろを掻いた。「それから、甲斐辰朗が、『フジハイツ』の部屋にも指紋を残さないよう、気をつけていたことは、言うまでもありません。もし、あの部屋で、第三の人間の指紋が発見されれば、二人三役がたちどころに発覚してしまう恐れがありました」

法月警視は、顔をしかめてコーヒーを飲み干すと、ペーパーカップを丸めて、くずかごに放り投げた。

「そういえば、俺はいつだったか、影武者がいる可能性を口にしたような覚えがある」

「僕も覚えています」綸太郎は、恥ずかしそうにうなずいた。「僕は、それで一冊小説が書けるだろうと答えました」

「だったら、そうすればいい。少なくとも、回り道には事欠かない本になるだろう」

警視は煙草が吸いたそうな顔で、周りを見回したが、人の目がある。肩をすくめて、綸太郎に尋ねた。

「死体の首を切り取って、現場から持ち去ったのは、人工内耳の電極がなかったせいだな？」

「その通りです。甲斐辰朗が、あんなに回りくどいやり方で、死体の身元をわかりにくくしなければならなかったのも、そのためでした。

彼はできることなら、安倍誓生の死体を教団本部内、例えば《塔》の《祈りの間》

で発見させたいと思っていたでしょう。その方が自然だし、成城の安倍家に捜査の目が向けられる可能性も低い。

でも、それはできない相談でした。

安倍誓生の死体を、自分のものと誤認させるためには、その首を切断することが、絶対の必要条件でした。もし首をそのまま残していけば、その頭蓋内に埋め込まれているはずの電極が存在しないので、別人の死体とすぐにわかってしまう。何しろ甲斐辰朗にとって人工内耳の存在は、トレードマークみたいなものですからね。

かといって、首を切り取って持ち去れば、それで片付くという問題でもありません。なぜなら、首なし死体というものは、それ自体、身代わり殺人の可能性をはらんでいるものです。しかも甲斐辰朗の場合は、頭の中の電極の存在が、身元確認における『首』の重要性をいっそう際立たせている特異な人物でした。

したがって、指紋の一致という条件をたとえクリアしても、被害者が別人ではないかという疑いを完全に払拭することはできません。甲斐辰朗は、そういう事態を避けたかった。そこで、死体の首を切断する合理的な理由が、別に存在するように見える状況を作り上げることにしたのです。

彼を取り巻く状況は、この目的にお誂(あつら)え向きの条件を満たしていました。いや、むしろ彼自身が、時間をかけて、お膳立をそろえていったと言うべきでしょう。

犯行に先立つ数ヵ月間、彼は、安倍誓生を巻き込んだ変則的な三重（習志野市＝西落合＝成城）生活を営んでいました。ところが、この変則的三重生活は、安倍誓生の存在を無視すれば、甲斐辰朗個人の単純な二重（習志野市＝西落合）生活に還元されてしまうのです。彼は、これを利用しました。

彼の計画は、二段構えになっていました。

まず西落合で、『安倍兼等』の首なし死体が発見されます。この時点では、まだ首が切断された理由は伏せられており、死者の名前に誤りがあることが告げられます。つづいて彼は、捜査陣を巧みに誘導して、首なし死体の正体が、『二重生活をしている甲斐辰朗』であることを発見させます。この時点で初めて、首を切断する理由が、捜査陣にもわかる仕組みになっています。すなわち、人工内耳の埋め込まれた頭をなくすことによって、死体が『甲斐辰朗』であることを隠蔽することが、犯人の目的だった——このもっともらしい説明によって、頭部切断の真の理由が隠され、ありもしない人工内耳が、被害者の頭の中にあったという幻想を生んだのです。

解かれてしまった謎を、もう一度解こうとする人間はいません。我々は、首が切られた理由を、それ以上詮索しようとはしませんでした」

「そうでもなかった」

「しかし、身代わり殺人という可能性を考えようとはしませんでした。いちばん簡単な可能性だったために、かえって盲点に入ってしまったのです。いずれにしても、非常に考え抜かれた計画でした」

「俺にはまだ、わからないことがある」警視が、頭を揺すりながら言った。「まず、犯行の翌日にかかってきた、過激派を名乗る犯行声明電話だ。あれは一体、誰の仕業だ？」

「もちろん、甲斐辰朗です。あれは、犯人が警察に対して、被害者は安倍兼等であると思わせたがっている、と思わせるためのポーズですよ。つまり、二段構えの計画をよりもっともらしく見せるための、偽の手がかりです」

「ややこしいな。じゃあ、斎門亨と山岸裕実に送られた、異来邪名義の密告状はどうなんだ？」

「やはり、甲斐辰朗がやったことです。あれは前にお父さんが言った通り、捜査を混乱させるのが目的だったと思います。あの二人のどちらかに、殺人の濡れ衣を着せるつもりだったのかもしれない」

警視は、腕時計に目を落としながら言った。

「俺がどうしても理解できないのは、安倍誓生の行動だ。この事件での彼の役回りは、まるで脳味噌のない操り人形みたいだ。なぜ、彼は兄の言いなりになっていたのだろう？」

「たぶん安倍誓生自身は、兄の言いなりになっているという自覚などなくて、むしろ自分が兄を操っているつもりだったと思います。彼は、生まれついての被害者だったのです。

もともと彼は、世間ずれのしていない学究肌の堅物だったようです。あの歳になるまで、独身だというのも、それを示しています。それまでの人生も、さほど波乱のない、つまらないものだった——。

その彼が、ひょんなことから、甲斐辰朗の弱味を握ったのです。新宿で偶然出会ったという話に関しては、僕はほとんど事実だと思っています。で、恐らく彼は、セレニータ・ドゥアノを一目見て、いかれてしまったのじゃないでしょうか」

「ありそうなことだ」

「断言はできませんが、最初『フジハイツ』で自分と交替することを迫ったのは、誓生の方だと思います。甲斐辰朗は、従来のスケジュールを崩さないことを条件に、やむなくそれを受け入れた。それで誓生は、完全に舞い上がってしまったのではないでしょうか。

それに味を占めて、次は《汎エーテル教団》そのものに興味を抱き始め、兄に入れ替わりを強要する。それまでの平凡な人生に対する反動が、彼の欲望をエスカレートさせたのでしょう。セレニータの肉体と、カリスマを演じること。この二つに溺れて、彼は自分を見失っていった。それを尻目に、甲斐辰朗は、自分の計画をゆっくりと熟成させていったのです。

やがて、甲斐辰朗の操り糸は、安倍誓生の体をがんじがらめにしてしまった。しかし誓生は、力関係が変わったことに気づいていない。以前と同じつもりで、兄の張った罠に知らず知らずのうちにはまっていたのです。

余談ですが、二人は最後まで、こっそりと連絡を取り合っていたはずです。そうでないと異来邪の最後の脅迫状に、法月のアナグラムがあったことの説明がつきません。メンターの寝室には、専用の電話がありました。そもそも僕に調査依頼するように仕向けたのは、甲斐辰朗の考えたことですから」

「安倍誓生は、脅迫状をどう受け止めていただろうか？」

「自分には、関係ないと思っていたはずです。危険が生じたら、兄に負わせるつもりだったでしょう」

警視はまた、深いため息をついた。

「最後にもうひとつ、訊きたいことがある。甲斐辰朗の動機は、いったい何だったと思う？」

「本人に訊く方が、早道だと思いますがね」綸太郎は、ちょっと首をかしげた。

「――彼は、教団に飽き飽きしていたと思うんです。斎門理事との確執や、夫人とのいざこざも、その原因だったのでしょうが、それ以前に、自分がメンターであることが、つくづくいやになっていたにちがいない。

その兆しは《塔》を建てた時からはっきりと現われています。あれは、完全な現実逃避志向です。彼の動機の根源には、それがあった。つまり文字通り、甲斐辰朗という存在から逃げ出すことです。

一方で、安倍兼等という器にも飽きが来ていた頃だと思います。セレニータ・ドゥアノは妊娠していました。彼女は、以前にも妊娠中絶の経験があるということでしたが、甲斐辰朗がやらせたのではないかと思います。つまり、もともと彼は、ジャパゆきさんの子供を育てるようなお人好しではなかった。そろそろ、別れる潮時だと考えていたかもしれない。

そんな時に、安倍誓生が現われた。甲斐辰朗は、渡りに舟と感じたことでしょう。誓生が自分の役割を演じている間に、彼は、着々と安倍誓生になり変わるための下準備を進めていたと思います。そして、セレニータが安倍誓生の子を身ごもったと察した時には、女に対する未練も、完全になくなったはずです。

新しい名前、新しい生活、新しい人格。彼が最終的に求めていたのは、これだと思います」

綸太郎は不意に口をつぐむと、短い瞑想に落ちた。そしてまた、不意に口を開いた。

「そうか——わかりましたよ、お父さん」

「何かまだ、わからないことがあったのか」

「なぜ彼が、脅迫状の差出人の名前に、異来邪という言葉を選んだか、その謎が解けたんです。

異来邪という音は、イレイザーという響きに近い。イレイザー、すなわち消しゴムです。言い換えれば、彼の目的は、文字通り、甲斐辰朗という存在を消し去ることにあったのです」

綸太郎が、話し終った時だった。

診察室に続く廊下に、久能警部の姿が現われた。

「どうしたんだろう」と綸太郎がつぶやいた。「彼の様子が変だ」

警部は青ざめた表情で、二人のところまでやって来た。まるで一晩中、水の中に浸かっていた男のような歩き方だった。

「どうした？」警視が声を張り上げた。「レントゲン撮影は終ったのか」

「終りました」警部は、やっと声を絞り出した。

「——電極の影が出たんだろう？」

警部は首を振った。

「いいえ」

「何だって？」

「電極は、ありません」警部は、まばたきさえしなかった。「あの男は、甲斐辰朗ではありません」

綸太郎は、長椅子を引っくり返した。

カタストロフィー（破局）

1

【一九八五年七月（つづき）】

どしゃ降りの雨だった。

安倍兼等の前には、《耳の男》が立ちはだかっていた。彼の手の中には、一メートルほどの堅い木の棒が握られている。激しい雨音にかかわらず、遠い声に耳を澄ましているような表情だった。

「兄さん」兼等は《耳の男》に向かって叫んだ。「僕を一緒に、連れていってください」

《耳の男》は、ゆっくりと首を横に振った。

「兼等、おまえは危険な人間だ。我が主が、おまえの死を望んでいる。かわいそうだが、この地がおまえの墓になる」

兼等には、言葉の意味が理解できなかった。

「兄さん」

「我が主の、思し召しなのだ」

次の瞬間、相手が棒を振り下ろしてきた。

間合が詰まっていたので、よけきれない。左肩で受けた。鈍い衝撃。その痛みが、十数年前の記憶を瞬時によみがえらせる。

ゲバ棒とヘルメット。硝煙と血の臭い。機動隊。殺られる前に殺れ。山小屋でのリンチ。目には目を。血に飢えた同志の視線。きれいは、きたない。きたないは、きれい――。

次の瞬間、兼等は兵士に戻っていた。

正気に返った時には、もう手遅れだった。足の下に、兄の体が横たわっていた。その左側頭部が目に見えるほど陥没している。とうに息は絶えていた。

兼等は、奪い取った棒を放り捨てた。腕の中にはっきりと、人を殴り倒した手応えが残っていた。

雨は、降りやむ気配もない。

兼等は、突然ひざまずくと、兄の着ている服を脱がし始めた。下着に至るまで剝ぎ取ると、今度は自分の服を脱いだ。その時はまだ、自分がなぜそんなことをしているのか、全然意識していなかった。

兼等は、自分の服を死体に着せた。そして、死んだ男の服を身に付ける。服を交換すると、死者の魂が、自分に乗り移ったような気がした。

すると、どこからか《声》が聞こえてきた。

《声》は、死んでいる男の頬髭を剃ることを命じているのだった。兼等は《声》に逆らうことはできないと思った。しかしこのどしゃ降りの林の中で、どうやって頬髭を剃ることができる？

兼等はまたしゃがみ込んで、死者に着せた自分の服のポケットを探った。愛用の登山ナイフが、彼の手に触れた。どんな時にも、肌身から離したことはない。十三年前、監禁された薪小屋から、かろうじて脱出した時も、お守りのようにしっかりと握りしめていたのだ。革の鞘（さや）を外して、使い慣れた柄を握った。

できるだけ肌に傷をつけないように、死んだ男の頬髭を剃り始める。刃はよく研がれているが、骨の折れる作業だった。だが、焦ることはない。時間は腐るほどあるんだ。

雨の勢いが増した。

どれぐらいたったか、わからない。兼等は、死者の頬髭を剃り終えた。それから、自分の耳の後ろ、兄と同じ位置に、ナイフで傷をつけた。その時には、自分がやっていることの意味が痛いほどわかっていた。

安倍兼等は死んだ。俺は生まれ変わって、甲斐辰朗になるのだ。

死体を崖っぷちのところまで運び、頭を下にして落とした。こうしておけば、この俺が泥で足を滑らせて墜落死したと、みんな思うだろう。

俺は山を下りる。雨が、足跡も、何もかも洗い流してくれるだろう。それが、思し召しなのだ。

兼等は、手にしたナイフを鞘ごと、崖の下に放り投げようとした。が、その手が止まった。

じっとナイフを見つめていた。柄に彫られた〈カネヒト・A〉という文字から、目が離せなかった。

初めてこの村に来た頃を思い出していた。

「――じゃあ、あたしがあんたに名前をつけてやろう。あんたの名は、カネヒトだ」

あの時は、そうと知らなかったが、リエはこのナイフに刻まれた文字を見て、俺の名前を知ったのだ。不思議でも、何でもないことだった。でも、そうと聞かされるまで、そのことが不思議でならなかった。自分の記憶の深い底にあるものを、リエには全て見透かされていたような気がしたものだ。

リエとは、十三年間いっしょだった。俺が死んだと知ったら、あいつはどうなるのだろう？　それを思うと、胸が痛くなった。雨に打たれながら、じっとナイフに見入っていた。

手放すことはできなかった。これが、安倍兼等の存在そのものだと思った。それを失えば、安倍兼等という存在がなくなってしまうような気がした。捨てることはできない。兼等は、ナイフを懐に納めた。いつかそれを必要とする日が、再び来るだろう。

兼等は、面を上げた。

夜は深く、朝は遠かった。体は、石のように冷えていた。その体を、雨が強く打った。

やがて、冷えびえとした混沌の中から、ヴィジョンが生じた。ヴィジョンは兼等の内部で、言葉となった。言葉は兼等を力づけ、その使命を彼の前に示した。

曰く、山を下りて、甲斐辰朗となり、真実を説いて、人々を導け。曰く、我は石となれ。人々を導く石であれ。曰く、なすべきことは、意志の中にあり、知るべきことは、言葉の内にある。

我は宇宙なり、我は言葉なり、我は導きの石なり。

兼等は、両腕を広げ、大きく息を吸い込んだ。

そして、ゆっくりと歩き始めた。

下界へ向けて。

まだ雨は、やむ気配を見せていない。

2

六月六日の早朝、法月綸太郎は新宿のドーナッツ・ショップに現われた。

店内を見回すと、奥のボックス席で、山岸裕実がこちらに手を振っている。隣りに『枢機卿』の姿があった。綸太郎は二人に加わり、男の服装をとっくりと観察した。

異変が起こっている。

「僕は、色盲になったようだ」綸太郎は、真面目くさった口調で言った。「『枢機卿』のいでたちに、赤が欠けている」

「心境の変化さ」と『枢機卿』が答えた。裕実はくすっと笑った。よくない徴候だ、と綸太郎は内心で思った。水面下で、何かが進行している。

ウェイトレスにオーダーを入れると、向かいの二人は目を丸くした。

「メニューの総ざらえをするつもりか？　プレスリーみたいに太って、くたばるぞ」

「昨日から、何も食べてない。腹ペコなんだ」

「顔色もよくないわ」と裕実。

「御名答。徹夜明けだよ」

「まあ」

綸太郎は、早口にまくし立てた。

「さっきまで、頭の堅いお偉方に、甲斐辰朗が、安倍兼等であることを説明していた。連中と来たら、信じられないぐらい飲み込みが悪くて、同じことを何十回も説明させた挙句に、最後には、それを書面にしてくれと言い出す始末さ。私にそのような権限はございませんと丁重に断わると、非公式のものだから、かまわないとくる。結局、連中は全然、説明を理解できなかったらしい。きっと報告書のコピーをテキストに、勉強会を開くつもりなんだ」

「意気がってるわりには、嬉しそうじゃないか」

「それはそうだ。悪い気はしない」

綸太郎は、にやりとした。

「こんなに歯応えのある事件は、最近珍しい。しかも最後の最後まで、息が抜けなかった。土壇場で、犯人が甲斐辰朗でないとわかった時には、足下が崩れ落ちるような気がしたよ」

「でもあなたの推理は、ほとんど正しかったんでしょう？」

「そう。目の前の事件についての推理は、ほぼ完全に真相を見抜いていた。ただ幕が上がる前に、主役が入れ替わっていたとは思わなかったのでね」

「いつ気づいたの？　甲斐辰朗と称して《汎エーテル教団》を築いた男が、実は、弟の安倍兼等だったということに」

「成城の男のレントゲン写真を撮った結果、彼の頭の中には、人工内耳の電極が存在しないことがわかった。したがって彼は、甲斐辰朗ではあり得ない。

それでもなお、成城の男が、甲斐―安倍三兄弟の一員である可能性は高かった。『フジハイツ』の死体が、安倍誓生であることは確かだったので、残っているのは、兼等しかいなかった。

そこまで考えれば、後は簡単だった。兼等が生きているとすれば、小無間山の麓の崖下で死んだ男は誰なのか？　それは、言うまでもなく《耳の男》甲斐辰朗だ。したがって四年前に山を下り、メンターと名乗ってエーテルの教えを広めた人物の正体は、安倍兼等でなければならない」

山盛りのドーナッツの皿が、テーブルの上に置かれた。手当たりしだいに頬張ると、綸太郎は説明を続けた。

「もちろん、他にも手がかりはあった。

その一つは、〈カネヒト・A〉の文字が彫られた登山ナイフだ。これは成城の男が、死んだ弟の遺品と称して保管していたものだった。

これと同じ、〈カネヒト・A〉の文字が、《祈りの村》の安倍兼等の墓——実際は、甲斐辰朗のものだったが——の卒塔婆にも書かれていた。この文字の一致は、僕には、偶然と思えなかった。

恐らく安倍兼等は、愛用のナイフをどんな時にも肌身離さず、持ち歩いていたにちがいない。《祈りの村》に現われた時も、例外ではなかったと思う。

彼が記憶を取り戻す前から、カネヒトと呼ばれていた理由もうなずける。村の人間は、ナイフに彫られた〈カネヒト・A〉の文字を見たんだ。そう考えると、卒塔婆に書かれた文字の説明がつく。

したがって、安倍兼等のナイフは、四年前まで《祈りの村》の中にあったはずなんだ。そして、それと同じナイフが、成城の家に保管されていた。つまり、四年前、小無間山を下りた人物は、安倍兼等のナイフを身に付けていたのだ。

その人物が、甲斐辰朗だったとは考えられない。彼には、ナイフを持ち去る理由がないからだ。だが安倍兼等は、そのナイフに愛着を持っていた。

したがって兼等こそ、小無間山を下りた人物であり、成城の家に住んでいた男なんだ」

「ふうん」裕実が、相槌を打った。「それから？」

「第二点は、顔の問題だ。《祈りの村》で、安倍兼等と一緒に暮していたリエさんに会った時、彼女の顔が誰かと似ているような感じがした。その時は思い出せなかったが、後になって、誰なのかわかった。

それは、セレニータ・ドゥアノだった」

『枢機卿』があごをだらりと下げた。

「これは、また何ていうか——」

「初めて知り合った頃の彼女は若くて、もっとセレニータに似ていただろう。『フジハイツ』の男が、セレニータと同棲するようになったきっかけは、たぶんそれだ。彼はセレニータの中に、リエさんと《祈りの村》への郷愁を見出していたのだ。この事実もまた、甲斐辰朗と名乗っていた人物が、実は、安倍兼等だったことを示している」

えへん、と咳払いを一つはさんで、

「それ以外にも、目立たないが、示唆的な事実がいくつかある。例えば、東都医大の田村教授に圧力をかけて、甲斐辰朗の手術カルテを抹殺してしまったこと。万一、自分の正体が怪しまれた時に、決定的な照合資料をなくしておくためだ。

それから、人工内耳の体外オプションを使わないで、日常生活を営んでいたこと。

安倍兼等は、正常な聴覚の持ち主だったから、当然のことだった。

さらに二人三役が、周囲の疑問を引き起こすことなく、スムーズに行なわれたこと。今にして思えば、実際に入れ替わっていたのが、双子の安倍兄弟だったからこそ、実行できた離れ業だった」

話し終わると、裕実が大きなため息をついた。

「私たちが、メンターとあがめていた人物が、実は元過激派の風来坊だったなんて――」

『枢機卿』が、首をひねりながら、

「しかし身内の者は、甲斐辰朗が別人になって戻ったことに、気づかなかったのかね？」

「昭和六十一年に、放浪から帰ってきた男は、神がかりの予言者だったんだ。そもそも、別人か否かの議論どころじゃなかっただろう」綸太郎は、あくびを嚙み殺しながら、そう答えた。

だが、一つだけ説明を省略した部分がある。それは、四年前、兼等が兄と入れ替わっていた可能性を、真っ先に指摘したのが、他ならぬ父警視だったということだ。おかげで当分、親父さんには頭が上がるまい、と綸太郎は口には出さず、内心でつぶやいた。あれで、子供のようなところがあるからな。

それから綸太郎は、この事件全体を見直した時、法月警視の直感が、いかに冴えていたかということに気づいて、新たな驚きを感じた。もちろん論理的に、筋の通った解決を導いたのは、綸太郎の目まぐるしい頭脳活動の成果であったことに議論の余地はなかったが、法月警視の直感が、常に綸太郎の論理に先行していたことも、また否定できない事実だったのである(――もっともそれらの直感は全て、たまたま当たっていただけで、論理的な整合性など皆無に等しかったのだが)。

3

【一九八九年五月十七日】

二人は、七時に新宿で落ち合った。

前の晩、電話で時間を決めておいたのだ。歌舞伎町の、同性愛者が利用する個室で、鬘と服を替え、情報を交換した後、西落合と成城へ別れる。お互いの役割を交代する時には、いつもそうする手はずになっていた。

だが、今日はちがう。服を着替えた後、兼等は、兄に相談があると持ちかけた。誓生は、少し面倒くさそうな顔をしたが、恩着せがましい口を利いた末に、一時間ほどつき合うことを承知した。

「さっきから気になってたが、その鞄には何が入ってるんだ」

誓生が、なれなれしい口調で尋ねた。兼等は思わず、手にした黒革の鞄を握りしめた。

「何でもないさ。後で、見せるよ」

二人は西武新宿線で、新井薬師前に向かった。中野駅に呼び出したセレニータと、鉢合わせしないための細工であることに、誓生が気づいているはずはない。

駅前から、『フジハイツ』までのおよそ八百メートルを、ぶらぶら歩いて行く。陽が落ちた街路で、二人の姿を気に留める者はいない。

『フジハイツ』に着いたのは、八時五分前。案の定、管理人室に人影はない。長崎は、プロ野球中継に夢中になっているはずだった。兼等が、あえてこの時刻を選んだのは、それを計算に入れてのことだった。

「部屋に入らなきゃいけないのか」

「そうだ」と兼等が答えた。

「二人一緒では、まずい。セレニータに見られたら、全ておじゃんになる」

「大丈夫だ」兼等は首を振った。「先に電話して、外に出るように言っておいた。当分帰ってこないから、心配しなくていい」

「しかし――」

「部屋でないと、説明できないことがあるんだ。そんなに時間は取らせない」

た。

住人はいない。誰にも見とがめられることなく、二人は三一二号室のドアの前に立っ

二人はエレヴェーターで、三階に上がる。この時間帯に、廊下をうろうろしている

「わかったよ」誓生は、完全に兼等の言うことを信じきっていた。

「本当だ」誓生が、ドアノブに手をかけて言った。「鍵がかかってる。セレニータは留守らしい」

「そう言ったろう」

兼等は、指紋を残さないよう注意して、鍵を渡した。誓生がドアを開け、先に入る。後に続いた兼等は、ドアが閉まる音を背中で聞くと、素速く鞄のジッパーを開け、中に忍ばせた鉈を握りしめた。

「で、辰朗兄さん。話というのは——」

振り向きかけた誓生の頭目がけて、鉈の背を振り下ろした。叫び声を上げる間もなく、誓生は床の上にくずおれた。

相手が意識をなくしたことを確かめると、急いで手袋をはめ、ドアに戻って鍵をかけた。ぐったりとなった兄の頸部に手をかけて、確実に息の根を止める。兼等自身の呼吸は、みじんも乱れがなかった。

死者の服を剝ぎ取って、準備しておいた別の服に着替えさせた。『フジハイツ』用

の衣類の中から、あらかじめ抜き取っておいたものだ。いま自分が着ている服では、新宿で着替えた時の指紋が残っている可能性がある。鬘も外して、衣類と一緒に片付けておいた。

坊主頭の兄の死体を、浴室に運び、首筋に濡らしたバスタオルをかぶせた。手元が狂わないように、手袋を外し、素手で鉈をしっかりと握りしめた。骨を切断するには、鋸で引く方が確実だが、それでは時間がかかりすぎる。精神を一点に集中して、思い切り鉈の刃を振り下ろした。

一撃で骨を断つ手応えがあった。思っていたより出血も少ない。用意した黒いビニールで、切り落とした兄の首を何重にもくるみ、鞄の中に納める。それから、水道の栓をひねって、手にかかった血と、鉈の指紋を洗い流した。

バスタブの残り湯の中に鉈を落とし、手を乾かして、もう一度手袋をはめる。念のため、水道の栓を布で拭いた後、着ているものを脱いで、兄から剝ぎ取った服を着込み、鬘を替える。脱いだ服と『フジハイツ』用の鬘をまとめて鞄に入れ、部屋を出た。鍵はかけないままにしておく。

エレヴェーターで一階に降り、無人の管理人室の前を通り過ぎる。時刻は、八時十二分。

安倍兼等は、街の闇に姿を消した。

4

山岸裕実が、綸太郎の黙考を破った。

「身代りになって殺された、安倍誓生は、メンターが、兼等だと気づいていたのかしら？」

綸太郎は首を振って、

「最後まで、知らずにいたと思う。気づいていたら、もっと警戒していたはずだ。兼等の方も、それだけは気づかれまいと、腐心していたにちがいない。自分の正体がばれることは、兄殺しの発覚をも意味している。そんな事態だけは、何としても避けたかっただろう」

「じゃあ、兼等の自殺を伝えた、ヒッピー・スタイルの男女というのは、実在したのか？　それとも、安倍誓生に化けた兼等がでっち上げた、単なる与太話にすぎなかったのか」

「安倍誓生が、その二人連れから、弟の自殺を聞かされたのは事実だろう。その後、兼等は、誓生自身から、その時のことを訊き出したにちがいない。

結局、そのエピソードは、めぐりめぐって本人の口から、我々の耳に届いたわけさ。ただし、二人連れから遺品のナイフを受け取ったというのは、兼等自身がつけ加えた嘘の情報だったが」

「安倍兼等の動機は何だったの？」

裕実が、煙草に火をつけながら尋ねた。

「動機って、どっちの動機だい？　甲斐辰朗を殺して、彼になりかわろうとした動機か。それとも、安倍誓生を殺して、彼になりかわろうとした動機？」

「――両方よ」

「もちろん、本人に訊くのが、一番の早道だ」綸太郎は、前にも同じような言い回しを使ったことを思い出した。「でも、想像することはできる。まず、四年前の悲劇から始めよう。

リエさんの話によれば、山を下りる直前、甲斐辰朗は弟に対して、警戒心を抱いていたらしい。それがどういう理由に基づくものか、はっきりとは言えないが、そもそもの災厄の種が、被害者の側にあったことを示している。いずれにせよ、甲斐辰朗を追って《祈りの村》を去った兼等は、不幸な行きちがいから、兄を殺してしまった。

その時、生者と死者の間に、一種の人格転移が生じたにちがいない。兼等は、兄の生み出したエーテルの教えを、絶やすことはできないと思った。そのためには、彼自身がメンターにならなければならない。そこで兄の死体を自分自身に見せかける工作をした後、『甲斐辰朗』として山を下りたんだ」

「俗流フロイト的解釈だな」『枢機卿』が言った。「兼等にとって、突如出現した長兄の存在は、長い間見失っていた父親の代理人として映った。つまり、兼等の兄に対する感情は、アンビヴァレントな愛憎の混交物だ。そして最終的には、お決まりの父殺しと、父権の剝奪だ」

裕実は煙草の灰を落とすと、足を組み替えた。

「兼等が、メンターになりすまそうとしたわけはわかったわ。でも、どうして彼はせっかく手に入れた地位を、自ら手放すような真似をしたの？」

「それは結局、彼が、安倍兼等だったからだと思う。

山を下りた後、兼等は甲斐辰朗になりきって、エーテルの教えを広めることに全力を尽くした。その当時、彼は兄の執念に憑かれていたせいで、安倍兼等という人格に属する諸々のものを、完全に忘れ去っていた。ちょうど、カネヒトという無名の男が、《祈りの村》で過ごした十三年間のようにだ。

やがて、彼を中年の危機が襲った。

その時、彼に取り憑いていたものが、ぽろりと剝がれた。

僕の考えでは、安倍兼等はある日、自分に向かって、その後彼のただ一つの生きがいとなったあることをつぶやいたんだ。

もうすぐ、俺は四十になる。だが、俺はいったい誰なのだ？　甲斐辰朗？　いや、それは、単なる名前にすぎない。俺は——安倍兼等なのだ、と。

でも、安倍兼等という人格は、もはや影も形も残っていなかった。残っているのは、記憶の残骸だけだった。そこで、彼は全てをかけて、失われた安倍兼等という人格を再びこの世に取り戻そうとした。

その日から、彼は着々と新たな二重生活の布石を打ち始めたんだ」

「それは一体、いつ頃の話なの？」

「一昨年の夏だ。《塔》の計画を思いついたのも、東都医大の手術カルテを回収したのも、その頃だった。教団が宗教法人となって約半年、一人のカリスマの言葉より、ビジネスに徹した組織の理論が、優先され始めた時期でもある。

やがて《塔》が完成したのが、去年の二月。それと同時に、安倍兼等として『フジハイツ』で二重生活を始める。後からわかったことだが、兼等は活動家時代に、一時期、西落合に潜伏していたことがあるらしい。つまり、一種の帰巣本能が働いたんだ。七月、セレニータ・ドゥアノとの同棲を始める。ここまでは、兼等の計画通りだった。

ところが、彼の前に現われたのが、双子の兄である安倍誓生だったわけさ」

「兄と再会した兼等が、その場で甲斐辰朗と名乗ったのはなぜ？」と裕実が言った。

「兄に対して正体を明かせば、逆に二重生活をしている事実は隠し通せたのじゃないかしら」

「いい質問だけど、それは無理だった。彼が兼等でいられるのは、九日間のうち、たった三日だけだ。不在の六日間を埋めることはできないから二重生活をしていることもすぐばれただろう。正体を明かした後で、甲斐辰朗の名をかたっていることを知られたら、それこそ一巻の終りだ。

それよりは初めから甲斐辰朗と名乗った方が、かえって安全だった」

「——双子の兄に秘密を握られて、彼を殺さざるを得なくなった点は納得できるのよ。でも、だからといって、甲斐辰朗と安倍兼等という二つの人格を捨てて、成城に引っ込んでしまう必要はないわ。どうして彼は、そんなことをしなければならなかったの？」

「彼は、生まれついての放浪者だった。安倍兼等という男は、決して一つところに永住することのできない人間だったんだ。どうしてと訊かれても、僕には、そうとしか答えることができない」

「でも、彼の目的は、安倍兼等という人格を取り戻すことではなかったの？」

「彼の目的は、失われた安倍兼等という人格を取り戻すことだった」綸太郎は、正しく言い直した。「彼は、自分の人生がそもそもの出発点から、歪められていると信じていた。自分は、貧乏くじを引かされたのだとね。

言い換えれば、彼は心の底でずっと、双子の兄に対して、恨みを抱いていたんだ。自分が、義父から拒絶されたのは、兄の誓生のせいであり、正しい人生を自分の片割れに盗まれたと感じていた。

そして、去年の十一月、兄の誓生と思いがけない再会を果たした時に、積年の恨みが瞬時にしてよみがえったんだ。その瞬間から、兼等の真の復讐が始まった。彼は、兄の手から自分の人生を取り戻そうと決意したんだ」

「そうじゃない」

突然、『枢機卿』が口をはさんだ。綸太郎は、彼の言葉に耳を傾けた。

「兼等の復讐の最終目標は、兄の誓生ではなかった。彼の復讐は、まだその途上にあった。

これは、あまりにもフロイト的だ。いや、まるで現代の挫折したオイディプスの物語だ。

彼の本当の獲物は、彼を捨てた父親以外の誰でもない。だが、実父である甲斐祐作は、既にこの世の人ではなかった。だから彼は、代わりに甲斐辰朗を殺害したのだ。

しかし、その復讐は不完全なものだった。彼が殺したのは、父親の代理人でしかなかったからだ。

そこで彼は、円環を閉じるために、もう一度、父の殺害を企てなければならなかった。この時、彼にとって父親たるべき存在は、もはやこの世界にただ一人しか残されていなかった――。

すなわち、安倍兼等は、かつて彼を拒絶した養父安倍誠を殺すために、兄の名前を奪ったのだ」

やがて沈黙の後に、綸太郎が口を開いた。

「《汎エーテル教団》は、どうなるのだろう？　このまま、つぶれてしまうんじゃないだろうか」

「そんなことはないわ」裕実はそっけなく言った。「ある程度以上の規模を持つ組織は、精神的基盤が崩れても、自律的に存続していくものよ。斎門兄妹は、なかなかの商売人なの。今度の事件でも、メンターの権威の失墜と、教団の知名度が上がったことを秤(はかり)にかけて、後の方を取るような人たちだわ。これからも、信者の数は増え続けていくと思う」

「でも、君はどうするんだ？　もう愛想を尽かしたような口ぶりだけど」

「昨日、事務局に辞表を出してきたの。もうあそこには、興味はないわ」

「興味はないわって――」

「本を書いてみようと思うの」裕実は、隣りの男の肩に手を置いた。「この人と一緒に。きっといいものができると思うわ」

　綸太郎は、目をぱちぱちさせた。

「いつの間に、そういう相談になったんだ？」

「ここ二、三日のうちかな」今度は『枢機卿』が答えた。「《祈りの村》の存在を、世間にアピールしてみようと思う。二人で、生活体験記みたいなものを書く。メンターも賛成してくれた」

「すると、この前ひとりだけ村に残ったのは、それを相談するためか？」

「そうだよ。明日には、二人で出発できる」

　綸太郎は、開いた口がふさがらなかった。すると裕実が、時計を見ながら、『枢機卿』に言った。

「もうすぐ、区役所が開く時間よ」

「本当だ。じゃあ僕らは、そろそろ失礼するよ」

「待ってくれ」綸太郎は、わけがわからなかった。「区役所だって？　いったい何をしに行くんだ」

「ちょっと、書類を出しに寄るだけさ」

「書類？」

　首をかしげた綸太郎の耳に、裕実がささやいた。

「この人が、赤い服を着ていないわけを教えて上げましょうか」

『枢機卿』が、ポケットに手を突っ込んでいる。

「――私が、赤い下着を洗濯するなんて、いやって言ったからなのよ」

「要するに、今度の騒ぎを通じて、お互いの気持ちを確認し合うことができたってことさ」

目を細めながら、『枢機卿』は、一枚の紙切れを綸太郎の前にかざして見せた。

それは、二人の名前が書き込まれた、婚姻届の用紙だった。

参考文献

西島建男『新宗教の神々』（講談社）
田中一京『儲かる宗教ビジネス』（あいであ・らいふ社）
高木正幸『新左翼三十年史』（土曜美術社）
別冊宝島54『ジャパゆきさん物語』（ＪＩＣＣ出版局）
吉江信夫『難聴・耳鳴り・めまい』（主婦の友社）
「実用技術となった人工内耳」『科学朝日』１９８８年8月号（朝日新聞社）
「みんなの科学」『読売新聞』１９８９年5月29日付夕刊

等を参考にさせていただきました。

なお、突発性難聴の自然治癒に関して、作者の都合により、一部誇張して記述した部分があることをお断わりしておきます。

引用文中の誤りは、全て作者（法月）の責に帰するものです。

本書は、一九九二年九月に講談社文庫より刊行された
『誰彼』を改訂し文字を大きくしたものです。

文庫版あとがき

この本を書いたのは、二十四歳の春から初秋にかけての頃である。今、読み返してみると、ほうぼう穴だらけで、常識に欠け、若気の至りそのもののような荒削りの小説だが、私にとっては、かけがえのない宝物のような本である。はたしてエンタテインメントたり得ているか否かの判断はさておいて、ここまで徹底してやってしまったら、もはや愉快を通り越して、痛快ではないか。

正直な話、自分でもどうしてこんなものが書けたのか、よくわからない。この先もう一度、これと同じことに挑戦しても、たぶん、できないだろう。執筆中に再三、シンクロニシティめいたできごとが起こったぐらいだから、何か得体の知れないものに取りつかれていたふしもある。ひょっとしたら、気が狂っていたのかもしれない。

着手した時点での思惑は、英国変態パズラー作家コリン・デクスターの手法を借用して、クイーンの国名シリーズを再活性しようという、ごくまっとうなものだったはずだが、書いているうちに、われながら予想外の地点まで運ばれてしまったような印象がある。ちなみに、このプロットの発想の原点を求めると、『密閉教室』の38章にまでさかのぼるような気がしないでもなくて、ということは、すでにこの時から、怪しい兆しがあったと言うべきか。当時、再校ゲラをチェックしながら、書いた本人でさえ、意味のつかめない箇所がいくつもあったことを覚えている。いったい、何を考えていたのだろうか？　やはり、気が狂っていたにちがいない。

だいいち、デクスターの向こうを張ろうなどと企てること自体、完全に狂気の沙汰なのであって、それが嘘だと思ったら、試しにデクスターの初期の小説を続けて読んでごらんなさい。まともな人間には、とうてい太刀打ちできる相手ではないとわかるはずである。現在活動しているミステリ作家で太刀打ちできるとしたら、少しニュアンスがちがうけれど、バーナード・ショーペンぐらいのものであろう。

そうした無謀な企てに付き合わされる読者も気の毒だが、しかし、念のために書き添えておくと、私も商業作家の端くれとして、最低限の配慮はしたつもりなのだ。というのも、私は校了の間際まで、事件の最終的な説明を覆す新事実を最後の一行に書き加えて、全てを水の泡にする誘惑と戦い続けていたからである。もしかしたら、潔くそうしていた方がよかったのかもしれないが。

なお、本書の元版には、人名の誤記等、少なからぬ矛盾点が存在していた。今回の文庫化に当たって、できる限りの訂正を行なったが、それらのミスがノベルス読者の混乱にいっそう拍車をかけたことは、想像に難くない。その責任は全て私にある。この場を借りて、深くお詫びしておきたい。

何だか自己批判めいたことばかり書き連ねたようなので、ここであらためて強調しておいた方がいいかもしれない。この本は、私にとって、かけがえのない宝物のような本である。今ではもう悪ずれしてしまって、こんなふうには、書きたくても書けないのだから。

最後に、こうした与太を真に受ける人はいないと思うが、《汎エーテル教団》に関する一切が、私の想像力の産物であることを附記しておく。私はワープロの前で、ゲラゲラ笑いながら、でたらめな教義をでっちあげた。ちなみに、作中の〈トライステロ宇宙神〉という名称は、『競売ナンバー49の叫び』からの盗用で、怖いもの知らずというか、若僧の思い上がりというか、要するに、フツカヨイの出来心の楽屋落ちなのである。「この時点でトライステロ創立者、ヘルナンド・ホアキン・デ・トリステロ・イ・カラヴェラが登場するのだ。彼は気違いかもしれないし、ほんものの反逆者かもしれないし、詐欺師だという者もいる（志村正雄・訳）」。二十四歳の私は、畏れ多くも、トマス・ピンチョンにあこがれていたのだ。

フツカヨイの出来心のついでに、蛇足の恐れを顧みず、〈トリステロ〉という名前のアナグラムを作ってみると——。

（一九九二年六月三十日）

新装版への付記

講談社ノベルス版『誰彼（たそがれ）』は、一九八九年（平成元年）十月に刊行された。東西冷戦の象徴だった「ベルリンの壁」が崩壊する前月のことである――と注記しながら、もうそんなに昔の本なのかと思わずため息が出そうになる。旧文庫版のあとがきも一九九二年に書いたもので、憑（つ）き物が落ちたようなふりをしているけれど、二十代の若者が精一杯強がっているという印象は否めない。

それでも五十を過ぎた今の私にとって、この荒削りな小説は「かけがえのない宝物のような本」であり続けている。三作目の長編で、まだ怖いもの知らずというか、この頃は筆に勢いがあり、原稿というのはひたすら前へ進んでいくものだった。未熟で文才に欠けていたとしても「本格のフロンティアに挑んでいる」という根拠のない確信があった。

冒頭にゲーデルの不完全性定理を引いているのがその証拠だろう。今となっては微妙な案件かもしれないが、ちょうどこの頃『EV.Café 超進化論』（村上龍＋坂本龍

一、講談社文庫）で柄谷行人氏の存在を知り、『日本近代文学の起源』や『隠喩としての建築』を夢中になって読んでいた。数年後、私はいわゆる「後期クイーン的問題」というのに取り憑かれて精神状態が不安定になってしまうのだが、この本を書いた時点ではまだ無邪気なもので、にわかファンが必殺技の名前を叫ぶような感覚だったと思う。

それに限らず、いま読み返すと「おいおい、いくら何でもそれはないだろう」とツッコミを入れたくなるところが山ほどある。令和の常識から見れば推奨されない表現も散見し、自分が昭和末期にデビューした物書きであることを痛感させられる。とはいえ、本書に関しては未熟さや性急さも謎解きの構成要件になっていて、部分的に手を入れてどうこうなるような問題ではない。今回の新装版では「これはもう半分アーカイブみたいなものだから」と自分に言い聞かせ、内容と文章の修正は必要最小限にとどめた。

この小説の名づけ親は、デビュー以来の担当だった故・宇山日出臣（秀雄）氏である。

タイトルが決まったのは本が出る直前で、執筆中の仮題は『父たちの罪』——ローレンス・ブロックの酔いどれ探偵マット・スカダー・シリーズ第一作『過去からの弔鐘』の原題 The Sins of the Fathers を直訳したものだった。自分でもいいタイトルだと思ってはいなかったけれど、慣れというのは厄介（やっかい）だ。宇山氏からダメ出しされ、代わりに『誰彼』という面妖な書名を提案された時は平常心を失って、即答できなかった覚えがある。

代案もなかったことから、私は宇山案を受け入れることにしたが、それが本書にとって最良の選択だった。見れば見るほど、宇山イズムの結晶のような名タイトルだと思う。今では『誰彼』以外の書名など考えられない。

（二〇二〇年十一月）

混乱こそ、俺の墓碑銘

大山誠一郎（ミステリ作家）

作家にして名探偵の法月綸太郎は、新興宗教《汎エーテル教団》の教祖に脅迫状を送りつけた犯人を突き止めるよう依頼される。調査を開始した矢先、教祖は教団施設から消え、離れた場所にあるマンションの一室で首のない死体が発見される。それが、無数の推理が乱れ飛ぶ難事件の始まりだった……。

一つの事件に対して複数の推理が提出される、いわゆる多重推理ミステリは、大きく分けて二種類ある。第一は、複数の人間が推理するもの。犯罪研究会の会員たちが一つの事件を巡ってそれぞれ推理する、アントニー・バークリーの『毒入りチョコレート事件』がその嚆矢だろう。第二は、一人の人間が複数回、推理するもの。名探偵が何度も推理を間違えるパターンである。『誰彼』はこの第二のパターンに属する作品であり、名探偵・法月綸太郎が何度も推理を間違えることになる。

作者は本作の文庫旧版あとがきで、「着手した時点での思惑は、英国変態パズラー作家コリン・デクスターの手法を借用して、クイーンの国名シリーズを再活性しよう」というものだったと述べている。コリン・デクスターのモース警部シリーズは多重推理で有名だが、エラリー・クイーンの国名シリーズにも『ギリシャ棺の謎』という多重推理の傑作がある。それなのに、『ギリシャ棺の謎』ではなくコリン・デクスターの手法で国名シリーズを再活性するとはどういうことだろうか。

『ギリシャ棺の謎』が多重推理となるのは、犯人が偽の手がかりを配置して、探偵エラリーの推理を操るからである。そのため、エラリーは何度も間違った推理をする羽目になる。一方、デクスター作品では、モース警部は何度も間違った推理をするが、それは犯人に推理を操られたためではない。モースは犯人の働きかけなしに、次から次へといくつもの仮説を作り出し、自ら事件を複雑化させるのだ。

『誰彼』では、犯人はある程度、捜査陣の推理を操ろうとしているのだが、綸太郎は犯人が考えてもいなかった奇想天外な、惜しむらくは誤った推理を連発し（さらに、法月警視の右腕、久能警部まで、上司の息子に感化されたのか、綸太郎ばりの推理を披露し）、モース警部さながら事件を複雑化させる。そして、モース警部の推理は空想に近いことも多いが、綸太郎の推理はエラリーばりに精緻である。それが、「コリン・デクスターの手法を借用して、クイーンの国名シリーズを再活性」するということだろう（余談だが、推理によって事件を複雑化させる探偵で思い出すのは、同じ

「りんたろう」の名を持つ、『黒死館殺人事件』（小栗虫太郎）の法水麟太郎である）。

綸太郎は推理によって事件を複雑化させると述べたが、それは、さまざまな仮説を作り出すことによってだけではない。実は、法月警視は、真相の一部を直感的に捉（とら）えた鋭い指摘を何度もしているのだが、綸太郎はそのたびに、もっともらしい推理で父親の指摘を否定してしまうのだ。否定の推理もまた、本作の多重推理の重要な一部なのである。仮説と否定の推理を合わせれば、綸太郎の推理は優に十を超えるだろう。

そのありさまは、登場人物の一人が呟（つぶや）く英国のロックバンド、キング・クリムゾンの名曲「エピタフ」の一節「混乱こそ、俺の墓碑銘（コンフュージョン・ウイル・ビー・マイ・エピタフ）」そのものだ。作者は文庫旧版あとがきで、上記の引用箇所に続けて、「われながら予想外の地点まで運ばれてしまったような印象がある」と述べているが、作者自身、予想外と言うほどの異形の多重推理ミステリとなっている。

「国名シリーズを再活性」とあるが、クイーンマニアの作者だけあって、再活性されたのは国名シリーズに留まらずクイーン作品全般である。「首のない死体」というテーマは『エジプト十字架の謎』を想起させる（『エジプト』でも、「汎エーテル教団」とは比較にならないほど小規模だが、新興宗教団体が出てくる）。「双子」がテーマでもあるが、こちらは『シャム双子の謎』ではなく後期作品の『最後の一撃』を思わせる。「ヤヌスの顔の死者」を巡る議論は『中途の家』を明らかに意識しているし、ラストの一行は国名シリーズのある作品のそれを踏まえたものに違いない。

「首のない死体」と「双子」を「三兄弟」という設定と組み合わせているが、これは、デクスターの『謎まで三マイル』に触発されたものだろう。それを示すように、『謎まで三マイル』の書き出しが「ギルバート兄弟は双子のアルフレッドとアルバート、その弟のジョンの三人だった」なのに対し、『誰彼』の書き出しは「甲斐兄弟は、長兄の辰朗、双子の弟の誓生と兼等の三人だった」である。もっとも、『謎まで三マイル』では、「首のない死体」、「双子」、「三兄弟」という要素は実質的には互いに関連していない。そのことに不満を抱いた作者が、自分なら三つの要素をこう組み合わせてみせると本作の複雑なプロットを作り上げたのかもしれない。

デクスター作品はクロスワードパズルやアナグラムなどの言葉遊びでも有名だが、『誰彼』ではそれに倣ったように言葉遊びが多用されているのも目を引く。特に、犯人からの脅迫状の「おまえの育児論は、役に立たない」という一文のアナグラムは、さらっと扱われているが、よく思いついたと驚嘆するレベルである。

本作が書かれた一九八九年、作者はまだ二十代半ばの青年だった。若さのみがもたらしうるみずみずしさ、才気、熱気が本作には溢れている。ビジネス化した新興宗教、ジャパゆきさん、新左翼過激派の残党という社会的なテーマをクラシカルなパズラーを活かすために用いた発想には目を見張るし、作者が「ワープロの前で、ゲラゲラ笑いながら」（文庫旧版あとがき）作り上げたという《汎エーテル教団》のもっともらしい教義にも、若々しい才気が感じられてにやりとする。後半登場する《祈りの村》の場面できらめくリリシズムにも、胸を打たれるものがある。

みずみずしいといえば、本作で描かれる綸太郎の青春模様（？）もそうだ。事件の発端となる脅迫状の調査を依頼した《汎エーテル教団》教祖の秘書、山岸裕実は、綸太郎の学生時代の友人の元彼女でもある。綸太郎が彼女を意識して、かなり三枚目的な面を見せるところがチャーミングだ（この辺りは、のちの「図書館」シリーズでの綸太郎と沢田穂波とのやり取りに通じるものがある）。そして当の友人、『枢機卿』こと李清邦は、プレイボーイにして皮肉屋というキャラクターで、彼と綸太郎との言葉の応酬が実に楽しい。『ふたたび赤い悪夢』と『二の悲劇』の久保寺容子、『生首に聞いてみろ』の田代周平のように、他作品でも綸太郎のプライベートな友人や知人が登場することはあるが、それらではいずれも一人だけの登場（その場にいない別の一人が噂に上ることはある）なので、本作での三人のやり取りはひときわ魅力的だ。若い三人のやり取りをもっと読みたいと思うのは、筆者だけではないだろう。

綸太郎が李清邦と会う水族館の場面で、オーストラリアのクイーンズランドに生息するネオセラトダスという肺魚がちらりと描かれ、「祖先は、三億年前に栄えたが、現在は数少ない」と書かれている。これは、作者が執筆当時に認識していた本格ミステリのメタファーだろう。しかしその後の三十年余りで、「ネオセラトダス」は滅びることなく、極東の島国で爆発的な進化を遂げることになった。そうした中でも、本作の異形ぶりと熱気を超える多重推理ミステリは、未だに現れていない。新装版によって、さらに多くの読者がその魅力の虜になることを願ってやまない。

法月綸太郎著作リスト（二〇二〇年一二月現在）

1 『密閉教室』
講談社ノベルス 一九八八年一〇月
講談社文庫 一九九一年九月
講談社文庫（新装版） 二〇〇八年四月

2 『雪密室』
講談社ノベルス 一九八九年四月
講談社文庫 一九九二年三月

3 『誰彼（たそがれ）』
講談社ノベルス 一九八九年一〇月
講談社文庫 一九九二年九月
講談社文庫（新装版） 二〇二一年一月

4 『頼子のために』
講談社ノベルス 一九九〇年六月
講談社文庫 一九九三年五月
講談社文庫（新装版） 二〇一七年一二月

5 『一の悲劇』
祥伝社ノン・ノベル 一九九一年四月
祥伝社ノン・ポシェット 一九九六年七月

6 『ふたたび赤い悪夢』
講談社ノベルス 一九九二年四月

講談社文庫　一九九五年六月

7　『法月綸太郎の冒険』（短編集）　講談社ノベルス　一九九二年一一月
講談社文庫　一九九五年一一月

8　『二の悲劇』　祥伝社ノン・ノベル　一九九四年七月
祥伝社ノン・ポシェット　一九九七年七月

9　『パズル崩壊』（短編集）　集英社　一九九六年六月
講談社ノベルス　一九九八年八月
集英社文庫　一九九九年九月
角川文庫　二〇一五年一二月

10　『謎解きが終ったら』（評論集）　講談社　一九九八年九月
講談社文庫（増補版）　二〇〇二年二月

11　『法月綸太郎の新冒険』（短編集）　講談社ノベルス　一九九九年五月
講談社文庫　二〇〇二年七月

12　『法月綸太郎の功績』（短編集）　講談社ノベルス　二〇〇二年六月
講談社文庫　二〇〇五年六月

13　『ノーカット版　密閉教室』　講談社　二〇〇二年一一月

14 『生首に聞いてみろ』 講談社BOX 二〇〇七年二月
角川文庫 二〇〇四年九月
15 『怪盗グリフィン、絶体絶命』 講談社ミステリーランド 二〇〇七年一〇月
講談社ノベルス 二〇〇六年三月
講談社文庫 二〇一二年八月
16 『法月綸太郎ミステリー塾 日本編 名探偵はなぜ時代から逃れられないのか』（評論集） 二〇一四年九月
講談社 二〇〇七年一月
17 『法月綸太郎ミステリー塾 海外編 複雑な殺人芸術』（評論集）
講談社 二〇〇七年一月
18 『犯罪ホロスコープI 六人の女王の問題』（短編集）
光文社カッパ・ノベルス 二〇〇八年一月
光文社文庫 二〇一〇年七月
19 『しらみつぶしの時計』（短編集） 祥伝社 二〇〇八年七月
祥伝社ノン・ノベル 二〇一一年二月
祥伝社文庫 二〇一三年二月

20　『キングを探せ』　講談社　二〇一一年一二月
講談社ノベルス　二〇一三年一二月
講談社文庫　二〇一五年九月
21　『犯罪ホロスコープII　三人の女神の問題』(短編集)
光文社カッパ・ノベルス　二〇一二年一二月
光文社文庫　二〇一五年一月
22　『ノックス・マシン』(短編集)　角川書店　二〇一三年三月
角川文庫　二〇一五年一一月
23　『法月綸太郎ミステリー塾　疾風編　盤面の敵はどこへ行ったか』(評論集)
講談社　二〇一三年一二月
24　『怪盗グリフィン対ラトウィッジ機関』　講談社　二〇一五年七月
講談社文庫　二〇一七年九月
25　『挑戦者たち』　新潮社　二〇一六年八月
26　『法月綸太郎の消息』　講談社　二〇一九年九月
27　『赤い部屋異聞』　ＫＡＤＯＫＡＷＡ　二〇一九年一二月

〈編共著〉

＊笠井潔＝編『本格ミステリの現在』　国書刊行会　一九九七年九月
　双葉文庫　二〇一四年六月

＊探偵小説研究会＝編『本格ミステリ・ベスト100　1975―1994』
　東京創元社　一九九七年九月

＊小説トリッパー＝編『この文庫が好き！　ジャンル別1300冊』
　朝日文芸文庫　一九九八年六月

＊『不条理な殺人』　祥伝社文庫　一九九八年七月

＊『不透明な殺人』　祥伝社文庫　一九九九年二月

＊『「Y」の悲劇』（書き下ろしアンソロジー）
　講談社文庫　二〇〇〇年七月

＊『「ABC」殺人事件』（書き下ろしアンソロジー）
　講談社文庫　二〇〇一年一一月

＊『大密室』　新潮文庫　二〇〇二年二月
＊『あなたが名探偵』　東京創元社　二〇〇五年八月
　創元推理文庫　二〇〇九年四月
＊『法月綸太郎の本格ミステリ・アンソロジー』　角川文庫　二〇〇五年一〇月
＊『気分は名探偵』　徳間書店　二〇〇六年五月
　徳間文庫　二〇〇八年九月
＊『物しか書けなかった物書き』　河出書房新社　二〇〇七年二月
＊『犯人たちの部屋　ミステリー傑作選』　講談社文庫　二〇〇七年一一月
＊『吹雪の山荘――赤い死の影の下に』（合作リレー長編）　東京創元社　二〇〇八年一月
　創元推理文庫　二〇一四年一一月
＊『9の扉』（リレー短編集）　マガジンハウス　二〇〇九年七月
　角川文庫　二〇一三年一一月
＊『0番目の事件簿』　講談社　二〇一二年一一月

＊アミの会（仮）＝編『惑　まどう』　新潮社　二〇一七年七月

＊『名探偵傑作短篇集　法月綸太郎篇』　講談社文庫　二〇一七年八月

＊『7人の名探偵　新本格30周年記念アンソロジー』　講談社ノベルス　二〇一七年九月
講談社文庫　二〇二〇年八月

|著者| 法月綸太郎　1964年島根県松江市生まれ。京都大学法学部卒業。在学中は京大推理小説研究会に所属。'88年『密閉教室』でデビュー。'89年、著者と同姓同名の探偵が登場する「法月綸太郎シリーズ」第1弾『雪密室』を刊行。2002年「都市伝説パズル」で第55回日本推理作家協会賞短編部門を受賞。'05年『生首に聞いてみろ』が第5回本格ミステリ大賞、「このミステリーがすごい！　2005年版」第1位に選ばれる。他の著書に『赤い部屋異聞』(KADOKAWA)、『法月綸太郎の消息』など「法月綸太郎」シリーズ、「怪盗グリフィン」シリーズ（ともに講談社）などがある。

誰彼（たそがれ）〈新装版（しんそうばん）〉

法月綸太郎（のりづきりんたろう）

講談社文庫

定価はカバーに表示してあります

2021年1月15日第1刷発行

発行者——渡瀬昌彦
発行所——株式会社　講談社
東京都文京区音羽2-12-21　〒112-8001
電話　出版（03）5395-3510
　　　販売（03）5395-5817
　　　業務（03）5395-3615

デザイン—菊地信義
本文データ制作—講談社デジタル製作
印刷———豊国印刷株式会社
製本———加藤製本株式会社

Printed in Japan

ISBN978-4-06-522156-3

講談社文庫刊行の辞

二十一世紀の到来を目睫に望みながら、われわれはいま、人類史上かつて例を見ない巨大な転換期をむかえようとしている。

世界も、日本も、激動の予兆に対する期待とおののきを内に蔵して、未知の時代に歩み入ろうとしている。このときにあたり、創業の人野間清治の「ナショナル・エデュケイター」への志を現代に甦らせようと意図して、われわれはここに古今の文芸作品はいうまでもなく、ひろく人文・社会・自然の諸科学から東西の名著を網羅する、新しい綜合文庫の発刊を決意した。

激動の転換期はまた断絶の時代である。われわれは戦後二十五年間の出版文化のありかたへの深い反省をこめて、この断絶の時代にあえて人間的な持続を求めようとする。いたずらに浮薄な商業主義のあだ花を追い求めることなく、長期にわたって良書に生命をあたえようとつとめるところにしか、今後の出版文化の真の繁栄はあり得ないと信じるからである。

同時にわれわれはこの綜合文庫の刊行を通じて、人文・社会・自然の諸科学が、結局人間の学にほかならないことを立証しようと願っている。かつて知識とは、「汝自身を知る」ことにつきていた。現代社会の瑣末な情報の氾濫のなかから、力強い知識の源泉を掘り起し、技術文明のただなかに、生きた人間の姿を復活させること。それこそわれわれの切なる希求である。

われわれは権威に盲従せず、俗流に媚びることなく、渾然一体となって日本の「草の根」をかたちづくる若く新しい世代の人々に、心をこめてこの新しい綜合文庫をおくり届けたい。それは知識の泉であるとともに感受性のふるさとであり、もっとも有機的に組織され、社会に開かれた万人のための大学をめざしている。大方の支援と協力を衷心より切望してやまない。

一九七一年七月

野間省一

講談社文庫 最新刊

千野隆司
追跡
父の死は事故か、殺しか。夢破れた若者の心は、復讐に燃え上がる。涙の傑作時代小説！

新美敬子
猫のハローワーク2
世界で働く猫たちが仕事内容を語ってくれる。写真満載のシリーズ第2弾。〈文庫書下ろし〉

田牧大和
大福三つ巴〈宝来堂うまいもん番付〉
江戸のうまいもんガイド、番付を摺る板元が「大福番付」を出すことに。さて、どう作る？

輪渡颯介
別れの霊祠〈溝猫長屋　祠之怪〉
あのお紺に縁談が？　幽霊が〝わかる〟忠次らは婿候補を調べに行くが。シリーズ完結巻！

久賀理世
奇譚蒐集家　小泉八雲〈白衣の女〉
のちに日本に渡り『怪談』を著す、若き日の小泉八雲が大英帝国で出遭う怪異と謎。

吉川永青
雷雲の龍〈会津に吼える〉
幕末の剣豪・森要蔵。なぜ時代の趨勢に抗い白河城奪還のため新政府軍と戦ったのか？

創刊50周年新装版

折原一
倒錯のロンド〈完成版〉
推理小説新人賞の応募作が盗まれた。盗作者との息詰まる攻防を描く倒錯のミステリー！

法月綸太郎
誰彼〈新装版〉
脅迫状。密室から消えた教祖。首なし死体。驚愕の真相に向け、数々の推理が乱れ飛ぶ！

原田宗典
スメル男〈新装版〉
都内全域を巻き込む異臭騒ぎ。ぼくの体から強烈な臭いが放たれ……名作が新装版に！

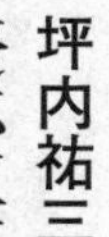

坪内祐三

慶応三年生まれ 七人の旋毛曲り(つむじまがり)

漱石・外骨・熊楠・露伴・子規・紅葉・緑雨とその時代

解説＝森山裕之　年譜＝佐久間文子

幕末動乱期、同じ年に生を享けた漱石、外骨、熊楠、露伴、子規、紅葉、緑雨。膨大な文献を読み込み、咀嚼し、明治前期文人群像を自在な筆致で綴った傑作評論。

978-4-06-522275-1　つＬ1

十返肇

「文壇」の崩壊　坪内祐三編

解説＝坪内祐三　年譜＝編集部

昭和という激動の時代の文学の現場に、生き証人として立ち会い続けた希有なる評論家、十返肇——。今なお先駆的かつ本質的な、知られざる豊饒の文芸批評群。

978-4-06-290307-3　とＪ1

講談社文庫 目録

西澤保彦　麦酒(ばくしゅ)の家の冒険
西澤保彦　新装版 瞬間移動死体
西村　健　ビ　ン　ゴ
西村　健　地の底のヤマ(上)(下)
西村　健　光陰の刃(やいば)(上)(下)
楡　周平　陪審法廷
楡　周平　宿命(上)(下)〈ワンス・アポン・ア・タイム・イン・東京〉
楡　周平　血戦〈ワンス・アポン・ア・タイム・イン・東京2〉
楡　周平　修羅の宴(上)(下)
楡　周平　レイク・クローバー(上)(下)
西尾維新　クビキリサイクル〈青色サヴァンと戯言遣い〉
西尾維新　クビシメロマンチスト〈人間失格・零崎人識〉
西尾維新　クビツリハイスクール〈戯言遣いの弟子〉
西尾維新　サイコロジカル(上)〈兎吊木垓輔の戯言殺し〉(下)〈曳かれ者の小唄〉
西尾維新　ヒトクイマジカル〈殺戮奇術の匂宮兄妹〉
西尾維新　ネコソギラジカル(上)〈十三階段〉
西尾維新　ネコソギラジカル(中)〈赤き征裁vs.橙なる種〉
西尾維新　ネコソギラジカル(下)〈青色サヴァンと戯言遣い〉
西尾維新　ダブルダウン勘繰郎(かんぐろう) トリプルプレイ助悪郎(スケアクロウ)

西尾維新　零崎双識の人間試験
西尾維新　零崎軋識(ぜろざききしき)の人間ノック
西尾維新　零崎曲識の人間人間
西尾維新　零崎人識の人間関係 匂宮出夢との関係
西尾維新　零崎人識の人間関係 無桐伊織との関係
西尾維新　零崎人識の人間関係 零崎双識との関係
西尾維新　零崎人識の人間関係 戯言遣いとの関係
西尾維新　xxxHOLiC アナザーホリック ランドルト環(かん)エアロゾル
西尾維新　難民探偵
西尾維新　少女不十分
西尾維新　本　題〈西尾維新対談集〉
西尾維新　掟上今日子(おきてがみきょうこ)の備忘録
西尾維新　掟上今日子の推薦文
西尾維新　掟上今日子の挑戦状
西尾維新　掟上今日子の遺言書
西尾維新　掟上今日子の退職願
西尾維新　新本格魔法少女りすか
西尾維新　新本格魔法少女りすか2
西尾維新　新本格魔法少女りすか3

西尾維新　人類最強の初恋
西村賢太　どうで死ぬ身の一踊り
西村賢太　夢魔去りぬ
西村賢太　藤澤清造追影
仁木英之　まほろばの王たち
西川善文　ザ・ラストバンカー〈西川善文回顧録〉
西川　司　向日葵(ひまわり)のかっちゃん
西　加奈子　舞台
貫井徳郎　新装版 修羅の終わり(上)(下)
貫井徳郎　妖奇切断譜
貫井徳郎　被害者は誰？
A・ネルソン　「ネルソンさん、あなたは人を殺しましたか？」
法月綸太郎　雪密室
法月綸太郎　誰(たそ)彼(がれ)
法月綸太郎　法月綸太郎の冒険
法月綸太郎　新装版 密閉教室
法月綸太郎　怪盗グリフィン、絶体絶命
法月綸太郎　怪盗グリフィン対ラトウィッジ機関
法月綸太郎　キングを探せ

法月綸太郎 名探偵傑作短篇集 法月綸太郎篇
法月綸太郎 新装版 頼子のために
乃南アサ 不 発 弾
乃南アサ 地のはてから(上)(下)
乃南アサ 新装版 鍵
乃南アサ 新装版 窓
野沢 尚 破線のマリス
野沢 尚 深 紅
野村克也 宮本慎也 師 弟
橋本 治 九十八歳になった私
原田泰治 わたしの信州
原田泰治 原田武雄 泰 治 が 歩 く 〈原田泰治の物語〉
林 真理子 幕はおりたのだろうか
林 真理子 女のことわざ辞典
林 真理子 さくら、さくら 〈おとなが恋して〉
林 真理子 みんなの秘密
林 真理子 ミスキャスト
林 真理子 ミ ル キ ー
林 真理子 新装版 星に願いを
林 真理子 野 心 と 美 貌 〈中年心得帳〉
林 真理子 正 妻(上)(下) 〈慶喜と美賀子〉
林 真理子 大原御幸 〈帯に生きた家族の物語〉
林 真理子 見城 徹 過 剰 な 二 人
帚木蓬生 日 御 子(上)(下)
帚木蓬生 襲 来(上)(下)
坂東眞砂子 欲 情
花村萬月 信 長 私 記
花村萬月 續 信 長 私 記
畑村洋太郎 失敗学のすすめ
畑村洋太郎 失敗学実践講義 〈文庫増補版〉
はやみねかおる そして五人がいなくなる 〈名探偵夢水清志郎事件ノート〉
はやみねかおる 都会のトム&ソーヤ(1)
はやみねかおる 都会のトム&ソーヤ(2) 〈乱! RUN! ラン!〉
はやみねかおる 都会のトム&ソーヤ(3) 〈いつになったら作戦終了?〉
はやみねかおる 都会のトム&ソーヤ(4) 〈四重奏〉
はやみねかおる 都会のトム&ソーヤ(5) 〈IN塀戸〉(上)(下)
はやみねかおる 都会のトム&ソーヤ(6) 〈ぼくの家へおいで〉
はやみねかおる 都会のトム&ソーヤ(7) 〈怪人は夢に舞う〈理論編〉〉
はやみねかおる 都会のトム&ソーヤ(8) 〈怪人は夢に舞う〈実践編〉〉
はやみねかおる 都会のトム&ソーヤ(9) 〈前夜祭 内人side〉
はやみねかおる 都会のトム&ソーヤ(10) 〈前夜祭 創也side〉
服部真澄 クラウド・ナイン
原 武史 滝山コミューン一九七四
濱 嘉之 警 視 庁 情 報 官 〈シークレット・オフィサー〉
濱 嘉之 警視庁情報官 ハニートラップ
濱 嘉之 警視庁情報官 トリックスター
濱 嘉之 警視庁情報官 ブラックドナー
濱 嘉之 警視庁情報官 サイバージハード
濱 嘉之 警視庁情報官 ゴーストマネー
濱 嘉之 警視庁情報官 ノースブリザード
濱 嘉之 オメガ 対中工作
濱 嘉之 ヒトイチ 警視庁人事一課監察係
濱 嘉之 ヒトイチ 画像解析 〈警視庁人事一課監察係〉
濱 嘉之 ヒトイチ 内部告発 〈警視庁人事一課監察係〉
濱 嘉之 カルマ真仙教事件(上)(中)(下)
濱 嘉之 新装版 院 内 刑 事
濱 嘉之 新装版 院 内 刑 事 〈ブラック・メディスン〉

濱　嘉之　院内刑事〈フェイク・レセプト〉
濱　嘉之　院内刑事　ザ・パンデミック
馳　星周　ラフ・アンド・タフ
畠中　恵　アイスクリン強し
畠中　恵　若様組まいる
畠中　恵　若様とロマン
葉室　麟　風渡る
葉室　麟　風の軍師〈黒田官兵衛〉
葉室　麟　星火瞬く
葉室　麟　陽炎の門
葉室　麟　紫匂う
葉室　麟　山月庵茶会記
葉室　麟　津軽双花
長谷川　卓　獄神〈上・白銀渡り〉〈下・湖底の黄金〉
長谷川　卓　嶽神伝　無坂(上)(下)
長谷川　卓　嶽神伝　孤猿(上)(下)
長谷川　卓　嶽神伝　鬼哭(上)(下)
長谷川　卓　嶽神列伝　逆渡り
長谷川　卓　嶽神伝　血路
長谷川　卓　嶽神伝　死地
長谷川　卓　嶽神伝　風花(上)(下)
原田マハ　夏を喪くす
原田マハ　風のマジム
原田マハ　あなたは、誰かの大切な人
羽田圭介　コンテクスト・オブ・ザ・デッド
花房観音　恋塚
畑野智美　海の見える街
畑野智美　南部芸能事務所
畑野智美　南部芸能事務所　season2　メリーランド
畑野智美　南部芸能事務所　season3　春の嵐
畑野智美　南部芸能事務所　season4　オーディション
畑野智美　南部芸能事務所　season5　コンビ
早見和真　東京ドーン
はあちゅう　半径5メートルの野望
はあちゅう　通りすがりのあなた
早坂　吝　○○○○○○○○殺人事件
早坂　吝　虹の歯ブラシ〈上木らいち発散〉
早坂　吝　誰も僕を裁けない
早坂　吝　双蛇密室
浜口倫太郎　22年目の告白〈―私が殺人犯です―〉
浜口倫太郎　廃校先生
浜口倫太郎　AI崩壊
原田伊織　明治維新という過ち〈日本を滅ぼした吉田松陰と長州テロリスト〉
原田伊織　列強の侵略を防いだ幕臣たち〈続・明治維新という過ち〉
原田伊織　虚像の西郷隆盛　虚構の明治150年〈明治維新という過ち・完結編〉
原田伊織　三流の維新　一流の江戸〈明治は「徳川近代」の模倣に過ぎない〉
萩原はるな　50回目のファーストキス
葉真中　顕　ブラック・ドッグ
平岩弓枝　花嫁の日
平岩弓枝　花祭
平岩弓枝　青の伝説
平岩弓枝　はやぶさ新八御用旅(一)〈東海道五十三次〉
平岩弓枝　はやぶさ新八御用旅(二)〈中仙道六十九次〉
平岩弓枝　はやぶさ新八御用旅(三)〈日光例幣使道の殺人〉
平岩弓枝　はやぶさ新八御用旅(四)〈北前船の事件〉
平岩弓枝　はやぶさ新八御用旅(五)〈諏訪の妖狐〉
平岩弓枝　はやぶさ新八御用旅(六)〈紅花染め秘帳〉

平岩弓枝 新装版はやぶさ新八御用帳(一)〈大奥の恋人〉
平岩弓枝 新装版はやぶさ新八御用帳(二)〈江戸の海賊〉
平岩弓枝 新装版はやぶさ新八御用帳(三)〈又右衛門の女房〉
平岩弓枝 新装版はやぶさ新八御用帳(四)〈鬼勘の娘〉
平岩弓枝 新装版はやぶさ新八御用帳(五)〈御守殿おたき〉
平岩弓枝 新装版はやぶさ新八御用帳(六)〈春月の雛〉
平岩弓枝 新装版はやぶさ新八御用帳(七)〈寒椿の寺〉
平岩弓枝 新装版はやぶさ新八御用帳(八)〈春怨 根津権現〉
平岩弓枝 新装版はやぶさ新八御用帳(九)〈王子稲荷の女〉
平岩弓枝 新装版はやぶさ新八御用帳(十)〈幽霊屋敷の女〉
東野圭吾 放課後
東野圭吾 卒業
東野圭吾 学生街の殺人
東野圭吾 魔球
東野圭吾 十字屋敷のピエロ
東野圭吾 眠りの森
東野圭吾 宿命
東野圭吾 変身
東野圭吾 仮面山荘殺人事件
東野圭吾 天使の耳
東野圭吾 ある閉ざされた雪の山荘で
東野圭吾 同級生
東野圭吾 名探偵の呪縛
東野圭吾 むかし僕が死んだ家
東野圭吾 虹を操る少年
東野圭吾 パラレルワールド・ラブストーリー
東野圭吾 天空の蜂
東野圭吾 どちらかが彼女を殺した
東野圭吾 名探偵の掟
東野圭吾 悪意
東野圭吾 私が彼を殺した
東野圭吾 嘘をもうひとつだけ
東野圭吾 時生
東野圭吾 赤い指
東野圭吾 流星の絆
東野圭吾 新装版浪花少年探偵団
東野圭吾 新装版しのぶセンセにサヨナラ
東野圭吾 新参者
東野圭吾 麒麟の翼
東野圭吾 パラドックス13
東野圭吾 祈りの幕が下りる時
東野圭吾 危険なビーナス
東野圭吾作家生活25周年祭り実行委員会 東野圭吾公式ガイド〈読者1万人が選んだ東野作品人気ランキング発表〉
東野圭吾作家生活35周年実行委員会 編 東野圭吾公式ガイド〈作家生活35周年ver.〉
平野啓一郎 高瀬川
平野啓一郎 ドーン
平野啓一郎 空白を満たしなさい(上)(下)
百田尚樹 永遠の0（ゼロ）
百田尚樹 輝く夜
百田尚樹 影法師
百田尚樹 風の中のマリア
百田尚樹 ボックス！(上)(下)
百田尚樹 海賊とよばれた男(上)(下)
平田オリザ 十六歳のオリザの冒険をしるす本
平田オリザ 幕が上がる
東直子 さようなら窓
蛭田亜紗子 凜

樋口卓治　ボクの妻と結婚してください。
樋口卓治　続・ボクの妻と結婚してください。
樋口卓治　もう一度、お父さんと呼んでくれ。
樋口卓治　「ファミリーラブストーリー」
樋口卓治　喋る男
平山夢明　魂豆腐〈大江戸怪談どたんばたん(土壇場譚)〉
東川篤哉　純喫茶「一服堂」の四季
東山彰良　流
東山彰良　女の子のことばかり考えていたら、1年が経っていた。
樋口直哉　偏差値68の目玉焼き〈星ヶ丘高校料理部〉
平田研也　小さな恋のうた
日野　草　ウエディング・マン
藤沢周平　新装版 春秋の檻〈獄医立花登手控え(一)〉
藤沢周平　新装版 風雪の檻〈獄医立花登手控え(二)〉
藤沢周平　新装版 愛憎の檻〈獄医立花登手控え(三)〉
藤沢周平　新装版 人間の檻〈獄医立花登手控え(四)〉
藤沢周平　新装版 闇の歯車
藤沢周平　新装版 市塵(上)(下)
藤沢周平　新装版 決闘の辻

藤沢周平　新装版 雪明かり
藤沢周平　義民が駆ける〈レジェンド歴史時代小説〉
藤沢周平　喜多川歌麿女絵草紙
藤沢周平　闇の梯子
藤沢周平　長門守の陰謀
船戸与一　新装版 カルナヴァル戦記
藤田宜永　樹下の想い
藤田宜永　女系の総督
藤田宜永　血の弔旗
藤田宜永　大雪物語
藤　水名子　紅嵐記(上)(中)(下)
藤原伊織　テロリストのパラソル
藤本ひとみ　新・三銃士 少年編・青年編〈ダルタニャンとミラディ〉
藤本ひとみ　皇妃エリザベート
福井晴敏　亡国のイージス(上)(下)
福井晴敏　川の深さは
福井晴敏　終戦のローレライ I~IV
藤原緋沙子　遠花火〈見届け人秋月伊織事件帖〉
藤原緋沙子　春疾風〈見届け人秋月伊織事件帖〉

藤原緋沙子　暖鳥〈見届け人秋月伊織事件帖〉
藤原緋沙子　霧の路〈見届け人秋月伊織事件帖〉
藤原緋沙子　鳴子守〈見届け人秋月伊織事件帖〉
藤原緋沙子　夏ほたる〈見届け人秋月伊織事件帖〉
藤原緋沙子　笛吹川〈見届け人秋月伊織事件帖〉
藤原緋沙子　青嵐〈見届け人秋月伊織事件帖〉
椹野道流　亡羊の嘆〈鬼籍通覧〉
椹野道流　新装版 暁天の星〈鬼籍通覧〉
椹野道流　新装版 無明の闇〈鬼籍通覧〉
椹野道流　新装版 壺中の天〈鬼籍通覧〉
椹野道流　新装版 隻手の声〈鬼籍通覧〉
椹野道流　新装版 禅定の弓〈鬼籍通覧〉
椹野道流　池魚の殃〈鬼籍通覧〉
椹野道流　南柯の夢〈鬼籍通覧〉
深水黎一郎　世界で一つだけの殺し方
深水黎一郎　ミステリー・アリーナ
深水黎一郎　倒叙の四季〈破られた完全犯罪〉
藤谷　治　花や今宵の
古市憲寿　働き方は「自分」で決める

2020年12月15日現在